T0030357

HOMBRECITOS

ALMA CLÁSICOS ILUSTRADOS

LOUISA MAY ALCOTT

HOMBRECITOS

Ilustrado por
Giselfust

Traducción de
Concha Cardeñoso

Título original: *Little Men*

© de esta edición:
Editorial Alma
Anders Producciones S.L., 2021
www.editorialalma.com

@almaeditorial
@Almaeditorial

© de la traducción: Concha Cardeñoso Sáenz de Miera, 2021

© de las ilustraciones: Giselfust, 2021

Diseño de la colección: lookatcia.com
Diseño de cubierta: lookatcia.com
Maquetación y revisión: LocTeam, S.L.

ISBN: 978-84-18395-03-1
Depósito legal: B8038-2021

Impreso en España
Printed in Spain

Este libro contiene papel de color natural de alta calidad que no amarillea (deterioro por oxidación) con el paso del tiempo y proviene de bosques gestionados de manera sostenible.

ÍNDICE

1

NAT

—Por favor, señor, ¿esto es Plumfield? —preguntó un niño harapiento al hombre que le abrió la gran verja frente a la que lo había dejado el ómnibus.

—Sí. ¿Quién te manda aquí?

—El señor Laurence. Traigo una carta para la señora.

—Muy bien, muchachito; entra a dársela; ella se hará cargo de ti.

El hombre lo trató con cordialidad y el chico siguió adelante, muy animado por las amables palabras. Entre la suave llovizna que caía sobre la hierba nueva y los árboles cuajados de yemas, Nat distinguió una gran casa cuadrada de aspecto acogedor, con un porche antiguo, escalones anchos y luces encendidas en muchas ventanas; ni cortinas ni postigos ocultaban el alegre resplandor. Se detuvo un momento antes de llamar a la puerta y vio sombras pequeñas bailando en las paredes, oyó el agradable zumbido de voces infantiles y pensó que toda esa luz, esa calidez y esa comodidad no eran para un «muchachito» sin hogar como él.

«Espero que sea verdad, que la señora se haga cargo de mí», pensó, y llamó golpeando con timidez la gran aldaba de bronce, que era una simpática cabeza de grifo.

Abrió la puerta una doncella de cara colorada, que sonrió al tomar la carta que el chico le entregó en silencio.

Debía de estar acostumbrada a recibir a niños desconocidos, porque, con un gesto de la cabeza, señaló una silla en el vestíbulo y le dijo:

—Siéntate ahí y sécate un poco los zapatos en el felpudo mientras yo le llevo esto a la señora.

Nat encontró muchas cosas con las que distraerse mientras esperaba; miró a todas partes con curiosidad, disfrutando de lo que veía y encantado de que nadie lo viera a él en el oscuro rincón, junto a la puerta.

Había muchos niños en la casa; no podían salir porque llovía, pero se entretenían en casa con toda clase de pasatiempos. Al parecer, pululaban por doquier: escaleras arriba y escaleras abajo, a la izquierda y a la derecha, porque, al otro lado de algunas puertas abiertas, se veían grupos de chicos mayores, pequeños y medianos en todas las fases de una animada tarde de diversión, por no decir de jolgorio. Las dos grandes salas de la derecha eran aulas, sin duda, porque se veían pupitres, mapas, pizarras y libros. La chimenea estaba encendida y varios chicos pasaban el rato tumbados boca arriba delante del fuego, hablando de un nuevo campo de críquet con ilusión, moviendo los pies en el aire. Un joven de alta estatura tocaba la flauta en un rincón, ajeno por completo al alboroto de alrededor. Otros dos o tres saltaban por encima de los pupitres y se detenían de vez en cuando a recuperar el aliento y a reírse de las graciosas caricaturas de los habitantes de la casa que dibujaba en la pizarra un compañero bromista.

En la sala de la izquierda se veía una larga mesa de comedor con grandes jarras de leche recién ordeñada, montañas de pan blanco y pilas perfectas de brillante bizcocho de jengibre, tan apreciado por los paladares infantiles. El aire olía a tostadas y a manzanas asadas, un aroma muy tentador para una naricilla y un estómago hambrientos.

Sin embargo, donde se apreciaba la actividad más tentadora era en el vestíbulo: en el pasillo de arriba estaban jugando animadamente a pillar; en un rellano, a las canicas; en el siguiente, a las damas. En los escalones, un niño leía, una niña cantaba una nana a una muñeca, dos perritos y un gato iban de un lado a otro y una fila incesante de niños pequeños bajaba en tobogán por el pasamanos, con el consiguiente deterioro de los pantalones y poniéndose en peligro.

Nat, absorto en la contemplación de estas emocionantes carreras, empezó a salir de su rincón sin darse cuenta. De pronto, un niño muy vivaracho se lanzó por el pasamanos a toda velocidad y no pudo parar a tiempo; se cayó al suelo y se dio tal golpe que se habría roto la cabeza, si no fuera porque once años de cabezazos sin cuento le habían dejado el cráneo casi tan duro como una bala de cañón. Al verlo, Nat no lo pensó dos veces y echó a correr hacia él creyendo que lo encontraría medio muerto. Sin embargo, el chico cerró los ojos un segundo, luego se quedó tumbado tan tranquilo, aunque se sorprendió al ver una cara nueva.

—¡Hola! —dijo.

—¡Hola!

Nat no supo qué decir y repitió el saludo: le pareció una respuesta bastante breve y fácil.

—¿Eres nuevo? —preguntó el tumbado, sin moverse.

—Todavía no lo sé.

—¿Cómo te llamas?

—Nat Blake.

Tommy se puso de pie como si se hubiera acordado de repente de las reglas de la hospitalidad.

—Yo, Tommy Bangs. ¿Quieres venir conmigo a probar?

—Mejor no, hasta que sepa si puedo quedarme —contestó Nat, con un deseo creciente de que lo aceptaran.

—¡Eh, Semi! Te presento al nuevo. Ven, ocúpate de él.

Y el vivaracho Thomas volvió entusiasmado a su juego predilecto.

Al oír la llamada, el niño que se llamaba Semi volvió hacia ellos un par de grandes ojos castaños; después de una brevísima pausa, como cohibido, se puso el libro bajo el brazo y, con serenidad, bajó los escalones para saludar al recién llegado, que, por su parte, pensó que había algo muy atractivo en la agradable cara de ese chico delgado de mirada cálida.

—¿Has visto ya a tía Jo? —le preguntó, como refiriéndose a una ceremonia importante.

—Todavía no he visto a nadie, solo a vosotros; estoy esperando —respondió Nat.

—¿Vienes de parte de tío Laurie? —continuó Semi amable, pero serio.

—Vengo de parte del señor Laurence.

—Sí, tío Laurie; siempre manda chicos simpáticos.

La gratificante observación hizo sonreír a Nat de una forma muy favorecedora. Como no sabían qué decir, se quedaron mirándose el uno al otro en silencio, con simpatía, hasta que se acercó la niña de la muñeca. Se parecía mucho a Semi, pero no era tan alta y tenía la cara más redonda y sonrosada, y los ojos azules.

—Esta es mi hermana Daisy —dijo Semi, como si le presentara al ser más singular y precioso.

Los niños se saludaron con un gesto de asentimiento y la carita de la niña se iluminó de alegría al decir con amabilidad:

—Espero que te quedes. Aquí lo pasamos muy bien, ¿verdad que sí, Semi?

—Sí, sí, muy bien; por algo tiene Plumfield tía Jo.

—Parece un sitio estupendo, la verdad —dijo Nat, con la sensación de que debía responder a estas personas tan jóvenes y atentas.

—El más estupendo del mundo, ¿a que sí, Semi? —dijo Daisy; sin duda consideraba a su hermano una autoridad en todas las cosas.

—No; Groenlandia es más interesante, con los icebergs y las focas que viven allí. Pero le tengo cariño a Plumfield y, desde luego, aquí se está muy bien.

Daba la casualidad de que el libro que estaba leyendo Semi era sobre Groenlandia. Iba a enseñarle a Nat las ilustraciones y a explicárselas cuando volvió la doncella y, señalando la puerta de la sala con un gesto, dijo:

—Bueno, puedes pasar.

—¡Qué bien! Vamos a ver a tía Jo.

Daisy lo tomó de la mano con una graciosa actitud protectora, y Nat se encontró tan a gusto al instante.

Semi volvió a su querido libro mientras su hermana llevaba al recién llegado a una habitación del fondo, donde un señor fornido jugaba con dos niños pequeños en el sofá y una señora delgadita terminaba de leer la carta por segunda vez, al parecer.

—¡Aquí está, tiíta! —exclamó Daisy.

—¿Este es mi chico nuevo? Me alegro mucho de conocerte, cielo, y espero que seas feliz aquí —dijo la señora.

Se lo acercó y le apartó el pelo de la frente con una caricia, mirándolo con una ternura maternal que a Nat le llegó al corazón.

No es que fuera muy guapa, pero tenía una expresión alegre, como si no hubiera llegado a olvidar las actitudes y las costumbres de la infancia, y lo mismo en la voz y en los ademanes. Estos detalles tan difíciles de explicar y sin embargo tan evidentes hacían de ella una persona estupenda y cercana con la que era fácil entenderse, una persona «genial», como decían los chicos. La señora advirtió un leve temblor en los labios de Nat mientras le alisaba el pelo y se le enterneció la mirada más aún, pero se limitó a acercarse al harapiento niño y, riéndose, dijo:

—Soy mamá Bhaer, este caballero es papá Bhaer y los dos niños son los pequeños Bhaer. Venid, hijos, venid a conocer a Nat.

Los tres retozones obedecieron al punto; el hombre fornido se acercó a saludar al nuevo llevando a un niño gordezuelo en cada hombro. Rob y Teddy solo le sonrieron, pero el señor Bhaer le dio un apretón de manos y, señalando una silla que había junto al fuego, dijo con cordialidad:

—Tenemos un sitio preparado para ti, hijo; siéntate y sécate los pies cuanto antes.

—¿Los tiene mojados? ¡Huy, sí! —exclamó la señora Bhaer—. Cielo, quítate los zapatos ahora mismo, te traigo ropa seca en un pispás.

Se puso en movimiento con tanta presteza que, en un abrir de cerrar de ojos, Nat se encontró en la acogedora sillita con los pies enfundados en unos calcetines secos y unas zapatillas, sin tiempo para decir «esta boca es mía», si se le hubiera ocurrido. Lo que sí supo decir fue «Gracias, señora», y con tanta sinceridad que a la señora Bhaer se le enterneció la mirada otra vez y respondió con algo gracioso, porque era lo que solía hacer cuando le tocaban las fibras sensibles.

—Estas zapatillas son de Tommy Bangs; nunca se acuerda de ponérselas en casa, así que ahora ya no son suyas. Te quedan grandes, pero tanto mejor, porque así no podrás huir de nosotros tan deprisa como si fueran de tu número.

—No quiero huir, señora —dijo Nat, mientras acercaba las sucias manitas al cálido resplandor del fuego con un largo suspiro de satisfacción.

—¡Me alegro! Y ahora vamos a hacerte entrar en calor a fondo, a ver si nos deshacemos de esa tos tan fea —dijo la señora Bhaer, mientras revolvía en una cesta grande buscando un trozo de franela—. ¿Cuánto tiempo hace que la tienes, cielo?

—Todo el invierno. Me constipé y, por lo visto, no me curé del todo.

—¡No me extraña, viviendo en un sótano húmedo sin una manta que echarte encima! —dijo la señora Bhaer en voz baja a su marido.

El señor Bhaer observó al niño con ojo clínico, se fijó en las finas sienes y en los labios febriles, así como en la afonía y en la frecuencia con que se producían los ataques de tos que le convulsionaban los hombros dentro de la remendada chaqueta.

—Robin, muchacho, vete a buscar a Nana y dile que te dé el frasco de jarabe para la tos y el linimento —dijo el señor Bhaer, después de intercambiar unas miradas con su mujer.

Nat se puso un poco nervioso con tantos preparativos, pero se le pasó enseguida y se rio alegremente cuando la señora Bhaer, con una simpática mirada, le susurró:

—¿Ves cómo intenta toser el granujilla de Teddy? Es que el jarabe que voy a darte lleva miel y él quiere un poco también.

Cuando por fin llegó el frasco, el pequeño Ted estaba colorado de tantos esfuerzos, y le dejaron chupar la cuchara después de que Nat se tomara una dosis como un valiente, con el trozo de franela alrededor de la garganta.

Tan pronto como concluyeron estos primeros pasos para curar a Nat sonó la gran campana y un estrépito de pasos y carreras en el pasillo anunció la hora de la cena. Nat, cohibido, se encogió al pensar que tendría que encontrarse con muchos niños desconocidos a la vez, pero la señora Bhaer le tendió la mano y Rob, con mucha condescendencia, le dijo:

—No tengas miedo; yo te cuidaré.

Doce niños, seis a cada lado, esperaban de pie junto a las sillas, impacientes por empezar, mientras el flautista alto intentaba calmar los ánimos. Pero nadie se sentó hasta que la señora Bhaer ocupó su lugar detrás de la tetera, con Teddy a la izquierda y Nat a la derecha.

—Os presento a nuestro niño nuevo, Nat Blake. Podéis saludarlo después de cenar. Tranquilos, hijos, tranquilos.

Mientras ella hablaba, todos miraban a Nat, y después se sentaron procurando mantener el orden sin conseguirlo ni por asomo. Los Bhaer hacían todo lo posible por inculcar a los niños un buen comportamiento en la mesa y, por lo general, lo conseguían en gran medida, porque las reglas eran pocas y sensatas, y los niños, como sabían que el matrimonio solo pretendía facilitarles las cosas y que fueran felices, procuraban obedecer siempre. Pero a veces resulta imposible contener a unos chicos hambrientos sin recurrir a la verdadera crueldad, y la cena del sábado, después de medio día de asueto, era una de estas veces.

—Pobrecitos míos, que disfruten de un día de alboroto, juego y diversión hasta saciarse. Un día de fiesta no es tal sin libertad para pasárselo bien, y eso es lo que tienen una vez a la semana —decía siempre la señora Bhaer, cuando algunas personas remilgadas se preguntaban por qué, bajo el antaño decoroso techo de Plumfield, se les permitía ahora deslizarse por el pasamanos, organizar peleas de almohadas y entregarse a toda suerte de juegos.

Lo cierto es que a veces parecía que ese mismo techo fuera a derrumbarse; pero nunca sucedió, porque bastaba una palabra de papá Bhaer para que el alboroto cesara y los chicos habían aprendido que no se debe abusar de la libertad. Por eso, a pesar de las predicciones agoreras, el colegio prosperaba y a los niños se les inculcaban buenos modales y una moral recta sin que apenas se dieran cuenta.

Nat se encontraba bien situado detrás de las altas jarras, con Tommy Bangs justo al lado y la señora Bhaer allí cerca, para llenarle el plato y la taza en cuanto los vaciaba.

—¿Quién es el chico que está al lado de la chica del final de la mesa? —susurró Nat a su joven vecino, aprovechando la risa general.

—Es Semi Brooke, sobrino del señor Bhaer.

—¡Qué nombre tan raro!

—En realidad se llama John, lo de Semi-John es porque su padre se llama igual, pero es mucho mayor. Es una broma, ¿entiendes? —le explicó Tommy con amabilidad.

Nat no le vio la gracia, pero sonrió por educación e, interesado, preguntó de nuevo:

—Es un chico muy bueno, ¿verdad?

—No lo dudes; además sabe muchísimo porque lee sin parar.

—¿Quién es el gordo que está a su lado?

—Gloti Cole. En realidad se llama Georges, pero lo llamamos Gloti porque es un glotón. Y el bajito que está al lado de papá Bhaer es su hijo Rob, y luego está Franz, el alto, que es sobrino suyo; nos da algunas clases y se ocupa de nosotros, más o menos.

—Toca la flauta, ¿verdad? —quiso saber Nat.

Pero Tommy se acababa de meter una manzana asada enterita en la boca y no podía hablar. Sin embargo, asintió y, antes de lo que podía uno imaginarse en semejantes circunstancias, contestó:

—¡Que si toca! Y a veces bailamos y hacemos gimnasia al son de la música. A mí me gusta el tambor, quiero aprender a tocarlo en cuanto pueda.

—Yo prefiero el violín y... sé tocarlo —dijo Nat, hablando en confianza de esta cuestión tan atractiva.

—¿En serio? —Tommy lo miró por encima del borde de la taza con unos ojos redondos llenos de interés—. El señor Bhaer tiene uno viejo y seguro que te lo deja, si quieres tocarlo.

—¿De verdad? ¡Ah, me gustaría muchísimo! Es que antes de que muriera mi padre, iba con él y con otro hombre tocando el violín por ahí.

—Y ¿te lo pasabas bien? —exclamó Tommy, muy impresionado.

—No, era horrible, hacía mucho frío en invierno y mucho calor en verano. Me cansaba; y ellos a veces se enfadaban; y no teníamos comida suficiente. —Nat hizo una pausa para dar un buen mordisco a una porción de bizcocho de jengibre, como para asegurarse de que los malos tiempos habían pasado, y después, con melancolía, añadió—: Pero me encantaba mi pequeño violín y lo echo de menos. Se lo llevó Nicolo cuando murió mi padre, y a mí me dejó porque caí enfermo.

—Si tocas bien, puedes entrar en la banda. Ya lo verás.

—¿Tenéis una banda y todo? —preguntó Nat con los ojos brillantes.

—Pues sí, una banda genial, toda de niños; y dan conciertos y cosas así. Ya verás lo que pasa mañana por la noche.

Después de tan halagüeño y emocionante comentario, Tommy siguió comiendo, pero Nat se sumió en un gozoso ensueño y no tocó el plato, que estaba lleno.

La señora Bhaer, disimulando, oyó toda la conversación mientras rellenaba tazas sin perder de vista al pequeño Ted, que, adormilado, se metió la cuchara en el ojo, cabeceó como una amapola y por fin se durmió con la cara apoyada en un bollo de leche. La señora Bhaer había puesto a Nat al lado de Tommy porque ese niño regordete, por su forma de ser sincera y sociable, caía bien a las personas tímidas. Y con Nat funcionó, porque las confidencias que le hizo a Tommy durante la cena le proporcionaron a ella mejores pistas para comprender el carácter del niño nuevo que si hubiera hablado con él directamente.

La carta del señor Laurence que le había entregado Nat decía:

Querida Jo:

Este es un caso a tu medida. Este pobre chiquillo se ha quedado huérfano, está enfermo y no tiene amigos. Era músico callejero y me lo encontré en un sótano llorando la muerte de su padre y la pérdida de su violín. Creo que hay en él algo que vale la pena y me da la sensación de que podemos echarle una mano entre los dos. Te encomiendo la recuperación de este cuerpo explotado y a Fritz, la de su cabeza; cuando esté listo, veremos si es un genio o simplemente un niño con talento que puede ganarse el pan por sí mismo. Dale una oportunidad, por el amor de tu propio hijo.

Teddy

—¡Sin la menor duda! —exclamó la señora Bhaer al leerlo.

Y nada más ver a Nat supo que, fuera o no fuera un genio, era un niño enfermo y abandonado que lo que más necesitaba era lo que daba ella con tanto cariño: un hogar y cuidado maternal. El señor Bhaer y ella lo observaron con discreción y, en vez de los harapos que vestía, los modales torpes y la cara sucia, descubrieron en él cosas muy satisfactorias. Era un niño delgado y pálido de doce años, con los ojos azules y una frente bien formada debajo del pelo revuelto y descuidado; una cara asustada y ansiosa, a veces como si esperara malas palabras o golpes, y una boca sensible que temblaba cuando lo miraban con amabilidad; pero, si le hablaban con cariño, levantaba la mirada de una forma muy dulce. «Pobrecito mío, bendito sea, tocará el violín todas las horas del día, si quiere», se dijo la señora Bhaer al ver la expresión de alegría que puso cuando Tommy le contó lo de la banda.

Después de cenar, cuando los niños se reunieron en el aula para seguir «pasándolo en grande», apareció la señora Bhaer con un violín en la mano y, después de decir algo a su marido, se acercó a Nat, que estaba sentado en un rincón mirándolo todo sin perder detalle.

—A ver, hijo mío, toca algo para nosotros. Necesitamos un violín en la banda y creo que tú lo vas a hacer muy bien.

Esperaba que el chiquillo vacilase; sin embargo, tomó el viejo instrumento sin pensarlo dos veces y lo sujetó con tal cariño y cuidado que estaba claro que la música lo apasionaba.

—Lo haré lo mejor que sé, señora.

Y, sin añadir nada más, pasó el arco por las cuerdas como deseando volver a oír las queridas notas.

Había mucho alboroto en el aula, pero Nat, como si solo oyera las notas de las cuerdas, se puso a tocar con suavidad, para sí, con tanta entrega que se le olvidó todo lo demás. No era más que una sencilla melodía negra como las que tocan los músicos callejeros, pero a los chicos les llamó la atención al momento, hasta que todos, sorprendidos y encantados, se quedaron escuchando. Empezaron a acercarse poco a poco y la señora Bhaer también, para contemplarlo; porque Nat, como si estuviera en su elemento, tocaba y tocaba sin preocuparse de nada ni de nadie, con los ojos brillantes, las mejillas encendidas y haciendo volar los finos dedos mientras abrazaba el viejo violín y le sacaba una voz que llevaba a todos los corazones el lenguaje que él amaba.

Cuando terminó y miró a los niños como diciendo: «Lo he hecho lo mejor que sé; por favor, que os guste», una ovación clamorosa lo recompensó mejor que una lluvia de peniques.

—Oye, lo haces de primera —exclamó Tommy, que consideraba a Nat su *protégé.*

—Serás el primer violín de mi banda —añadió Franz con una sonrisa de satisfacción.

La señora Bhaer susurró a su marido las siguientes palabras:

—Teddy tiene razón; hay algo en este niño por lo que vale la pena esforzarse.

El señor Bhaer asintió muy convencido y dio unas palmaditas a Nat en el hombro al tiempo que le decía con entusiasmo:

—Lo haces bien, hijo. Y ahora, toca algo que podamos cantar, anda.

Cuando lo llevaron al sitio de honor, al lado del piano, y los niños se reunieron alrededor sin fijarse siquiera en la pobreza de su ropa, sino mirándolo con respeto, esperando ansiosos a oírle tocar otra vez, fue el momento más feliz y gratificante de su vida.

Le pidieron una canción que conocía y, después de dos intentos fallidos, por fin se entendieron, y el violín, la flauta y el piano dirigieron un coro de voces infantiles que hizo temblar otra vez el viejo tejado de la casa. Aquello fue excesivo para Nat, estaba más débil de lo que creía; cuando la última nota dejó de sonar, se le empezó a transformar la cara en un puchero, bajó el violín, se volvió hacia la pared y empezó a sollozar como un niño pequeño.

—Cielo, ¿qué te pasa? —le preguntó la señora Bhaer.

Ella había estado cantando a pleno pulmón, procurando que el pequeño Rob no llevara el ritmo con las botas.

—Son todos tan buenos... es todo tan bonito... que no puedo evitarlo —gimió Nat, tosiendo hasta quedarse sin respiración.

—Ven conmigo, cielo; tienes que irte a la cama, a descansar; estás agotado, y aquí hay demasiado ruido para ti —le susurró.

Y se lo llevó a su salita y lo dejó llorar a su gusto hasta que se calmó.

Después consiguió que le contara sus cuitas y escuchó toda la historia con lágrimas en los ojos, aunque para ella no era una novedad.

—Hijo mío, ahora tienes un padre y una madre, y estás en casa. No pienses más en esos tristes tiempos; ponte fuerte y disfruta; te aseguro que no volverás a sufrir mientras podamos evitarlo. Esta casa está abierta a niños de todas clases, para que lo pasen bien y aprendan a valerse por sí mismos y a ser útiles a los demás, o eso es lo que pretendemos. Aquí dispondrás de tanta música como desees, pero antes tienes que recuperar la salud. Bien, ahora vamos a la guardería, te das un baño y te metes en la cama, y mañana hacemos planes los dos juntos, tú y yo.

Nat le apretó la mano con fuerza, pero se quedó sin palabras y fueron sus ojos lo que hablaron por él, mientras la señora Bhaer lo llevaba arriba, a una habitación grande, en la que se encontraba una fornida señora alemana que tenía una cara tan redonda y animosa que parecía el sol, con las alas de la cofia como si fueran los rayos.

—Te presento a Nana, la enfermera Hummel; ella te dará un baño caliente, te cortará el pelo y te dejará «hecho un pincel», como dice Rob. Mira, el cuarto de baño está aquí; los sábados por la noche bañamos primero a los pequeños y los mandamos a la cama antes de que los mayores terminen de cantar. Ahora te toca a ti, Rob.

Mientras hablaba, la señora Bhaer había desnudado a Rob y lo había metido en una bañera larga, en el cuartito que daba a la guardería.

Había allí dos bañeras, además de barreños para lavarse los pies, palanganas, duchas y toda clase de inventos para la higiene. Poco después, Nat disfrutaba en la otra bañera; y, mientras se le arrugaba la piel entre vapor de agua, miraba lo que hacían las dos mujeres: frotar, poner un camisón y meter en la cama a cuatro o cinco niños pequeños que, por supuesto, protagonizaron toda clase de cabriolas y payasadas durante la operación e hicieron reír a todo el mundo como un vendaval de diversión, hasta que los apaciguaron y los metieron a cada cual en su cama.

Cuando Nat ya estaba limpio y envuelto en una manta junto al fuego, y mientras Nana le cortaba el pelo, llegó otro destacamento de niños, que se encerraron en el cuarto de baño, donde chapotearon y alborotaron como un banco de ballenatos en pleno juego.

—Es mejor que Nat duerma hoy aquí; si le molesta la tos por la noche, le puedes dar una infusión de semillas de lino —dijo la señora Bhaer, que volaba de un lado a otro como una gallina clueca distraída con una gran nidada de polluelos inquietos.

A la enfermera le pareció bien y terminó con Nat: le dio un camisón de franela y una bebida caliente y dulce y lo arropó en una de las tres camitas de la guardería; el niño se quedó allí como una momia satisfecha, con la sensación de que no podía aspirar a nada más lujoso. La limpieza por sí misma ya le proporcionaba una sensación nueva, deliciosa; el camisón de franela, un placer desconocido en su mundo; los sorbos de aquella rica poción le calmaron la tos con la misma dulzura que las palabras amables le acariciaban el corazón. Era como un sueño acogedor; cerró los ojos varias veces para comprobar si todo desaparecía cuando volviera a abrirlos. Tanto gozo le impedía conciliar el sueño, pero tampoco habría podido dormir aunque lo hubiera intentado, porque, a los pocos minutos, una de las instituciones peculiares de Plumfield apareció ante sus ojos perplejos y atentos.

Tras unos momentos de silencio en los ejercicios acuáticos, de pronto empezaron a volar almohadas en todas direcciones, arrojadas por unos duendecillos blancos que salieron de las camas con mucho alboroto. La batalla se encarnizó en varias habitaciones, en todas las del piso de arriba y, de vez en cuando, también se producían algunas escaramuzas en la guardería, cuando un guerrero acosado se refugiaba allí. Al parecer, nadie se escandalizó por esta explosión; nadie la prohibió, ni siquiera sorprendió a nadie. Nana siguió colgando toallas y la señora Bhaer, sacando ropa limpia con la misma tranquilidad que si reinara el orden más perfecto. Al contrario, incluso se puso a perseguir a un picarón hasta que lo echó de allí y le tiró la almohada que le había arrojado él antes con artería.

—¿No se van a hacer daño? —preguntó Nat, riéndose en la cama a carcajada limpia.

—¡No, qué va! Siempre les dejamos hacer una pelea de almohadas el sábado por la noche. Después, por la mañana, cambiamos los almohadones. Así entran en calor después del baño —contestó la señora Bhaer, muy atareada otra vez entre docenas de pares de calcetines—, y a mí me hace mucha gracia.

—¡Qué colegio tan estupendo! —dijo Nat con admiración.

—No hay muchos como este —contestó ella riéndose—; es que nosotros no estamos de acuerdo con la idea de amargar la vida a los chicos a base de reglas y más reglas y demasiado estudio. Al principio prohibí las juergas nocturnas; pero no sirvió de nada, como es lógico. Pretender que no se movieran de la cama era tarea imposible; pero les propuse un trato: les dejaría hacer una batalla de almohadas los sábados, quince minutos, si me prometían que las demás noches se irían a dormir sin armar jaleo. Probamos y funcionó. Si no cumplen la promesa, no hay fiesta; si la cumplen, retiro los vasos y los quinqués y que se desahoguen a gusto.

—¡Qué trato tan estupendo! —dijo Nat.

Le apetecía unirse a la refriega, pero no se atrevió a proponerlo la primera noche y se quedó disfrutando del animado espectáculo.

Tommy Bangs capitaneaba el bando de los asaltantes y Semi defendía su habitación con una tenacidad digna de verse: en cuanto le tiraban una almohada, la almacenaba detrás de sí, hasta que los asaltantes se quedaron sin munición y se dispusieron a cargar sobre él como un solo hombre para recuperar las armas. Hubo algunos accidentes, pero nadie se alarmó; se propinaron y se recibieron golpes blandos entre risas y carcajadas y volaron las almohadas como grandes copos de nieve, hasta que la señora Bhaer miró el reloj y anunció:

—¡Fin de la guerra, chicos! A la cama todo el mundo... o ¡tendréis que pagar la multa!

—¿Qué es la multa? —preguntó Nat.

Se sentó en la cama deseando saber lo que les pasaría a los desgraciados que no obedecieran a esta maestra tan singular y enérgica.

—Quedarse sin fiesta el próximo sábado —respondió ella—. Les doy cinco minutos para que se tranquilicen, después apago las luces y espero que todo quede en orden. Pero son respetuosos y cumplen su palabra.

Y así fue: la batalla terminó tan súbitamente como había empezado: un par de sacudidas de despedidas, un ¡viva! de remate cuando Semi disparó la séptima almohada al enemigo en retirada, unas amenazas con vistas al siguiente encuentro y por fin se restableció el orden. Mientras la señora Bhaer daba un beso al niño nuevo y lo dejaba en brazos de un sueño feliz sobre la vida en Plumfield, solo alguna risita esporádica o algún murmullo rompieron el silencio que se impuso al jolgorio del sábado por la noche.

2

LOS NIÑOS

Mientras Nat duerme un sueño largo y reparador, voy a contar a mis jóvenes lectores algunas cosas de los chicos con los que se va a encontrar cuando despierte.

En primer lugar, los que ya conocemos. Franz tenía dieciséis años en este momento, era alto, el típico alemán corpulento, rubio, amante de los libros y de la música y bastante casero y amable. Su tío lo preparaba para la universidad y su tía, para que formara un hogar feliz en el futuro, porque había sabido inculcarle sutilmente buenos modales, amor a los niños, respeto a las mujeres mayores y jóvenes y sentido de colaboración en las tareas domésticas. Era su mano derecha para todo, sereno, bondadoso y paciente; y quería a su alegre tía como si fuera su madre, porque así lo trataba ella.

Emil era muy distinto: temperamental, inquieto, con mucha iniciativa; soñaba con hacerse a la mar porque por sus venas corría sangre vikinga, y tenía un carácter indomable. Su tío le prometió que podría irse a los dieciséis años y lo puso a estudiar navegación, le proporcionó libros sobre grandes almirantes y héroes famosos y, cuando terminaba las clases, le permitía disfrutar del río y del arroyo como una rana. Su habitación parecía el camarote de un soldado de la Marina, porque todo era náutico y militar y estaba limpio y ordenado. Su héroe era el capitán Kyd y lo que más le gustaba era organizar abordajes como ese caballero pirata y cantar sanguinarias canciones marineras a pleno pulmón. Solo bailaba al son de bailes marineros, con sus pasos, y hablaba como los marineros hasta donde se lo consentía su tío. Los chicos lo llamaban «Comodoro» y estaba muy orgulloso de su flota, que pinteaba de blanco el estanque y sufría unos desastres que habrían desmoralizado a cualquier comandante, pero no a un chico enamorado del mar.

Semi era uno de los mejores ejemplos del efecto del cariño y el cuidado inteligentes, por la armonía con la que se entendían su cuerpo y su espíritu. El refinamiento natural, que solo la influencia del hogar es capaz de enseñar, lo dotaba de unos modales dulces y sencillos: su madre había cultivado en él un corazón inocente y cariñoso; su padre había cuidado del crecimiento físico del hijo, lo había criado recto y fuerte a base de buena alimentación, ejercicio y sueño, mientras que el abuelo March se había ocupado de su cabecita con la ternura y la sabiduría de un Pitágoras moderno, sin sobrecargarlo con clases largas y áridas ni ejercicios de memoria de lorito, sino ayudándolo a desarrollarse con la espontaneidad y la belleza con la que el sol y el rocío ayudan a las rosas a florecer. No era un niño perfecto, ni mucho menos, pero solo tenía defectos menores; y, como desde pequeño le habían enseñado el secreto del control de sí mismo, no se dejaba arrastrar por los apetitos ni las pasiones a las que se exponían otros jóvenes mortales que carecían de la armadura necesaria contra ellas, y sufrían después un castigo por caer en la tentación. Semi era un chico tranquilo y encantador, serio pero animoso, más inteligente y hermoso de lo normal, aunque él no lo sabía, y sensible a la inteligencia y a la belleza de los demás. Como gran aficionado a la lectura, tenía la cabeza llena de vívidas fantasías que se alimentaban de una imaginación prolífica de carácter espiritual; a sus padres les preocupaba equilibrar estas cualidades con los conocimientos prácticos y un ambiente sano, para que el hijo no se convirtiera en un niño precoz y pálido de esos que a veces deleitan y asombran a la familia, pero después se marchitan como flores de invernadero porque el tierno espíritu florece antes de tiempo, cuando el cuerpo todavía no tiene la fuerza suficiente para enraizarlo con firmeza en la nutritiva tierra de este mundo.

Por eso trasplantaron a Semi a Plumfield, y se adaptó tan bien a la vida en el colegio que Meg, John y el abuelo se felicitaron por haber tomado esa decisión. El contacto con otros niños sacó a la luz su lado práctico, le animó el espíritu y barrió las bonitas telarañas que tanto le gustaba tejer a su pequeño cerebro. Tanto es así que, cuando volvió a casa, escandalizó un tanto a su madre con sus portazos, sus rotundos «¡Por Jorge!» y su exigencia de unas botas altas y recias que pisaran «tan fuerte como las de papá». John, en cambio, lo veía todo con regocijo, se reía con sus explosivos comentarios, le compró las botas y, muy satisfecho, dijo: «Ha mejorado, que pise fuerte. Quiero que mi hijo sea un chico varonil, esta aspereza no le hace ningún daño y se le pasará. Lo puliremos poco a poco; en cuanto a conocimientos, los adquirirá tan deprisa como comen grano las palomas. Así que no lo apures».

Daisy estaba más resplandeciente y encantadora que nunca; despuntaban en ella toda suerte de manifestaciones femeninas, era tan dulce como su madre y disfrutaba con la vida doméstica. Cuidaba de su familia de muñecas de una forma ejemplar; siempre tenía a mano su cesta de labores; bordaba tan bien que Semi sacaba el pañuelo a menudo para presumir de sus limpias puntadas, y la pequeña Josy tenía unas enaguas de franela preciosísimas que le había hecho su hermana Daisy. Le gustaba rondar cerca del aparador de la vajilla, preparar los saleros y enderezar las cucharas de la mesa; todos los días daba una vuelta por la salita armada con un cepillo y quitaba el polvo de las sillas y las mesas. Semi decía que era «remilgada», pero se alegraba mucho de que le ordenara las cosas, le prestara sus finos dedos para cualquier cosa y lo ayudara con las lecciones, porque en eso iban a la par y sin la menor rivalidad entre ellos.

Se querían más que nunca; nadie podía reírse del cariño con el que Semi trataba a su hermana. La defendía como un valiente y nunca pudo entender que a los chicos les avergonzara decir «a la cara» que querían a sus hermanas. Daisy adoraba a su gemelo, su hermano le parecía el niño más extraordinario del mundo y todas las mañanas, envuelta en su toquillita, se acercaba a su puerta y le decía maternalmente: «Arriba, cariño, ya casi es la hora de desayunar; y aquí te dejo un cuello limpio».

Rob era un chiquillo lleno de energía que, al parecer, había descubierto el secreto del movimiento continuo, porque nunca estaba quieto. Por fortuna no era travieso ni muy osado; no solía meterse en líos y vibraba entre el padre y la madre, oscilando con viveza como un pendulito cariñoso; es que era muy parlanchín.

Teddy era muy pequeño para desempeñar un papel importante en los asuntos de Plumfield, pero tenía su pequeño terreno y lo llenaba de maravilla. Todo el mundo necesitaba un cachorrito de vez en cuando y este «chiqui» siempre estaba dispuesto a recibir besos y caricias. La señora Jo lo llevaba a casi todas partes, por eso el niño siempre metía el dedito en todos los pasteles domésticos, y a todo el mundo les gustaban más solo por eso, porque en Plumfield tenían en cuenta a los chiquitines.

Dick Brown y Adolphus (o Dolly Pettingill) tenían ocho años. Dolly tartamudeaba mucho, pero cada vez menos, porque nadie podía burlarse de él y el señor Bhaer intentaba curarlo haciéndole hablar muy despacio. Era un niño bueno, sin nada fuera de lo común, pero allí prosperaba, cumplía sus deberes diarios y disfrutaba de sus cosas con placidez, satisfacción y decoro.

Lo que aquejaba a Dick Brown era la espalda, pero llevaba la carga con tanta alegría que, en una ocasión, Semi le preguntó, a su curioso estilo: «¿La chepa hace ser buena persona? Porque, si es que sí, me gustaría tenerla». Dick siempre estaba contento y se esforzaba al máximo por ser como los demás, porque en su débil cuerpecillo habitaba un espíritu valiente. Al principio, cuando llegó, era muy consciente de su desgracia, pero enseguida aprendió a olvidarla porque, desde el día en que el señor Bhaer castigó a un niño por reírse de él, nadie volvió a recordársela.

—A Dios le da igual —respondió Dick, gimiendo, al que se burló de él—, porque tengo el alma más recta que la espalda.

Y los Bhaer, ateniéndose a esa idea, le enseñaron a creer que las personas también lo querían por su alma y no le daban importancia al cuerpo, solo para ayudarlo a llevar la carga.

Una vez, jugando a los parques zoológicos con los demás, uno dijo:

—¿Qué animal quieres ser, Dick?

—¡Ah! Yo ¡el dromedario! ¿No ves que tengo chepa? —contestó riéndose.

—Entonces serás mi querido dromedario que no lleva cargas, sino que desfila delante de todos con el elefante —dijo Semi, que organizaba el espectáculo.

—Espero que todo el mundo sea tan cariñoso como mis hijos con este pobrecito —dijo la señora Jo.

Y contempló con satisfacción el resultado de sus enseñanzas al ver desfilar a Dick por delante de ella como un pequeño dromedario, muy contento pero muy débil, al lado de Gloti el fuertote, que hacía de elefante con solemne propiedad.

Jack Ford era un chico espabilado y muy pícaro que estaba en este colegio porque era barato. Mucha gente lo habría considerado listo, pero al señor Bhaer no le gustaba la idea de astucia que conllevaba esa palabra y consideraba que la afición que el chico le tenía al dinero, tan inapropiada para su edad, era un mal comparable al tartamudeo de Dolly o a la chepa de Dick.

Ned Barker era como tantos otros chicos de catorce años, todo piernas, torpeza y chulería. Tanto es así que en su familia lo llamaban «pato mareado», por la de tropezones y golpes que se daba contra sillas y mesas y la cantidad de objetos que tiraba al suelo sin querer. Presumía mucho de lo que sabía hacer, pero nunca lo demostraba con hechos, no era valiente y tenía cierta tendencia a inventar cuentos. Podía intimidar a los pequeños y hacer la pelota a los mayores y, aunque no era mal chico, se dejaría arrastrar enseguida al mal camino.

A George Cole lo había consentido mucho su madre: le dejaba comer toda clase de chucherías hasta que se ponía enfermo, y entonces le parecía que estaba muy malito y que no podía estudiar, por eso a los doce años era un chico paliducho, gordito, aburrido, inquieto y perezoso. Una amiga convenció a su madre de que lo mandara a Plumfield, y allí se espabiló enseguida, porque les permitían comer dulces a menudo, hacían mucho ejercicio físico y estudiaban de una forma tan amena que Gloti no tardó nada en acostumbrarse. Hasta su preocupada madre se asombró de lo mucho que había mejorado y se convenció de que el aire de Plumfield era muy beneficioso.

Bill Ward era lo que a veces llamamos cariñosamente «un inocente», porque, a pesar de sus trece años, parecía un niño de seis. Había tenido una inteligencia extraordinaria y su padre le había apretado mucho: le impartía toda clase de conocimientos áridos y le hacía estudiar seis horas al día creyendo que el niño lo absorbería todo como un pato alimentado a embudo. Le parecía que era su deber, pero a punto estuvo de matarlo, porque después de un triste verano con fiebres, el cerebro sobrecargado se rindió y a Billy se le quedó la cabeza como una pizarra al pasar una esponja: borrada por completo.

Fue una lección espantosa para la ambición del padre; no podía soportar ver a su hijo, tan prometedor, transformado en un débil mental, y entonces lo mandó a Plumfield con pocas esperanzas de que pudieran hacer algo por él, pero convencido de que lo tratarían bien. Era muy dócil e inofensivo, y daba pena ver los esfuerzos que hacía por aprender, como tanteando a ciegas en busca del conocimiento perdido que tan caro le había costado. Un día tras otro se enfrascaba en el abecedario y decía con orgullo *a* y *b* creyendo que

NAT
SEMI BROOKE
DAISY
TOMMY

ROB
TEDDY
DAN
NAN

ya las sabía, pero a la mañana siguiente se le había olvidado todo y tenía que empezar de nuevo. El señor Bhaer lo trataba con una paciencia infinita y seguía insistiendo, a pesar de lo inútil que parecía el empeño; no pretendía darle lecciones de los libros, solo intentaba despejar un poco las nieblas de esa cabeza nublada y devolverle la inteligencia suficiente para que dejara de ser una carga y una aflicción.

La señora Bhaer le reforzaba la salud con todos los remedios que se le ocurrían y todos los chicos lo compadecían y lo trataban con cariño. A él no le gustaban los juegos activos de sus compañeros, pero podía pasarse horas sentado contemplando a las palomas o haciendo agujeros en la tierra para Teddy, hasta que este cavador insaciable se quedaba satisfecho; o seguir a Silas, el jardinero, de un sitio a otro y verlo trabajar, porque el bueno de Si también lo trataba con ternura y, aunque Billy no tenía memoria para las letras, se acordaba muy bien de las caras cordiales.

Tommy Bangs era el trasto más trasto del colegio, el más agotador del mundo y más travieso que un mono, pero tenía tan buen corazón que todos le perdonaban sus jugarretas sin pensarlo; tenía la cabeza a pájaros y las regañinas le entraban por un oído y le salían por otro, pero se arrepentía de cada fechoría con una magnificencia que era imposible no estallar en carcajadas al oír las tremendas promesas de no reincidir o los castigos estrambóticos que quería imponerse. El señor y la señora Bhaer vivían en un perpetuo estado de alerta por lo que le pudiera pasar, desde que se rompiera el cuello hasta que hiciera volar la casa por los aires con pólvora; y Nana tenía un cajón lleno de vendajes, tiritas y pomadas solo para Tommy, porque cada dos por tres lo llevaban medio muerto a la guardería; pero al final nunca le pasaba nada y salía de todos los percances con más vigor que antes.

El primer día en el colegio se cortó la punta de un dedo con una guadaña y esa misma semana se cayó del tejado del cobertizo, lo persiguió una gallina furiosa que quería sacarle los ojos porque le había robado los polluelos para examinarlos, se libró y luego Asia le dio un fuerte tirón de orejas porque lo pilló mojando en una cazuela de nata, como si fuera un rey, medio bizcocho que había robado. Sin embargo, sin arredrarse ante los fracasos o los desaires, este muchacho indómito siguió haciendo de las suyas hasta poner a todo el mundo en estado de alarma. Siempre tenía una excusa graciosa cuando no se sabía la lección y, por lo general, aprendía lo que decía en los libros y demostraba un ingenio enorme para las respuestas cuando no las sabía; en resumen: se la daba bien el colegio. Pero fuera... ¡Oh, dioses! ¡Menudas juergas se corría Tommy!

Una mañana de lunes en la que había mucho que hacer ató a la gorda Asia al poste del tendal con la propia cuerda y allí la dejó media hora protestando y quejándose. Un día, cuando la bonita doncella Mary Anne servía la mesa a unos caballeros que habían ido a comer, le coló una moneda caliente por la espalda; a la pobre muchacha se le cayó la sopera y, trastocada, salió del comedor a la carrera, mientras la familia pensaba que se había vuelto loca. Otro día puso un cubo de agua en lo alto de una rama y dejó colgando una cinta atada al mango; cuando Daisy vio la llamativa serpentina, tiró de ella para rescatarla, pero se llevó una ducha que le estropeó el vestido limpio y le hirió profundamente los sentimientos. En otra ocasión llenó el azucarero de piedras blancas y, cuando llegó su abuela a tomar el té, la pobre anciana no entendía por qué no se deshacían en la taza, pero los buenos modales le impidieron decir lo que pasaba. En la iglesia, pasó rapé a cinco chicos, que se pusieron a estornudar con tanto estruendo que tuvieron que salir. En invierno cavaba caminos y después, cuando no lo veían, los llenaba de agua para que la gente cayera en ellos. Al pobre Silas lo volvía loco cuando le colgaba las grandes botas en sitios raros, porque el hombre tenía unos pies enormes que lo avergonzaban mucho. Convenció al ingenuo de Dolly de que se atara un hilo a un diente que se le movía y de que lo dejara colgando fuera de la boca cuando se fuera a dormir, y así Tommy se lo sacaría y él no se enteraría de nada. Pero el diente no quiso soltarse al primer tirón y el pobre Dolly se despertó muy angustiado; a partir de ese día dejó de confiar en Tommy para siempre. La última diablura consistió en dar a las gallinas pan mojado en ron; las gallinas se emborracharon y escandalizaron a todas las demás aves, porque las respetables pitas empezaron a tropezar, a picotear y a cloquear de una forma muy cómica, mientras la familia se desternillaba de risa al ver las cabriolas que hacían, hasta que Daisy se compadeció de ellas y las encerró en el gallinero para que durmieran la mona.

Estos eran los doce chicos que vivían juntos y felices entre estudios y juegos, trabajos y peleas, luchando contra los defectos y cultivando virtudes como en los buenos tiempos del pasado. Seguramente en otros colegios los chicos aprenderían más de los libros, pero menos de esta sabiduría preferible que los convierte en hombres buenos. El latín, el griego y las matemáticas estaban muy bien, pero según el profesor Bhaer, era más importante aprender a conocerse, a ayudarse y a controlarse uno mismo, y él se esmeraba en enseñárselo. A veces la gente rechazaba sus ideas, incluso cuando reconocían los grandes progresos de los chicos en modales y moral. Pero, claro, como dijo la señora Jo a Nat, aquel era un «colegio como pocos».

3

El domingo

A la mañana siguiente Nat se levantó tan pronto como sonó la campana y, con gran satisfacción, se puso la ropa que encontró en la silla. No era nueva, sino prendas usadas de uno de los chicos ricos; pero la señora Bhaer guardaba esas plumas sobrantes para los pajaritos solitarios que se refugiaban en su nido. Nada más terminar de vestirse apareció Tommy muy engalanado y con un cuello limpio, y acompañó a Nat abajo, a la mesa del desayuno.

El sol iluminaba la mesa del comedor y al puñado de chicos hambrientos y entusiastas que la rodeaban. Nat se dio cuenta de que estaban mucho más formales que la noche anterior, de que guardaban silencio, cada uno detrás de su silla, mientras el pequeño Rob, que se encontraba al lado de su padre en la cabecera de la mesa, juntaba las manos y agachaba la cabeza con devoción para dar gracias, siguiendo la religiosa costumbre alemana que observaba el señor Bhaer y que enseñaba a observar a su hijito. Después se sentaron todos a disfrutar del desayuno dominical, que consistía en café, bistec y patatas asadas, en vez del pan y la leche con el que satisfacían el apetito los demás días de la semana. Entre el ruido de platos y cubiertos proliferaban las conversaciones en un tono agradable: había que aprender determinadas lecciones dominicales y planear el paseo de la tarde y las actividades de la semana. Nat escuchaba y al mismo tiempo pensaba que iba a ser un día muy estupendo, porque le gustaba la tranquilidad y, aunque el ambiente estaba animado, nadie levantaba la voz y eso le parecía muy bien; y es que, a pesar de la vida tan dura que había llevado, el niño tenía la sensibilidad de los amantes de la música.

—Bien, chicos, ahora, cada cual a su tarea, y espero veros a todos preparados para ir a la iglesia cuando venga el autobús a buscarnos —dijo papá Bhaer.

Y fue el primero en dar ejemplo dirigiéndose al aula a preparar los libros para el día siguiente. Todo el mundo se dispersó para ir a cumplir su cometido, porque cada uno tenía asignado un pequeño deber diario y se esperaba que todos lo cumplieran con diligencia. Unos acarrearon leña y agua, barrieron las escaleras o hicieron los recados que les pidió la señora Bhaer. Otros dieron de comer a los animales que criaban y ayudaron a Franz en el establo. Daisy fregó las tazas y Semi las secó, porque a los gemelos les gustaba trabajar juntos y sus padres habían enseñado a Semi a participar en las tareas de la casa. Hasta Chiqui tenía sus obligaciones y correteaba de un sitio a otro recogiendo servilletas y colocando las sillas en su sitio. Media hora pasaron zumbando de aquí para allá como una colmena de abejas, hasta que llegó el autobús. Papá Bhaer y Franz se subieron con los ocho chicos mayores y se fueron a la iglesia de la ciudad, que estaba a cinco kilómetros.

Debido a la tos, Nat prefirió quedarse en casa con los cuatro pequeños y pasó la mañana estupendamente en la salita de la señora Bhaer, oyendo los cuentos que les leyó, aprendiendo el himno que les enseñó y después pegando estampas en un viejo libro de cuentas.

—Esto es mi armario de los domingos —le dijo ella, refiriéndose a unos estantes llenos de libros ilustrados, cajas de pinturas, juegos de construcción, pequeños diarios y material para escribir cartas—. Quiero que a mis niños les gusten los domingos, que les parezca un día de sosiego para estar a gusto y descansar del estudio y de los juegos diarios, para disfrutar de placeres tranquilos y aprender de un modo sencillo algunas cosas más importantes que las que se enseñan en los colegios. ¿Me entiendes? —preguntó a Nat, que la escuchaba con atención.

—¿Se refiere a ser buenos? —dijo, después de pensarlo un momento.

—Sí, a ser buenos y a que les guste ser buenos. Sé muy bien que a veces no es nada fácil, pero nos ayudamos unos a otros y así lo hacemos mejor. Voy a enseñarte una de las cosas que hago para ayudarlos.

Sacó entonces un librote que parecía tener escritas la mitad de las páginas y lo abrió por una en la que había una sola palabra al principio.

—¡Ahí va! ¡Si es mi nombre! —exclamó Nat, tan sorprendido como interesado.

—Sí; tengo una página para cada niño. Aquí escribo lo que hace cada uno a lo largo de la semana, y el domingo por la noche se lo enseño. Si es malo, lo lamento y me decepciona, si es bueno, me alegro y me siento orgullosa; pero sea lo que sea, ellos saben que lo que quiero es ayudarlos, y procuran esforzarse todo lo posible por amor a papá Bhaer y a mí.

—Estoy seguro de que sí —dijo Nat, mirando de reojo el nombre de Tommy en la página opuesta y preguntándose qué habría escrito a continuación.

La señora Bhaer se dio cuenta y, mientras daba la vuelta a la página, le dijo:

—No; no enseño a nadie lo que escribo sobre vosotros. Solo a cada uno lo suyo. Lo llamo «libro de la conciencia»; tú y yo somos los únicos que sabremos lo que escribo en tu página. Depende de ti que lo que te lea el próximo domingo te guste o te disguste. Creo que es un buen informe; sea como fuere, procuraré que las cosas te vayan bien en este sitio nuevo para ti y me bastará con que aprendas a observar las pocas reglas que tenemos, y con que seas feliz entre tus compañeros y aprendas un poco.

—Lo intentaré, señora —dijo Nat, todo arrebolado, lleno de buena intención y de deseos de conseguir que la señora Bhaer «se alegrara y se sintiera orgullosa», que no «lo lamentara y la decepcionara»—. Le dará mucho trabajo escribir sobre tantos niños —añadió.

Ella cerró el libro y dio una palmadita a Nat en el hombro.

—No, qué va, porque no sé qué me gusta más, si los niños o escribir —dijo, y se rio al ver la cara de asombro de Nat—. Sí, ya sé: para mucha gente, los niños son un estorbo, pero es porque no los entienden. Yo sí; y todavía no conozco a ninguno con el que no me entienda de maravilla en cuanto le descubro la fibra sensible. Pobre de mí, no podría seguir adelante sin mi querida grey de chiquillos alborotadores, traviesos y atolondrados, ¿verdad que no, Teddy?

La señora Bhaer abrazó al diablillo justo a tiempo, antes de que se guardara un gran tintero en el bolsillo.

Nat nunca había oído decir nada semejante y no sabía si mamá Bhaer estaba un poco chiflada o era la mujer más encantadora que había conocido en su vida. Más bien lo segundo, se dijo, a pesar de sus rarezas, como llenar el plato a uno sin que se lo pidiera, reírle las gracias, pellizcarle un poquito la oreja o tocarle el hombro con cordialidad, cosas que, por otra parte, le parecían deliciosas.

—Creo que ahora te gustaría ir al aula a practicar los himnos que vamos a cantar esta noche —le dijo, adivinando con acierto que era lo que más le gustaría hacer.

A solas con el querido violín y con el libro de música apoyado en la soleada ventana, mientras la primavera llenaba el mundo exterior de belleza y el silencio sabático se apoderaba de él, Nat disfrutó de una o dos horas de verdadera felicidad mientras aprendía las dulces melodías antiguas y olvidaba los pesares del pasado en el alegre presente.

Cuando volvieron los que habían ido a la iglesia y terminaron de comer, se repartieron todos por la casa y unos se dedicaron a leer y otros a escribir cartas a casa, a aprender la lección dominical o a hablar en voz baja. A las tres en punto la familia en pleno salió a dar un paseo, porque los jóvenes cuerpos activos necesitan hacer ejercicio y además, en estos paseos, las jóvenes cabezas activas aprendían a identificar y a amar la providencia de Dios en los bellos milagros que la naturaleza obraba ante sus ojos. El señor Bhaer siempre iba con ellos y, de esta forma sencilla y paternal, descubría a su grey «sermones en las piedras, libros en los arroyos saltarines y bondad en todas las cosas».

La señora Bhaer se fue a la ciudad con Daisy y sus dos hijos, a hacer la visita semanal a la abuela, que era la única diversión de la atareada señora Bhaer y un gran placer también. Nat todavía no estaba en condiciones de dar paseos largos y pidió permiso para quedarse en casa con Tommy, que tuvo el detalle de ofrecerse para enseñarle todo Plumfield.

—La casa ya la conoces, así que vamos fuera y podrás echar un vistazo al huerto, al establo y al zoológico —le dijo Tommy.

Los dejaron solos con Asia, para que los vigilara y no hicieran trastadas; porque, aunque Tommy era uno de los niños con pantalones bávaros mejor intencionados del mundo, siempre le pasaban las calamidades más aparatosas sin saber cómo.

—¿Qué es el zoológico? —preguntó Nat, mientras recorrían el camino que rodeaba la casa.

—Todos tenemos algún animal, ¿sabes? Y los guardamos en el granero, pero lo llamamos el zoológico. Mira, mi conejillo de Indias —le dijo, presentándole a uno de los ejemplares más feos de esta graciosa especie que había visto Nat en su vida—. ¿No es una preciosidad?

—Conozco a un chico que tiene por lo menos una docena, y me dijo que me daba uno, pero yo no tenía dónde guardarlo, así que no pude quedármelo. Era blanco con manchas negras, un buen ejemplar. A lo mejor se lo puedo pedir para ti, si quieres —dijo Nat, pues la pareció una forma delicada de agradecer a Tommy sus atenciones.

—Me encantaría, y yo te daría este a ti y vivirían los dos juntos, si no se pelean, claro. Esos ratones blancos son de Rob, se los regaló Franz. Los conejos son de Ned y las gallinas Bantam de ahí fuera, de Gloti. Aquella especie de caja es el tanque de tortugas de Semi, aunque todavía no han empezado a criar. El año pasado tuvo sesenta y dos, algunas muy impresionantes. A una le escribió su nombre y el año en el caparazón y la soltó; y dice que así, si un día se la encuentra, aunque sea dentro de mucho, la reconocerá. Había leído una historia de uno que encontró una tortuga a la que habían puesto una señal que demostraba que tenía cientos de años. ¡Qué cosas se le ocurren a Semi!

—¿Qué hay en esa otra caja? —preguntó Nat delante de una grande y honda, llena de tierra hasta la mitad.

—¡Ah, sí! Es la tienda de lombrices de Jack Ford. Las entierra ahí y las cría y, cuando queremos cebo para ir de pesca, se las compramos a él. Así no tenemos que buscarlas, pero las cobra caras. Fíjate que la última vez le tuve que pagar dos centavos por una docena, y encima me las dio pequeñas. ¡Qué rácano es a veces! Le dije que si no bajaba el precio me las buscaría yo. Porque, a ver, yo tengo dos gallinas, aquellas grises con moñito en la cabeza, y son de primera; bueno, pues le vendo los huevos a la señora Bhaer, pero ni se me ocurriría pedirle más de veinticinco centavos la docena, ¡nunca! Me daría vergüenza —declaró Tommy, exaltado, mirando con desprecio la caja de las lombrices.

A Nat le parecieron interesantes estas transacciones comerciales y pensó que sería un honor y un placer ser ayudante de T. Bangs.

—¿De quién son los perros? —le preguntó.

—El grande es de Emil. Se llama Cristóbal Colón. La señora Bhaer le puso ese nombre porque le gusta decirlo y a nadie le molesta que se lo haya puesto a un perro —contestó Tommy, como si fuera el presentador de su propio zoológico—. El cachorro blanco es de Rob y el amarillo, de Teddy. Un hombre los iba a ahogar en nuestro estanque, pero papá Bhaer no se lo permitió. No están mal para lo pequeños que son, pero a mí no me entusiasman. Se llaman Cástor y Pólux.

—Si me dieran a elegir, me quedaría con Toby, el burro; es divertido montarse en él, y además es pequeñito y bueno —dijo Nat, acordándose de las caminatas agotadoras que había tenido que soportar.

—Se lo mandó el señor Laurie a la señora Bhaer, para que no tuviera que cargar con Teddy cuando vamos de paseo. A todos nos gusta Toby, y es un burro de primera, sí, señor. Las palomas son de todos, cada uno tiene la suya, y nos repartimos las pequeñas a medida que nacen. Son muy divertidas cuando acaban de salir del cascarón; ahora no hay ninguna pero, si quieres, puedes subir y echar un vistazo a las grandes mientras yo voy a ver si Copete y Abu han puesto algún huevo.

Nat subió por la escalerilla, metió la cabeza por un ventanuco y se quedó un buen rato mirando las bonitas palomas que picoteaban y se arrullaban en su espaciosa casa. Había algunas en los nidos, otras entraban y salían de ellos y unas cuantas descansaban en la puerta del suyo, pero muchas iban y venían volando entre el soleado tejado y la paja caída en el corral, donde seis lustrosas vacas rumiaban plácidamente.

«Todo el mundo tiene algo, menos yo. Cuánto me gustaría tener una paloma, una gallina o incluso una tortuga propia», pensó Nat; se sentía muy pobre al ver los tesoros tan interesantes de los otros chicos.

—¿Cómo los conseguís? —preguntó a Tommy cuando fue a reunirse con él en el establo.

—Los encontramos, los compramos o nos los regala alguien. A mí me mandó mi padre las gallinas; pero en cuanto tenga dinero suficiente, pienso comprarme dos patos. Hay un estanque muy bonito detrás del establo; además, los huevos de pato son más caros y los patitos son muy graciosos, muy divertidos cuando se echan al agua —dijo Tommy como si fuera millonario.

Nat suspiró: él no tenía ni padre ni dinero, nada en el mundo, más que un monedero viejo y vacío y la habilidad de los diez dedos de las manos. Tommy debió de entender enseguida la pregunta y el suspiro que siguió a su respuesta, porque, después de pensarlo a fondo un momento, le dijo de pronto:

—Oye, vamos a hacer una cosa. A mí no me gusta nada ir a buscar los huevos, pero si los recoges tú en mi lugar, te doy uno de cada docena. Lleva la cuenta y, cuando tengas doce, mamá Bhaer te pagará veinticinco centavos por ellos, y así podrás comprarte lo que quieras. ¿Entiendes?

—¡Sí, sí! ¡Qué bueno eres, Tommy! —exclamó Nat, deslumbrado con la brillante oferta.

—¡Bah! ¡No es nada! Empieza ahora mismo, busca por el establo, yo te espero aquí. Abu no para de cloquear. Seguro que ha puesto uno.

Tommy se lanzó a rebuscar entre la paja con una exuberante sensación de haber hecho un buen trato y un favor a un amigo.

Inició la búsqueda con alegría entre los diversos ponederos hasta que encontró dos huevos estupendos, uno escondido debajo de una viga y otro, dentro de un viejo celemín, del que se había apropiado la señora Copete.

—Uno para ti y otro para mí. Con este ya tengo otra docena; mañana empezamos una nueva. Toma, lleva la cuenta de los tuyos aquí, al lado de la mía, para no confundirnos —dijo Tommy.

Le enseñó una fila de números misteriosos escritos con tiza en la cara lisa de una vieja máquina aventadora.

Con una deliciosa sensación de importancia, el orgulloso dueño de un huevo abrió la cuenta al lado de la de su amigo y este, riéndose, escribió debajo de los números unas palabras impresionantes: T. BANGS Y COMPAÑÍA.

El pobre Nat estaba tan maravillado que no fue nada fácil convencerlo de que depositara su primera propiedad en la despensa de Asia. Luego siguieron con la ronda de las instalaciones y, después de conocer a los dos caballos, las seis vacas, los tres cerdos y la «jata» (así llamaban a los terneros), Tommy se lo llevó a ver un viejo sauce cuyas ramas colgaban sobre un arroyuelo rumoroso. Era muy fácil trepar desde la cerca hasta el hueco que se abría entre las tres grandes ramas que habían cortado para que todos los años nacieran muchas ramitas finas, que formaban un dosel verde por arriba. Habían dispuesto allí unos asientos pequeños y, en un agujero, un armario en el que cabían un par de libros, una barca desmontada y varios silbatos a medio hacer.

—Este escondite es de Semi y mío; lo hicimos nosotros, y nadie puede venir aquí sin permiso, menos Daisy, pero ella no molesta —dijo Tommy.

Nat, fascinado, miró el agua marrón que burbujeaba abajo, en el arroyo, y el dosel verde que se formaba arriba, donde el murmullo de las abejas era como una canción mientras ellas se daban un banquete entre las alargadas y dulces flores amarillas que perfumaban el aire.

—¡Ah, es maravilloso! —exclamó Nat—. Espero que me dejéis subir alguna vez. En mi vida había visto un sitio tan bonito. Me gustaría ser un pájaro y vivir siempre aquí.

—Está bastante bien. Por mí, puedes venir, si Semi no tiene nada en contra, y seguro que no, porque anoche me dijo que le caías bien.

—¿De verdad? —dijo Nat, sonriendo con ilusión.

Y es que, al parecer, todos los niños tenían muy en cuenta la opinión de Semi, en parte porque era sobrino de papá Bhaer, y en parte por lo sobrio y concienzudo que era el muchacho.

—Sí; a Semi le gustan los chicos tranquilos y verás como os lleváis bien, si te gusta leer tanto como a él.

La emoción que sentía el pobre Nat se convirtió en un intenso bochorno al oír las últimas palabras, y respondió, vacilante:

—No leo muy bien; no he podido leer casi nada; siempre tenía que tocar el violín, ¿sabes?

—Yo leo bastante bien cuando es necesario, pero no me gusta mucho —dijo Tommy, después de mirarlo con una cara de sorpresa que decía claramente: «¡¡¡Tienes doce años y no sabes leer!!!».

—Pero sé leer música —añadió Nat, bastante alterado por haber tenido que reconocer su ignorancia.

—Yo no —dijo Tommy con todo respeto, y eso envalentonó a Nat.

—Pienso estudiar muchísimo —dijo entonces con firmeza— y aprender todo lo que pueda, porque hasta ahora no he podido. ¿El señor Bhaer es muy exigente?

—No, nunca se enfada; él explica las cosas y te da un empujoncito con las más difíciles. Eso no lo hacen todos; mi maestro de antes no lo hacía. Si fallabas en una palabra ¡te soltaba un capón en toda la cocorota!

Tommy se frotó la coronilla como si todavía le cosquillearan los capones; era el único recuerdo que conservaba de un año entero con «el maestro de antes».

—Creo que esto podría leerlo —dijo Nat, mirando los libros.

—Pues a ver, lee un poco; yo te ayudo —replicó Tommy con suficiencia.

Nat hizo lo que pudo y descifró una página con unos cuantos «empujoncitos» cordiales de su amigo, y Tommy le dijo que no tardaría nada en «pillarlo». Luego se pusieron a hablar «de hombre a hombre» de toda clase de cosas, entre otras, de agricultura, porque Nat, mirando abajo desde el árbol, preguntó qué habían plantado en los numerosos huertecitos que se veían al otro lado del arroyo.

—Es nuestra granja —dijo Tommy—. Cada uno tiene su terreno y siembra lo que quiere, aunque tenemos que elegir entre varias cosas; no se puede cambiar lo que elijas hasta después de la cosecha y tenemos que cuidarlo todo el verano.

—¿Qué vas a plantar este año?

—Bueeeno, me pedí las alubias de seis semanas, son la cosecha más fácil.

Nat se echó a reír a carcajadas, porque Tommy se había puesto el sombrero hacia atrás, se había metido las manos en los bolsillos y, sin darse cuenta, hablaba imitando a Silas, el hombre que cuidaba de las tierras y los animales del señor Bhaer.

—¡Oye! ¿De qué te ríes? Las alubias son mucho más fáciles que el maíz o las patatas. El año pasado lo intenté con sandías y melones, pero los bichos me lo pusieron difícil y encima... se helaron antes de madurar, así que solo saqué una sandía buena y dos melones pachuchos —dijo Tommy, imitando otra vez a Silas en la última palabra.

—El maíz es bonito —dijo Nat para suavizar el estallido de risa de antes.

—Sí, pero hay que estar desbrozando todo el tiempo. En cambio, las alubias, con una vez basta, y enseguida maduran. Voy a probar con ellas, porque lo dije yo antes. Las quería Gloti, pero le han tocado los guisantes; solo hay que recogerlos, y que lo haga él, porque come muchísimo.

—No sé si yo tendré también un terreno —dijo Nat, pensando que hasta desbrozar el maíz debía de ser un buen trabajo.

—¡Claro que sí! —dijo una voz desde abajo.

Era el señor Bhaer, que había vuelto del paseo y había ido a buscarlos, porque siempre procuraba hablar un rato con cada niño en algún momento del día; le parecía una buena forma de empezar la semana siguiente.

Comprender a los demás es una gran virtud y en Plumfield obraba maravillas, porque todos los niños sabían que papá Bhaer se interesaba por cada uno en particular, y algunos estaban mejor dispuestos a sincerarse con él que con una mujer, sobre todo los mayores, que preferían hablar de sus esperanzas y de sus planes de hombre a hombre. Si caían enfermos o ante algunas dificultades, recurrían instintivamente a la señora Jo, y para los menores, ella era su confidente en todas las ocasiones.

Al bajar del nido, Tommy se cayó al agua; como estaba acostumbrado, salió tranquilamente del arroyo y se retiró a la casa para cambiarse. Y así, Nat se quedó a solas con el señor Bhaer, que era lo que este quería. En el paseo que dieron entre los huertecitos, supo ganarse al chico dándole ideas para sembrar y hablando de cultivos con total seriedad, como si el alimento de toda la familia dependiera de la cosecha. De este ameno tema pasaron a otros, y Nat tomó nota mental de muchos pensamientos nuevos y productivos, que acogió con el mismo agradecimiento que la tierra sedienta la lluvia cálida de primavera. Se pasó la cena dándoles vueltas en la cabeza, mirando fijamente al señor Bhaer con una expresión en los ojos que parecía decir: «Eso me gusta, señor Bhaer, hágalo otra vez». No sé si el hombre entendió el lenguaje mudo del niño, pero cuando se fueron todos a la salita de la señora Bhaer para la charla del domingo por la noche, eligió un tema inspirado tal vez en el paseo por los huertos.

Al verlos a todos reunidos, Nat pensó que aquello parecía más una gran familia que un colegio, porque los chicos estaban sentados en un gran semicírculo alrededor del fuego, unos en sillas, otros en la alfombra, Daisy y Semi en las rodillas de tío Fritz, y Rob, cómodamente apartado detrás del sillón de su madre, donde podía adormilarse si le aburría la conversación. Todos estaban atentos y a sus anchas, porque la larga charla ayudaba a disfrutar del descanso y, como sabían que los llamarían para preguntarles su punto de vista, a nadie se le cerraban los ojos y todos aguardaban su turno de hablar.

—Érase una vez —empezó a decir el señor Bhaer al entrañable estilo antiguo— un hortelano grandote y sabio que tenía la huerta más grande de los alrededores. Era muy bonita, una joya; la cuidaba con esmero y pericia y cultivaba toda clase de cosas excelentes y nutritivas. Pero hasta en esta huerta crecían las malas hierbas; a veces la tierra era mala y, aunque sembraba semillas buenas, no germinaban. Contaba también con muchos ayudantes. Unos cumplían con su deber y se ganaban el generoso salario que les pagaba, pero otros descuidaban su obligación y todo se echaba a perder, cosa que le disgustaba mucho. Sin embargo, tenía paciencia y se pasó miles y miles de años esperando la gran cosecha.

—Pues sería viejísimo —dijo Semi, mirando directamente a tío Fritz a la cara, como si no quisiera perderse ni una palabra.

—Calla, Semi; es un cuento muy bonito —susurró Daisy.

—Pues a mí me parece un *alegroría* —dijo Semi.

—¿Qué es un *alegroría*? —preguntó Tommy, que era muy preguntón.

—Díselo, Semi, si puedes, y no utilices palabras que no conoces bien —dijo el señor Bhaer.

—La conozco bien. ¡Me la explicó mi abuelo! Una fábula es un *alegroría;* es una historia que significa algo. Mi *Cuento sin final* lo es, porque un niño significa un alma, ¿verdad que sí, tiíta? —protestó Semi, deseando que le diera la razón.

—Sí, cielo; y estoy segura de que el cuento de tu tío es una alegoría también; así que vamos a oírlo, a ver qué significa —respondió la señora Jo, que siempre participaba en todo y disfrutaba tanto como un niño más.

Semi se tranquilizó y el señor Bhaer continuó, pero pronunciando con el mayor esmero; había mejorado mucho en los últimos cinco años y decía que era gracias a los niños.

—Este gran hortelano entregó unas doce parcelitas a uno de sus criados y le dijo que pusiera todo su empeño en sacar algo de esa tierra. Aunque el criado no era rico, ni sabio ni muy bueno, quería contribuir con algo porque el hortelano lo había tratado bien en muchas ocasiones, así que aceptó las parcelas de buen grado y se puso a trabajar. Las había de todas las formas y tamaños; unas tenían muy buena tierra; otras, muchas piedras, pero todas necesitaban atención, porque en la tierra fértil crecían enseguida las malas hierbas y en la árida abundaban las piedras.

—¿Qué crecía allí, además de las malas hierbas y las piedras? —preguntó Nat delante de todos, pues estaba tan interesado que se le olvidó la vergüenza.

—Flores —dijo el señor Bhaer mirándolo con ternura—. Hasta en la parcelita más árida y olvidada crecía un pensamiento o una miñoneta. En una había rosas, guisantes de olor y margaritas —y, al decirlo, dio un pellizquito a la niña que se apoyaba en su brazo—. En otra había muchas plantas curiosas, lustrosos guijarros, una parra que trepaba como las habichuelas del cuento y un montón de semillas buenas que empezaban a germinar; porque resulta que esa parcela la había cuidado muy bien un anciano sabio que había trabajado toda su vida en huertos como ese.

En esa fase del *«alegroría»*, Semi inclinó la cabeza a un lado como un pájaro inquisitivo y clavó la mirada a su tío en la cara, como si sospechara algo y se pusiera alerta. Pero el señor Bhaer siguió inocentemente, mirando a unos y a otros con una expresión seria y melancólica, muy significativa para su mujer, que sabía lo mucho que deseaba cumplir su deber con esos huertecitos.

—Como iba diciendo, algunas parcelas eran fáciles de cultivar (es decir, fáciles de cuidar, Daisy) y otras, muy difíciles. Había una en particular, muy soleada, que podía haber estado llena de fruta y verdura, además de flores, pero no se esforzaba nada y, cuando el hombre sembraba melones y sandías, pongamos por caso, se le estropeaban, porque la parcelita no las cuidaba. El hombre lo lamentaba y seguía intentándolo, pero cada vez que la cosecha se estropeaba, la parcela decía: «Se me olvidó».

Hubo un estallido general de risas y todos miraron a Tommy, que había aguzado el oído al oír la palabra «melones» y agachó la cabeza al oír su excusa predilecta.

—¡Sabía que se refería a nosotros! —exclamó Semi batiendo palmas—. Tú eres el hombre y nosotros las parcelas, ¿a que sí, tío Fritz?

—Has acertado. Bien, ahora decidme qué semilla queréis que siembre en cada uno esta primavera, para poder recoger una buena cosecha en otoño de mis doce, no, trece parcelitas —se corrigió el señor Bhaer mirando a Nat.

—Siémbrenos maíz, alubias y guisantes, si no le parece que vamos a engordar mucho de tanto comer —dijo Gloti, con la redonda y aburrida cara iluminada de pronto por la suculenta idea que se le acababa de ocurrir.

—No se refiere a esa clase de semillas—dijo Semi, que solía llevar la voz cantante en estas charlas porque estaba acostumbrado y además le gustaba mucho—, sino a cosas que nos hagan buenos; y las malas hierbas son las faltas.

—Sí. Que cada uno piense qué es lo que más falta le hace, me lo decís y yo os ayudaré a cultivarlo; lo único que tenéis que hacer es esforzaros todo lo posible, u os pasará lo mismo que a los melones y a las sandías de Tommy: muchas hojas y ningún fruto. Voy a empezar por la persona mayor de los que estamos aquí: pregunto a mamá qué le gustaría ver en su parcela, porque todos somos parte del hermoso huerto y podemos ofrecer buenas cosechas a nuestro Señor, si Lo amamos lo suficiente —dijo papá Bhaer.

—Yo voy a dedicar toda mi parcela a la mayor cosecha de paciencia que pueda recoger, porque eso es lo que más falta me hace —dijo la señora Jo.

Y habló con tanta seriedad que los niños se pusieron a pensar con denuedo en lo que iban a decir cuando les tocara el turno; a algunos les remordió la conciencia por haber contribuido a gastar tan deprisa las reservas de paciencia de mamá Bhaer.

Franz pidió perseverancia; Tommy, constancia; Ned eligió buen humor; Daisy, diligencia; Semi, «tanta sabiduría como mi abuelo», y Nat dijo con timidez que necesitaba tantas cosas que prefería que eligiera la suya el señor Bhaer. Los demás dijeron cosas muy parecidas y la paciencia, el buen humor y la generosidad fueron las más solicitadas. Un niño dijo que quería pedir levantarse temprano, pero que no sabía cómo se llamaba esa semilla, y el pobre Gloti dijo, suspirando:

—Quisiera que estudiar me gustara tanto como comer, pero es imposible.

—Sembraremos templanza, escardaremos las malas hierbas y la regaremos para que crezca sana y fuerte y, cuando llegue Navidad, nadie se empachará por comer más de la cuenta. George, si pones la cabeza a trabajar, verás el hambre que le entra, tanta como al cuerpo, y te aficionarás a los libros tanto como este filósofo que tenemos aquí —dijo el señor Bhaer, y, mientras apartaba el pelo de la frente a Semi, añadió—: Tú también eres glotón, hijo mío, te gusta atiborrar esa cabecita de cuentos de hadas y fantasías tanto como a George llenarse la panza de tartas y dulces. Las dos cosas son malas, y quiero que intentéis hacer algo mejor. La aritmética no resulta tan divertida como *Las mil y una noches,* pero es muy útil, y ha llegado el momento de aprenderla, porque, si no, después lo lamentaréis.

—Pero *Harry y Lucy* y *Frank* no son cuentos de hadas, están repletos de barómetros, ladrillos, herreros y conocimientos útiles, y me gustan; ¿verdad que sí, Daisy? —dijo Semi, defendiéndose con uñas y dientes.

—Sí, sí, claro; pero te veo leyendo *Roland y Maybird* muchas más veces que *Harry y Lucy,* y me parece que *Frank* no te gusta tanto como *Simbad.* Venid, voy a hacer un trato con vosotros dos: George hará tres comidas al día y tú leerás un libro de cuentos a la semana; como recompensa, podréis usar el nuevo campo de críquet.

—Pero tenéis que prometer que iréis a jugar —intervino tío Fritz con su persuasiva voz, sabiendo que a Gloti no le gustaba nada correr y que Semi siempre dedicaba las horas de juego a la lectura.

—Pero no nos gusta el críquet —protestó Semi.

—A lo mejor no os gusta ahora, pero ya veréis como sí en cuanto lo dominéis. Por otra parte, a ti te gusta ser generoso y los demás chicos quieren jugar, así que cédeles el campo nuevo, si te parece.

De esta forma consiguió convencerlos, para mayor satisfacción de los demás.

Hablaron un poco más de los huertos y después cantaron todos juntos. A Nat le entusiasmó la banda, porque la señora Bhaer se puso al piano, Franz a la flauta, el señor Bhaer al contrabajo y él al violín. Fue un concierto muy sencillo, pero lo disfrutaron todos y la vieja Asia, sentada en un rincón, intervino también unas cuantas veces cantando con una voz dulcísima, porque en esta familia, amo y criado, viejos y jóvenes, negros y blancos participaban juntos de la música dominical que dedicaban al Padre de todos ellos. Después, los chicos y las chicas dieron un apretón de manos a papá Bhaer; mamá Bhaer dio un beso a cada uno, desde Franz, de dieciséis años, hasta el pequeño Rob, que se reservaba la punta de la nariz de su madre para sus besos particulares, y a continuación se fueron a dormir.

La luz suave que ardía en la guardería iluminaba un cuadro que había a los pies de la cama de Nat. Había otros en las paredes, pero al niño le pareció que este debía de tener algo de particular, por su bonito marco de musgo y piñas, y abajo, en una pequeña peana, un jarrón de flores silvestres frescas de primavera que habían recogido en el bosque. Era el cuadro más bonito de todos, y Nat lo contemplaba desde la cama con una vaga sensación de entender su significado y deseando comprenderlo del todo.

—Ese cuadro es mío —dijo una vocecita en la habitación.

Nat levantó la cabeza y vio a Semi en camisón, que se detuvo un momento al pasar; venía de la salita de su tía Jo, de pedirle una funda protectora para un corte que se había hecho en el dedo.

—¿Qué les hace a los niños? —preguntó Nat.

—Es Jesucristo, el Buen Jesús, y está bendiciendo a los niños. ¿No conoces a Jesús? —preguntó Semi, intrigado.

—No mucho, pero me gustaría. Parece muy bueno —respondió Nat, que lo único que sabía del Buen Jesús eran las blasfemias que había oído con Su nombre.

—Yo sé todo lo que le pasó, y me gusta mucho porque es cierto —dijo Semi.

—¿Quién te lo ha contado?

—Mi abuelo, que lo sabe todo y cuenta las mejores historias del mundo. Cuando era pequeño, me dejaba jugar con sus libros a construir puentes, trenes y casas —empezó a decir Semi.

—¿Cuántos años tienes ahora? —preguntó Nat con respeto.

—Casi diez.

—Y sabes muchas cosas, ¿verdad?

—Sí; ya ves lo grande que tengo la cabeza, y mi abuelo dice que tardaré bastante en llenarla, por eso no dejo de ponerle conocimientos lo más rápido posible —respondió Semi con su encantador estilo, un poco anticuado.

Nat se rio, y después, serio, dijo:

—Sigue, sigue.

Y Semi siguió hablando con mucho gusto, sin pausas ni puntuación.

—Un día encontré un libro muy bonito y quería jugar con él, pero mi abuelo me dijo que con ese no y me enseñó las ilustraciones, me contó lo que representaban y me encantó; la historia de José y de sus hermanos, que eran malos; la de las ranas que salieron del mar y la del pequeño Moisés en el agua, y muchísimas más, todas preciosas, pero la que más me gustaba era la del Buen Jesús, y mi abuelo me la contó tantas veces que me la aprendí de memoria, y entonces me regaló ese cuadro para que no se me olvidara, y ahí lo colgaron un día que me puse enfermo, y ahí se ha quedado, para que la vean los que se ponen enfermos.

—¿Por qué bendice a los niños? —preguntó Nat, interesado por la atractiva figura principal de la imagen.

—Porque los amaba.

—¿Eran niños pobres? —preguntó Nat pensativamente.

—Sí, creo que sí; fíjate, algunos van casi desnudos, y las madres no parecen ricas. Él quería a los pobres y los trataba muy bien: los sanaba, los ayudaba y decía a los ricos que no se enfadaran con ellos, y ellos lo querían mucho a Él, muchísimo —dijo Semi, entusiasmado.

—¿Era rico?

—¡No, qué va! Nació en un establo y era muy pobre. De mayor, no tenía casa y a veces no tenía ni qué comer, pero la gente se lo daba y Él iba de un lado a otro predicando, procurando que todo el mundo fuera bueno, hasta que Lo mataron unos hombres malos.

—¿Por qué?

Nat se sentó en la cama, le interesaba mucho la historia de ese hombre que se preocupaba tanto por los pobres.

—Voy a contártelo; a tía Jo no le parecerá mal.

Semi se sentó en la cama de enfrente encantado de poder contar su historia predilecta a un oyente tan atento.

Nana se asomó a ver si Nat se había dormido, pero al ver lo que estaba pasando, desapareció en silencio y, toda emocionada, fue a ver a la señora Bhaer.

—Mi querida señora, ¿quiere venir a ver una cosa muy bonita? Es que Nat está escuchando con toda el alma la historia del Niño Jesús que le está contando Semi, que es un angelito blanco.

La señora Bhaer tenía intención de ir a hablar con Nat antes de que se durmiera, porque sabía que unas palabras serias a esa hora podían hacerle mucho bien. Pero cuando se asomó a la puerta de la guardería y vio a Nat absorbiendo con ilusión todo lo que le contaba su amiguito, mientras este le relataba la dulce y solemne historia tal como se la habían enseñado a él, hablando en voz baja, sentado allí, con sus bonitos ojos fijos en el dulce rostro del cuadro, se le llenaron los suyos de lágrimas y se retiró en silencio, pensando para sí: «Sin saberlo, Semi está ayudando al pobre niño mucho más que yo; es mejor que yo no diga nada, para no estropearlo».

Siguió oyéndose el murmullo de la voz infantil un largo rato, mientras un corazón inocente contaba esta gran historia a otro, sin que nadie le impusiera silencio. Cuando por fin terminó y la señora Bhaer se acercó a retirar la lámpara, Semi se había ido y Nat estaba profundamente dormido, con la cara vuelta hacia el cuadro, como si ya hubiera aprendido a amar al Buen Jesús que amaba a los niños y que era un gran amigo de los pobres. Se veía placidez en su rostro y, al mirarlo, pensó que, si un solo día de atenciones y bondad había tenido un efecto tan grande, un año de pacientes cuidados sin duda haría fructificar ese huertecillo descuidado, en el que un pequeño misionero en camisón había sembrado ya la mejor semilla.

4

Piedras pasaderas

Cuando Nat fue a clase el lunes por la mañana, se le encogió el estómago al pensar que ahora todos verían lo ignorante que era. Sin embargo, el señor Bhaer le asignó el asiento del gran hueco de la ventana, donde podía dar la espalda a los demás, y Franz le oyó estudiar la lección de manera que nadie se enteraba de los errores que cometía ni veía los borrones que hacía en el cuaderno. Él lo agradeció de corazón y trabajó con tanto ahínco que el señor Bhaer, al verlo acalorado y con los dedos llenos de tinta, le sonrió y le dijo:

—No trabajes tanto, hijo, no vayas a agotarte; hay tiempo de sobra.

—Pero es que tengo que hacerlo para ponerme a la altura de los demás. Ellos saben montones de cosas y yo no sé nada —respondió Nat.

Le abrumó oír a sus compañeros recitar las lecciones de gramática, historia y geografía con una facilidad y una precisión asombrosas, o eso le pareció.

—Tú también sabes muchas cosas que ellos ignoran —dijo el señor Bhaer.

Se sentó a su lado mientras Franz guiaba a los pequeños por los intrincados caminos de las tablas de multiplicar.

—¿Ah, sí? —dijo Nat, completamente incrédulo.

—Sí; por ejemplo, sabes contenerte, mientras que Jack, aunque se le dan muy bien los números, no tiene ni idea; esa es una lección excelente que me parece que has aprendido muy bien. Además tocas el violín, cosa que no sabe hacer ninguno de estos niños, aunque les gustaría mucho. Y, lo mejor de todo, Nat, es que tienes verdadero interés en aprender algo, y con eso ya has ganado la mitad de la batalla. Al principio parece imposible, te desanimas, pero si sigues esforzándote, ya verás como es cada vez más fácil.

Se le iluminó la cara al oír estas palabras, porque, aunque la lista de las cosas que sabía era corta, le dio una gran alegría descubrir que tenía algo a lo que agarrarse.

«Sí, sé contenerme... eso me lo enseñaron las palizas de mi padre; y toco el violín, pero no sé dónde está el golfo de Vizcaya», pensó, con una sensación de alivio imposible de expresar. En voz alta y con tanto entusiasmo que hasta Semi lo oyó, dijo:

—Quiero aprender y voy a intentarlo. Nunca he ido a la escuela, pero es que no podía; y, si mis compañeros no se ríen de mí, creo que lo haré de primera... la señora y usted me tratan tan bien...

—No se van a reír de ti; y, si lo hacen, los... los... ¡les digo que no lo hagan! —exclamó Semi, olvidándose de que estaba en clase.

Los chicos se pararon en medio de la tabla del nueve y levantaron la vista para ver qué pasaba.

Al señor Bhaer le pareció que en ese momento les iba a venir mejor una lección de ayuda mutua que de aritmética, y entonces les habló de Nat de una forma tan interesante y enternecedora que todos los niños, haciendo gala de buen corazón, prometieron echarle una mano y consideraron un gran honor que les pidieran ayuda para impartir sus conocimientos a un chico que tocaba el violín con gran destreza. Esta propuesta despertó en ellos el sentimiento necesario y Nat encontró muy pocos obstáculos en el camino, porque todos se alegraban de darle un «empujoncito» para que subiera por la escalera del saber.

No obstante, no era recomendable que hiciera demasiados esfuerzos hasta que recuperara la salud, y la señora Jo encontró varias cosas con las que entretenerlo mientras los demás estudiaban. El huertecito fue la mejor medicina; preparó el terreno con esmero, sembró alubias, observó su crecimiento con entusiasmo y se regocijó con cada hoja verde y cada tallito que brotaba y florecía en la cálida primavera. Era el huertecito más limpio del mundo, hasta el punto de que el señor Bhaer temía que no fuera a crecer nada, porque Nat siempre estaba removiendo la tierra; y entonces le encomendó tareas más sencillas entre las flores del jardín o las fresas, y allí siguió trabajando y canturreando con tanta afición como las abejas que zumbaban alrededor.

«¡Esta cosecha es la que más me gusta!», decía siempre la señora Bhaer, pellizcándole las mejillas, más rellenitas y coloradas ya, o dándole unos golpecitos en los hombros encogidos, que iban enderezándose lentamente gracias al trabajo sano, la buena alimentación y la ausencia de la pesada carga que es la pobreza.

Semi era su amiguito; Tommy, su jefe; y Daisy, el bálsamo de todas sus cuitas; los tres eran menores que él, pero, debido a su timidez, se encontraba muy a gusto en la inocente compañía de estos niños y no le apetecía participar en los juegos más enérgicos de los chicos mayores. El señor Laurence no se olvidó de él: le mandaba ropa y libros, música y mensajes cariñosos e incluso iba al colegio de vez en cuando a ver qué tal evolucionaba el muchacho, o lo llevaba a la ciudad a ver un concierto. En estas ocasiones, Nat se transportaba al séptimo cielo, porque iba a la gran mansión del señor Laurence, veía a su mujer y a su hijita, que eran muy guapas, disfrutaba de una buena comida y lo trataban tan bien que después se pasaba días y noches hablando de ello, soñando con ello.

Con lo fácil que es hacer feliz a un niño, es una lástima que en un mundo lleno de sol y cosas buenas haya caritas tristes, manos vacías y corazones solitarios. Este era el sentimiento que impulsaba a los Bhaer a recoger las migas que encontraban para dar de comer a su bandada de gorriones hambrientos, pues solo eran ricos en caridad. Muchas amigas de la señora Jo le mandaban los juguetes que sus hijos pequeños ya no querían, y Nat encontró un buen empleo arreglándolos. Se le daba muy bien, con esos dedos finos y hábiles que tenía, y pasaba muchas tardes lluviosas —con el bote de pegamento, la caja de pinturas y un cuchillo— reparando muebles, animales y juegos, mientras Daisy hacía de costurera con las muñecas estropeadas. Tan pronto como arreglaban un juguete, lo ponían aparte en un cajón con destino al árbol de Navidad dedicado a los niños pobres del vecindario; de este modo, los chicos de Plumfield celebraban el nacimiento de Aquel que amaba a los pobres y a los niños.

Semi nunca se cansaba de leer ni de hablar de los libros que más le gustaban, y pasaron muchas horas agradables en el viejo sauce entretenidos con *Robinson Crusoe, Las mil y una noches,* los *Cuentos de Edgeworth* y otras obras inmortales que seguirán deleitando a los niños por los siglos de los siglos. Esto abrió un mundo nuevo a Nat; la curiosidad por saber lo que sucedía después en cada cuento lo estimuló hasta que consiguió leer igual que los demás, y estaba tan satisfecho y orgulloso de esta nueva adquisición que incluso corría peligro de convertirse en una rata de biblioteca, como Semi.

Sucedió otra cosa de la forma más agradable e inesperada. Varios chicos llevaban alguna clase de «negocio», como decían ellos, porque la mayoría eran pobres y, como sabían que en el futuro tendrían que arreglárselas por su cuenta, los Bhaer los animaban en sus esfuerzos por alcanzar la independencia económica. Tommy vendía los huevos de sus gallinas; Jack especulaba con cebos vivos; Franz colaboraba en las clases y le pagaban por ello; a Ned le gustaba la carpintería y le instalaron un torno con el que hacía toda clase de objetos útiles y de adorno, que después vendía; Semi construía molinos de agua, juguetes de cuerda y complicadas máquinas desconocidas que no sabía para qué servían y las ponía a disposición de los niños.

—Que sea mecánico, si quiere —decía la señora Bhaer—. Que cada niño tenga su «negocio» y se haga independiente. Trabajar es sano y, si algo se les da bien, ya sea la poesía o el arado, lo cultivaremos para que les sea útil.

Por eso, un día, cuando Nat llegó corriendo y, emocionado, dijo: «Hay unas personas que van a celebrar una merienda en nuestro bosque. ¿Puedo ir a tocar el violín allí? Me pagarán y me gustaría ganar algo de dinero, como los demás chicos, porque es la única forma que sé de hacerlo», la señora Bhaer le dijo que sí enseguida.

—Vete en buena hora. Es un trabajo fácil para ti, y te gusta; me alegro mucho de que te lo hayan ofrecido.

Nat se presentó en la merienda campestre y lo hizo tan bien que volvió a casa con dos dólares en el bolsillo y los enseñó con gran satisfacción mientras contaba que había estado muy a gusto toda la tarde, que los de la merienda eran simpáticos y jóvenes, que habían disfrutado mucho con los bailes y canciones que había tocado y que le habían prometido llamarlo más veces.

—Es mucho mejor que tocar en la calle, porque así no ganaba nada, pero ahora es todo para mí, y además lo paso en grande. Ahora ya tengo un negocio, como Tommy y Jack, y estoy muy contento —dijo Nat con orgullo, tocando el viejo monedero y creyéndose millonario.

Y así fue, ya tenía su negocio, porque, con la llegada del verano, proliferaban las meriendas campestres y el pequeño violín estaba muy solicitado. Podía ir a tocar siempre que no descuidara los estudios y si la merienda la organizaban jóvenes respetables. La señora Bhaer le explicó que todo el mundo necesitaba una buena educación básica y que por ningún dinero del mundo debía ir a tocar a ningún sitio que pudiera ser una mala influencia para él. Nat le dio la razón en todo y la verdad es que era un placer verlo irse inocentemente en los alegres carros que se paraban a la puerta para recogerlo y oírlo volver tocando el violín, cansado pero alegre, con su merecido dinero en el bolsillo y algunas «chucherías» de la merienda para Daisy y el pequeño Ted, de los que nunca se olvidaba.

—Voy a ahorrar para comprarme un violín, y así después podré ganarme la vida, ¿verdad? —le dijo al señor Bhaer cuando le llevó los dólares para que se los guardara.

—Eso espero, Nat; pero antes tenemos que ponerte fuerte y vigoroso, y meterte algunos conocimientos más en esa cabecita musical que tienes. Después el señor Laurie te buscará un sitio y dentro de unos años iremos todos a oírte tocar en público.

Con tantas cosas que le gustaban, tantos ánimos como le daban y tantas esperanzas, a Nat se le hacía la vida más fácil y dichosa cada día y sus grandes progresos en las clases de música hacían que a su profesor se le olvidara lo lento que era en otras materias, porque sabía muy bien que la cabeza trabaja mejor si va a la par que el corazón. El único castigo que le impusieron por descuidar estudios más importantes fue colgar el violín y el arco un día entero. El temor a perder a su amigo del alma para siempre lo estimuló a enfrascarse en los libros con más fuerza de voluntad; así demostró que era capaz de aprender muy bien las lecciones, de modo que ¿para qué iba a decir que no podía?

A Daisy le gustaba muchísimo la música y sentía un gran respeto por los músicos; a menudo se quedaba en las escaleras, cerca de la habitación de Nat, cuando él estudiaba el violín, y al chico le hacía ilusión y se esforzaba cuanto podía para ese público tan tierno; porque ella no quería entrar, prefería quedarse fuera con sus alegres labores o cuidando a alguna de sus numerosas muñecas con una expresión tan soñadora en la cara que a su tía Jo se le empañaban los ojos y pensaba: «¡Cuánto se parece a mi Beth!», pero pasaba de largo en silencio para no estropear la satisfacción de la dulce niña con su presencia.

Nat quería a la señora Bhaer, pero le resultaba más atractivo el buen profesor, que cuidaba al débil niño con cariño paternal, un niño que había escapado vivo por muy poco del proceloso mar en el que había navegado su barquita sin timón durante doce años. Seguro que lo había protegido un ángel bueno, porque las penurias que había sufrido habían dejado huellas en su cuerpo y, sin

embargo, el alma parecía intacta y había llegado a la orilla tan inocente como un náufrago recién nacido. O tal vez lo había arropado el amor que le inspiraba la música, a pesar de las penosas circunstancias en las que había vivido; eso decía el señor Laurie, y debía de saberlo mejor que él. Fuera como fuere, papá Bhaer disfrutaba favoreciendo las virtudes del pobre Nat y remediándole las faltas; este alumno nuevo le parecía tan dócil y cariñoso como una niña. Cuando hablaba de él con la señora Jo, a menudo lo llamaba «mi hija», y ella se reía de esta fantasía, porque a la señora le gustaban los niños varoniles y consideraba a Nat amable pero débil (aunque nadie habría adivinado que lo mimaba tanto como a Daisy) y él la consideraba una mujer encantadora.

Nat tenía una falta que preocupaba mucho a los Bhaer, aunque comprendían que se la habían reforzado el miedo y la ignorancia. Lamento decir que a veces Nat mentía. No eran grandes mentiras, pocas veces pasaban de medianas y casi siempre eran muy pequeñitas; pero daba igual, una mentira es una mentira y, aunque todos decimos mentirijillas piadosas en este extraño mundo nuestro, faltar a la verdad no está bien, y eso lo saben hasta en el último rincón de la tierra.

—Todo cuidado es poco; vigila la lengua, los ojos y las manos, porque es fácil caer con la boca, con la mirada y con los actos —le dijo el señor Bhaer en una de las conversaciones que tuvo con él sobre esta importante tentación.

—Lo sé, y me sale sin querer, pero es que las cosas son mucho más fáciles si uno no tiene que ser estrictamente fiel a la verdad. Me acostumbré a decir mentiras porque tenía miedo a mi padre y a Nicolo, y ahora lo hago a veces porque los chicos se ríen de mí. Ya sé que no está bien, pero se me olvida —dijo Nat, muy deprimido por sus pecados.

—¡Yo también decía muchas mentiras de pequeño! ¡Ay, qué bolas me inventaba! Pero mi abuela me curó... ¿sabes cómo? Mis padres habían hablado conmigo, me habían reñido, me habían castigado, pero a mí se me seguía olvidando, como a ti. Entonces, un día, mi querida abuela me dijo: «Voy a ayudarte a no olvidarlo más y a poner freno a esa costumbre tan fea»; entonces me sacó la lengua y me pellizcó la punta con unas tijeras hasta que salió sangre. Fue horrible, te lo aseguro, pero me vino muy bien, porque el dolor me duró muchos días y tenía que hablar tan despacio que me daba tiempo a pensar. A partir de entonces tuve mucho más cuidado y me porté mejor, porque me daban miedo las tijeras. Por lo demás, mi abuela me trataba muy bien y, en su lecho de muerte, en Núremberg, pidió que el pequeño Fritz amara a Dios y dijera la verdad.

—Yo no he tenido abuela, pero le dejo que me pellizque la lengua, si le parece que así me voy a curar —dijo Nat como un héroe, porque en realidad temía el dolor, pero deseaba de verdad dejar de mentir.

El señor Bhaer sonrió y dijo que no con un movimiento de cabeza.

—Se me ocurre algo mejor; lo hice una vez y funcionó. A ver, cuando digas una mentira, yo no te castigaré, sino que me castigarás tú a mí.

—¿Cómo? —preguntó Nat, sobresaltado.

—Me pegarás con la regla al estilo de antes; yo apenas la uso, pero, a lo mejor, si me castigas a mí te acuerdas mejor que si te castigo yo.

—¿Darle a usted con la regla? ¡Imposible! —exclamó Nat.

—Entonces, ten cuidado con esa lengua. No me apetece nada que me peguen, pero lo soportaré las veces que haga falta para que te cures.

Esta idea lo impresionó tanto que estuvo mucho tiempo muy pendiente de lo que decía, y hablaba con una precisión desesperada, porque el señor Bhaer acertó y el cariño que le profesaba el niño era más fuerte que el miedo que sentía por sí mismo. Pero, ¡ay! Un mal día Nat estaba con la guardia baja y cuando el malas pulgas de Emil amenazó con hacerle polvo si había sido él quien había pasado corriendo por su huerto y le había estropeado los mejores surcos de maíz, Nat declaró que no había sido él, y después, avergonzado, tuvo que reconocer que sí, que había sucedido la noche anterior, cuando huía de Jack, que lo perseguía.

Creyó que nadie iba a descubrirlo, pero resulta que Tommy lo vio y, cuando Emil lo contó un par de días después, Tommy dijo lo que había visto y el señor Bhaer se enteró. Habían terminado las clases y estaban todos en el vestíbulo; el señor Bhaer acababa de sentarse en el asiento de paja a jugar un rato con Teddy; pero al oír a Tommy y ver que Nat se ponía colorado y lo miraba muy asustado, dejó al pequeño en el suelo y dijo:

—Vete con mamá, Chiqui, enseguida voy yo.

Después tomó a Nat de la mano, lo llevó al aula y cerró la puerta.

Los chicos se miraron unos a otros en silencio un largo minuto, hasta que Tommy salió fuera a ver si veía algo por los postigos entreabiertos de la ventana. Y lo que vio lo dejó perplejo. El señor Bhaer acababa de tomar la larga regla que estaba colgada en la pared de la mesa del maestro, y que usaba tan poco que estaba llena de polvo.

«¡No puede ser! Esta vez sí que va a castigar a Nat. ¡Ojalá me hubiera mordido la lengua!», pensó el bueno de Tommy, porque la regla era el peor castigo en este colegio.

—¿Te acuerdas de lo que te dije la otra vez? —preguntó el señor Bhaer, pero no enfadado, sino disgustado.

—Sí, pero por favor no me obligue, no lo soporto —gimió Nat, pegándose a la puerta con las dos manos a la espalda y una expresión descompuesta.

«¿Por qué no se pone firmes y lo aguanta como un hombre? Es lo que haría yo», pensó Tommy, con el corazón acelerado.

—Yo cumplo mi palabra y tú tienes que acordarte de decir la verdad. Obedéceme, Nat, toma esto y dame seis golpes fuertes.

Estas últimas palabras sorprendieron tanto a Tommy que a punto estuvo de caerse del banco, pero se salvó agarrándose al alféizar de la ventana y siguió mirando con los ojos más abiertos que el búho disecado de la repisa de la chimenea.

Nat tomó la regla, porque cuando el señor Bhaer hablaba en ese tono todo el mundo obedecía y, asustadísimo por tener que pegar a su maestro y con grandes remordimientos, dejó caer la regla dos veces, sin fuerza, en la ancha mano que le tendían. Después se paró y levantó la vista, nublada por las lágrimas, pero el señor Bhaer le dijo sin vacilar:

—Sigue, pégame más fuerte.

Como si comprendiera que tenía que hacerlo y ansioso por terminar de una vez tan ingrata tarea, Nat se pasó la manga por los ojos y le dio otras dos veces, con más fuerza, y la mano se puso roja, pero le dolía más al que pegaba.

—¿No es bastante ya? —preguntó, sin aire en los pulmones.

—Dos más —fue la respuesta.

Y así lo hizo, con fuerza, sin ver dónde golpeaba; después tiró la regla a la otra punta del aula, tomó la mano con cariño entre las suyas, acercó la cara y, en un arrebato de amor, vergüenza y arrepentimiento, lloró sobre ella.

—¡No se me olvidará! ¡Ay, no! ¡No se me olvidará!

Entonces, el señor Bhaer le pasó el brazo por los hombros y, en un tono tan compasivo como antes había sido firme, dijo:

—Eso creo. Pide a Dios que te ayude y procura que nunca tengamos que repetir esta escena.

Tommy ya no vio más, porque volvió sigilosamente al vestíbulo tan emocionado y serio que los chicos se arremolinaron alrededor de él para preguntarle qué le habían hecho a Nat.

Susurrando, en un tono impresionante, se lo contó, y a los chicos les pareció que se les iba a caer el cielo encima, porque esta forma de invertir el orden de las cosas casi les cortó la respiración.

—A mí también me lo hizo una vez —dijo Emil, como si confesara el peor crimen del mundo.

—Y ¿le pegaste? ¿Pegaste a nuestro querido papá Bhaer? ¡Rayos! ¡No te atreverías a repetirlo ahora! —dijo Ned, agarrándolo en un arranque de indignación.

—Fue hace muchísimo tiempo. Antes me corto la cabeza que repetirlo otra vez —dijo Emil, y apartó a Ned tranquilamente en vez de abofetearlo, como solía hacer en momentos menos solemnes.

—¿Cómo pudiste? —dijo Semi, muy consternado.

—Aquel día estaba yo que echaba chispas y creí que no me afectaría, que incluso a lo mejor me gustaba un poco. Pero, después de darle un reglazo bastante fuerte, me acordé de pronto de todo lo que mi buen tío había hecho por mí y no pude seguir. ¡No, señor! Me puse tan mal que habría preferido que me tirase al suelo y me pisoteara —les contó Emil, y se dio un puñetazo en el pecho para expresar los remordimientos que tenía.

—Nat está llorando a mares y lo siente en el alma, así que no le digamos nada, ¿de acuerdo? —propuso Tommy con ternura.

—¡Claro! Pero decir mentiras está muy mal.

Por lo visto a Semi le parecía que la maldad de la mentira se redoblaba si el que recibía el castigo era Fritz, su tío predilecto, en vez del pecador.

—¿Por qué no nos vamos todos para que Nat pueda subir arriba enseguida, si quiere? —propuso Franz, y salió en primer lugar en dirección al establo, donde se refugiaban cuando las cosas se ponían feas.

Nat no bajó a comer, pero la señora Jo le llevó algo y le habló con dulzura, cosa que lo alivió un poco, aunque fue incapaz de mirarla a la cara. Más tarde, los chicos que jugaban fuera oyeron el violín y se dijeron: «Ya está mejor». Y sí, estaba mejor, pero no se atrevió a bajar hasta que abrió la puerta para ir al bosque y se encontró a Daisy sentada en las escaleras, sin labores ni muñecas, con el pañuelo en la mano, como si estuviera llorando por su amigo encerrado.

—Voy a dar un paseo, ¿quieres venir? —le preguntó Nat.

Aunque intentó disimular, como si no pasara nada, agradeció en el alma el silencio y la comprensión de la niña, porque le parecía que todo el mundo lo consideraría un granuja.

—¡Sí, sí! —dijo Daisy.

Y fue corriendo a buscar el sombrero, orgullosa de que un chico mayor la eligiera por compañera.

Los demás los vieron alejarse, pero ninguno los siguió, porque los niños saben lo que es la delicadeza mucho mejor de lo que los mayores se imaginan, y el instinto les decía que, cuando uno caía en desgracia, la pequeña Daisy era la mejor amiga que se podía desear.

El paseo le sentó bien y volvió a casa más silencioso que de costumbre, pero alegre otra vez y lleno de collares de margaritas, que le había hecho su amiguita mientras le contaba cosas, tumbados los dos en la hierba.

Al día siguiente, nadie habló de lo sucedido, pero los efectos duraron mucho más, tal vez precisamente por eso. Nat intentó enmendarse con todas sus fuerzas y contó con grandes apoyos, no solo el de las apasionadas plegarias que rezó a su amigo celestial, sino también el de la paciente atención de su amigo en la tierra, sin olvidar, cada vez que le tocaba la mano, que había soportado el castigo por él.

5

Cazos y cazuelas

—¿Qué ocurre, Daisy?

—Los niños no me dejan jugar con ellos.

—¿Por qué?

—Dicen que las niñas no saben jugar a fútbol.

—¡Claro que saben! —dijo la señora Bhaer—. ¡Yo jugaba al fútbol! —Y se echó a reír al recordar algunas diversiones de la juventud.

—Yo también sé; jugaba al fútbol con Semi muchas veces y nos lo pasábamos bien, pero ahora no me deja porque los demás se ríen de él.

Daisy estaba muy dolida por lo mal que la había tratado su hermano.

—En realidad, creo que tiene razón, cielo. Está muy bien cuando sois dos nada más, pero tú sola entre doce chicos... son un poco brutos para ti; así que vamos a buscar algo bonito que hacer.

—¡Estoy harta de jugar sola! —dijo Daisy con mucho pesar.

—Dentro de un rato iré a jugar contigo, pero es que en este momento tengo que preparar las cosas para ir a la ciudad. Vas a venir conmigo a ver a mamá y, si quieres, puedes quedarte con ella.

—Me gustaría ir a verla, y a la pequeña Josy, pero prefiero volver, por favor. Semi me echaría de menos y me encanta estar aquí, tiíta.

—No te las arreglas bien sin Semi, ¿verdad?

Parecía que tía Jo entendía el cariño de la niña por su único hermano.

—Claro que no; somos gemelos, por eso nos queremos más el uno al otro que a las demás personas —respondió Daisy con los ojos brillantes, porque tener un gemelo le parecía uno de los mayores honores que existían.

—Bueno, y ¿qué vas a hacer hasta que termine de preparar las cosas? —preguntó la señora Bhaer, mientras guardaba montones de sábanas en un armario a toda velocidad.

—No sé, estoy harta de las muñecas y todo eso; me gustaría que inventaras un juego nuevo para mí, tiíta Jo —dijo la niña, columpiándose en la puerta.

—Tengo que pensar en algo nuevo de verdad, pero voy a tardar un poco; así que, ¿por qué no bajas a ver qué ha preparado Asia para comer? —le propuso la señora Bhaer, pensando que era una buena forma de deshacerse un rato de la pequeña molestia.

—Sí, me parece que sí, si no está enfadada.

Daisy echó a andar despacio y se fue a la cocina, el reino de Asia, la cocinera negra, donde nadie la molestaba.

Pero volvió a los cinco minutos muy entusiasmada, con una pizca de masa en la mano y un manchón de harina en la naricilla.

—¡Ay, tiíta! ¡Por favor! ¿Puedo hacer galletas de jengibre y cosas así? Asia no está enfadada y dice que puedo, y sería muy divertido. ¡Por favor, di que sí! —suplicó Daisy sin pausas.

—Perfecto, vete, corre, haz lo que quieras —respondió la señora Bhaer muy aliviada, porque a veces era más difícil entretener a una niña sola que a doce niños—. Y quédate todo el tiempo que quieras —añadió.

Daisy se fue enseguida y tía Jo se quedó rebuscando en la cabeza un juego nuevo mientras terminaba su tarea. De repente se le ocurrió una idea, porque sonrió para sí, cerró de golpe las puertas del armario y se fue a toda prisa diciendo: «Voy a hacerlo; si es posible, voy a hacerlo».

Nadie se enteró de nada aquel día, pero a tía Jo le chispeaban tanto los ojos cuando le dijo a Daisy que había pensado en un juego nuevo y que iba a comprarlo, que la niña, intrigadísima, no paró de hacer preguntas en todo el camino hasta la ciudad, aunque las respuestas no le aclararon nada de nada. Tía Jo la dejó en casa, jugando con la nueva hermanita y deleitando a su madre, y se fue de compras. Cuando volvió con toda clase de paquetes raros en los rincones del carruaje, a Daisy le picó tanto la curiosidad que quiso volver inmediatamente a Plumfield. Pero su tía no tenía ninguna prisa e hizo una larga visita a la madre de Daisy, sentada en el suelo con la chiquitina en el regazo, haciendo reír a la señora Brooke con las trastadas de los niños y otras historias divertidas y absurdas.

Daisy no entendía cómo le había contado el secreto a su madre, pero el caso es que lo sabía, porque, cuando le ató el gorro y le dio un beso en la carita sonrosada, le dijo:

—Sé buena, hija mía, y aprende el juego nuevo que te ha comprado tu tía. Es muy útil e interesante, y, aunque a ella no le gusta mucho, es tan amable que va a jugar contigo.

Las dos señoras se rieron con ganas, cosa que aumentó el desconcierto de la niña. Cuando iban en el carruaje, algo hacía ruido en la parte de atrás.

—¿Qué es eso? —preguntó Daisy aguzando el oído.

—El juego nuevo —respondió la señora Jo con solemnidad.

—¿De qué es? —preguntó Daisy.

—De hierro, de hojalata, de madera, de cobre, de azúcar, de sal, de carbón y de cien cosas más.

—¡Qué raro! ¿De qué color es?

—De todos los colores.

—¿Es grande?

—En parte sí y en parte no.

—¿Lo he visto alguna vez?

—Muchas, pero nunca uno tan bonito como este.

—¡Ah! ¿Qué será? ¡No puedo esperar! ¿Cuándo voy a verlo? —preguntó Daisy, botando de impaciencia en el asiento.

—Mañana por la mañana, después de las clases.

—¿Es para los chicos también?

—No, es solo para Bess y para ti. A los chicos les gustará cuando lo vean y querrán jugar con una parte. Pero vosotras podéis dejarles o no.

—A Semi le dejaré, si quiere.

—Ya verás como querrán jugar todos, sobre todo Gloti —dijo la señora Bhaer con los ojos más chispeantes que nunca.

—¿Puedo tocarlo, aunque solo sea una vez? —rogó Daisy.

—No, ni una vez; lo adivinarías enseguida y echarías a perder la sorpresa.

Daisy protestó, pero sonrió al ver algo brillante por un agujerito del papel.

—¿Cómo voy a esperar tanto? ¿No puedo verlo hoy?

—¡Ah, no, nada de eso! Hay que montarlo y poner todas las piececitas en su sitio. Prometí a tío Teddy que no lo verías hasta que estuviera todo preparado.

—Si tío Teddy sabe lo que es ¡será una cosa espléndida! —exclamó Daisy batiendo palmas.

Y es que ese tío suyo tan genial, rico y simpático era como un hada madrina para los niños y siempre estaba planeando grandes sorpresas, regalos bonitos y diversiones sin cuento para todos.

—Sí; Teddy vino conmigo a comprarlo y nos lo pasamos en grande eligiendo las diferentes partes. Él quería que todo fuera grande y de calidad, y mi idea se convirtió en algo espléndido en cuanto él se puso al mando. Cuando venga, tienes que darle un beso enorme, porque es el más cariñoso de los tíos del mundo entero y, cuando fuimos a comprar la co... ¡Ay, Dios! ¡Casi te digo lo que es!

La señora Bhaer se interrumpió en la palabra más interesante y se puso a repasar las facturas para no irse de la lengua con tanto hablar. Daisy cruzó las manos con resignación y se quedó en silencio pensando en qué juego sería ese que empezaba por «co».

Al llegar a casa, se fijó muy bien en todos los paquetes que sacaron, pero el que más asombro y curiosidad le despertó fue uno grande que pesaba mucho, y que Franz se llevó directamente a la guardería. Por la tarde, allí pasó algo muy misterioso, porque Franz no paró de dar martillazos, mientras Asia subía y bajaba y tía Jo revoloteaba como una luciérnaga llevando cosas de un lado a otro debajo del delantal; al único niño que dejaron entrar fue al pequeño Ted, porque no sabía hablar bien todavía, gorjeaba y se reía e intentaba contar lo que era «la sompesa».

A todo esto, Daisy estaba como loca y contagió la emoción a los niños, que agobiaron a la señora Bhaer ofreciéndose a ayudar, pero ella los rechazó repitiendo lo mismo que le habían dicho ellos a Daisy:

—Las niñas no pueden jugar con los niños. Esto es para Daisy y Bess, y también para mí, así que no nos hacéis ninguna falta.

Y entonces, los chicos se retiraron sin decir nada e invitaron a Daisy a jugar a las canicas, a los caballos, al fútbol o a lo que quisiera con una simpatía y una amabilidad que asombró a la inocente niña.

Gracias a estas atenciones, ella pasó la tarde y se fue a la cama temprano; a la mañana siguiente estudió las lecciones con un ahínco que a tío Fritz le hizo desear que se inventara un juego nuevo cada día. En el aula se impuso un ambiente de suspense cuando, a las once, dieron permiso a Daisy, porque todos sabían que le iban a entregar el misterioso juguete nuevo.

Muchos ojos la siguieron cuando salió corriendo, y Semi estaba tan distraído que, cuando Franz le preguntó dónde estaba el desierto del Sáhara, contestó con tristeza «En la guardería», y toda la clase estalló en carcajadas.

—¡Tía Jo, he estudiado todas las lecciones y ya no puedo esperar ni un minuto más! —exclamó Daisy, entrando como un rayo en la salita de la señora Bhaer.

—Ya está preparado, vamos.

Se puso a Ted bajo un brazo y la cesta de la labor en el otro y se llevó a la niña escaleras arriba.

—No veo nada —dijo la niña, mirando a todas partes tan pronto como cruzó por la puerta de la guardería.

—¿Oyes algo? —preguntó tía Jo, al tiempo que agarraba a Ted por el mandilón antes de que se fuera directo a un lado de la estancia.

Daisy oía algo, sí, como un crujido, y después un borboteo pequeñito como cuando silba un hervidor de agua. Estos ruidos venían de detrás de una cortina que tapaba la profunda ventana salediza. Daisy descorrió la cortina, soltó un jubiloso «¡Ah!» y se quedó embobada mirando... ¿qué crees que veía?

Un banco grande que recorría las tres paredes de la ventana; en un lado, toda clase de cazos, cazuelas, parrillas y sartenes; en el otro, una pequeña vajilla y un juego de té; y en el centro, una cocina. Pero no una de hojalata, de esas que no sirven para nada, sino de hierro, de verdad, suficiente para hacer la comida a una numerosa familia de muñecas hambrientas. Y lo mejor de todo es que tenía fuego de verdad, y estaba encendido; del pequeño hervidor salía vapor de agua de verdad y hasta la tapadera bailaba de lo fuerte que hervía el agua. Habían quitado un cristal de la ventana y lo habían cambiado por una lámina de hojalata con un agujero para la campana, por la que salía humo de verdad con tanta naturalidad que daba gusto verlo. Al lado había una caja para la leña y un cubo para el carbón vegetal; justo por encima habían colgado el recogedor, el cepillo y la escoba; en la mesa baja en la que jugaba Daisy había una cestita de la compra y, en el respaldo de su sillita, un delantal blanco, un babi y una capota muy graciosa. El sol se reflejaba en ella como si quisiera tomar parte en la diversión, el fuego ardía de una manera digna de verse, el hervidor echaba vapor, las cazuelas nuevas relucían en las paredes, la vajilla estaba ordenada en filas tentadoras... En total: la cocinita más completa y alegre que cualquier niña pudiera desear.

Daisy se quedó muy quieta después del primer «¡Ah!», pero movía los ojos sin cesar, cada vez más brillantes, de un objeto a otro, hasta que llegó a la alegre cara de tía Jo; allí se detuvieron y la niña, muy contenta, la abrazó y, muy agradecida, le dijo:

—¡Ay, tiíta, qué juguete nuevo tan espléndido! ¿Puedo hacer comidas de verdad en esta cocina y celebrar fiestas y ensuciar y barrer y encender un fuego de verdad? ¡Cuánto me gusta! ¿Cómo se te ocurrió pensar en esto?

—Pues fue por las ganas que tenías de hacer galletas de jengibre con Asia —contestó la señora Bhaer, sujetando a la niña, que se puso a brincar de tal forma que parecía que fuera a volar—. Sabía que Asia no te dejaría ensuciarle la cocina a menudo y, además, su fuego puede resultar peligroso, así que se me ocurrió pensar en una cocinita pequeña para ti, para enseñarte a hacer comiditas; me pareció que sería divertido y práctico. Y me di una vuelta por las tiendas de juguetes, pero las cocinas grandes eran muy caras y creía que tendría que renunciar; por suerte me encontré con tío Teddy y, en cuanto supo lo que buscaba, dijo que él me ayudaría e insistió en comprar la cocina de juguete más grande que hubiera. Yo lo regañé, pero él se echó a reír y me tomó el pelo por las comidas que hacía yo cuando éramos jóvenes; dijo que tenía que enseñaros a Bess y a ti, y se puso a comprar todas las cosas bonitas para mis «clases de cocina», como dijo él.

—¡Cuánto me alegro de que os encontrarais! —dijo Daisy.

La señora Jo dejó de reírse recordando el buen rato que había pasado con tío Teddy.

—Tienes que aplicarte mucho y aprender a hacer muchas cosas distintas, porque dice que piensa venir a tomar el té muy a menudo y que espera que le ofrezcas cosas extraordinarias.

—Es la cocina más preciosa y encantadora del mundo, y prefiero estudiar aquí más que cualquier otra cosa. ¿Aprenderé a hacer empanadas, tartas, macarrones y de todo? —gritó Daisy, bailoteando por toda la habitación con una sartén nueva en una mano y un badil pequeño en la otra.

—Todo a su debido tiempo. Este juego va a ser práctico, voy a ayudarte yo y tú vas a ser mi cocinera, así que te diré lo que tienes que hacer y te enseñaré a hacerlo. Y haremos cosas comestibles y aprenderás a cocinar de verdad, a pequeña escala. Voy a llamarte Sally y voy a decir que eres una niña nueva que acaba de llegar —añadió la señora Jo.

Y se puso a trabajar mientras Teddy, que estaba sentado en el suelo, se chupaba el pulgar y miraba la cocina como si fuera un ser vivo y le llamara mucho la atención.

—¡Será maravilloso! ¿Qué es lo primero que tengo que hacer? —preguntó Sally, con una alegría y una actitud tan dispuesta que tía Jo pensó que ojalá todas las cocineras nuevas fueran la mitad de bonitas y agradables.

—En primer lugar, ponte esta cofia y este delantal limpios. Estoy un poco anticuada y me gusta que mi cocinera vaya impecable.

Sally se tapó el pelo con la cofia y se puso el delantal sin un murmullo, aunque los babis no le gustaban nada.

—Ahora, ordena las cosas y friega la vajilla nueva. La vieja también necesita un repaso, porque la niña que tenía antes a veces la dejaba hecha una pena después de una merienda.

Tía Jo lo dijo con toda seriedad, pero Sally se rio, porque sabía quién era esa niña descuidada que había dejado las tazas pegajosas. Después se remangó y, con un suspiro de satisfacción, empezó a moverse por la cocina con algunos estallidos de admiración al descubrir «esta preciosidad de rodillo», «este balde de fregar tan bonito» o «este pimentero tan cuco».

—Ahora, Sally, toma, la cesta, y vete al mercado; aquí tienes la lista de la compra para hacer la comida —dijo la señora Jo.

La niña terminó de ordenar los cacharros y a continuación su tía le dio una hoja de papel.

—¿Dónde está el mercado? —preguntó Daisy, pensando que el nuevo juego se ponía cada vez más interesante.

—El mercado es Asia.

Y allí se fue tan contenta, y levantó cierto revuelo en el aula al pasar por la puerta con su traje nuevo.

—Es un juego espléndido —le susurró a Semi, con la felicidad retratada en la cara.

A la vieja Asia le hizo tanta gracia la broma como a Daisy y se rio alegremente al verla entrar vestida de cocinerita chiflada, con la cofia torcida, y las tapas de la cesta haciendo ruido de castañuelas.

—La señora tía Jo necesita estas cosas y tiene que dármelas enseguida —dijo Daisy con gran solemnidad.

—A ver, pequeña; aquí dice un kilo de carne, patatas, calabaza, manzanas, pan y mantequilla. La carne no ha llegado todavía; cuando llegue la mando arriba. Todo lo demás sí.

Y le metió en la cesta una patata, una manzana, un trozo de calabaza, un poco de mantequilla y un bollo de pan; le dijo a Sally que estuviera atenta para cuando llegara el chico de la carnicería, porque a veces hacía gamberradas.

—¿Quién es? —Daisy esperaba que fuera Semi.

—Ya lo verás.

Asia no quiso revelarle nada más y Sally se fue muy satisfecha, cantando unos versos del tierno cuento rimado de Mary Howitt.

> Con la fresca mantequilla
> se echó al camino Mabel,
> y con el frasco de vino
> y con un rico pastel.

—De momento, guarda todas las cosas en el armario, menos la manzana —dijo la señora Jo cuando volvió la cocinera.

Había un armario debajo de la estantería del medio y, al abrirlo, aparecieron otras maravillas. Una mitad era la carbonera, sin duda, porque allí estaban la leña, el carbón y las cerillas. En la otra mitad había muchos frasquitos, cajas y toda clase de botes divertidos para guardar pequeñas cantidades de harina de trigo y de maíz, azúcar, sal y otras provisiones. También había un tarro de mermelada, una latita de galletas de jengibre, un frasco de colonia lleno de vino de grosella y una lata de té. Pero la guinda del pastel eran dos cazuelas de juguete llenas de leche fresca, con la nata que empezaba a formarse y una espumadera lista para separarla. Daisy batió palmas ante el delicioso espectáculo y quiso empezar a separar la nata inmediatamente. Pero tía Jo le dijo:

—Todavía no; la necesitarás para acompañar la tartaleta de manzana a la hora de comer, así que no la toques hasta ese momento.

—¿Voy a comer tartaleta de manzana? —gritó Daisy, que no podía creer que la esperase semejante delicia.

—Sí; si el horno funciona bien, vamos a hacer dos, una de manzana y una de fresa —dijo la señora Jo, que estaba casi tan entusiasmada como la niña con el nuevo juego.

—¡Ah! Y ¿ahora? —preguntó Sally, impaciente por empezar.

—Cierra el tiro de abajo para que se caliente el horno. Después lávate las manos y saca harina, azúcar, sal, mantequilla y canela. Mira a ver si la bandeja de las tartas está limpia y pela la manzana; después la pones en la bandeja.

Daisy lo hizo todo con el menor ruido y la mayor limpieza que podía esperarse de una cocinera tan joven.

—La verdad es que no sé las proporciones para una tartaleta tan pequeña; lo voy a hacer a ojo y, si sale mal, lo intentaremos otra vez —dijo la señora Jo, que parecía un tanto perpleja y muy animada con la pequeña dificultad a la que se enfrentaba—. Pon harina en ese recipiente, añade una pizca de sal y mézclala con mantequilla, la que haga falta para llenar ese plato. Siempre hay que poner primero los ingredientes secos y después los demás. Así se mezclan mejor.

—Sí, ya sé; se lo vi hacer a Asia. ¿No tengo que untar los platos con mantequilla también? Es lo primero que hizo ella —dijo Daisy, mientras batía la mezcla a toda velocidad.

—¡Cierto! Estoy segura de que tienes un don para la cocina, lo entiendes todo enseguida —dijo tía Jo, satisfecha—. Ahora, un chorrito de agua fría, lo justo para humedecer la masa; después, espolvorea la bandeja con un poco de harina; amasa un poco la masa y estírala; así, eso es. Ahora unta un poco de mantequilla por encima y estírala otra vez. Queremos que sea ligera para que las muñecas no se indigesten.

Daisy se echó a reír y untó tanta mantequilla como le pareció. Después estiró la masa una y otra vez con «esa preciosidad de rodillo» y, en cuanto terminó, la dispuso en los platos. A continuación, cortó la manzana en rodajas y la puso en una parte de la masa, lo espolvoreó todo con azúcar y canela y lo cubrió con la otra parte casi conteniendo la respiración.

—Yo quería hacerlas redondas, pero Asia no me dejó. ¡Qué bien! ¡Me encanta hacerlo todo a mi manera! —dijo Daisy, mientras recortaba con un cuchillito las puntas que sobresalían del plato de juguete que tenía en la mano.

Hasta la mejor cocinera puede tener un fallo de vez en cuando, y el primero de Sally sucedió en ese momento; iba cortando tan deprisa que el plato resbaló, dio una vuelta en el aire y la tartaleta terminó en el suelo. Sally gritó, la señora Jo se rio, Teddy se acercó gateando a toda velocidad y se produjo un momento de confusión en la nueva cocina.

—No se ha abierto ni se ha roto porque cerré muy bien los bordes; no le ha pasado nada, así que voy a darle unos pinchacitos y ya está —dijo Sally.

Recogió el tesoro que había caído boca abajo y lo volvió a poner en su sitio con infantil despreocupación del polvo que se le había pegado al tocar el suelo.

—Veo que mi nueva cocinera tiene buen carácter, y me alegro —dijo la señora Jo—. Ahora, abre el tarro de mermelada de fresa, rellena la otra masa y ponle unas tiras encima, como hace Asia.

—Voy a poner una ese en el centro y a adornarla alrededor con un zigzag; será más divertido comerla —dijo Sally, y cubrió la tartaleta de adornos de una forma que habría vuelto loco a cualquier pastelero—. Y ahora: ¡a cocer!

Colocó el último trocito de masa sobada encima del campo de mermelada roja y, triunfante, la metió en el horno y cerró la puerta.

—Ahora tienes que recoger; una buena cocinera nunca deja que se acumulen los utensilios sucios. Después pela la calabaza y las patatas.

—Solo hay una patata —dijo Sally, riéndose.

—Córtala en cuatro trozos para que quepa en el hervidor y déjalos en agua fría hasta el momento de hacerlos.

—¿Pongo la calabaza en agua también?

—¡No, no! Solo pélala y córtala; después la pones al vapor encima de la cazuela. Como no le llega el agua, tarda un poco más en hacerse.

En ese momento se oyó un ruido en la puerta y Sally fue a abrir; era Kit, que traía una cesta entre los dientes.

—¡Ha llegado el chico del carnicero! —exclamó Daisy.

Le hizo mucha gracia que, al tomar la carga que traía, el perro se relamiera y empezara a pedir creyendo que era su propia comida, como es lógico, porque a menudo se la llevaba a su amo de esa misma forma. No le dieron nada, así que, desilusionado, se fue escaleras abajo ladrando con furia para descargar la decepción que se había llevado.

En la cesta había dos trocitos de carne (en kilos de juguete), una pera al horno, un pastelito y una nota de Asia que decía: «La comida de la señorita, si la suya no le sale bien».

—¡No quiero sus aburridas peras de siempre ni nada de nada! La comida me va a salir bien y además va a ser espléndida; ¡ya lo verá! —protestó Daisy, indignada.

—Puede que nos vengan bien, si llega compañía. Siempre es mejor tener algo de reserva en la despensa —dijo tía Jo, que había aprendido esta valiosa lección después de algunos sustos domésticos.

—*Teno hambe* —anunció Teddy.

El chiquitín empezaba a pensar que, con tanta comida alrededor, ya iba siendo hora de ponerse delante del plato. Su madre le dio la cesta de la labor para que revolviera un poco con la esperanza de que se entretuviera hasta que terminaran de prepararlo todo, y volvió a la cocina.

—Pon las verduras al fuego, pon la mesa y luego prepara unos trozos de carbón para la carne.

¡Qué increíble ver cómo bailaban las patatas en la cazuelita, cómo se iba ablandando la calabaza al vapor, o abrir el horno cada cinco minutos para ver cómo iban los dulces! Y al final, cuando el carbón hizo rojas brasas ardientes, puso los dos trocitos de carne en una parrillita de la longitud de un dedo y, con orgullo y tenedor en ristre, les dio la vuelta. Lo primero que se hizo fueron las patatas, y no era de extrañar, porque no habían parado de hervir alegremente en todo el tiempo. Las hizo puré con la mano del mortero, añadió mucha mantequilla y nada de sal (se le olvidó con la emoción del momento), hizo una montaña con el puré en un alegre plato rojo, lo alisó con un tenedor mojado en leche y lo metió a dorar en el horno.

Estaba tan absorta haciendo todas estas cosas que se le olvidaron los dulces y, al abrir el horno para meter el puré, dio un grito porque ¡ay, ay, ay! ¡Se habían quemado!

—¡Ah, mis dulces! ¡Mis queridos dulces! ¡No sirven para nada! —gimió la pobre Sally.

Retorciéndose las sucias manos, contempló el desastre. La tartita de fresa daba más pena todavía, porque los adornos y los zigzags se habían separado de la negra mermelada en todas direcciones, como las paredes y la chimenea de una casa después de un incendio.

—¡Ay, Dios! Se me olvidó recordarte que las sacaras; qué mala suerte —dijo tía Jo con remordimiento—. No llores, cielo, ha sido culpa mía; lo intentaremos otra vez después de comer —añadió, mientras a Sally se le escapaba una lágrima que se evaporó al caer en las ruinas calientes de la tartita.

Y habría sido peor si la carne no hubiera crepitado en ese momento y hubiera llamado la atención de la cocinera, que enseguida se olvidó de los dulces.

—Pon la fuente de la carne y tus platos a calentar y, entretanto, machaca la calabaza y ponle mantequilla, sal y un poquito de pimienta por encima —dijo la señora Jo, con verdaderos deseos de que no sucediera ningún desastre más.

El «pimentero tan cuco» la consoló bastante y preparó la calabaza como una maestra del arte. La comida llegó a la mesa sana y salva; las muñecas estaban sentadas tres a cada lado, Sally se puso en la cabecera y Teddy en el extremo opuesto. Era un espectáculo imponente, porque una muñeca iba vestida de baile, otra en camisón, Jerry, el muñeco de estambre, llevaba la chaqueta roja de invierno y Annabella, la cuquina sin nariz, iba ligeramente ataviada con solo su propia piel de cabritilla. Teddy, que hacía de padre, se comportó como un gran señor y devoró con una sonrisa todo lo que le pusieron en el plato sin sacarle ni un solo defecto. Daisy estaba radiante entre los comensales, como las buenas anfitrionas que, aunque cansadas, acogen tan a menudo con toda cordialidad a mesas más pobladas, e hizo los honores con una satisfacción inocente y poco común en el mundo.

La carne estaba tan dura que el cuchillito de cortar no podía con ella; la patata se escapaba del cubierto y la calabaza estaba llena de grumos; pero los invitados tenían muy buenos modales y no dieron importancia a estos detalles tan triviales. Con un apetito envidiable, el señor y la señora de la casa dejaron los platos limpios. Una suculenta jarrita de nata palió la angustia de los dulces chamuscados y el pastel de Asia, que antes había despreciado, resultó ser un postre delicioso.

—Es la comida más exquisita que he comido en mi vida; ¿puedo hacerlo todos los días? —preguntó Daisy, mientras rebañaba las miguitas que habían quedado.

—Puedes venir a hacer algo todos los días después de las clases, pero prefiero que te lo comas a la hora de comer y que tomes solo una galleta de jengibre. Hoy, como ha sido el primer día, da igual, pero tenemos que seguir las reglas. Esta tarde puedes haces algo para el té, si quieres —dijo la señora Jo, que había disfrutado mucho de la comida, aunque nadie la invitó a probarla.

—¿Puedo hacer tortitas para Semi, por favor? Es que le encantan y es muy divertido darles la vuelta y poner azúcar entre ellas —pidió Daisy.

Entretanto, limpió con delicadeza la mancha amarilla que tenía Annabella en la naricilla rota; se la había hecho cuando no quiso comer el puré de calabaza que le querían meter en la boca con el pretexto de que era bueno para el *«rumatismo»*, mal que sin duda la aquejaba debido a la ligereza de su traje.

—Pero, si le haces dulces a Semi, los demás también querrán algo, y entonces tendrás que trabajar mucho.

—¿No puedo invitar a Semi a tomar el té, solo a él, solo esta vez? Y después haría algo para los demás, si se portan bien —propuso Daisy, inspirada de pronto.

—¡Qué buena idea, florecilla mía! Tus dulces serán premios para los niños buenos, y seguro que a todos les encantará algo rico de comer más que cualquier otra cosa. Los hombres son iguales de pequeños y de mayores, te aseguro que la buena cocina es una forma deliciosa de ablandarles el corazón y suavizarles el carácter —añadió la señora Jo.

Señaló con un gesto alegre hacia la puerta, donde se encontraba papá Bhaer contemplando la escena con cara de divertirse.

—Muy aguda, sí; eso último que has dicho era por mí. Y lo acepto, porque es verdad; pero si me hubiera casado contigo por tus dotes culinarias, querida mía, lo habría pasado francamente mal todos estos años —dijo el profesor riéndose.

Tomó a Teddy en brazos y el niño se puso frenético intentado contarle el banquete que acababan de darse.

Daisy, muy orgullosa, le enseñó la cocina e inmediatamente le prometió todas las tortitas que fuera capaz de comerse. Estaba contándole lo de los nuevos premios cuando los niños, con Semi a la cabeza, irrumpieron en la habitación olisqueando el aire como una manada de perros hambrientos, porque las clases habían terminado, la comida no estaba preparada todavía y el olorcillo de la carne de Daisy los condujo directos allí.

No se había visto nunca a una damisela más orgullosa que Sally cuando enseñó sus tesoros a los niños y les contó lo que pensaba hacerles. Unos cuantos pusieron mala cara al pensar en comerse algo que saliera de sus manos, pero a Gloti se lo metió en el bolsillo al instante; Nat y Semi tenían una fe inquebrantable en sus habilidades y los demás dijeron que esperarían a ver qué tal. Sin embargo, todos admiraron la cocina y se interesaron mucho por el fuego. Semi se ofreció a comprar el hervidor en ese mismo momento; lo quería para una máquina de vapor que estaba construyendo; Ned dijo que la mejor sartén, y la más grande, era exactamente lo que necesitaba para fundir el plomo para fabricar balas, hachas y cosas así.

A Daisy le alarmaron tanto estas propuestas que la señora Jo, sin más preámbulos, impuso una ley: a partir de ese instante, nadie podía tocar, utilizar ni acercarse siquiera a la sagrada cocina sin un permiso oficial de la propietaria. Y así aumentó inmensamente el valor del juguete nuevo a los ojos de los caballeros, sobre todo porque cualquier infracción de la ley sería castigada con la retirada de todos los derechos a participar de las exquisiteces que se habían prometido a los virtuosos.

En ese momento sonó la campana y toda la tropa se fue abajo a comer; los niños se encargaron de amenizar la comida entregando a Daisy listas de lo que les gustaría que les hiciera cuando fueran merecedores de un premio. Daisy confiaba ciegamente en su cocina y se lo prometió todo, siempre y cuando tía Jo le enseñara a hacer esas cosas. La idea alarmó un tanto a la señora Jo, porque algunas peticiones escapaban por completo a sus conocimientos: tarta de bodas, por ejemplo, pastillas de café con leche y sopa de repollo con arenques y guindas, que fue lo que pidió el señor Bhaer sumiendo a su mujer en la desesperación, porque no tenía la menor idea de cocina alemana.

Daisy quería ponerse otra vez en cuanto terminaron de comer, pero solo le dejaron recoger, llenar el hervidor de agua para el té y lavar el delantal, que estaba como si hubiera preparado un banquete de Navidad. Después la mandaron a jugar hasta las cinco, porque tío Fritz le dijo que el exceso de estudio, aunque fuera en la cocina, no era bueno para la cabeza ni para el cuerpo de los pequeños, y tía Jo sabía por experiencia que los juguetes nuevos pierden encanto si no se usan con mesura.

Aquella tarde todo el mundo estuvo muy atento con Daisy. Tommy le prometió los primeros frutos de su huerto, aunque lo único que se veía en esos momentos eran hierbajos; Nat se ofreció a darle provisiones de leña sin cobrar; Gloti la adoró todo el tiempo; Ned se puso a trabajar sin demora en una nevera para la cocina; y Semi, con una puntualidad hermosa de ver en un chico tan joven, la escoltó hasta la guardería en el preciso momento en que el reloj dio las cinco. Todavía no era la hora de la cena, pero insistió tanto en ayudarla que se le concedieron unos privilegios de los que muy pocos podían gozar, como encender el fuego, hacer recados y observar la preparación de la cena con un grandísimo interés. La señora Jo dirigía las operaciones yendo y viniendo, porque estaba muy atareada cambiando las cortinas de toda la casa.

—Pide a Asia una taza de leche agria, así las tortitas te saldrán ligeras sin poner mucha soda, que además no me gusta —fue la primera orden.

Semi voló escaleras abajo y volvió con la leche y con muy mala cara, porque la había probado por el camino y le supo tan agria que predijo que estropearía las tortitas. La señora Jo, encaramada en la escalera de mano, aprovechó la ocasión para dar una breve clase sobre las propiedades químicas de la soda; Daisy no prestó atención, pero Semi sí, y lo entendió todo, como se vio por lo que dijo después:

—Ah, claro, la soda hace dulce lo agrio y las burbujas lo hacen ligero. A ver qué tal te salen, Daisy.

—Llena ese cuenco de harina casi hasta arriba y añade un pellizco de sal —siguió diciendo la señora Jo.

—¡Ah, vaya! Parece que todo lleva un pellizco de sal —dijo Sally, que estaba harta de abrir el pastillero en el que la guardaba.

—La sal es como el buen humor, y casi todo mejora con solo un poquito, florecilla mía.

Llegó tío Fritz, martillo en mano, para clavar un par de ganchos para las sartenes de Sally.

—No estás invitado, pero voy a darte unas tortitas y no me voy a enfadar —dijo Daisy, levantando la carita manchada de harina para agradecérselo con un beso.

—Fritz, no interrumpas mi clase de cocina o iré yo a la tuya de latín a predicar moralinas. ¿Te gustaría? —dijo la señora Jo, y le tiró una cortina grande a la cabeza.

—Mucho; prueba y lo vemos.

Y el amable papá Bhaer se fue cantando y martilleando por la casa como un pájaro carpintero gigantesco.

—Añade soda a la leche y, cuando salgan las burbujas, como dice Semi, mézclala con la harina y trabaja la masa con todas tus fuerzas. Calienta la plancha, úntala bien de mantequilla y empieza a hacer tortitas hasta que vuelva yo —dijo tía Jo, y desapareció también.

Con el ruido que hacía el tenedor y la energía que ponía la niña al batir, aquello subió como la espuma y, cuando Daisy puso un poquito en la plancha, se hinchó como por arte de magia y se convirtió en una tortita tan esponjosa que a Semi se le hizo la boca agua. Como no podía ser de otro modo, la primera se pegó y se chamuscó un poco, porque a Sally se le había olvidado poner mantequilla; pero, después del primer intento, todo fue sobre ruedas y seis tortitas magníficas aterrizaron sanas y salvas en un plato.

—Creo que prefiero sirope de arce en vez de azúcar —dijo Semi desde el sillón.

Se había sentado después de poner la mesa de una forma distinta y peculiar.

—Pues vete a pedírselo a Asia —respondió Daisy mientras iba al cuarto de baño a lavarse las manos.

Y, al quedarse sola la guardería, sucedió una cosa horrible. Resulta que Kit había estado todo el día enfadado porque les había llevado la carne muy bien pero nadie se lo había agradecido. No era un perro malo, pero tenía sus defectillos, como todo el mundo, y no siempre podía resistirse a la tentación. Por casualidad, entró en la guardería en ese momento, olió las tortitas, vio que estaban en la mesa baja, solas y desprotegidas, y, sin pararse a pensar en las consecuencias, se zampó las seis de golpe. Que conste que estaban tan calientes que le quemaron la garganta y no pudo evitar un aullido. Daisy lo oyó, volvió corriendo, vio el plato vacío y también el final de la cola, que desapareció debajo de una cama. Sin una palabra, sacó al ladrón de allí tirándole de la cola y le dio unas buenas sacudidas hasta que se le empezaron a mover las orejas de un lado a otro; después se lo llevó abajo y lo encerró en el cobertizo, donde pasó la noche él solo en el caldero del carbón.

Semi supo consolar a su hermana hasta el punto de que se animó a hacer otra tanda de tortitas, una docena esta vez, que salieron mucho mejores que las primeras. Tanto es así que tío Fritz, después de comerse dos, empezó a pregonar que nunca las había comido tan ricas, y a los niños de la mesa de abajo les dio envidia que Semi las estuviera probando arriba.

Fue una merienda deliciosa, porque la tapa de la tetera solo se cayó tres veces y solo se derramó leche de la jarra una vez; las tortitas flotaban en sirope y las tostadas tenían un delicioso sabor a carne, porque la cocinera las tostó en la misma parrilla. Semi se olvidó de la filosofía y se puso las botas como cualquier niño de carne y hueso; Daisy planeó banquetes suntuosos y las muñecas los miraban con una afable sonrisa.

—Bueno, queridos niños, ¿os lo habéis pasado bien? —preguntó la señora Jo, que llegó con Teddy al hombro.

—¡Requetebién! Volveré pronto —respondió Semi con entusiasmo.

—Por el estado en que veo la mesa, creo que habéis comido más de la cuenta.

—No, yo no; solo quince tortitas, y eran muy pequeñas —protestó Semi, que había tenido a su hermana muy ocupada llenándole el plato.

—No le van a hacer daño; eran muy buenas.

Daisy dijo estas palabras con una mezcla tan graciosa de ternura maternal y orgullo de ama de casa que tía Jo se limitó a sonreír, y luego añadió:

—Bien, parece que el juego nuevo tiene mucho éxito, ¿no es eso?

—A mí me gusta —dijo Semi, como si lo único necesario fuera su aprobación.

—¡Es el mejor juego del mundo entero! —exclamó Daisy, abrazada al pequeño balde, porque se disponía a fregar las tazas—. ¡Cuánto me gustaría que todo el mundo tuviera una cocinita como esta! —añadió, mirándola con cariño.

—Hay que ponerle un nombre a este juego —dijo Semi, mientras se limpiaba los restos de sirope de la cara con gran seriedad.

—Lo tiene —dijo tía Jo.

—¡Ah! ¿Cuál? —preguntaron los dos niños a la vez.

—Bueno, yo creo que podemos llamarlo «cazos y cazuelas».

Dicho lo cual, tía Jo se retiró muy satisfecha del éxito de su última estratagema para darles una alegría.

6

El incendiario

—Por favor, señora, ¿puedo hablar con usted? Es una cosa muy importante —suplicó Nat, asomándose a la salita de la señora Bhaer.

Era la quinta vez que interrumpían a la señora Jo en la última media hora, pero estaba acostumbrada, así que levantó la cabeza y enseguida le contestó.

—¿De qué se trata, hijo?

Nat entró, cerró la puerta con cuidado y, en un tono preocupado e inquieto, dijo:

—Ha venido Dan.

—¿Quién es Dan?

—Un chico al que conocí cuando tocaba el violín por la calle. Vendía periódicos y me trataba bien, y el otro día lo vi en la ciudad y le conté lo bien que se está aquí, y por eso ha venido.

—Pero, cielo, esa no es forma de hacer visitas.

—¡Ah! Es que no viene de visita; ¡quiere quedarse, si le da usted permiso! —replicó Nat con inocencia.

—Bueno, no sé... —balbució la señora Bhaer, un tanto desconcertada con la propuesta.

—¡Ay! Yo creía que le gustaba que vinieran niños pobres a vivir con usted, para tratarlos bien como ha hecho conmigo —dijo Nat con una alarmada expresión de sorpresa.

—Sí, así es, pero prefiero saber algo de ellos antes de que vengan. Tengo que elegirlos porque hay muchos. No hay sitio aquí para todos. ¡Ojalá lo hubiera!

—Le dije que viniera porque creí que a usted le gustaría, pero si no hay sitio, que se vaya otra vez —respondió Nat, lamentándolo mucho.

Tanta fe en su hospitalidad le tocó la fibra sensible a la señora Bhaer y le faltó valor para desilusionar a Nat y estropearle esa idea tan bondadosa, así que le pidió que le contara cosas de Dan.

—No sé nada, solo que no tiene amigos y es pobre, y que me trató bien, por eso me gustaría agradecérselo, si puedo.

—Excelentes motivos, sin duda; pero Nat, lo cierto es que la casa está llena y no sé dónde podríamos alojarlo —dijo la señora Bhaer, cada vez con más ganas de ser el refugio en el que creía el niño.

—Que se quede con mi cama; yo puedo dormir en el establo. Ahora no hace frío y a mí me da igual, con mi padre dormía en cualquier sitio —propuso Nat con entusiasmo.

Al oír esas palabras y ver la cara con la que las dijo, la señora Bhaer le puso una mano en el hombro y, en el tono más amable, contestó:

—Tráelo aquí, Nat; creo que le encontraremos un sitio sin que tengas que cederle el tuyo.

Nat se fue muy contento y volvió enseguida con un chico que no tenía ningún atractivo, andaba sin ningún garbo y empezó a mirar a todas partes en una actitud entre descarada y enfurruñada.

«Un mal ejemplar, me temo», pensó la señora Bhaer nada más verlo.

—Le presento a Dan —dijo Nat, como si estuviera seguro de que todo saldría bien.

—Me dice Nat que te gustaría quedarte aquí —respondió la señora Bhaer en un tono cordial.

—Sí —contestó el chico con aspereza.

—¿No tienes a nadie que te cuide?

—No.

—Di: «No, señora» —le susurró Nat.

—Ni hablar —respondió Dan en voz muy baja.

—¿Cuántos años tienes?

—Catorce más o menos.

—Pareces mayor. ¿Qué sabes hacer?

—Casi todo.

—Si te quedas aquí, tendrás que hacer lo mismo que los demás: trabajar, estudiar y también jugar. ¿Te parece bien?

—Puedo intentarlo.

—Bien; puedes quedarte unos días y ya veremos qué tal nos llevamos. Llévatelo, Nat, y hazle compañía hasta que vuelva el señor Bhaer y tomemos una decisión —dijo la señora Jo.

Le pareció que iba a ser difícil entenderse con ese jovencito tan frío, de grandes ojos negros que miraban con dureza y suspicacia, una forma de mirar nada infantil, por desgracia.

—Vámonos, Nat —dijo, y echó a andar desgarbadamente.

—Gracias, señora —dijo Nat.

Y se fue detrás de él pensando que a él le habían hecho un recibimiento muy distinto al de su maleducado amigo, aunque no entendía el motivo de la diferencia.

—Los chicos están haciendo una función de circo en el establo; ¿quieres verla? —le preguntó mientras bajaban hacia el césped por la ancha escalinata.

—¿Son chicos mayores? —preguntó Dan.

—No; los mayores se han ido a pescar.

—Pues, hala, marchando —dijo Dan.

Nat lo llevó al gran establo y le presentó a sus compañeros, que estaban divirtiéndose entre los cubículos medio vacíos. Habían hecho un círculo con paja en el suelo; Semi estaba en el centro con un látigo largo, mientras Tommy, montado en el paciente Toby, daba vueltas por la pista haciendo el mono.

—Si queréis entrar tenéis que pagar un alfiler cada uno —dijo Gloti.

Se encontraba al lado de la carretilla en la que estaba la orquesta, cuyos instrumentos eran un peine de bolsillo, que tocaba Ned, y un tambor de juguete, que tocaba Rob a golpes.

—Viene conmigo, así que pago yo lo de los dos —respondió Nat con elegancia.

Y clavó dos alfileres retorcidos en las setas secas que hacían las veces de caja de caudales.

Saludaron a la concurrencia con un movimiento de cabeza, se sentaron en un par de tablones y el espectáculo continuó. Después del número del mono, Ned hizo una demostración de sus habilidades saltando por encima de una silla vieja y subiendo y bajando por las escaleras de mano al estilo marinero.

Después, Semi bailó una jiga con una seriedad digna de verse. Llamaron a Nat para que peleara con Gloti y en un visto y no visto lo tumbó en el suelo, a pesar de lo robusto que era. A continuación, Tommy se preparó para ejecutar un salto mortal, cosa que había conseguido aprender a costa de mucha perseverancia, practicando en solitario hasta que le salieron cardenales en todas las articulaciones. Su proeza mereció una clamorosa ovación del público y estaba a punto de retirarse, sonrojado de orgullo y con un poquito de sangre en la cabeza, cuando se oyó una voz burlona entre el público.

—¡Bah! ¡Eso no es nada!

—¡A que no me lo dices a la cara! —exclamó Tommy, con los pelos de punta como un erizo enfurecido.

—¿Quieres pelea? —dijo Dan.

Bajó al momento de su asiento y preparó los puños como si lo hiciera todos los días. Desconcertado por la pregunta, el cándido Thomas dio un paso atrás.

—No, no quiero pelea.

—¡Las peleas están prohibidas! —gritaron los demás, muy exaltados.

—¡Menuda pandilla! —se burló Dan.

—Oye, si no te portas bien no podrás quedarte —le advirtió Nat, encendido por el insulto a sus amigos.

—¿A que no sabes hacerlo mejor que yo? —dijo Tommy con arrogancia.

—Aparta —dijo Dan.

Y, sin ninguna preparación, dio tres saltos mortales seguidos y cayó de pie.

—Él lo hace mejor, Tom; tú siempre te das un golpe en la cabeza y caes de espalda —dijo Nat, satisfecho del éxito de su amigo.

Y no pudo decir nada más porque el público se puso en tensión al ver otros tres mortales, pero ahora hacia atrás, y un corto paseo andando sobre las manos, con la cabeza abajo y los pies arriba. Los aplausos casi hunden el establo y Tommy se unió a los gritos de admiración que acogieron al gran gimnasta cuando se enderezó y lo miró con calma y superioridad.

—¿Crees que podría aprender a hacer eso sin descoyuntarme mucho? —preguntó Tommy humildemente, frotándose los hombros, que todavía le dolían del último intento.

—¿Qué me das si te enseño? —dijo Dan.

—Mi navaja nueva; tiene cinco hojas y solo una rota.

—A ver, dámela.

Tommy se la dio mirando el mango con cariño. Dan la miró de arriba abajo y se la metió en el bolsillo, se alejó de Tommy y, guiñando un ojo, dijo:

—Sigue intentándolo hasta que te salga, nada más.

Tommy soltó un grito de cólera y los demás empezaron a protestar, y no dejaron de chillar hasta que Dan, al verse en minoría, propuso jugársela entre ellos: se la quedaría el que más cerca de sus pies la clavara en el suelo. A Tommy le pareció bien y se la jugaron en medio de un círculo de rostros expectantes, que se convirtieron en caras de satisfacción cuando Tommy ganó y se guardó la navaja en las profundidades de su bolsillo más secreto.

—Ven conmigo, voy a enseñarte los alrededores —dijo Nat.

Tenía la sensación de que debía hablar seriamente con su amigo en privado. Nadie sabe lo que pasó entre ellos, pero cuando reaparecieron, Dan empezó a demostrar más respeto por todos, aunque seguía hablando y actuando con aspereza. ¿Qué otra cosa podía esperarse de un pobre chico que había pasado su corta vida dando tumbos por ahí sin que nadie le enseñara algo mejor?

A los niños no les cayó nada bien y lo dejaron solo con Nat, que enseguida empezó a acusar el peso de la responsabilidad, pero tenía buen corazón y no quería abandonarlo.

Sin embargo, Tommy tenía la impresión de que, a pesar de lo de la navaja, había cierto entendimiento entre ellos, y deseaba volver a la cuestión de los saltos mortales. Enseguida le surgió la ocasión, porque Dan, al ver lo mucho que lo admiraba, empezó a tratarlo mejor y al final de la primera semana se había hecho bastante amigo del vivaracho Tom.

Cuando el señor Bhaer se enteró de todo y vio a Dan, hizo un gesto negativo con la cabeza, pero lo único que dijo, y en voz baja, fue:

—Es posible que este experimento nos salga un poco caro, pero hay que intentarlo.

Si Dan agradecía la protección del colegio, no lo demostraba y aceptaba cuanto le ofrecían sin decir ni gracias. Era un ignorante, pero aprendía rápido cuando le interesaba; observaba con atención cuanto sucedía alrededor; tenía la lengua sucia, malos modales y un carácter feroz o enfurruñado, según la ocasión. Se entusiasmaba con cualquier juego y lo hacía bien en casi todos.

Con las personas mayores guardaba silencio, como si estuviera enfadado, y solo se relacionaba con los chicos de vez en cuando. Lo cierto es que caía mal a muchos, pero eran pocos los que no lo admiraban por su valor y su fuerza, porque no se acobardaba ante nada y, un día, tumbó a Franz de un puñetazo con tanta facilidad que, a partir de entonces, los demás procuraban guardar una distancia prudencial con él. El señor Bhaer lo observaba en silencio y hacía cuanto podía por domar al «Niño Salvaje», como lo llamaban, pero en el fondo le parecía imposible y se decía: «Espero que el experimento salga bien, pero me da un poco de miedo lo que nos pueda costar».

La señora Bhaer perdía la paciencia con él varias veces al día, pero no quería renunciar y siempre insistía en que el chico tenía algo bueno a pesar de todo; trataba mejor a los animales que a las personas, le gustaba vagar por el bosque y, lo mejor de todo: el pequeño Ted lo adoraba. Nadie sabía cuál era el secreto, pero Chiqui se encariñó con él desde el principio —parloteaba y gorjeaba de júbilo cada vez que lo veía— y lo llamaba «mi Danny» sin que nadie se lo hubiera enseñado. Teddy era la única persona a la que Dan trataba con algún afecto, pero solo cuando creía que no lo veía nadie; sin embargo las madres son listas y el corazón maternal adivina por instinto quién quiere a sus pequeños. Por eso la señora Jo enseguida descubrió que ese chico tan arisco tenía un punto débil, y se dispuso a esperar el día en que pudiera tocárselo y ganárselo.

Pero sucedió algo inesperado, un acontecimiento alarmante que estropeó sus planes y provocó la expulsión de Dan.

Al principio, Tommy, Nat y Semi trataban a Dan con condescendencia porque los demás niños lo menospreciaban; pero enseguida empezaron a admirarlo, cada uno por un motivo, y pasaron de considerarse superiores a considerarse inferiores a él. Tommy admiraba sus habilidades y su valor; Nat le estaba agradecido por lo bien que lo había tratado en el pasado; a Semi le parecía un libro de cuentos con piernas, porque Dan, cuando quería, contaba sus aventuras de una forma muy interesante. Él estaba en la gloria con sus tres admiradores y se esforzaba por ser agradable, que era el secreto de su éxito.

A los Bhaer les sorprendieron estos cambios y esperaban con cierta inquietud que los chicos fueran una buena influencia para Dan y que no sucediera nada malo.

Dan presentía que no confiaban del todo en él y, lejos de darles alguna prueba de sus mejores cualidades, se complacía en ponerles la paciencia a prueba y en destruir sus esperanzas hasta donde se atrevía.

El señor Bhaer no consentía las peleas; no le parecía una demostración de hombría ni de valor que dos chicos se zurraran para entretener a los demás. Les permitían toda clase de juegos y ejercicios de esfuerzo físico y los enseñaban a encajar los golpes y las caídas sin quejarse; pero los ojos morados y las hemorragias nasales provocados por diversión estaban prohibidos por absurdos y brutales.

Dan se burlaba de esta regla y contaba anécdotas tan emocionantes de su propio valor y de las refriegas que había tenido que a algunos chicos les entraron muchas ganas de darse una tunda de verdad.

—Si no os chiváis os enseño —dijo Dan a seis de ellos.

Se los llevó detrás del establo y les dio una clase de boxeo a la medida de sus deseos de pelea. Sin embargo Emil no podía consentir que lo venciera un chico menor que él —tenía más de catorce años y era valeroso—, así que retó a Dan a un combate. Dan aceptó sin pensarlo dos veces y los demás se dispusieron a ver el espectáculo con mucho interés.

No se sabe qué pajarito llevó la noticia a la casa, pero en el momento cumbre de la pelea, cuando Dan y Emil estaban enzarzados como un par de bulldogs y los demás los jaleaban con gritos feroces, el señor Bhaer se plantó en el *ring*, separó a los contendientes con firmeza y, en un tono que pocas veces empleaba, dijo:

—¡Esto no lo consiento, chicos! ¡Dejadlo! ¡Basta! Y que no os vuelva a ver en las mismas. Este colegio es para chicos, no para fieras salvajes. ¡Miraos y avergonzaos de lo que estáis haciendo!

—¡Suélteme, verá como lo tumbo otra vez! —dijo Dan a voces, y se zafó de la mano que lo sujetaba por el cuello de la camisa.

—¡Anda, anda! ¡Si todavía no me has ganado! —respondió Emil, aunque había besado el suelo cinco veces, pero no sabía reconocer cuándo lo tenía todo perdido.

—Están jugando a los *gladis* o como se llamen, como los romanos, tío Fritz —dijo Semi, con los ojos más abiertos que nunca con la emoción de este nuevo pasatiempo.

—Un puñado de bestias es lo que eran; pero hemos aprendido un poco desde entonces, o eso espero, y no consiento que convirtáis mi establo en un coliseo. ¿Quién ha propuesto este juego? —preguntó el señor Bhaer.

—Dan —contestaron varias voces.

—¿Es que no sabes que está prohibido?

—Sí —gruñó Dan, enfurruñado.

—Entonces, ¿por qué te saltas la regla?

—Si no aprenden a pelear serán unos mojigatos.

—¿Crees que Emil es un mojigato? A mí no me lo parece.

Los puso a los dos cara a cara. Dan tenía un ojo morado y la chaqueta rota, hecha harapos; pero Emil se había partido el labio, sangraba y se le había hinchado la nariz, además de un chichón gordo en la frente que se estaba poniendo azul. Sin embargo, a pesar de las heridas, miraba con furor al enemigo, con muchas ganas de reanudar el combate.

—Si le enseñaran, sería un luchador de primera —comentó Dan, que no pudo evitar hacer un elogio al chico que lo había obligado a luchar lo mejor posible.

—Aprenderá defensa y boxeo cuando llegue el momento, pero, hasta entonces, no necesita clases de bestialidad. Id a lavaros la cara; y, Dan, no lo olvides: si vuelves a faltar a las reglas una vez más, tendrás que irte. Ese fue el trato; cumple con tu palabra y nosotros cumpliremos con la nuestra.

Los contrincantes se fueron y, después de dedicar unas palabras a los espectadores, el señor Bhaer también se fue a curar las heridas a los jóvenes gladiadores. Emil se puso enfermo y se acostó, y Dan estuvo toda la semana que daba pena verlo.

Pero el chico rebelde no tenía intención de obedecer y no tardó nada en transgredir las reglas otra vez.

Un sábado por la tarde, cuando algunos chicos se habían ido a jugar, Tommy dijo:

—Vamos al río a hacer cañas nuevas.

—Nos llevamos a Toby para que las cargue después, y uno de nosotros puede ir montado en él —propuso Gloti, puesto que a él no le gustaba nada caminar.

—Te refieres a ti, claro; bueno, venga, holgazán, muévete —dijo Dan.

Y se fueron al río. Cuando terminaron de hacer las cañas y estaban a punto de volver a casa, desafortunadamente Semi le dijo a Tommy, que iba montado en Toby con una caña larga en la mano:

—Pareces el cuadro del hombre de la corrida de toros, solo que sin trapo rojo ni ropa bonita.

—Me gustaría ver una corrida de toros, ¿a ti no? —dijo Tommy, moviendo la caña.

—Pues vamos a hacerla nosotros; la vieja Buttercup está en el prado, Tom; atácala y a ver si echa a correr —propuso Dan, que siempre pensaba en diabluras.

—No, nada de eso —empezó a decir Semi, que había aprendido a desconfiar de las propuestas de Dan.

—¿Por qué no, aguafiestas? —inquirió Dan.

—No creo que al señor Bhaer le haga ninguna gracia.

—¿Es que ha prohibido las corridas de toros?

—No, no creo, nunca se lo he oído decir —reconoció Semi.

—Pues cállate. Tira, Tom, y llévate este trapo rojo para darle a esa vaca vieja en los morros. Te ayudo a hostigarla.

Dan saltó la cerca con muchas ganar de empezar el juego y los demás lo siguieron como corderitos; hasta Semi se sentó en los travesaños a ver el espectáculo con interés.

La pobre Buttercup no estaba de buen humor porque hacía poco que le habían quitado a su ternero y lo echaba mucho de menos. En esos momentos, la humanidad era para ella su enemigo más feroz (y no es de extrañar), así que cuando los toreros se acercaron a ella blandiendo el trapo rojo en la punta de la larga caña, levantó la cabeza y soltó un «¡muuuu!» muy convincente. Tom, intrépido, cabalgó hacia la vaca, y Toby, al reconocer a una amiga, se acercó alegremente; pero cuando la caña cayó sobre el lomo de la vaca con un golpe seco y fuerte, los dos animales se llevaron un susto. Toby retrocedió rebuznando del disgusto y Buttercup bajó la cabeza muy enfadada enseñando los cuernos.

—Atácala otra vez, Tom. ¡Está furiosa y lo va a hacer de primera! —dijo Dan.

El chico se acercó por detrás con otra caña y Jack y Ned siguieron su ejemplo.

Buttercup, al verse asediada de esa forma y tratada con tanta falta de respeto, echó a correr por el campo, cada vez más perpleja y nerviosa, porque, fuera a donde fuese, siempre había un niño horrible chillando y amenazándola con un látigo de espanto, cosa que nunca había visto. Los chicos se divirtieron de lo lindo, pero la vaca pasó muy mal rato, hasta que perdió la paciencia y dio la vuelta a la situación de la forma más inesperada: sin previo aviso, giró sobre sí misma y cargó directamente contra su viejo amigo Toby, cuyo proceder le había partido el corazón. El pobre Toby, que era lento, retrocedió con tanta precipitación que tropezó con una piedra y... montura, torero y toda la pesca rodaron por el suelo de una forma ignominiosa; entretanto, Buttercup saltó por encima de la cerca y se puso a galopar como loca hasta que desapareció carretera abajo.

—¡A por ella! ¡Detenedla! ¡Paradla! ¡Rápido, chicos, corred! —voceaba Dan.

Se lanzó detrás de la vaca tan rápido como se lo permitieron las piernas porque Buttercup era la mimada del señor Bhaer y, si le pasaba algo, temía que ahí terminara todo para él. ¡Cuánto tuvieron que correr y volar y gritar y jadear hasta que dieron con ella! Las cañas quedaron atrás; Toby tuvo que trotar como en su vida y los chicos, muy sofocados, sin aliento y bastante asustados, la buscaron hasta que la encontraron en un jardín, en el que se había refugiado, agotada después de la larga carrera. Les prestaron una cuerda a modo de ronzal y Dan la llevó a casa con una escolta de caballeritos muy serios, porque daba pena ver a la vaca, que se había hecho un esguince en una pata al saltar y cojeaba; además tenía el miedo en los ojos todavía y la piel mojada y manchada de barro.

—Esta vez te la has ganado, Dan —dijo Tommy, que conducía al agitado burro al paso de la maltratada Buttercup.

—Y tú, porque has colaborado.

—Hemos colaborado todos menos de Semi —añadió Jack.

—Fue él quien nos dio la idea —dijo Ned.

—Yo os dije que no lo hicierais —protestó Semi, muy dolido por el estado en que había quedado la vaca.

—Seguro que el viejo me echa, ya verás. Pero me da igual —musitó Dan, aunque parecía inquieto.

—Le diremos que no te eche, todos —dijo Semi.

Los demás estaban de acuerdo, menos Gloti, que tenía esperanzas de que todo el castigo se lo llevara uno solo.

—No os preocupéis por mí —se limitó a decir Dan; pero el gesto no se le olvidó, aunque metió a los niños en otro lío en cuanto se le presentó la ocasión.

Cuando el señor Bhaer vio a la vaca y le contaron lo sucedido, no dijo casi nada, porque temía hablar más de la cuenta en esos primeros momentos de impaciencia. Dejó a Buttercup tranquila en su establo y mandó a los chicos a su habitación hasta la hora de la cena. Este breve paréntesis les dio tiempo para pensar en lo que habían hecho, a preguntarse qué castigo les impondrían y a imaginarse qué harían con Dan. En cuanto a este, se puso a silbar en su habitación para que nadie creyera que estaba preocupado; pero, mientras esperaba a saber lo que le aguardaba, el deseo de quedarse creció y creció a medida que recordaba la comodidad y la bondad que había conocido allí y el abandono y las dificultades por los que había pasado antes. Sabía que querían ayudarlo y, en el fondo, se lo agradecía, pero las duras condiciones de vida lo habían hecho descuidado, suspicaz y malintencionado. No soportaba ninguna clase de freno y se rebelaba contra cualquier imposición como un animal salvaje, aunque sabía que lo hacían con buena intención e intuía que era por su bien. Se convenció de que lo mandarían a la calle otra vez, a vagar por la ciudad como había hecho casi toda su vida, y al pensarlo frunció las negras cejas y miró la acogedora habitación con una expresión de tristeza que habría ablandado incluso un corazón mucho más duro que el del señor Bhaer, si lo hubiera visto. Pero esa expresión desapareció al instante tan pronto como el buen hombre entró en el dormitorio y, con la seriedad de costumbre, dijo:

—Me lo han contado todo, Dan, y, aunque has vuelto a saltarte las reglas, voy a darte otra oportunidad para satisfacer a la señora Bhaer.

Dan se sonrojó hasta las orejas al ver que no lo iban a castigar, pero lo único que respondió con la aspereza de siempre fue:

—No sabía que las corridas de toros estuvieran prohibidas.

—No están prohibidas porque nunca he pensado tener toros en Plumfield —respondió el señor Bhaer, sonriendo a su pesar al oír la excusa del chico—. Pero —añadió, muy serio— una de nuestras pocas leyes, una de las más importantes, es la ley de tratar bien a todos los seres que viven aquí. Quiero que todo el mundo y todas las cosas sean felices aquí, que nos quieran, que confíen en nosotros y que nos sirvan igual que nosotros intentamos quererlas, confiar en ellas y servirlas con lealtad y buena voluntad. He visto a menudo que tratas mejor a los animales que a los demás chicos, y a la señora Bhaer le gusta mucho esa cualidad tuya porque cree que es una prueba de buen corazón. Pero nos has decepcionado en esto y lo sentimos mucho; esperábamos que fueras uno más aquí. ¿Lo intentamos otra vez?

Mientras el señor Bhaer hablaba, Dan miraba al suelo y jugueteaba nerviosamente con un trocito de lana que estaba cortando, pero al oír la pregunta, levantó la mirada enseguida y, en el tono más respetuoso que había usado nunca, dijo:

—Sí, por favor.

—Muy bien, pues vamos a dejarlo aquí, pero mañana te quedas en casa cuando salgamos de paseo, como los otros compañeros tuyos, y tenéis que cuidar a Buttercup hasta que se reponga del susto.

—Sí.

—Ahora, baja a cenar y pórtate lo mejor que puedas, hijo, sobre todo por tu bien, más que por nosotros.

Se dieron un apretón de manos y Dan bajó al comedor; la bondad lo había aplacado mucho más que si le hubieran dado unos latigazos, como había recomendado Asia fervientemente.

Dan lo intentó un par de días, pero, como no estaba acostumbrado, enseguida se cansó y recayó en las maldades de costumbre. Un día, el señor Bhaer tuvo que ausentarse por asuntos de negocios y las clases se suspendieron. Los chicos se quedaron encantados y se pasaron el día jugando sin parar hasta la hora de ir a la cama, y casi todos cayeron redondos y durmieron como marmotas. Sin embargo, Dan tenía una idea en la cabeza y, cuando se quedó a solas con Nat, se la contó.

—¡Mira! —dijo, y sacó de debajo de la cama una botella, un puro y una baraja—. Voy a pasar un buen rato como en los viejos tiempos con los otros chicos de la ciudad. Esto es cerveza, se la compré al viejo de la estación, y esto, un puro; si quieres, me lo pagas, o que me lo pague Tommy, que tiene un montón de dinero y yo no tengo nada. Voy a invitarle a venir; no, mejor vete tú; a ti no te dirán nada.

—A los viejos no les va a gustar nada —objetó Nat.

—No tienen por qué enterarse. Papá Bhaer no está en casa y la señora Bhaer está cuidando a Ted; tiene mucha tos o algo así y no puede dejarlo solo.

No vamos a acostarnos muy tarde ni vamos a hacer ruido, así que ¿qué tiene de malo?

—Asia se dará cuenta si dejamos la luz encendida mucho rato, siempre lo ve.

—Esta vez no, para eso tengo una linterna; alumbra poco y se puede apagar enseguida si oímos venir a alguien —dijo Dan.

A Nat le gustó la idea de la linterna, le daba a la cosa un ambiente de aventura. Iba a buscar a Tommy pero, pensándolo bien, volvió a asomarse por la puerta y dijo:

—Quieres que venga Semi también, ¿verdad?

—No, no, que si se lo cuentas pondrá los ojos en blanco y nos dará un sermón. Se habrá dormido ya, así que avisa solo a Tom y vuelve enseguida.

Nat obedeció y no tardó ni un minuto en volver con Tommy, a medio vestir, con el pelo revuelto y bastante adormilado, pero preparado para divertirse un rato, como de costumbre.

—Bueno, ahora, calladitos, que os voy a enseñar un juego de primera que se llama «póquer» —dijo Dan, mientras los tres noctámbulos se sentaban alrededor de la mesa, en la que aguardaban la botella, el puro y las cartas—. Primero, vamos a tomar un trago cada uno, después le damos un viaje a la «hierba» y luego jugamos. Así lo hacen los hombres, y es genial.

La cerveza circuló en una taza y los tres se relamieron los labios después de beber, aunque a Nat y a Tommy no les gustó esa bebida amarga. El puro fue peor, pero no se atrevieron a decirlo y cada uno chupó y chupó hasta que se mareó o se atragantó, y después se lo pasó al siguiente. A Dan le gustó porque le recordó a los viejos tiempos, cuando se le presentaba la oportunidad de imitar a los hombres de baja estofa que lo rodeaban. Bebió, fumó y fanfarroneó imitándolos lo mejor que supo y, al meterse en el papel, no tardó en empezar a decir palabrotas en voz baja, para que no lo oyeran.

—¡No! ¡Deja de decir «maldición»! No está bien —exclamó Tommy, que hasta el momento había hecho todo lo que hacía Dan.

—¡Cierra el pico, anda! ¡No me vengas con sermones y sigue el juego! Sin palabrotas no es tan divertido.

—Yo prefiero decir «recontracórcholis» —dijo Tommy, que estaba muy orgulloso de la curiosa exclamación que se había inventado.

—Pues yo voy a decir «demonios», que suena muy bien —añadió Nat, muy impresionado por el estilo varonil de Dan.

Dan se burló de esas «memeces» y soltó blasfemias fuertes mientas intentaba enseñarles el juego de cartas.

Pero Tommy estaba adormilado y a Nat empezó a dolerle la cabeza por culpa de la cerveza y del humo, así que ni el uno ni el otro aprendían y el juego se eternizaba. Estaban prácticamente a oscuras porque la linterna ardía mal; además no podían reírse en voz alta ni moverse mucho, puesto que Silas dormía en la habitación de al lado, así que la fiesta decayó. En medio de una jugada, Dan se quedó muy quieto de repente y dijo en voz alta, sobresaltado: «¿Quién anda ahí?», y al mismo tiempo tapó la luz de la linterna. Una voz trémula dijo en la oscuridad: «No sé dónde está Tommy», y a continuación, un ruido de pies descalzos que se iban corriendo por el pasillo que unía la casa principal y el ala en la que estaban.

—¡Es Semi! Ha ido a avisar alguien. ¡Vete corriendo a la cama, Tom, y no se lo cuentes a nadie! —dijo Dan.

Escondió rápidamente todos los objetos de la juerga nocturna y empezó a quitarse la ropa, y Nat hizo otro tanto.

Tommy voló a su habitación, se metió en la cama de cabeza y comenzó a reírse hasta que algo le quemó la mano, y entonces se dio cuenta de que no había tirado la colilla del puro, que casualmente tenía él cuando terminó la fiesta.

Estaba casi apagado y, justo en el momento en que iba a rematarlo con cuidado, oyó la voz de Nana; pensó que, si lo escondía entre las sábanas, lo traicionaría, así que le dio un pellizco que creyó que lo apagaría del todo y lo tiró debajo de la cama.

Nana entró con Semi, que se asombró muchísimo al ver la cara colorada de Tommy reposando en paz encima de la almohada.

—Hace un momento no estaba aquí, porque al despertarme no lo vi por ninguna parte —dijo Semi, abalanzándose sobre Tommy.

—¿Qué andabas haciendo, malandrín? —preguntó Nana.

Sacudió un poco al niño y el durmiente abrió los ojos y dijo:

—Es que fui a la habitación de Nat para decirle una cosa. Marchad de aquí, dejadme solo; estoy muy dormido.

Nana arropó a Semi y fue a inspeccionar la habitación de Dan y Nat, pero solo encontró a dos niños durmiendo como troncos. «Alguna travesura habrán hecho», pensó y, como no había pasado nada, no se lo contó a la señora Bhaer, que estaba pendiente del pequeño Teddy.

Tommy tenía sueño, le dijo a Semi que se metiera en sus asuntos y que no hiciera preguntas y a los diez minutos roncaba sin tener la menor idea de lo que sucedía entretanto debajo de su cama. El puro no se apagó, sino que siguió ardiendo en la alfombra de paja hasta que se prendió fuego y una llamita hambrienta fue arrastrándose poco a poco, llegó a la colcha de algodón, después a las sábanas y luego a la cama entera. La cerveza sumió a Tommy en un sueño profundo y el humo atontó a Semi, de modo que no se despertaron hasta que el fuego los tocó, cuando ya estaban en peligro de morir abrasados.

Franz se había quedado a estudiar y, al salir del aula, el aire olía a chamusquina; echó a correr escaleras arriba y vio una humareda que procedía del ala izquierda de la casa.

Sin detenerse a avisar a nadie, entró en la habitación, sacó a los chicos de la cama en llamas y tiró al fuego toda el agua que encontró. Contuvo un poco el fuego, pero no lo pudo apagar, y los chicos, que se despertaron cuando los soltaron sin miramientos en el frío pasillo, empezaron a chillar a pleno pulmón. La señora Bhaer apareció al instante y un minuto después Silas salió en estampida de su habitación gritando «¡Fuego, fuego!» en un tono que despertó a toda la casa. Una grey de duendecillos blancos muy asustados se agolpó en el pasillo; se veía pánico en todas las caras.

Un minuto después, la señora Bhaer se sobrepuso y mandó a Nana a curar a los niños que se habían quemado; luego pidió a Franz y a Silas que subieran baldes de ropa mojada y la echó en la cama, en la moqueta y en las cortinas, que ya estaban ardiendo ferozmente y a punto de incendiar las paredes.

Casi todos los niños miraban, paralizados, pero Dan y Emil trabajaban sin descanso, corrían de un lado a otro con agua del cuarto de baño y ayudaron a arrancar las peligrosas cortinas.

Pronto pasó el peligro y, después de mandar a todo el mundo a la cama y de dejar a Silas vigilando por si el fuego se reavivaba, la señora Bhaer y Franz fueron a ver qué tal estaban los pobres chicos. Semi se había librado con una sola quemadura y un susto de muerte, pero Tommy, además de chamuscarse casi todo el pelo, se había abrasado un brazo, y le dolía como para volverse loco. A Semi lo acomodaron enseguida: Franz lo llevó a su propia cama, lo tranquilizó y lo ayudó a dormirse con tanto cariño como lo habría hecho una mujer. Nana pasó la noche pendiente de Tommy, procurando aliviarle el malestar, y la señora Bhaer no paraba entre él y su pequeño Teddy, administrando aceite y algodón, calmantes y expectorantes, y diciéndose de vez en cuando, como si le hiciera gracia: «Siempre supe que un día Tommy prendería fuego a la casa ¡y así ha sido!».

El señor Bhaer volvió por la mañana y se encontró con un bonito panorama: Tommy, en cama; Teddy, tosiendo y resoplando como una orca; la señora Jo, rendida de cansancio, y los niños, tan alterados que hablaban todos al mismo tiempo y casi se lo llevaron a rastras para enseñarle los restos del desastre. Bajo sus serenas indicaciones, las cosas volvieron a la normalidad en poco tiempo, porque todo el mundo se puso a su entera disposición y cada cual se aplicó con diligencia a las tareas que le asignaron.

Se suspendieron las clases de la mañana, pero, por la tarde, la habitación del incendio estaba como si nada hubiera sucedido, los inválidos se encontraban mejor y sobró tiempo para oír y juzgar con calma a los pequeños culpables. Nat y Tommy confesaron el papel que habían desempeñado en el desastre y lamentaron sinceramente haber puesto en peligro la casa y a todos sus habitantes. Pero Dan puso cara de «me importa un rábano» y no quiso reconocer el mal que habían causado.

Por otra parte, lo que más aborrecía el señor Bhaer era la bebida, los juegos de apuestas y las palabrotas; había dejado de fumar para no dar mal ejemplo a los niños y lo afligió y lo molestó profundamente descubrir que ese chico, al que había tratado con la mayor contención, hubiera aprovechado su ausencia para enseñar esos vicios prohibidos a sus niños inocentes como si fueran muy varoniles y estuviera bien permitírselos. Dio un sermón largo y apasionado a todos los niños y, con una mezcla de firmeza y disgusto, terminó con estas palabras:

—Creo que Tommy ya ha recibido bastante castigo; la cicatriz que le va a quedar en el brazo siempre le recordará que es mejor no meterse en esas cosas. Nat tiene bastante con el susto que se ha llevado, porque está sinceramente arrepentido y siempre intenta obedecerme. En cambio tú, Dan, te hemos perdonado muchas veces, pero no ha servido de nada. No puedo consentir que tu mal ejemplo cunda entre mis niños ni pienso perder más tiempo hablando con una pared, así que despídete de todos y dile a Nana que te dé mi bolsita negra de viaje para guardar tu equipaje.

—¡Ay, señor! ¿Adónde lo manda? —exclamó Nat.

—A un sitio muy bonito que hay en el norte del país; allí mando a veces a algunos chicos, si no se adaptan bien aquí. El señor Page es bondadoso y Dan puede ser feliz allí, si pone algo de su parte.

—¿No volverá nunca? —preguntó Semi.

—Eso depende de él; yo espero que sí.

Y, dicho esto, el señor Bhaer se fue a escribir una carta al señor Page y los niños se agolparon alrededor de Dan, como se suele hacer cuando alguien se va a un viaje largo y peligroso por regiones ignotas.

—No sé si te gustará —dijo Jack.

—Si no me gusta, me largo —dijo Dan con frialdad.

—Y ¿adónde irías? —preguntó Nat.

—Puede que al mar, o al oeste, a ver qué tal es California —respondió Dan, con una temeridad que cortó la respiración a los chicos.

—¡No, no! ¡Quédate con el señor Page una temporada y luego vuelve aquí, por favor, Dan! —le rogó Nat, muy afectado por todas las consecuencias.

—Me da igual ir a un sitio que a otro y no sé cuánto tiempo pasaré, pero que me muera si vuelvo aquí.

Con estas iracundas palabras, Dan se fue a recoger sus cosas, cosas que le había dado el señor Bhaer, todas y cada una.

Y así se despidió de los chicos, porque, cuando bajó otra vez, se habían reunido en el establo para hablar del asunto y le pidió a Nat que no los avisara. Un carro esperaba a la puerta; la señora Bhaer bajó a hablar con él y, al verla tan triste, le dio un vuelco el corazón y susurró:

—¿Puedo despedirme de Teddy?

—Sí, cielo; vete a darle un beso, va a echar mucho de menos a su Danny.

Nadie vio la expresión de los ojos de Dan cuando se inclinó sobre la cuna y al chiquitín se le iluminó la carita en cuanto lo reconoció; él, en cambio, oyó el ruego de la señora Bhaer:

—¿No podemos darle otra oportunidad a este pobre niño, Fritz?

Y al señor Bhaer, que respondió con serenidad:

—Querida, es mejor que no; que se vaya adonde no pueda hacer daño a otros pero a él puedan hacerle mucho bien, y con el tiempo volverá, te lo prometo.

—Es el único fracaso que hemos tenido y lo lamento muchísimo, porque creía que tenía madera de buena persona, a pesar de sus defectos.

Dan oyó suspirar a la señora Bhaer y le habría gustado pedirles «otra oportunidad», pero el orgullo se lo impidió y salió con cara de pocos amigos, le dio la mano a la señora Jo y se fue con el señor Bhaer; Nat y la señora Jo se quedaron mirándolo con lágrimas en los ojos.

Poco después recibieron una carta del señor Page en la que decía que Dan se estaba adaptando bien, cosa que alegró mucho a todos. Pero al cabo de tres semanas recibieron otra con la noticia de que el chico se había escapado y que no sabían nada de él; todos se entristecieron y el señor Bhaer lo lamentó de verdad.

—Tal vez si le hubiera dado otra oportunidad...

Sin embargo, la señora Bhaer le contestó:

—No te preocupes, Fritz; el chico volverá con nosotros, estoy segura.

Pero pasó el tiempo y Dan no volvió.

7

NAN LA REVOLTOSA

—¡Fritz, se me ha ocurrido una idea! —exclamó la señora Bhaer al encontrarse con su marido una tarde después de las clases.

—A ver, querida, ¿de qué se trata?

Y esperó con interés a que le contara el nuevo plan, porque a veces la señora Jo tenía ideas estrambóticas que le hacían reír mucho, aunque por lo general eran acertadas y él la secundaba con mucho gusto.

—Daisy necesita una compañera y a los niños les vendría bien que hubiera otra niña entre ellos; tú y yo creemos que es mejor educar juntos a los niños y a las niñas, y ya va siendo hora de ponerlo en práctica. Los nuestros, unos días miman a Daisy y otros la tiranizan, según el día, y la están echando a perder. Tienen que aprender a ser amables y mejorar los modales, y creo que una buena forma de conseguirlo es que haya más niñas entre ellos.

—Tienes razón, como de costumbre. Y ¿en quién has pensado? —preguntó el señor Bhaer, que sabía, por la expresión de la mirada de su mujer, que ya había elegido a una candidata.

—En Annie Harding.

—¿Qué? ¿Nan la revoltosa, como la llaman los niños? —exclamó el señor Bhaer tronchándose de risa.

—Sí, se está volviendo tremenda en casa desde que murió su madre, y es una niña muy lista, no me gustaría que los criados la echaran a perder. Hace tiempo que pienso en ella; el otro día me encontré con su padre en la ciudad y le pregunté por qué no la mandaba al colegio. Me dijo que la mandaría encantado si encontrara un colegio para niñas tan bueno como el nuestro. Sé que le complacería mandarla aquí. ¿Qué te parece si vamos a verlo esta tarde y lo hablamos con él?

—¿Es que no tienes suficientes preocupaciones ya, mi querida Jo, para pensar en traer aquí a ese torbellino de niña? —le preguntó el señor Bhaer, dándole unos golpecitos en la mano.

—¡No, no, nada de eso! —respondió enseguida la señora Bhaer—. Me gusta lo que hago y nunca he sido más feliz que desde que tengo a mis diablillos aquí. Verás, Fritz, es que comprendo muy bien a Nan, porque yo era tan tremenda como ella de pequeña y entiendo lo que le pasa. Tiene muchísima energía y lo único que necesita para ser una niña tan adorable como Daisy es que le enseñen a encauzarla. Es muy espabilada y disfrutará mucho con las clases, debidamente enfocadas, claro, y, aunque ahora es un diablillo en miniatura no tardará nada en convertirse en una niña feliz y laboriosa. Sé cómo hay que tratarla, porque me acuerdo de cómo lo hacía mi santa madre conmigo, y...

—Y si los resultados son la mitad de buenos que los que consiguió ella contigo, habrás hecho una magnífica labor —la interrumpió el señor Bhaer, que se hacía la ilusión de que la señora B. era la mujer más encantadora del mundo.

—A ver... si piensas tomarte mi plan a risa te daré café malo toda la semana y entonces, ¿qué será de ti, eh? —exclamó la señora Jo, pellizcándole la oreja como si fuera uno de los niños.

—¿No crees que a Daisy se le pondrán los pelos de punta cuando vea cómo es Nan? —preguntó el señor Bhaer.

Teddy había reptado por el chaleco de su padre y Rob, por la espalda, porque los dos corrían a sus brazos en cuanto terminaba las clases.

—Puede que al principio, pero será beneficioso para nuestra florecilla. Se está volviendo un tanto remilgada y empalagosa y necesita un poco de animación. Cuando viene Nan a jugar se lo pasa bien con ella, se ayudarán la una a la otra sin darse cuenta. ¡Ay, Dios! Es que la mitad de la ciencia de la enseñanza consiste en saber lo que pueden hacer unos por otros y cuándo ponerlos juntos.

—Espero que no nos salga otra incendiaria.

—¡Mi pobre Dan! No me perdono haberlo dejado marchar de aquí —suspiró la señora Bhaer.

Al oír el nombre de Dan, Chiqui, que no había olvidado a su amigo, se bajó de los brazos de su padre y se acercó a la puerta; ilusionado, miró hacia el césped y después volvió diciendo, como siempre que no veía a su querido amigo:

—Mi Danny *vene ponto.*

—Creo que teníamos que habernos quedado con él, aunque solo fuera por Teddy; ¡lo quería tanto...! Tal vez el cariño de un niño pequeño habría logrado lo que no logramos nosotros.

—Yo también lo pienso a veces; pero tenía a los niños soliviantados y casi quema toda la casa, así que me pareció más seguro prescindir de él, al menos una temporada —dijo el señor Bhaer.

—Ya es hora de comer —dijo Rob—, déjame tocar la campana.

Y empezó a aporrear un solo que hacía imposible entenderse.

—Entonces, ¿te parece bien que venga Nan? —preguntó la señora Jo.

—Como si son una docena, querida mía —respondió el señor Bhaer, que tenía sitio en su paternal corazón para todos los niños traviesos y abandonados del mundo.

Por la tarde, cuando la señora Bhaer volvió de la ciudad, antes de poder sacar a la recua de pequeños que se llevaba casi siempre a todas partes, una niña de diez años saltó del carruaje y echó a correr hacia la casa gritando:

—¡Hola, Daisy! ¿Dónde estás?

Daisy salió a su encuentro y se alegró de ver a la invitada, pero también se alarmó un poco cuando Nan le dijo, saltando de un lado a otro como si no pudiera parar:

—Voy a quedarme aquí para siempre, mi padre dice que sí, y mañana me traen el equipaje, porque había que lavar y coser todas mis cosas, y entonces vino tu tía y ¡aquí estoy! ¡Es estupendo! ¿Verdad?

—Sí, claro. ¿Has traído la muñeca grande?

Daisy esperaba que así fuera, porque, en la última visita, Nan había destrozado la casa de muñecas y se había empeñado en lavar la cara a Blanche Matilda, que era de yeso, y la pobre se quedó sin rostro para siempre.

—Sí, por ahí anda —contestó Nan con una indiferencia nada maternal—. Te he hecho un anillo en el camino con pelos de la cola de Dobbin. ¿Lo quieres?

Le ofreció un anillo de crin de caballo en señal de amistad, porque la última vez que se vieron se habían prometido no volver a dirigirse la palabra nunca más. A Daisy le gustó el regalo y cambió un poco de actitud; le propuso ir a la guardería, pero Nan respondió:

—No, quiero ver a los niños, y después, el establo.

Y se fue corriendo dándole vueltas al sombrero por la cinta, hasta que se rompió, y entonces lo dejó en la hierba abandonado a su suerte.

—¡Hola, Nan! —gritaron los niños al verla llegar con la gran noticia.

—¡Me quedo aquí!

—¡Bieeen! —aulló Tommy desde la pared en la que estaba subido, porque Nan tenía el mismo espíritu que él y ya se imaginaba toda clase de bromas divertidas que harían juntos.

—Sé batear, dejadme jugar —dijo Nan, que era capaz de cualquier cosa y no se quejaba cuando se hacía daño.

—No estamos jugando, y además nuestro equipo gana sin tu ayuda.

—Pero te gano a correr —replicó Nan, recurriendo a su punto fuerte.

—¿De verdad? —preguntó Nat a Jack.

—Corre bastante bien para ser una chica —reconoció Jack con condescendencia, pero mirando a Nan por encima de hombro.

—¿Echamos una carrera, a ver quién gana? —dijo Nan, deseando hacer una demostración de superioridad.

—Hace mucho calor —dijo Tommy, apoyándose en la pared como si estuviera agotado.

—¿Qué le pasa a Gloti? —preguntó Nan, que los miraba a todos de uno en uno.

—La pelota le dio un golpe en la mano; es un llorica —contestó Jack en tono de burla.

—Yo no; no lloro nunca, aunque me duela mucho; es de niños pequeños —dijo Nan con altivez.

—¡Bah! Seguro que te hago llorar en menos de dos minutos —replicó Gloti, ofendido.

—A ver.

—¿A que no arrancas esa ortiga? —dijo Gloti, señalando un hermoso ejemplar de la urticante planta que crecía al lado de la pared.

Y allí fue Nan dispuesta a todo. Tiró de la ortiga y la levantó en el aire con un gesto de desafío, a pesar del picor casi insoportable.

—¡Bien hecho! —gritaron los niños, dispuestos a reconocer la valentía incluso en una niña.

Gloti, más picado que ella, se dispuso a hacerla llorar como fuera, y le dijo en son de burla:

—Estás acostumbrada a meter la mano en todas partes, así que lo de la ortiga no tiene mérito. A ver si eres capaz de darte un cabezazo bien fuerte contra la pared del establo sin soltar un berrido.

—No lo hagas —dijo Nat, que aborrecía la crueldad.

Pero Nan no lo oyó porque echó a correr hacia el establo. Se dio un trompazo que hizo un ruido como un ariete de guerra y... se cayó al suelo. Se levantó mareada, pero sin inmutarse, y aunque tenía la cara contraída de dolor, dijo resueltamente:

—Me duele, pero no lloro.

—Hazlo otra vez —dijo Gloti, enfadado.

Nan lo habría hecho, pero Nat la detuvo; y Tommy, olvidándose del calor, se lanzó sobre Gloti como un gallito de pelea, aullando:

—¡Basta! O te tiro yo contra el establo.

Y empezó a zarandearlo y a empujarlo de tal forma que el pobre Gloti no sabía si estaba de pie o cabeza abajo.

—Lo ha dicho ella —fue lo único que pudo alegar cuando Tommy lo dejó en paz.

—Eso da igual; es muy feo hacer daño a una niña pequeña —le reprochó Semi.

—¡Ja! A mí me da lo mismo; no soy una niña pequeña, soy mayor que Daisy y que tú, para que te enteres —replicó Nan sin mostrar ningún agradecimiento.

—No vengas ahora con sermones, porque tú te aprovechas de tu hermana todos los días —terció el Comodoro, que apareció justo en ese momento.

—Yo no le hago daño —dijo Semi, y se volvió hacia la niña—. ¿A que no, Daisy?

La niña estaba con Nan, compadeciéndose de las doloridas manos y recomendándole que se pusiera agua en el chichón que le estaba saliendo en la frente.

—Eres el mejor niño del mundo —respondió ella al momento, y añadió, porque era la verdad y tenía que decirlo—: A veces haces cosas que me duelen, pero sé que no tienes mala intención.

—Recoged los bates y demás y no os metáis en líos, muchachos. No se permiten peleas a bordo de este barco —dijo Emil, que mandaba mucho sobre los demás.

—¿Cómo está usted, señorita Torbellino? —dijo el señor Bhaer a Nan a modo de saludo cuando entraron todos en el comedor—. Dame la mano derecha, hijita, y cuida esos modales —añadió, cuando Nan le tendió la izquierda.

—Es que la otra me duele.

—¡Pobre manita! ¿Dónde se habrá metido para que le hayan salido estas ampollas? —preguntó al tomarle la mano que escondía detrás, a la espalda, con una cara que delataba alguna travesura.

Antes de que Nan pudiera pensar en una excusa, saltó Daisy y le contó todo lo sucedido, mientras Gloti procuraba esconder la cara en un tazón de leche migada. Cuando la niña terminó, el señor Bhaer echó un vistazo a la larga mesa en dirección a su mujer y dijo con una mirada risueña:

—Este asunto corresponde a tu parte de la casa, así que no voy a entrometerme, querida mía.

La señora Jo sabía lo que significaba eso, pero apreciaba más a la oveja negra justo por lo valiente que era; sin embargo, lo único que dijo, muy seria, fue:

—¿Sabéis por qué he pedido a Nan que viniera a vivir con nosotros?

—Para martirizarme a mí —murmuró Gloti con la boca llena.

—Para que me ayude a convertiros en caballeritos, y me parece que algunos habéis demostrado la falta que os hace.

Gloti volvió a esconder la cara en el tazón y no la levantó hasta que Semi los hizo reír a todos cuando, en su estilo lento y divagante, dijo:

—¿Cómo, si es un auténtico chicote?

—Precisamente por eso; ella necesita tanta ayuda como vosotros, y espero que le deis ejemplo de buenos modales.

—¿Ella también va a ser un caballerito? —preguntó Rob.

—Es lo que te gustaría, ¿verdad, Nan? —añadió Tommy.

—No, ni en sueños. ¡No soporto a los niños! —contestó Nan, enfurecida.

Todavía le escocía la mano y empezó a pensar que podía haber demostrado lo valiente que era de una manera más inteligente.

—Lamento que aborrezcas a mis niños, pero te aseguro que pueden ser muy educados y agradables cuando quieren. La auténtica cortesía se aprecia en la bondad de la mirada, de las palabras y de los actos, y cualquiera puede adquirirla si procura tratar a los demás como le gustaría que le trataran a él.

La señora Bhaer se lo decía a Nan, pero los chicos asintieron entre ellos como si hubieran captado la indirecta, al menos de momento, y se pasaron la mantequilla y dijeron «por favor», «gracias», «sí, señor» y «no, señora» con una elegancia y un respeto inusitados. Nan no dijo nada, pero guardó la compostura y se contuvo las ganas de hacer cosquillas a Semi, a pesar de la tentación, por la actitud tan digna que adoptó el niño. Al parecer también olvidó el aborrecimiento que le inspiraban los niños y jugó a «veo, veo» con ellos hasta la noche. Gloti le ofreció bolitas de anís varias veces mientras jugaban, cosa que le endulzó el genio a la niña, evidentemente, porque lo último que dijo cuando se fueron a dormir fue:

—En cuanto me lleguen la raqueta y la plumilla te dejaré jugar al bádminton.

Lo primero que preguntó por la mañana fue: «¿Ha llegado mi equipaje»? y, cuando le dijeron que llegaría a lo largo del día, se puso nerviosa, echando chispas, y pegó a su muñeca de una forma que escandalizó a Daisy. Sin embargo, consiguió sobrevivir hasta las cinco, momento en que desapareció, y, como creían que se había ido al monte con Tommy y Semi, no la echaron de menos hasta la hora de cenar.

—La vi corriendo por el paseo con todas sus fuerzas —dijo Mary Ann al entrar con el flan de maíz y encontrarse con que todo el mundo preguntaba por Nan.

—¡Esa gitanilla ha huido a su casa! —exclamó la señora Bhaer acongojada.

—A lo mejor ha ido a la estación a ver si llegaba su equipaje —dijo Franz.

—Imposible; no sabe el camino y, aunque lo encontrara, no podría arrastrar el equipaje un kilómetro y medio —dijo la señora Bhaer, pensando que su gran idea podía resultar muy difícil de llevar a cabo.

—Sería propio de ella.

Con estas palabras, el señor Bhaer tomó el sombrero para ir a buscarla; pero de pronto Jack, que estaba mirando por la ventana, dio una voz de alarma y todo el mundo salió enseguida a la puerta.

Allí estaba la señorita Nan, cómo no, tirando de una sombrerera enorme metida en un saco. Estaba sofocada, sucia y cansada, pero avanzaba a buen paso, hasta que llegó resoplando a la escalinata, soltó la carga con un suspiro de alivio y se sentó a mirarlos con los brazos cruzados.

—No podía esperar más, así que fui a buscarlo.

—Pero no sabías el camino —dijo Tommy, y los demás le rieron la gracia.

—Pues lo encontré, yo nunca me pierdo.

—Hay más de un kilómetro, ¿cómo has podido ir tan lejos?

—Bueno, sí, estaba un poco lejos, pero descansé por el camino.

—¿No te pesaba mucho?

—Es tan redondo que no lo podía sujetar bien y creía que se me iban a romper los brazos.

—No entiendo por qué te dejaría llevártelo el jefe de estación —dijo Tommy.

—No hablé con él. Estaba en la ventanilla de los billetes y no me vio, así que solo tuve que tomarlo del andén.

—Franz, vete a decirle al bueno de Dodd que no pasa nada, corre, porque si no va a creer que lo han robado —dijo el señor Bhaer, riéndose como los demás por la gracia que les hacía la sangre fría de Nan.

—Te dije que iríamos a buscarlo si no llegaba. Para otra vez tienes que esperar, porque si te escapas te puede pasar cualquier desgracia. Prométemelo o no podré quitarte la vista de encima en todo el día —dijo la señora Bhaer mientras le limpiaba el polvo de la sofocada carita.

—Bien, de acuerdo, pero es que mi padre me dice que no deje para mañana lo que pueda hacer hoy, y por eso.

—Esto no se resuelve así como así; más vale que cene ahora; ya le leerás la cartilla después en privado —dijo el señor Bhaer.

Le había hecho tanta gracia la hazaña de la niña que no podía enfadarse con ella.

A los niños les pareció «muy divertido» y Nan les amenizó la cena contando sus aventuras: le había ladrado un perro, un hombre se había reído de ella, una mujer le había dado una rosquilla y, cuando estaba muy cansada y se paró a beber en el río, se le cayó el sombrero al agua.

—Me parece que vas a tener mucho trabajo, querida mía —dijo el señor Bhaer media hora más tarde—; entre Nan y Tommy no te va a quedar ni un minuto libre.

—Sé que tardaremos un poco en amansarla, pero es muy desprendida y cariñosa —respondió la señora Jo, señalando el alegre grupo que rodeaba a Nan mientras la niña repartía sus cosas entre todos, con prodigalidad, como si la gran sombrerera fuera un pozo sin fondo—; yo la querría igual aunque fuera el doble de traviesa.

Por ser tan desprendida, enseguida le pusieron el nombre de «Rumbosa» y se hizo muy buena amiga de todos. Daisy no se quejaba nunca de haberse quedado un poco en la sombra otra vez, porque Nan inventaba unos juegos divertidísimos y sus bromas rivalizaban con las de Tommy, para gran regocijo de todo el colegio. Un día enterró su muñeca grande y se le olvidó una semana entera; cuando la desenterró, la encontró llena de moho. Daisy estaba desesperada, pero Nan la llevó al pintor que trabajaba en la casa; le pidió que la pintara de color ladrillo con grandes ojos negros, la vistió con plumas y franela roja y le puso un hacha de plomo de las que hacía Ned, y así, convertida en gran jefa india, la difunta Poppydilla pasó por el hacha a las otras muñecas y regó la guardería de sangre y despojos imaginarios. Regaló unos zapatos nuevos a una niña mendiga con la esperanza de que le permitieran ir descalza, pero descubrió que era imposible combinar la caridad con la comodidad y le ordenaron pedir permiso antes de disponer de su ropa. Ante el entusiasmo de los niños, construyó un bajel de fuego con una tablilla y dos grandes velas empapadas en aguarrás, lo incendió y lo mandó por el río al anochecer. Enganchó al viejo pavo a un carrito de paja y le hizo trotar alrededor de la casa a una velocidad tremenda. Cambió un collar de coral por cuatro infelices gatitos que habían sido objeto de tortura a manos de unos chicos despiadados y los cuidó cuatro días con la entrega de una madre, curándoles las heridas con pomada, dándoles de comer con una cucharita de juguete y llorándolos cuando murieron, hasta que se consoló con una de las mejores tortugas de Semi. Le pidió a Silas que le tatuara en el brazo un ancla como la suya y suplicó que le hiciera también una estrella azul en cada mejilla, pero el buen hombre no se atrevió, aunque la niña insistió y lo riñó tanto que el pobre estuvo a punto de ceder. Se montó en todos los animales de la casa, desde el caballo grande, Andy, hasta el cerdo, que se enfadó mucho, y tuvieron que rescatarla con grandes dificultades. Si los chicos la retaban a hacer cualquier cosa, ella aceptaba al momento por peligrosa que fuera, y ellos no se cansaban de ponerla a prueba.

El señor Bhaer les recomendó que compitieran por ver quién estudiaba mejor, y a Nan le resultó tan entretenido hacer uso de la inteligencia y la memoria como de los inquietos pies y la dicharachera lengua, mientras que los chicos tuvieron que esforzarse mucho por mantener su puesto, porque Nan les demostró que las niñas podían hacerlo casi todo tan bien como los niños, y algunas cosas mejor aún. No se repartían premios en el colegio, pero con los «¡Bien hecho!» del señor Bhaer y los informes favorables del libro de la señora Bhaer aprendían que cumplir con los propios deberes y hacerlo a conciencia conllevaba en sí mismo una recompensa que llegaría tarde o temprano. La pequeña Nan no tardó nada en captar este ambiente, en disfrutar de él, en demostrar que era lo que necesitaba; porque ella era un huertecito lleno de flores bonitas medio escondidas entre las malas hierbas y, cuando empezaron a cultivarlo unas manos amorosas, salieron toda clase de brotes verdes que prometían florecer con esplendor al calor del cariño y la atención, que es el mejor clima para las almas y los corazones tiernos de todo el mundo.

8

Juegos y jugarretas

Como este cuento no pretende desarrollar ninguna trama en concreto, solamente relatar algunas escenas de la vida de Plumfield para entretenimiento de ciertas personitas, en este capítulo vamos a dar un paseo para conocer algunos de los pasatiempos de los niños de la señora Jo. Si mis honorables lectores me lo permiten, les aseguro que la mayor parte de los incidentes que verán a continuación están basados en la realidad y que los más curiosos son los más auténticos; y es que nadie en el mundo, por muy vívida que sea su imaginación, es capaz de inventar cosas tan divertidas como las rarezas y las extravagancias que salen del prolífico cerebro de la gente menuda.

Daisy y Semi eran de lo más fantasioso, vivían en un mundo propio lleno de seres encantadores o grotescos y les ponían nombres de lo más extraño; jugaban con ellos a juegos rarísimos. Una de estas invenciones infantiles era un espíritu invisible que se llamaba «la ratigata mala»; los niños creían en ella, la temían, la obedecían y fueron sus sirvientes mucho tiempo. No hablaban de ella con casi nadie, celebraban sus ritos en secreto y, como nunca intentaron saber cómo era, la rodeaban de un aura misteriosa que a Semi le gustaba mucho, porque le encantaban los duendes y los enanitos. Pues esta ratigata mala era una sabandija caprichosa y tirana a la que Daisy servía con gusto y temor obedeciendo ciegamente sus absurdas órdenes, que por lo general llegaban por boca de Semi y de su desbordada imaginación. De vez en cuando participaban también Rob y Teddy, que se lo pasaban en grande, aunque no entendían la mitad de las cosas que pasaban.

Un día, después de las clases, Semi le dijo a su hermana al oído, con un movimiento de cabeza que no presagiaba nada bueno:

—La ratigata quiere vernos esta tarde.

—¿Para qué? —preguntó Daisy, inquieta.

—Hay que hacer un *saquirificio* —respondió Semi con solemnidad—. Tenemos que encender una hoguera detrás de la roca grande a las dos en punto y ¡quemar las cosas que más nos gustan! —añadió, recalcando de una forma horrible las últimas palabras.

—¡Ay, madre! Lo que más me gusta son las mariquitas de papel que me dibujó tía Amy; ¿tengo que quemarlas? —exclamó Daisy, que ni soñaba con negarse a cumplir las órdenes de la tirana invisible.

—Todas. Yo voy a quemar el barco, el mejor álbum de recortes y toditos mis soldados —dijo Semi con firmeza.

—Bueno, está bien; pero qué rabia que la ratigata quiera lo que más nos gusta —suspiró Daisy.

—Un *saquirificio* es renunciar a lo que aprecias, así que tenemos que hacerlo.

A Semi se le había ocurrido la idea después de oír la explicación que había dado tío Fritz a los mayores sobre las costumbres de los griegos, que era lo que estaban estudiando en el colegio.

—¿Va a venir Rob también? —preguntó Daisy.

—Sí, y va a traer el pueblo de juguete; es de madera ¿sabes?, así que arderá de maravilla. Hacemos una hoguera bien grande y vemos cómo se quema todo, ¿te parece?

A Daisy le pareció un plan tan deslumbrante que se consoló un poco y a la hora de comer colocó las mariquitas de papel en fila delante del plato a modo de banquete de despedida.

El cortejo del sacrificio se puso en marcha a la hora señalada, cada niño con el tesoro que exigía la insaciable ratigata. Teddy quiso ir también y, al ver que los demás llevaban algún juguete, guardó bajo un brazo una ovejita que silbaba cuando la apretabas y a la vieja Annabella bajo el otro sin tener la menor idea de lo mal que lo iba a pasar con esta última.

—¿Adónde vais, pollitos míos? —preguntó la señora Jo al verlos pasar por la puerta.

—A jugar donde la roca grande, ¿podemos?

—Sí, pero no os acerquéis al estanque y cuidad a Chiqui.

—Yo siempre lo cuido —dijo Daisy haciéndose cargo del pequeño con toda soltura.

—Ahora, tenemos que sentarnos todos sin movernos hasta que os avise. Esta piedra plana es el altar y voy a hacer una hoguera encima.

Semi encendió una llamita pequeña, como había visto hacer a los mayores en las meriendas campestres. Cuando la llama empezó a arder con firmeza, ordenó a los demás que dieran tres vueltas alrededor de la piedra y que después se quedaran quietos en corro.

—Empiezo yo y, en cuanto mis cosas se hayan quemado, ponéis las vuestras.

Con solemnidad, depositó un pequeño álbum de papel lleno de imágenes que había recortado y pegado; a continuación, un barco bastante estropeado y, por último, sus infelices soldaditos de plomo marcharon hacia la muerte de uno en uno. Ninguno vaciló ni retrocedió, desde el espléndido capitán rojo y amarillo hasta el pequeño tamborilero que había perdido las dos piernas; desaparecieron todos entre las llamas y se mezclaron en un solo charquito de plomo fundido.

En cuanto se consumieron estas suculentas ofrendas, el gran sacerdote de la ratigata anunció, para regocijo de los niños:

—Ahora, ¡Daisy!

—Mis queridas mariquitas, ¿cómo voy a separarme de ellas? —gimió Daisy, abrazando a las doce con una expresión de desaliento maternal.

—Es tu deber —ordenó Semi.

Daisy dio un beso de despedida a cada una y las colocó encima del carbón.

—¡Más! ¡Más! —gruñó una voz horrenda, y Semi gritó—: ¡Es la ratigata! Las quiere todas, rápido, que si no ¡nos araña!

—Déjame salvar a una, a esta azul, que es tan preciosa —suplicó la pobre mamita aferrándose con desesperación a la última.

Al fuego que se fue la preciosa bella azul con sus volantes, su sombrero y todo lo demás, y no quedó de ella más que un poco de ceniza negra.

—¡Que ardan ahora las casas y los árboles! ¡Todos a la hoguera de la ceremonia! —dijo Semi, porque le gustaba introducir variaciones en los *saquirificios.*

Encantados con la idea, los niños dispusieron una fila de trocitos de carbón en la calle principal del pueblo condenado y se sentaron a contemplar el desastre. El fuego tardó un poco en propagarse debido a la pintura, pero por fin las llamas prendieron en una cabañita ambiciosa, que incendió un árbol de la especie de las palmeras, que cayó sobre el tejado de una gran mansión familiar y, en unos minutos, el pueblo entero ardía alegremente. Los habitantes de madera miraban la destrucción como embobados, hasta que también ellos se quemaron sin un grito siquiera. Reducir el pueblo a cenizas llevó su tiempo y los espectadores disfrutaron infinitamente del espectáculo; daban gritos de alegría cuando caía una casa y bailaron como los indios cuando el campanario se incendió por completo y, al caer, envolvió a una señora fea con forma de mantequera que se había refugiado en las afueras.

La grandiosidad de esta ofrenda emocionó tanto a Teddy que primero arrojó la ovejita al fuego y, sin darle tiempo a que se asara siquiera, puso a la pobre Annabella en la pira funeraria. Como era de esperar, a la muñeca no le gustó y expresó su angustia y su resentimiento de una forma que aterrorizó al pequeño destructor. No ardió, porque estaba recubierta de piel de cabritilla, pero hizo algo peor: se retorció. Primero encogió una pierna, después la otra, pero de una manera espantosa, como si estuviera viva; después se llevó los brazos a la cabeza como si le doliera muchísimo; la cabeza se volvió hacia los hombros, se le salieron los ojos de cristal y, con una contorsión de todo el cuerpo, se hundió y quedó reducida a un amasijo negro encima de las ruinas del pueblo. Esta inesperada demostración sobresaltó a todos y asustó tanto a Teddy que perdió el control. Se quedó mirando, empezó a berrear y echó a correr hacia la casa gritando: «¡Mamita, mamita!».

La señora Bhaer lo oyó y salió corriendo a rescatarlo, pero Teddy solo pudo agarrarse a ella y, con su media lengua, decir algo como «*pobe* Bella pupa», «fuego *hodible*» y «queman *maiquitas*». La madre, temiendo alguna desgracia, tomó al niño en brazos y se acercó rápidamente al lugar de los hechos, donde encontró a los ciegos adoradores de la ratigata velando los restos chamuscados de la pobre muñeca.

—¿Qué habéis hecho? —dijo la señora Jo, preparándose para escuchar con paciencia, porque los culpables parecían arrepentidos, así que los perdonó de antemano—. Contádmelo todo.

A regañadientes, Semi le explicó en qué consistía el juego y tía Jo se echó a reír hasta que se le saltaron las lágrimas al ver a los niños tan seriecitos y lo absurdo que era el juego.

—Creía que tenías la sensatez suficiente para no dedicarte a juegos tan tontos. Si yo tuviera una ratigata, sería buena, le gustaría jugar a cosas más agradables y menos peligrosas, no a destruir y a asustar. Fijaos el desastre que habéis hecho; todas las mariquitas de Daisy, los soldaditos de Semi y el pueblo nuevo de Rob, además de la ovejita de Tedd y la querida Annabella. Voy a tener que escribir en la guardería las palabras que ponían antes en las cajas de juguetes:

A los niños de Holanda les gustar hacer
Lo que a los niños de Boston les gusta romper.

»Pero cambiando Boston por Plumfield.

—¡No volveremos a hacerlo nunca más! —exclamaron los pequeños pecadores, arrepentidos y muy avergonzados por el reproche—. ¡De verdad de la buena!

—Nos lo dijo Semi —confesó Rob.

—Es que tío Fritz nos contó que el pueblo griego levantaba altares y eso, y quería ser como ellos, pero, como no tenía seres vivos para el *saquirificio,* quemamos los juguetes.

—¡Ay, ay, ay! Esto se parece al cuento de la alubia —dijo tía Jo, riéndose otra vez.

—Cuéntanoslo —intervino Daisy, para cambiar de tema.

—Había una vez una mujer pobre que tenía tres o cuatro hijos y, cuando se iba a trabajar, los dejaba encerrados en su habitación. Un día, cuando iba a salir, les dijo: «Hijos míos, no dejéis que el pequeñín se caiga por la ventana, no juguéis con las cerillas y no os metáis alubias por la nariz». A los niños jamás se les habría ocurrido hacer esto último, pero en cuanto la madre se fue, se llenaron la nariz de alubias solo por ver qué pasaba y, cuando volvió a casa, los encontró a todos llorando.

—¿Les dolía? —preguntó Rob.

Parecía tan vivamente interesado que su madre añadió enseguida una secuela para que no se repitiera la historia en su propia casa.

—Mucho; y lo sé porque, cuando mi madre me lo contó, fui tan tonta que lo intenté. No tenía alubias, así que me hice con unas cuantas piedrecillas y me las metí en la nariz. No me gustó nada y me las quise sacar enseguida, pero la última no quería salir y, como me daba mucha vergüenza decir la tontería que había hecho, pasé unas horas con la piedra dentro, y me dolía mucho. Al final, me dolía tanto que tuve que confesarlo y, como mi madre tampoco pudo sacármela, tuvimos que llamar al médico. Me sentó en una silla, Rob, con la espalda bien recta y sin moverme, mientras él hurgaba con unas pincitas horribles hasta que sacó la piedrecilla. ¡Ay, ay, ay, no os imagináis cuánto me dolía la nariz y lo mucho que se rieron todos de mí!

La señora Jo movió la cabeza de un lado a otro con pesar, como si el recuerdo del dolor fuera insoportable.

A Rob lo impresionó mucho el relato y me alegra decir que la advertencia se le grabó para siempre. Semi propuso enterrar a la pobre Annabella y, con las cosas del entierro, a Teddy se le olvidó el susto. Daisy se consoló enseguida con otras cuantas mariquitas que le regaló tía Amy y, al parecer, el último sacrificio bastó para aplacar a la ratigata, porque no volvió a atormentarlos.

Bangs inventó un juego nuevo y absorbente que se llamaba «brops». Se trata de un animal interesante, pero, como no se encuentra en ningún parque zoológico, a menos que algún explorador haya traído un ejemplar hace poco de la selva o de la sabana africana, voy a contar para los más curiosos algunas de sus singulares costumbres y características. El brop es un cuadrúpedo alado con un rostro humano alegre y juvenil. Cuando anda por el suelo gruñe, cuando vuela por el aire lanza un chillido agudo; a veces camina sobre dos patas y sabe hablar muy bien. Por lo general tiene el cuerpo recubierto de una sustancia semejante a un gran pañuelo; unas veces es roja; otras, azul; a menudo, a cuadros escoceses. Pero lo más curioso es que se cambian esta piel entre ellos con frecuencia. En la cabeza tienen un cuerno que parece una alcuza de farolero rígida, de papel de estraza. De los hombros les salen unas alas de este mismo material, que les sirven para volar, aunque en realidad el vuelo es corto, porque, si intentan elevarse mucho en el aire, casi siempre se caen al suelo estrepitosamente. Sobrevuelan a ras de suelo, pero pueden sentarse sobre los cuartos traseros y comer como las ardillas. Su principal alimento son las galletas de comino silvestre, aunque también les gustan las manzanas y, cuando la comida escasea, mordisquean zanahorias crudas. Viven en guaridas provistas de una especie de nido que recuerda mucho a un cesto de la ropa; es ahí donde juegan las crías hasta que les salen las alas. A veces hay refriegas entre estos curiosos animales, y es entonces cuando se lanzan a hablar como los humanos, se insultan, lloran, regañan y alguna vez se arrancan el cuerno y la piel y declaran con ferocidad que «no juegan más». Los pocos especialistas que han tenido ocasión de observarlos consideran que son una mezcla insólita de mono, esfinge, rocho y las extrañas criaturas que describió el famoso Peter Wilkins.

Este juego era uno de los que más éxito tenían entre los pequeños, que pasaban muchas tardes de lluvia aleteando o reptando por la guardería, comportándose como lunáticos y disfrutando como enanitos. La verdad es que lo que más desgaste sufría era la ropa, sobre todo las rodilleras de los pantalones y las coderas de las mangas; pero, mientras las remendaba, lo único que decía la señora Jo era:

—Nosotros también hacemos locuras semejantes que no son ni la mitad de perniciosas. Si disfrutara tanto como estos pequeños míos, yo también sería un brop.

Lo que más le gustaba a Nat era su huerto y sentarse en el sauce a tocar el violín, porque ese nido verde era un mundo mágico para él, y allí se encaramaba a tocar su música como un pájaro feliz. Los chicos lo llamaban «Jilguero» porque siempre estaba canturreando, silbando o tocando el violín y casi siempre dejaban un momento lo que estaban haciendo para escuchar las notas del dulce instrumento, que parecía dirigir una pequeña orquesta de sonidos veraniegos. Los pájaros debían de considerarlo uno de ellos porque, sin el menor recelo, se posaban en la cerca o en las ramas y miraban al músico con ojitos brillantes y atentos. Sin duda los petirrojos del manzano lo tenían por amigo, porque el padre de la nidada cazaba insectos cerca de él y la madre empollaba sus huevos azules con toda confianza, como si el niño no fuera más que una nueva especie de cuervo que animaba con canciones sus pacientes guardias. El arroyo turbulento borboteaba y burbujeaba abajo, al pie del árbol; las abejas recorrían los campos de trébol a ambos lados de la corriente, la gente que pasaba lo miraba con cordialidad, la vieja casa abría sus anchas alas para acogerlo y Nat, con una maravillosa sensación de tranquilidad, cariño y felicidad, se pasaba las horas soñando en ese rincón, ajeno a los saludables milagros que se estaban operando en él.

Había una persona que nunca se cansaba de escucharlo y que lo consideraba mucho más que un simple compañero de clase. El mayor placer del pobre Billy era tumbarse a la orilla del arroyo a ver el baile de las hojas y la espuma al pasar mientras oía soñadoramente la música del sauce. Debía de creer que Nat era como un ángel que cantaba en las alturas, porque le traía recuerdos de la infancia que no se le habían borrado del todo y, al ensalmo de la música, cobraban mayor brillo. El señor Bhaer advirtió el interés que le despertaba Nat, así que le rogó que lo ayudara a disipar la nube del debilitado cerebro de Billy por medio de su encantadora magia. Nat, dispuestísimo a hacer cualquier cosa para demostrar su gratitud, siempre sonreía al pequeño Billy, que lo seguía a todas partes, y le dejaba escuchar a sus anchas la música que tal vez le hablaba un lenguaje comprensible para él. Uno de los lemas principales de Plumfield era «Ayudaos los unos a los otros», y Nat aprendió que vivir de acuerdo con esa idea endulzaba mucho la vida.

El peculiar pasatiempo de Jack Ford era comprar y vender, y apostaba fuerte por seguir el ejemplo de su tío, un tendero de pueblo que vendía un poco de todo y ganaba dinero rápidamente. Jack le había visto echar arena al azúcar, aguar la melaza, mezclar la mantequilla con sebo y otros trucos por el estilo, y se esforzaba creyendo que así debían funcionar las cosas en los negocios. Su mercancía era de otra clase, pero sacaba todo el partido posible a cada lombriz que vendía, y siempre salía ganando cuando se las cambiaba a los chicos por cuerda, navajas, anzuelos o lo que fuera. Todos los niños tenían apodo, y a él lo llamaban «Roñoso», pero le daba igual, siempre y cuando la vieja petaca en la que guardaba el dinero no dejara de engordar.

Montó algo semejante a una sala de subastas y de vez en cuando ponía a la venta toda la quincalla que había reunido, o ayudaba a sus compañeros a cambiarse unas cosas por otras. Compraba bates, pelotas, palos de *hockey,* etc., a unos por poco dinero, los restauraba y se los alquilaba a otros por unos cuantos centavos cada vez, incluso a menudo más allá de la verja de Plumfield, en contra de las reglas. El señor Bhaer tuvo que pararle los pies en estas operaciones e intentó proporcionarle una idea mejor de lo que es ser un buen comerciante que engañar a sus vecinos. De vez en cuando le salían mal los negocios, y le sentaba peor que suspender un examen o cometer una falta de conducta, y entonces se vengaba en el primer comprador inocente que se le acercara. Llevaba un libro de cuentas muy curioso y tenía una notable facilidad para los números. El señor Bhaer lo felicitaba por eso y procuraba que el sentido de la honestidad y del honor le funcionaran con la misma precisión; y, con el tiempo, cuando

Jack descubrió que sin esas virtudes no podía seguir adelante, reconoció que su maestro tenía toda la razón.

También jugaban al críquet y al fútbol, por descontado; pero, después de los conmovedores relatos sobre estos juegos recogidos en *Tom Brown juega al rugby,* la pluma de una débil mujer no puede hacer otra cosa que citarlos con todo el respeto.

Emil pasaba los días de fiesta en el río o en el estanque y entrenaba a los mayores para una carrera con unos chicos de la ciudad que de vez en cuando invadían su territorio. Celebraron la carrera una vez, pero terminó en un naufragio general y no se habló de ella en público. A raíz del desastre, el Comodoro se enfadó tanto con sus compañeros que empezó a pensar seriamente en retirarse a una isla desierta. Como no había ninguna a mano, tuvo que conformarse con construir una caseta para barcas.

Las niñas se dedicaban a los juegos propios de su edad, mejorándolos un poco según la inspiración de sus gustos. El juego principal y más absorbente era uno que se llamaba «La señora Shakespeare Smith»; el nombre se lo propuso tía Jo, pero las desventuras de la pobre señora eran muy originales. Daisy era la señora S. S., y Nan unas veces era la hija y otras la vecina, que se llamaba señora Rumbosa.

No hay pluma que pueda contar las aventuras de estas señoras, porque, en una sola tarde, en su familia nacía alguien, se casaba alguien, se moría alguien, había un terremoto, se daba un té con invitados y se viajaba en globo. Estas enérgicas mujeres viajaban millones de kilómetros con sombreros y vestimentas nunca vistas por ojos mortales; iban a lomos de una cama guiando los postes como si fueran briosos corceles y botando hasta marearse. Menudeaban los ataques de locura y los incendios y, de vez en cuando, para variar, una masacre general. Nan nunca se cansaba de inventar nuevas combinaciones y Daisy la seguía con ciega admiración. El pobre Teddy era a menudo la víctima de sus juegos y muchas veces había que rescatarlo de verdaderos peligros, porque las señoras se dejaban llevar por el entusiasmo y se olvidaban de que el pequeño no era del mismo material que las sufridas muñecas. En una ocasión lo encerraron en un armario que hacía las veces de calabozo y después se les olvidó sacarlo de allí porque se fueron a jugar fuera. En otra, casi lo ahogan en la bañera cuando jugaban a ser «una ballenita muy astuta». Y lo peor de todo fue el día en que iban a ahorcarlo por robar, aunque por fortuna lo bajaron de la soga justo a tiempo.

Pero la institución más frecuentada era el Club. No tenía otro nombre, ni lo necesitaba, porque era el único de todo el vecindario. Lo inventaron los mayores, y alguna vez dejaban entrar a los pequeños si se portaban bien. Tommy y Semi eran miembros honorarios, pero, para su gran disgusto, siempre tenían que retirarse antes de tiempo por motivos que desconocían. Este club funcionaba de una forma un tanto peculiar, porque los socios se reunían en cualquier sitio y a cualquier hora, hacían toda clase de ceremonias y entretenimientos extraños y de vez en cuando lo disolvían bruscamente, solo para volver a ponerlo en pie con fundamentos más sólidos.

Las noches de lluvia se reunían en el aula y pasaban el rato jugando al ajedrez, a las damas o al *backgammon,* haciendo torneos de esgrima, recitales de poesía, debates o trágicas representaciones dramáticas. En verano se citaban en el establo, pero ningún mortal no iniciado supo jamás lo que hacían allí. Si la noche estaba sofocante, el Club se iba al río a hacer ejercicios en el agua y los chicos se sentaban en la orilla ligeros de ropa, frescos como las ranas. En esas ocasiones, los discursos eran más elocuentes que de costumbre, incluso floridos podría decirse; y si al público no le gustaban los comentarios de algún orador, le tiraban agua fría hasta que se le calmaban los ardores. El presidente era Franz; mantenía el orden de una forma admirable, teniendo en cuenta el carácter ingobernable de los socios. El señor Bhaer nunca interfería en sus asuntos y ellos, agradecidos por esta permisividad, lo invitaban algunas veces a asistir a sus misteriosas actividades y, al parecer, se lo pasaba muy bien.

Cuando llegó Nan, quiso formar parte del Club y provocó tensiones y disensiones entre los caballeros con continuas solicitudes de admisión, tanto escritas como de viva voz, con interrupciones en medio de actos solemnes, con insultos por el ojo de la cerradura, con vigorosos solos a la puerta y con pintadas burlonas en las paredes y en la cerca, porque ella era del clan de los «Indomables». Como no le hicieron el menor caso, las niñas, aconsejadas por la señora Jo, fundaron su propia institución, a la que llamaron el «Club Acogedor». En un alarde de magnanimidad, invitaron a unos pocos elegidos —que por su tierna edad no podían entrar en el otro— y los obsequiaron con cenas, juegos nuevos que inventaba Nan y otras actividades festivas, hasta que por fin los mayores, de uno en uno, confesaron su deseo de participar en esos entretenimientos tan elegantes y, después de muchas consultas, decidieron proponerles un intercambio de cortesías.

El Club invitó a las socias de la institución rival a asistir a sus reuniones algunas noches y, para gran asombro de los caballeros, su presencia no resultó un obstáculo en las conversaciones ni en los pasatiempos de los habituales, cosa que no se puede decir de todos los clubs, creo yo. Las damas acogieron con elegancia esta oferta de paz y ambos clubs gozaron de una vida larga y dichosa.

9

El baile de Daisy

La señora Shakespeare Smith tiene el placer de invitar al señor John Brooke, al señor Thomas Bangs y al señor Nathaniel Blake al baile que tendrá lugar hoy a las tres en punto.

P. D. Que Nat traiga el violín y así podremos bailar, y todos los niños deben portarse bien; de lo contrario no tendrán derecho a ninguno de los exquisitos platos que hemos preparado.

Mucho me temo que los niños no habrían acudido a la cita si no hubiera sido por las últimas palabras de la posdata.

—Han hecho un montón de cosas ricas —dijo Tommy—, las he olido. Vamos al baile.

—No hace falta que nos quedemos después de la comilona, ya sabes —añadió Semi.

—Yo nunca he ido a un baile. ¿Qué tenemos que hacer? —preguntó Nat.

—Bueno, pues como si fuéramos hombres: sentarnos muy tiesos con cara de idiotas, como los mayores, y bailar para contentar a las niñas. Después nos lo comemos todo y nos vamos cuanto antes.

—Me parece que sé hacerlo —dijo Nat, después de pensar un poco lo que había dicho Tommy.

—Voy a escribirles para decirles que vamos.

Y Semi les mandó la siguiente respuesta caballerosa:

Iremos. Por favor, que haya mucho de comer.

Señor don J. B.

Las damas se pusieron muy nerviosas con el primer baile que iban a celebrar, porque, si todo salía bien, querían invitar a cenar un día a los pocos elegidos.

—Tía Jo quiere que los niños jueguen con nosotras si no hacen el bruto; tenemos que procurar que les gusten nuestros bailes y así serán beneficiosos para ellos —dijo Daisy en actitud maternal.

Terminó de poner la mesa y, preocupada, miró las existencias de refrescos que tenían.

—Semi y Nat se portarán bien, pero Tommy... —contestó Nan, mientras arreglaba una cestita de pasteles—. Seguro que hace algo malo.

—Pues lo mando a casa al momento —replicó Daisy con decisión.

—Eso no se hace en las fiestas, no está bien.

—Pues no vuelvo a invitarlo nunca más.

—Sí, mejor. Le dolería no poder venir al baile de la cena, ¿a que sí?

—¡Seguro! Porque haríamos los platos más espléndidos que haya visto en su vida, ¿a que sí? Sopa de verdad, servida con sopera y *cafo* —(quería decir «cazo»)—, y un pajarito que hiciera de pavo, y salsa y ricas *verdudas* de todas clases. —Daisy todavía no había aprendido a decir bien «verduras».

—Son casi las tres y tenemos que vestirnos —dijo Nan.

Había preparado un traje muy bonito para la ocasión y tenía muchas ganas de probárselo.

—Yo, como soy la madre, no me pondré demasiado elegante —dijo Daisy.

Y se puso un gorro de dormir adornado con un lazo rojo, una falda larga de su tía y un chal; completó el atuendo con un par de gafas y un pañuelo grande de bolsillo, que le daban el aspecto de una matrona en miniatura, rellenita y sonrosada.

Nan se puso una corona de flores artificiales, un par de zapatillas viejas de color de rosa, un pañuelo amarillo, una falda verde de muselina y un abanico hecho con las plumas del plumero del polvo; como remate elegante, un toque de un frasco de perfume sin perfume.

—Como soy la hija, me pongo de punta en blanco y tengo que cantar y bailar y hablar mucho más que tú. Las madres solo toman el té y guardan la compostura, ya sabes.

De pronto se oyó que llamaban con fuerza a la puerta; la señorita Smith voló a sentarse en una silla y empezó a abanicarse con fuerza, mientras su madre ocupaba el sofá, muy tiesa, y procuraba aparentar serenidad y «compostura».

La pequeña Bess, que solo había ido de visita, hacía de doncella y fue a abrir la puerta; recibió a los invitados con una sonrisa, diciendo:

—Adelante, *camalledos; etá* todo *pepadado.*

Para la ocasión, los niños se habían engalanado con un cuello alto de papel, sombrero de copa negro y guantes de todos los colores y materiales, porque se les había ocurrido a última hora y ninguno tenía un par completo.

—Buenos días, señora —dijo Semi con voz grave, tan difícil de mantener que no podía pronunciar frases largas.

Después de los prescritos apretones de manos, se sentaron; estaban tan graciosos, aunque solemnes, que a los caballeros se les olvidaron los buenos modales y se echaron a reír a carcajada limpia.

—¡Oh, no! —exclamó la señora Smith muy afligida.

—Si os comportáis así no vendréis nunca más —añadió la señorita Smith, y dio al señor Bangs un golpecito con una botella de refresco, porque era el que más se reía.

—No puedo evitarlo —contestó el señor Bangs atragantándose—, parecéis dos locas —añadió con una candidez muy descortés.

—Vosotros también, pero no he cometido la grosería de decíroslo. Él no vendrá al baile de la cena, ¿verdad, Daisy? —exclamó Nan, indignada.

—Creo que lo mejor será empezar el baile. ¿Ha traído el violín, señor? —preguntó la señora Smith, procurando no perder la compostura.

—Lo he dejado fuera —respondió Nat, y salió a buscarlo.

—Tomemos el té primero —propuso Tommy sin arredrarse.

Guiñó un ojo a Semi sin ningún disimulo para recordarle que, cuanto antes se lo comieran todo, antes podrían escapar.

—No, nunca comemos primero; y si no bailáis bien, no probaréis bocado, ni un mordisquito, señor —dijo la señora Smith con tanta firmeza que los incívicos invitados comprendieron que no podían tomarle el pelo, y al momento empezaron a comportarse con los mejores modales—. Me voy a ocupar de enseñar la polka al señor Bangs —añadió—, porque no la baila bien y no es digno de hacerlo en público —y remató estas palabras con una mirada de reproche tan certera que Tommy se calmó al instante.

Nat empezó a tocar y el baile se abrió con dos parejas, que se aplicaron a ejecutar la danza por distintos motivos. Las damas lo hacían bien porque les gustaba, pero los caballeros se esforzaban por razones más egoístas, porque sabían que tenían que ganarse la merienda y... ¡cuanto antes, mejor! Cuando se quedaron sin aliento se decretó un descanso y, la verdad, la señora Smith lo necesitaba más que nadie, porque había tropezado con la larga falda muchas veces. La doncellita les ofreció melaza y agua en unas tacitas tan diminutas que uno de los invitados bebió nueve. No voy a decir quién fue, porque esta bebida suave lo afectó tanto que, al tomarse la novena, se metió la taza también en la boca y se atragantó delante de todos.

—Ahora tienes que pedir a Nan que cante y baile —dijo Daisy a su hermano.

Semi parecía un búho, quieto en su sitio, serio, contemplando la escena con su cuello alto.

—Cántenos algo, señora —obedeció el invitado, preguntándose dónde estaba el piano.

La señorita Smith se acercó a un viejo secreter que había en la habitación, abrió la tapa del escritorio, se sentó y se acompañó con tanto vigor que el viejo mueble crujía mientras ella cantaba una bonita canción nueva que decía:

Y qué alegre tocaba
el trovador la guitarra
al volver de la guerra
con presteza a su casa

Los caballeros aplaudieron con tanto entusiasmo que les dedicó varias joyitas musicales más, hasta que se vieron obligados a pensar que ya era suficiente. La señora Smith agradeció las alabanzas que le habían prodigado a su hija y, con elegancia, anunció:

—Ahora, caballeros, vamos a tomar el té. Siéntense con cuidado y coman con moderación.

Daba gusto ver con qué orgullo hacía la buena señora los honores de la mesa y la serenidad con la que sobrellevaba los pequeños incidentes que sucedían. La mejor tarta voló al suelo cuando intentó cortarla con un cuchillo poco afilado; el pan y la mantequilla desaparecieron con una rapidez que habría descorazonado a cualquier ama de casa; y lo peor de todo, la crema salió tan líquida que tuvieron que beberla, en vez de comerla con elegancia ayudándose de las cucharitas nuevas de hojalata.

Lamento tener que decir que la señorita Smith discutió con la doncella por la mejor rosquilla, hasta que a Bess le saltó el plato por los aires y se echó a llorar en medio de una lluvia de galletas. Para consolarla, le hicieron sitio en la mesa y le dieron todo el azucarero para ella sola. Pero, con el alboroto, desapareció misteriosamente una fuente de empanadillas: no aparecía por ninguna parte. Era el plato fuerte de la merienda y la señora Smith se indignó, porque las había hecho ella y daba gusto verlas. ¿A qué dama no le disgustaría quedarse de repente sin una docena de deliciosas empanadillas hechas con harina, sal y agua, con una uva pasa grande en el centro y mucho azúcar por encima?

—Las has escondido tú, Tommy. ¡Estoy segura! —se quejó la anfitriona amenazando a su invitado con la jarra de la leche.

—¡No he sido yo!

—¡Has sido tú!

—No hay que llevar la contraria a los invitados —dijo Nan, que se daba prisa en terminar la gelatina mientras se peleaban.

—¡Devuélveselas, Semi! —dijo Tommy.

—¡Qué cara! Las tienes tú en los bolsillos —replicó Semi, indignado por la acusación.

—Vamos a quitárselas —dijo Nat—. No está bien hacer llorar a Daisy —añadió, y es que el primer baile de su vida le parecía más emocionante de lo que esperaba.

Daisy ya estaba llorando. Bess, como una criada leal, mezcló sus lágrimas con las de su señora y Nan declaró que los niños eran «de lo más molesto». Entretanto, la pelea entre los caballeros se encarnizaba, porque cuando los dos defensores de la inocencia cayeron sobre el enemigo, el joven, curtido en mil batallas, se atrincheró detrás de una mesa y los atacó arrojándoles las empanadillas robadas, que eran unos proyectiles bastante eficaces, casi tan duros como las balas. El asediado iba ganando... hasta que se le terminó la munición. En el momento en que el malvado disparó la última empanadilla por encima del parapeto lo atraparon, lo arrastraron por la habitación y lo tiraron al pasillo para su gran vergüenza. Los conquistadores volvieron orgullosos de la victoria y, mientras Semi consolaba a la pobre señora Smith, Nat y Nan recogieron los dulces esparcidos, les pusieron las uvas pasas en su sitio, los colocaron de nuevo en el plato y quedaron casi tan estupendos como antes. Pero el broche de oro había desaparecido, porque el azúcar se había caído, y además nadie quiso comerlas ya, después del maltrato del que habían sido objeto.

—Será mejor que nos vayamos —dijo Semi de repente, al oír la voz de tía Jo en las escaleras.

—Sí, yo creo que sí —dijo Nat, y soltó enseguida un montoncito de migas sueltas que acababa de recoger.

Pero la señora Jo llegó antes de que pudieran retirarse y escuchó con compresión las desdichas que les habían sucedido a las damiselas.

—Se acabaron los bailes para estos tres niños hasta que os compensen su mal comportamiento complaciéndoos de alguna manera —dijo la señora Jo, afeando la mala conducta a los culpables con la mirada.

—Era todo de broma —empezó a decir Semi.

—No me gustan las bromas que hacen sufrir a los demás. Me has decepcionado, Semi, porque no me esperaba que fueras capaz de burlarte de Daisy. Con lo buena hermana que es contigo.

—Los niños siempre se burlan de sus hermanas; es lo que dice Tom —musitó Semi.

—No tengo la menor intención de que mis niños hagan eso, y mandaré a Daisy a casa si no podéis jugar juntos tranquilamente —dijo tía Jo muy seria.

Ante semejante amenaza, Semi se puso del lado de su hermana y Daisy se secó las lágrimas, porque la peor desgracia que podía suceder a los gemelos era que los separaran.

—Nat también se ha portado mal, y Tommy, el peor de todos —puntualizó Nan, temiendo que dos de los culpables pudieran librarse del merecido castigo.

—Lo siento mucho —dijo Nat, avergonzado.

—¡Pues yo no! —gritó Tommy por el ojo de la cerradura, desde donde lo estaba oyendo todo con total atención.

La señora Jo tenía muchas ganas de echarse a reír, pero disimulaba y, señalando la puerta, dijo con gran autoridad:

—Podéis iros, niños, pero no lo olvidéis: no podéis hablar ni jugar con las niñas hasta que os levante el castigo. No os merecéis ese placer; os lo prohíbo.

Los maleducados jovencitos se retiraron rápidamente y, fuera, el incorregible Bangs se rio de ellos y les retiró la palabra al menos durante quince minutos. A Daisy se le pasó el disgusto enseguida, pero la entristeció no poder hablar con su hermano y en el fondo de su tierno corazoncito lamentaba lo que había hecho. A Nan le dio bastante igual y, cada vez que se cruzaba con uno de ellos, lo miraba por encima del hombro, sobre todo a Tommy, aunque él fingía que le daba igual y proclamaba en voz alta que se alegraba mucho de haberse deshecho de esas «niñas estúpidas». Sin embargo, por dentro, no tardó en arrepentirse de lo que había hecho, porque ahora le habían prohibido relacionarse con quien más se divertía, y cada hora que pasaba le enseñaba lo mucho que valían esas «niñas estúpidas».

Los otros se rindieron enseguida; echaban de menos a sus amigas, porque ahora no podían mimar a Daisy ni disfrutar de sus comiditas, ni divertirse y aprender juegos nuevos con Nan; y lo peor de todo, la señora Jo había dejado de hacerles la casa agradable y la vida fácil. Para su mayor aflicción, parecía que se consideraba tan ofendida como las niñas, porque casi no dirigía la palabra a los desterrados, hacía como que no los veía cuando se cruzaban por la casa y, si querían hablar con ella, siempre decía que estaba muy ocupada. Este exilio completo y repentino los desanimó, porque, cuando mamá Bhaer los abandonaba, era como si se pusiera el sol a mediodía, por decirlo de alguna manera, y no tuvieran donde refugiarse.

En realidad, esta situación duró tres días, y, como no lo soportaban más porque temían que el eclipse pudiera llegar a ser total, recurrieron al señor Bhaer en busca de ayuda y consuelo.

En mi opinión, creo que el señor Bhaer había recibido instrucciones sobre qué hacer si acudían a él a plantearle las cosas. Pero los tristes afligidos no lo sospecharon y el buen maestro les dio algunos consejos, que aceptaron y aplicaron de la siguiente manera:

Se encerraron en el desván y dedicaron varias horas de juego a fabricar una máquina misteriosa, para la que necesitaron tanto engrudo que Asia protestó y que intrigó mucho a las niñas. Nan casi se pellizca la nariz con la puerta por intentar saber lo que hacían, y Daisy andaba por ahí lamentándose sin disimulo de no poder jugar tranquilamente todos juntos y de que hubiera secretos entre ellos. El miércoles por la tarde hacía buena temperatura y, después de muchas consultas sobre el viento y el tiempo, salieron Nat y Tommy con un paquete enorme escondido entre muchos periódicos. Nan casi se muere de curiosidad contenida, Daisy estuvo a punto de gritar de indignación y las dos vibraban de interés cuando Semi entró en la salita de la señora Bhaer y, quitándose el sombrero y hablando de la forma más civilizada posible para un mortal de su edad, dijo:

—Por favor, tía Jo, ¿querríais venir las niñas y tú a una fiesta sorpresa que hemos preparado solo para vosotras? Sí, por favor, es una sorpresa muy bonita.

—Gracias, iremos con mucho gusto —contestó la señora Bhaer—; pero tengo que llevar a Teddy —añadió, con una sonrisa que animó a Semi como el sol después de la lluvia.

—Nos alegramos de que venga. Hemos preparado el carro pequeño para las niñas. ¿No te importa ir tú andando sola hasta el alto de Pennyroyal, tiíta?

—Iré encantadísima; pero ¿estás seguro de que no seré un estorbo?

—¡No, no, qué va! Queremos que vengas también; si no vienes tú no hay fiesta —protestó Semi con total sinceridad.

—Muy agradecida, señor —le dijo, dedicándole una gran reverencia, porque a ella le gustaban las payasadas tanto como a ellos.

—Bien, damiselas, no debemos hacerlos esperar; pónganse el sombrero y salgamos ahora mismo. Estoy muy impaciente por saber de qué se trata.

Todo el mundo se puso en movimiento y, a los cinco minutos, las tres niñas y Teddy ya estaban en el «cesto de la ropa», como llamaban al carrito de mimbre del que tiraba Toby. Semi abría la procesión y la señora Jo cerraba la retaguardia, escoltada por Kit. Era un desfile impresionante, os lo aseguro, porque Toby llevaba en la cabeza un plumero rojo, en el carro ondeaban dos banderas muy vistosas, a Kit le habían puesto un lazo azul en el cuello que lo estaba volviendo loco, Semi lucía un ramito de diente de león en el ojal y la señora Jo había sacado una curiosa sombrilla japonesa para la ocasión.

Las niñas fueron emocionadas todo el trayecto y Teddy estaba tan encantado con el paseo que no paraba de tirar el sombrero al camino, hasta que se lo quitaron, y entonces se dispuso a tirarse él, porque evidentemente creía que le correspondía hacer algo para mayor diversión de la compañía.

Cuando llegaron al alto «nada se veía en el prado, sino el soplo del aire en la hierba», como dicen en los cuentos de hadas, y las niñas se desilusionaron. Pero Semi, con una voz impresionante, dijo:

—Bajad del carro y quedaos quietas, que enseguida llega la sorpresa.

Con estas palabras se escondió detrás de una roca por la que hacía media hora que asomaban unas cabezas de vez en cuando.

Una breve pausa de gran suspense y, de pronto, Nat, Semi y Tommy avanzaron en formación, cada uno con una cometa nueva, y se las ofrecieron a las tres damiselas. Ellas empezaron a gritar de contento, pero los niños les pidieron silencio con una expresión de alegría incontenible y anunciaron: «Todavía falta una cosa». Se escondieron otra vez detrás de la roca y salieron con la cuarta cometa, una de tamaño gigante, en la que decía en letras de un amarillo brillante: «Para mamá Bhaer».

—Hemos pensado que a ti también te gustaría que te hiciéramos una, porque te enfadaste con nosotros y te pusiste de parte de las niñas —gritaron los tres tronchándose de risa, porque estaba claro que la señora Jo no se esperaba esa parte de la sorpresa.

Ella batió palmas y se rio también, muy halagada sin duda por la broma.

—Bueno, niños, ¡esto ha sido espléndido de verdad! ¿Quién iba a decirlo? —exclamó al recibir la cometa monstruosa con tanto alborozo como las niñas las suyas.

—Nos lo propuso tío Fritz cuando pensamos en hacer las otras; dijo que te iba a gustar, así que hicimos una supergrande —dijo Semi, resplandeciente de satisfacción por el buen resultado de la idea.

—Tío Fritz sabe muy bien lo que me gusta. Sí, estas cometas son magníficas, y el otro día, cuando salisteis a volar las vuestras, nos dio mucha pena no tener una nosotras, ¿verdad, niñas?

—¡Por eso las hemos hecho! —exclamó Tommy cabeza abajo, que le parecía la forma más apropiada de expresar sus emociones.

—¡Vamos a volarlas! —dijo Nan enérgicamente.

—Yo no sé —dijo Daisy.

—Nosotros te enseñamos. ¡Queremos enseñarte! —respondieron los tres niños en una explosión de sentimiento servicial.

Semi tomó la de Daisy, Tommy la de Nan y Nat, con alguna dificultad, convenció a Bess de que le confiara la azul.

—Tiíta, si esperas un minuto—dijo Semi, con la sensación de que no podía volver a perder el favor de la señora Bhaer por una negligencia—, echamos la tuya a volar también.

—Descuida, cielo, esto no tiene secretos para mí; y aquí viene un chico que me la va a lanzar —añadió, al ver asomarse al profesor por encima de la roca con cara de risa.

El señor Bhaer salió enseguida del escondite, lanzó al aire la gran cometa y la señora Jo echó a correr detrás con mucho estilo, mientras los niños se quedaban disfrutando del espectáculo. Las cometas empezaron a volar de una en una y subieron muy arriba como pájaros de colores; se mecían en la brisa fresca que soplaba por encima de la colina. Y ¡qué bien se lo pasaron corriendo y gritando, volando las cometas más y más alto o haciéndolas bajar, mirando las piruetas que hacían en el aire y notando los tirones de la cuerda, que parecían seres vivos a punto de escaparse! Nan se divirtió una barbaridad, a Daisy le pareció un juego casi tan interesante como las muñecas y la pequeña Bess se encariñó tanto con su *«quedida comita»* que no la dejaba volar a ratitos y prefería tenerla en el regazo y mirar los vistosos dibujos que le había hecho Tommy. La señora Jo también disfrutó muchísimo con la suya, que se comportaba como si supiera quién era su dueña, porque se dejaba caer en picado cuando menos se lo esperaba uno, se enredaba en los árboles, una vez estuvo a punto de caerse al río y, al final, se elevó rápidamente a tanta altura que parecía un puntito entre las nubes.

Al cabo de un buen rato todos empezaron a notar cansancio, ataron la cuerda de las cometas a los árboles o a la cerca y se sentaron a descansar, menos el señor Bhaer, que fue a ver a las vacas con Teddy a hombros.

—¿Os lo habíais pasado tan requetebién alguna vez? —preguntó Nat.

Estaban tumbados en la hierba, mordisqueando poleo menta como un rebaño de ovejas.

—No, al menos desde la última vez que volé una cometa, cuando era pequeña —respondió la señora Jo.

—Me habría gustado conocerla de pequeña, seguro que era genial —dijo Nat.

—Lamento decir que era una niña muy traviesa.

—A mí me gustan las niñas traviesas —se pronunció Tommy.

Y miró a Nan, que le hizo un mohín terrible en respuesta al cumplido.

—¿Cómo es que no me acuerdo de ti cuando eras una niña, tiíta? ¿Es que era muy pequeño?

—Mucho, cielo.

—Supongo que todavía no tenía memoria. Abuelo dice que, a medida que crecemos, se desarrollan diferentes partes del cerebro, así que supongo que, cuando eras pequeña, el mío no se había desarrollado todavía y por eso no me acuerdo de ti —dedujo Semi.

—En fin, Sócrates, esas preguntas házselas a tu abuelo, yo no sé contestártelas —dijo tía Jo, zanjando la cuestión.

—Sí, se lo voy a preguntar, porque él sabe de esas cosas y tú no —contestó Semi, con la sensación de que hablar de cometas estaba más al alcance de la comprensión de los presentes.

—Cuéntenos la última vez que voló una cometa —pidió Nat a la señora Jo. Como antes se había reído al hablar de aquel día, le pareció que podía ser interesante.

—Bueno, fue un poco raro, porque yo ya era una niña mayor, tenía quince años y me daba vergüenza que me vieran jugando a esas cosas. Tío Teddy y yo las construimos en secreto y salimos a volarlas sin decírselo a nadie. Nos lo pasamos de miedo y, cuando estábamos descansando como nosotros ahora, de pronto oímos voces y vimos a un grupo de señoritas y caballeros que volvían de una merienda campestre. A Teddy le daba igual que le vieran jugando con una cometa, aunque era un chico bastante alto, pero yo me puse muy nerviosa porque sabía que se reirían de mí y, aunque no te lo creas, a los vecinos les hacían tanta gracia mis locuras como las de Nan a nosotros.

»Y entonces, cuando las voces se acercaron, le pregunté a Teddy en voz baja: «¿Qué hago?». Y él dijo: «Ahora verás»; sacó la navaja y cortó las cuerdas de las cometas, que se perdieron en el cielo y, cuando llegó la gente, nosotros estábamos recogiendo flores como si nada. Nunca sospecharon otra cosa y a nosotros nos dio mucha risa habernos escapado por los pelos.

—¿Las cometas se perdieron, tiíta? —preguntó Daisy.

—Sí, claro, pero me dio igual y me propuse esperar a ser una señora mayor para volver a jugar con cometas otra vez; y, ya ves, he esperado hasta hoy —dijo la señora Jo, y empezó a recoger su enorme cometa porque se estaba haciendo tarde.

—¿Tenemos que irnos ya?

—Yo sí, porque, si no, no habrá cena para nadie, y no creo que os gusten esa clase de sorpresas, pollitos míos.

—¿Y la nuestra os ha gustado? —preguntó Tommy con complacencia.

—¡Ha sido espléndida! —respondieron todas.

—¿Sabéis por qué? Porque vuestros invitados, señoritas, se han portado como caballeros y han procurado que todo saliera bien. Entendéis lo que quiero decir, ¿no?

Los niños solo dijeron «Sí, señora», y se miraron avergonzados entre ellos mientras se ponían la cometa al hombro y echaban a andar hacia casa pensando en las consecuencias que había tenido portarse mal en la otra fiesta.

10

De vuelta a casa

Llegó el mes de julio y empezó la siega del heno; los huertecitos prosperaban y en los largos días del verano el tiempo transcurría plácidamente. La casa estaba abierta desde la mañana hasta la noche y los niños, siempre en el exterior, menos las horas de clase, que no eran muchas; además abundaban los días festivos, porque los Bhaer creían que también había que cultivar cuerpos sanos por medio del ejercicio físico, y, como el verano en Plumfield no duraba mucho, había que aprovecharlo para las actividades de exterior. Me faltan palabras para expresar la inmensa satisfacción de los bondadosos Bhaer al ver cómo se desarrollaba su grey física y mentalmente: el sano color sonrosado y tostado por el sol; el apetito con el que comían; los brazos y las piernas que crecían hasta salirse de las mangas y de las perneras; las risas y las carreras por todas partes; las bromas en casa y en el establo; las aventuras en las excursiones a la montaña y al valle. Solo faltaba una cosa para que su felicidad fuera completa, y llegó cuando menos se lo esperaban.

Una cálida noche, cuando los pequeños estaban en la cama, los mayores bañándose en el río y la señora Bhaer desvestía a Teddy en la salita, el niño exclamó de pronto: «¡Ah, mi Danny!», y señaló hacia la ventana por la que asomaba la luna.

—No, mi amor, no es Danny; es la luna, ¡qué bonita está! —dijo su madre.

—No, no, Danny, ventana. Teddy veo —insistió el pequeño, muy emocionado.

—Podría ser —dijo ella.

Se acercó enseguida a la ventana con la esperanza de que fuera verdad, pero la cara había desaparecido y no se veía rastro de ningún niño por ninguna parte;

lo llamó, fue corriendo a la puerta con Teddy en camisón y le pidió que lo llamara él también, pensando que respondería más fácilmente a la voz del pequeño. Nadie contestó, nadie apareció y, desilusionados, volvieron a casa. Teddy no se conformó con la luna y, cuando su madre lo acostó, no paraba de levantarse y de preguntar si Danny iba a *«mení ponto»*.

Un rato después se durmió, los chicos se fueron a la cama, la casa quedó en silencio y solo el cricrí de los grillos rompía la calma de la noche de verano. La señora Bhaer se sentó a coser —porque en la gran cesta siempre había muchos calcetines con grandes tomates— pensando en el niño perdido. Concluyó que Chiqui se había equivocado y no quiso molestar al señor Bhaer contándole las imaginaciones del pequeño, porque el pobre hombre tenía muy poco tiempo para sí después de mandar a la cama a los niños y estaba ocupado escribiendo cartas. Pasadas las diez, la señora Jo se levantó a cerrar la puerta de casa. Se entretuvo un momento en contemplar el apacible espectáculo nocturno cuando le pareció ver algo blanco en uno de los montones de heno que había en el césped. Los niños habían estado toda la tarde jugando allí y, pensando que Nan se habría dejado el sombrero en el suelo, como de costumbre, fue a recogerlo. Pero al acercarse vio que no era un sombrero ni un pañuelo, sino la manga de una camisa y una mano oscura que salía de ella. Dio la vuelta al montón de heno y allí estaba Dan profundamente dormido.

Estaba harapiento, sucio, delgado y macilento; le faltaba un zapato y llevaba el otro pie vendado con una chaqueta vieja de guinga, que se había quitado para cubrirse una herida. Debía de haberse escondido allí detrás, pero, al dormirse, había estirado el brazo delator. Suspiró y murmuró unas palabras como si soñara con algo inquietante; luego se movió un poco y se quejó como si le doliera algo, pero estaba tan agotado que no llegó a despertarse.

«No puede quedarse durmiendo aquí», se dijo la señora Bhaer; se agachó a su lado y lo llamó en voz baja. El chico abrió los ojos y la miró como si formara parte del sueño, porque sonrió y dijo, adormilado:

—Mamá Bhaer, he vuelto a casa.

La mirada y las palabras la conmovieron tanto que le puso una mano por debajo de la cabeza para levantarlo, al tiempo que en un tono cordial le decía:

—Sabía que volverías y me alegro mucho de verte, Dan.

En ese momento el chico se despertó del todo y se incorporó mirando a todas partes, como si se acordara de pronto de dónde estaba, receloso todavía de la cálida acogida. Le cambió la expresión y, en su estilo arisco de siempre, contestó:

—Pensaba irme por la mañana. Pasaba por aquí y me he parado un momento a mirar.

—Pero ¿por qué no entras, Dan? ¿No nos oías? Teddy te vio y te estuvo llamando.

—Suponía que no me dejaría usted —dijo, rebuscando en un hatillo que había tomado como si fuera a irse enseguida.

—Inténtalo —respondió la señora Bhaer señalando hacia la puerta, donde la acogedora luz invitaba a entrar.

Dan respiró hondo como si le hubieran quitado un peso de encima, tomó un palo grueso y, cojeando, echó a andar hacia la casa; de pronto se paró y dijo:

—Al señor Bhaer no le va a gustar. Me escapé de casa del señor Page.

—Lo sabe y lo lamentó mucho, pero eso da igual. ¿Estás cojo? —preguntó la señora Jo al fijarse.

—Me caí al saltar un muro de piedra y me machaqué el pie. Pero es igual —e hizo todo lo posible por disimular el dolor que le producía cada paso.

La señora Bhaer lo ayudó a llegar a la salita; el chico se desplomó en una silla y echó la cabeza hacia atrás, blanco y desvaído de cansancio y sufrimiento.

—¡Mi pobre Dan! Bebe esto y después come algo; ahora ya estás en casa y mamá Bhaer te va a cuidar muy bien.

Dan se limitó a mirarla con una expresión de gratitud; bebió el vino que le acercó ella a los labios y después, poco a poco, empezó a comer el plato que le sirvió. Se reanimaba con cada bocado, hasta que empezó a hablar como deseando contarle todo lo que le había pasado.

—¿Dónde has estado, Dan? —le preguntó ella, mientras sacaba unas vendas.

—Me escapé hace más de un mes. Page no estaba mal, pero era muy severo y, como no me gustaba, me escapé río abajo con un hombre que iba en su barca. Por eso no llegaron a saber adónde me había ido. Cuando dejé al hombre de la barca, trabajé un par de semanas con un campesino, pero le di una paliza a su hijo y después el viejo me dio otra a mí, así que volví a escaparme y al final he llegado andando.

—¿Todo el camino?

—Sí, el hombre no me pagó y yo no quise pedirle nada. A cambio zurré a su hijo —y se echó a reír, pero parecía avergonzado de ir tan sucio y cubierto de harapos.

—¿Cómo lo conseguiste? Es un camino muy muy largo para un niño como tú.

—Me las apañé bien, hasta que me hice daño en el pie. La gente me daba cosas de comer, dormía en establos y por el día andaba. Un día quise tomar un atajo pero me perdí; si no, habría llegado antes.

—Pero, si no querías volver para quedarte con nosotros, ¿qué pensabas hacer?

—Quería ver a Teddy otra vez, y a usted; después pensaba volver a mi antiguo trabajo en la ciudad, pero estaba tan cansado que me dormí en el heno. Si no me hubiera encontrado usted, me habría ido por la mañana.

La señora Jo le echó una mirada entre risueña y disgustada mientras se arrodillaba para mirarle el pie herido.

—¿Lamentas que te encontrara? —le preguntó.

—No, señora, me alegro —dijo Dan, ruborizado y sin levantar los ojos del plato—; y quería quedarme, pero temía que usted...

No terminó la frase porque la señora Bhaer lo interrumpió con una exclamación de lástima al verle el pie, porque la herida era grave.

—¿Desde cuándo tienes el pie así?

—Desde hace tres días.

—Y ¿seguiste andando en estas condiciones?

—Tenía un palo para apoyarme, me lavaba la herida cada vez que encontraba un arroyo y una mujer me dio un trapo para que me lo envolviera.

—Esto tiene que verlo el señor Bhaer ahora mismo, y que te lo vende.

La señora Jo salió al momento, dejó la puerta entreabierta y Dan oyó toda la conversación.

—Fritz, el niño ha vuelto.

—¿Qué niño? ¿Dan?

—Sí. Teddy lo vio por la ventana y lo llamó, pero él se escondió detrás de los montones de heno del césped. Lo encontré allí hace un momento profundamente dormido y medio muerto de agotamiento y de dolor. Se escapó de casa de Page hace un mes y, desde entonces, no ha parado de andar para volver aquí. Dice que su intención era que no lo viéramos, que iba de camino a su antiguo trabajo en la ciudad, pero que quería vernos al pasar. Sin embargo, es evidente que la esperanza de que lo volviéramos a acoger es lo que lo ha traído aquí a pesar de todo lo que le ha sucedido, y ahí está, aguardando tu decisión, a ver si lo perdonas y lo admites de nuevo.

—¿Eso lo ha dicho él?

—Me lo han dicho sus ojos y, cuando lo desperté, sus primeras palabras fueron: «Mamá Bhaer, he vuelto a casa», como si se hubiera perdido. Me ha faltado valor para regañarlo y he preferido traerlo aquí como a una pobre ovejita negra que vuelve al rebaño. ¿Puedo quedarme con él, Fritz?

—¡No lo dudes ni un instante! Esto demuestra que le hemos llegado al corazón; no lo echaría bajo ningún concepto.

Dan oyó un ruidito suave, como si la señora Jo hubiera dado las gracias a su marido sin palabras y, en el momento de silencio que siguió, dos grandes lagrimones que se le habían acumulado en los ojos se le cayeron por las sucias mejillas. Nadie las vio, porque se las enjugó inmediatamente; pero creo que en ese breve momento desapareció para siempre la desconfianza que sentía antes por estas buenas personas y en su lugar nació un deseo impetuoso de hacerse digno de un cariño y una piedad tan pacientes y compasivos. No dijo nada, solo lo deseó con todas sus fuerzas; decidió intentarlo por encima de todo, como el niño que era, y firmó la decisión con unas lágrimas que ni el dolor, ni el cansancio ni la soledad habían logrado arrancarle.

—Ven a verle el pie. Creo que lo tiene muy mal, porque lleva tres días andando en malas condiciones, con el calor que hace y el polvo del camino y sin nada más que agua y una chaqueta vieja atada a la herida. Este chico es un valiente, Fritz, te lo aseguro, y se convertirá en un gran hombre.

—Eso espero, por ti, mujer entusiasta; esa fe que tienes merece triunfar. Bien, voy a ver a tu pequeño espartano. ¿Dónde está?

—En la salita, querido, trátalo lo mejor que sepas aunque se ponga huraño. Estoy segura de que es la única forma de conquistarlo. No soporta la severidad ni las imposiciones, pero una palabra cariñosa y una paciencia infinita lo encarrilarán, como me pasó a mí.

—¡Nunca has sido como ese granuja! —exclamó el señor Bhaer riéndose, pero un poco enfadado por la comparación.

—En el fondo sí, aunque lo demostraba de otra manera. Creo que sé cómo es por instinto, y qué es lo que lo conmueve, y cómo ganármelo; y comprendo sus

tentaciones y sus defectos. Y me alegro, porque así puedo ayudarle a salir del atolladero. Si consigo hacer un buen hombre de este niño salvaje, será el mayor logro de mi vida.

—¡Dios bendiga la buena obra y ayude a la obradora! —exclamó el señor Bhaer con la misma vehemencia que ella.

Después fueron juntos a ver a Dan y lo encontraron con la cabeza apoyada en el brazo, como si le hubiera vencido el sueño. Pero enseguida los miró e intentó levantarse mientras el señor Bhaer, de buen humor, le decía:

—O sea que te gusta más Plumfield que la granja del señor Page. Bien, a ver si esta vez nos entendemos mejor que la anterior.

—Gracias, señor —dijo Dan, procurando ser menos arisco y comprobando que era más fácil de lo que esperaba.

—A ver ese pie. ¡Ay! Esto no tiene buena pinta. Tenemos que avisar al doctor Firth mañana mismo. Calienta agua, Jo, y trae unos paños viejos.

El señor Bhaer le lavó el pie herido y se lo vendó mientras la señora Jo preparaba la única cama vacía que quedaba en la casa. Estaba en el cuartito de invitados que daba a la salita; la usaban a menudo cuando un niño se encontraba muy mal, porque así la señora Jo no tenía que ir de un lado a otro y el inválido podía ver lo que sucedía. Después, el señor Bhaer tomó al niño en brazos y lo llevó al cuartito; lo ayudó a desvestirse, lo acostó en la blanca camita y se despidió de él con un apretón de manos y un paternal «Buenas noches, hijo mío».

Dan se durmió al instante, y durmió como un tronco muchas horas; después, el pie empezó a dolerle otra vez y se despertó; dio unas vueltas en la cama, molesto, procurando no quejarse para que nadie lo oyera, porque era un chico muy valiente y soportaba el dolor como «un pequeño espartano», como había dicho el señor Bhaer.

La señora Jo tenía la costumbre de dar un paseo por la casa de noche, para cerrar ventanas si el viento se ponía frío, para correr la mosquitera de la cama de Teddy y vigilar a Tommy, que a veces se levantaba en sueños. El menor ruidito la despertaba y muchas veces creía oír ladrones, gatos y desastres en alguna parte; todas las puertas estaban abiertas y, como tenía el oído muy fino, enseguida oyó los ahogados gemidos de Dan y no tardó nada en levantarse. El niño estaba propinándole a la almohada un puñetazo de desesperación cuando

apareció una lucecita trémula en el pasillo y la señora Jo entró con sigilo; parecía un fantasma cómico, con el pelo recogido en la coronilla, una bata larga de color gris y arrastrando la cola por el suelo.

—¿Te duele, Dan?

—Bastante, sí; pero no quería despertarla.

—Soy como un búho, siempre vuelo de noche. Sí, este pie está ardiendo; hay que humedecer las vendas otra vez.

Y el maternal búho voló en busca de algo más refrescante para el pie y un gran tazón de agua helada.

—¡Ah, qué alivio! —suspiró Dan, con las vendas remojadas en su sitio otra vez y la reseca garganta satisfecha con el agua.

—Ya está; ahora, a dormir lo mejor que puedas; y no te asustes si me vuelves a ver, porque voy a venir dentro de un rato para humedecer esas vendas otro poco.

Mientras hablaba, la señora Jo se agachó para dar la vuelta a la almohada y estirar las sábanas y de pronto, para su gran sorpresa, Dan le echó los brazos al cuello, acercó la cara a la suya y la besó. «Gracias, señora», le dijo con una voz rota que fue el discurso más elocuente que podía haber pronunciado; porque ese breve beso y esas palabras susurradas significaban «Lo siento, lo voy a intentar». Ella lo entendió, aceptó la confesión velada y no la estropeó con ninguna expresión de sorpresa. Solo se acordó de que el niño no tenía madre y, como avergonzada, le dio un beso leve y tierno en la sucia mejilla semiescondida en la almohada y se fue diciendo una cosa que a él no se le olvidaría nunca: «Ahora eres mi niño y, si quieres, puedes conseguir que esté muy orgullosa de ti y que lo diga con alegría».

Al amanecer volvió otra vez a ver al enfermo; estaba profundamente dormido y no se despertó ni dio señales de enterarse de nada cuando le humedeció el pie, pero el gesto de dolor se distendió y el niño se quedó muy tranquilo.

Era domingo, la casa estaba silenciosa y Dan no se despertó hasta casi el mediodía. Al abrir los ojos vio una carita que lo miraba con mucho interés desde la puerta. Le tendió los brazos y Teddy echó a correr y se tiró encima de la cama con todo su peso gritando: «¡Mi Danny *ta qui*!», y se abrazó al chico retorciéndose de alegría. Después apareció la señora Bhaer con el desayuno y con una expresión de lo más normal, como si no se diera cuenta de la vergüenza que sentía Dan al acordarse de la escena de la noche anterior. Teddy se empeñó en darle el *«dayuno»* a la boca, como si fuera un niño pequeño y, como Dan no tenía mucha hambre, le pareció muy divertido.

Después llegó el médico y el pobre espartano pasó un mal rato, porque se le habían roto unos huesecillos del pie y ponerlos en su sitio dolía tanto que se le quedaron los labios blancos y empezó a sudar grandes gotas por la frente, pero no gritó en ningún momento, solo le apretaba la mano a la señora Jo con tanta fuerza que después se le puso toda roja.

—Este niño debe guardar cama al menos siete días, y no le permita poner el pie en el suelo. Cuando vuelva, veremos si puede saltar un poquito con ayuda de una muleta o tiene que seguir en reposo un poco más —dijo el doctor Firth, levantando los brillantes instrumentos que Dan no quería ni ver.

—Me pondré bien, ¿verdad? —le preguntó, alarmado al oír la palabra «muleta».

—Eso espero.

Y con estas palabras el médico se marchó. Dan se quedó muy desanimado, porque perder un pie es una calamidad terrible para un niño activo.

—No te preocupes, soy una enfermera fabulosa y dentro de un mes andarás corriendo por ahí como si nada —dijo la señora Jo considerando el caso con optimismo.

Pero el temor de quedarse cojo lo obsesionaba y no lo consolaban ni las caricias de Teddy, así que la señora Jo propuso que fueran a hacerle una visita un par de niños y le preguntó a quién le gustaría ver.

—A Nat y a Semi, y también me gustaría tener a mano mi sombrero y el hatillo del botín. He traído algunas cosas que seguro que les gustan. Pero las habrá tirado usted a la basura, ¿verdad? —preguntó Dan con preocupación.

—No, las he guardado porque me pareció que serían tu tesoro, por el cuidado que tenías con ellas.

La señora Jo le llevó el viejo sombrero de paja, lleno de mariposas y escarabajos, y un pañuelo con una colección de objetos diversos que había recogido por el camino: huevos de pájaro envueltos en musgo con primor, conchas y piedras raras, trocitos de setas y unos cuantos cangrejos pequeños, que estaban muy indignados por el encierro al que los habían sometido.

—¿Puede darme algo donde guardar a estos amigos? Los encontramos el señor Hyde y yo, y son de primera, por eso me gustaría tenerlos y observarlos.

¿Puedo? —preguntó Dan, sin acordarse ya del pie, riéndose al ver a los cangrejos andar de lado y hacia atrás por la cama.

—¡Claro que sí! La antigua jaula de Polly será perfecta. Que no le pinchen los dedos a Teddy mientras voy a buscarla.

La señora Jo salió del cuartito y Dan se alegró muchísimo de que sus tesoros no le hubieran parecido basura y no los hubiera tirado.

Nat, Semi y la jaula llegaron a la vez y los cangrejos ocuparon su nueva casa, para gran regocijo de los niños, que, con la emoción del espectáculo, se olvidaron de la timidez que podía haberles causado saludar al fugitivo. Dan contó sus aventuras a sus admiradores con mucho más lujo de detalles que a los Bhaer. Después les enseñó el «botín» y describió cada objeto tan bien que a la señora Jo, que se había retirado a la salita para dejarlos solos, la sorprendió y escuchó con interés y con deleite la conversación de los tres.

«¡Cuánto sabe este chico de esas cosas y cuánto le interesan! Y qué ventaja en estos momentos, porque los libros no lo atraen nada y sería muy difícil que se entretuviera de alguna forma en la cama; pero los niños pueden traerle todos los escarabajos y piedras que quieran y me alegro mucho de saber que esto le gusta; es una afición sana que tal vez lo ayude a formarse. Si al final llegara a ser un gran naturalista y Nan un gran músico, estaría orgullosísima del trabajo de este año». La señora Jo hacía castillos en el aire y sonreía con un libro en las manos, igual que cuando era pequeña, aunque en aquella época todo giraba alrededor de sí misma y ahora, alrededor de otras personas; quizá por eso mismo algunos de esos castillos llegarían a hacerse realidad... puesto que la caridad es un cimiento excelente para construir cualquier cosa.

Lo que más le gustó a Nat fueron las aventuras, mientras que Semi disfrutó muchísimo con los escarabajos y las mariposas y absorbió la historia de las diversas etapas en la vida de estos insectos como si fuera otra clase de cuento de hadas maravilloso, porque, a su estilo sencillo, Dan se la contó muy bien y sintió una gran satisfacción por poder enseñar algo al pequeño filósofo. Estaban tan enfrascados en el relato de la caza de un ratón almizclero, cuya piel formaba parte del tesoro, que el señor Bhaer tuvo que intervenir personalmente para avisar a Nat y a Semi de que era la hora del paseo. Dan se quedó tan apagado al verlos salir que papá Bhaer propuso que lo llevaran al sofá de la salita, para que cambiara un poco de aires y de panorama.

Cuando lo acomodaron y la casa quedó en silencio, la señora Jo, que estaba allí cerca enseñándole dibujos a Teddy, dijo con interés, refiriéndose a los tesoros que Dan tenía todavía en las manos:

—¿Dónde has aprendido tanto de insectos, piedras y demás?

—Siempre me han gustado, pero no sabía casi nada hasta que me lo enseñó todo el señor Hyde.

—¿Quién es el señor Hyde?

—Pues… un hombre que vivía en los bosques estudiando estas cosas… no sé cómo se llama eso. Y escribía sobre las ranas, los peces y muchos seres vivos más. Estaba donde Page y le gustaba que fuera con él y lo ayudara, y era increíblemente sabio y genial. Espero volver a verlo alguna vez.

—Espero que sí —dijo la señora Jo, que vio cómo se le iluminaba la cara y desaparecía su habitual actitud taciturna.

—Los pájaros se le acercaban y los conejos y las ardillas le tenían tanto miedo como a un árbol. Nunca les hacía daño y parecía que ellos lo conocían. ¿Alguna vez le ha hecho cosquillas a una lagartija con una pajita? —preguntó Dan, animado.

—No, pero me gustaría probar.

—Bueno, pues yo sí, y es muy gracioso ver cómo se ponen panza arriba y se estiran, porque les gusta mucho. El señor Hyde lo hacía; y las culebras se quedaban quietas cuando le olían silbar y sabía cuándo brotaba cada flor, y las abejas no lo picaban y contaba las cosas más increíbles de los peces y las moscas, de los indios y de las rocas.

—Me parece que te gustaba tanto ir con el señor Hyde que te olvidaste del señor Page —dijo la señora Jo con picardía.

—Sí; no me apetecía nada desbrozar ni cavar cuando podía estar por ahí con el señor Hyde. Page decía que eso eran tonterías y que el señor Hyde estaba loco porque se pasaba horas viendo a una trucha o a un pájaro.

—Supongamos que dices «mirando» en vez de «viendo», es más correcto en este caso —dijo la señora Jo en un tono suave, y después añadió—: Sí, Page es un granjero muy meticuloso y no entiende que el trabajo de un naturalista es tan interesante y quizá tan importante como el suyo. Bueno, Dan, si de verdad te gustan esas cosas, y creo que sí y además me alegro mucho, tendrás tiempo para estudiarlas y libros que te ayudarán; pero quiero que hagas algo más, y que lo hagas a conciencia, o con el tiempo lo lamentarás y tendrás que empezar de cero otra vez.

—Sí, señora —dijo él con la cabeza gacha.

Parecía que el tono serio de la última advertencia lo había asustado un poco, y es que aborrecía los libros, pero era evidente que estaba decidido a estudiar lo que le propusiera ella.

—¿Ves ese armarito con doce cajones? —le preguntó a continuación, inesperadamente.

Eran dos antiguas cajoneras altas, una a cada lado del piano, que Dan conocía de sobra; había visto muchas veces que de allí sacaban trozos de cuerda, clavos, papel de estraza y otros objetos útiles. Asintió y sonrió.

—Bien —continuó la señora Jo—, ¿no te parece un buen sitio para tus huevos, piedras, conchas y líquenes?

—¡Espléndido! Pero ¿no le estorbaría «tener todos esos enredos por ahí», como decía el señor Page? —exclamó Dan, incorporándose, mirando el antiguo mueblecito con ojos brillantes.

—Me gusta esa clase de enredos; y aunque no me gustara, te dejaría los cajones, porque respeto los tesoros de los niños y creo que hay tratarlos con consideración. Bien, voy a proponerte un trato, Dan, y espero que lo cumplas con honor. Aquí hay doce cajones de buen tamaño, uno para cada mes del año, y serán tuyos a medida que te los ganes cumpliendo las pequeñas tareas que te corresponden. Creo en la eficacia de cierta clase de recompensas, sobre todo para la gente menuda; nos ayudan a mejorar y, aunque al principio empecemos a hacer las cosas bien solo por el premio, si a este se le da un empleo adecuado, enseguida aprendemos a encontrar la recompensa en el propio hecho de obrar con rectitud.

—¿Usted gana muchas recompensas? —preguntó Dan, con una cara como si nunca le hubieran hablado de estas cosas.

—No lo dudes. Todavía no sé funcionar sin ellas. Mis recompensas no son cajones, ni regalos ni vacaciones, sino cosas que me gustan tanto como a ti las tuyas. Uno de los premios que más aprecio es que mis niños se porten bien y consigan lo que se proponen, y me esfuerzo por que sea así; quiero que tú también te esfuerces por el armarito. Si haces lo que no te gusta y lo haces bien, ganas dos premios: uno, el que deseas ganar, y dos, la satisfacción del deber cumplido con alegría. ¿Lo entiendes?

—Sí, señora.

—Todos necesitamos estos pequeños estímulos. Bien, pues te vas a proponer estudiar las lecciones y hacer las tareas, jugar sin malicia con todos los niños y emplear bien las vacaciones; y, si me traes un buen informe o si lo veo yo sin que me digas nada, porque enseguida me doy cuenta de los pequeños esfuerzos que hacen mis niños, tendrás un compartimento en el cajón para tus tesoros. Mira, algunos ya están divididos en cuatro partes, y haremos lo mismo con los demás, una parte para cada semana. Y cuando el cajón esté lleno de cosas curiosas y bonitas, estaré tan orgullosa de ti como tú mismo, o más, creo, porque en cada guijarro, musgo o mariposa de colores veré las decisiones buenas que has tomado, las faltas que has superado y la promesa que has cumplido. ¿Qué te parece, Dan? ¿Lo hacemos?

El niño respondió con una mirada que lo dijo todo, porque reflejaba que entendía el deseo y las palabras de la señora Jo, aunque no sabía expresar el interés y la gratitud que le inspiraban tanta bondad y tanto cariño. Ella entendió la mirada y, al ver que a Dan se le subían los colores hasta la frente, señal de que lo había conmovido como se proponía, no habló más de esa parte del plan, sino que sacó el primer cajón, le quitó el polvo y lo puso delante del sofá entre dos sillas.

—Empecemos ahora —dijo sin más—, vamos a poner estos bonitos escarabajos en un sitio seguro. En estos compartimentos caben muchas cosas, ¿ves? Las mariposas y los insectos los clavaremos alrededor con alfileres; aquí estarán bien y así queda sitio abajo para las cosas que pesen más. Voy a darte algodón, papel limpio y alfileres, y ya tendrás de todo para empezar el trabajo de esta semana.

—Pero no puedo salir a buscar cosas nuevas —dijo Dan, mirándose el pie con mucha pena.

—Cierto, pero da igual: estos tesoros serán los de esta semana, y ya verás como los niños te traen montones de cosas, si se lo pides.

—Pero no saben cuáles son los que valen; además, si tengo que estar en la cama, no puedo trabajar, ni estudiar ni ganarme los cajones.

—Puedes aprender muchas lecciones en la cama y hacer algunos trabajillos que te voy a pedir yo.

—¿De verdad? —preguntó gratamente sorprendido.

—Puedes aprender a ser paciente y animoso a pesar del dolor y de no poder jugar. Puedes hacerme el favor de entretener a Teddy, devanar el algodón, leerme en voz alta mientras coso y muchas otras cosas para las que no necesitas el pie, y así se te pasarán los días más deprisa y los aprovecharás.

De pronto entró Semi con una mariposa grande en una mano y un sapito feísimo en la otra.

—Mira lo que he encontrado, Dan; he venido corriendo a traértelos. ¿A que son preciosos? —jadeó Semi, que venía sin resuello.

Dan se rio al ver el sapo y dijo que no tenía donde ponerlo, pero que la mariposa era muy bonita y, si la señora Jo le daba un alfiler grande, la colocaría en el cajón.

—No me gustaría ver la agonía de la pobre mariposa; si es necesario matarla, hagámoslo rápido, con una gota de alcanfor —dijo la señora Jo sacando el frasco.

—Sé cómo se hace, el señor Hyde las mataba siempre de la misma forma, pero como yo no tenía alcanfor, lo hacía con un alfiler.

Con suavidad, Dan aplicó una gota al insecto en la cabeza; las alas verde claro se agitaron un instante y después se quedaron quietas.

Nada más concluir la delicada ejecución, Teddy gritó desde el dormitorio:

—¡Ay, ay, ay! Los *canejitos* han salido y el *gane* se ha comido a todos.

Semi y su tía corrieron al rescate y encontraron a Teddy muy alborotado, bailando en la silla, y dos cangrejos pequeños corriendo por el suelo después de colarse entre la tela metálica de la jaula. Otro más, sin duda temiendo por su vida, se había subido a lo alto de la jaula porque abajo la escena era triste, aunque tenía cierta gracia. El cangrejo grande se había metido en el rinconcito en el que ponían el agua para Polly, y allí estaba, comiéndose a un congénere sin inmutarse. Había arrancado todas las patas a la pobre víctima y la había puesto panza arriba; la sujetaba con una pinza por la cáscara superior, cerca de la boca, como si fuera un plato, y con la otra pinza iba engulléndola tranquilamente. De vez en cuando se detenía y echaba un vistazo moviendo los ojos saltones de un lado a otro, y sacaba una lengua delgada para lamérselos de una manera que los niños se tronchaban de risa. La señora Jo tomó la jaula y se la llevó a Dan para que lo viera, mientras Semi capturaba a los fugitivos y los confinaba debajo de un cuenco invertido.

—Hay que soltarlos, no pueden estar en casa —dijo Dan con mucha pena.

—Puedo cuidarlos yo, si me dices lo que hay que hacer, y pueden vivir en el tanque de las tortugas —dijo Semi, porque le parecían más interesantes incluso que sus queridas tortugas.

Dan lo puso al día de las necesidades y las costumbres de los cangrejos y Semi se los llevó para presentarles su nueva casa y a sus vecinas.

—¡Qué bueno es! —dijo Dan, mientras clavaba la primera mariposa con todo cuidado pensando en que Semi había renunciado al paseo para ir a llevársela.

—Tiene motivos para serlo, se han hecho muchos esfuerzos para que lo fuera.

—Él ha tenido quien le dijera las cosas y lo ayudara; yo no —dijo Dan con un suspiro.

Pensaba en su solitaria infancia, cosa que no solía hacer, con la sensación de que la vida no había sido justa con él.

—Lo sé, cielo, y por eso no espero tanto de ti como de Semi, aunque él es menor que tú; pero ahora tendrás toda la ayuda que podamos prestarte y espero enseñarte a que te ayudes a ti mismo de la mejor manera. ¿Se te ha olvidado lo que dijo papá Bhaer antes, la primera vez que estuviste aquí, sobre tener la intención de ser bueno y pedirle ayuda a Dios?

—No, señora —respondió en voz baja.

—¿Lo sigues intentando?

—No, señora —en voz más baja todavía.

—¿Lo harás todas las noches porque te lo pido yo?

—Sí, señora —muy serio.

—Confío en que así sea, y creo que sabré si lo cumples, porque a las personas que creen en estas cosas siempre se les nota, aunque no digan nada. Mira, toma esta bonita historia de un niño que se hizo daño en un pie, más daño que tú; léela y fíjate con qué valentía soportó las dificultades.

Le puso en las manos un libro encantador, *Los chicos de Crofton,* y lo dejó a su aire una hora, aunque pasó a verlo un par de veces para que no se encontrara solo. Dan no era aficionado a la lectura, pero ese libro le interesó tanto que se sorprendió cuando los niños volvieron a casa. Daisy le llevó un ramillete de flores silvestres y Nan insistió en ayudar a llevarle la cena al sofá; con las puertas abiertas, veía a los chicos en la mesa y ellos le hacían gestos de complicidad mientras comían pan con mantequilla.

La señora Bhaer lo llevó a la cama temprano y Teddy fue a darle las buenas noches en camisón, porque se iba a su nido al mismo tiempo que los pájaros.

—*Quiedo dezar* mis *odaciones* a Danny, *¿pemiso?* —preguntó.

La madre le dio permiso y el chiquitín se arrodilló al lado de la cama de Dan, juntó las gordezuelas manos y dijo en voz baja:

—*Pofavo,* Dios, *benice* a todos y *hame* bueno.

Y se fue sonriendo con dulzura, adormilado, sobre el hombro de su madre.

Pero después de que concluyera la charla de la noche, se cantara la canción nocturna y la casa se sumiera en el hermoso silencio dominical, Dan estaba en la cómoda cama con los ojos abiertos como platos, pensando en cosas nuevas, sintiendo esperanzas y deseos nuevos que le conmovían el corazón de niño, porque ahora contaba con dos ángeles: el amor y la gratitud, que iniciaron la obra que habían de completar el tiempo y el esfuerzo. Y, con un gran anhelo por cumplir la primera promesa, juntó las manos en la oscuridad y en voz muy baja repitió la pequeña oración de Teddy:

—Por favor, Dios, bendice a todos y hazme bueno.

11

Tío Teddy

En la primera semana, Dan solo se movía de la cama al sofá. Fueron unos días largos y difíciles, porque a veces le dolía mucho el pie, porque no poder moverse se le hacía muy pesado a este niño tan activo, porque anhelaba salir a disfrutar del verano y, lo más difícil de todo: porque debía tener paciencia. Sin embargo, se esforzó cuanto pudo y todo el mundo estaba dispuesto a echarle una mano, cada cual a su manera; y así pasó esa semana hasta que por fin llegó la recompensa cuando, el sábado por la mañana, el médico dijo:

—Este pie se está curando mucho más rápido de lo que pensaba. Dele la muleta al niño esta misma tarde y que ande un poco por la casa.

—¡Bieeeen! —gritó Nat, y salió disparado a llevar la buena noticia a los demás.

Todos se alegraron mucho y después de comer se quedaron mirando cómo recorría Dan el pasillo de un lado a otro unas cuantas veces con las muletas, hasta que se sentó en el porche para ser el objeto de una especie de besamanos oficial. Estaba encantado con el interés y la buena voluntad que le demostraron y se animaba más y más por momentos. Los niños se acercaban a saludarlo, las niñas no paraban de ponerle banquetas y cojines y Teddy lo cuidaba como si fuera el ser más frágil del mundo, incapaz de hacer algo por sí mismo. Todavía estaban sentados o de pie en la escalinata cuando un carruaje se detuvo en la verja y un sombrero los saludó por la ventanilla. Al grito de «¡Tío Teddy!» Rob salió disparado por el sendero de entrada tan rápido como podían llevarlo las piernas. Todos los demás echaron a correr detrás de él compitiendo por ser el primero en abrir las puertas; el carruaje entró rodeado de niños por todas partes y tío Teddy, con su hijita en las rodillas, se reía en medio del alboroto.

—¡Que se detenga el carro triunfal y descienda Júpiter! —dijo.

Se apeó de un salto y subió las escaleras corriendo para saludar a la señora Bhaer, que lo esperaba con una sonrisa, batiendo palmas como una niña.

—¿Qué tal estás, Teddy?

—Muy bien, Jo.

Se dieron un apretón de manos y el señor Laurie dejó a Bess en brazos de su tía y, mientras la niña la abrazaba con fuerza, él dijo:

—Ricitos de Oro tenía tantas ganas de verte que no me ha quedado más remedio que escaparme con ella, porque yo también te echaba mucho de menos. Queríamos jugar con tus niños una hora o así y ver qué tal le iban las cosas a «la ancianita que vivía en un zapato y tenía tantos hijos que no sabía cómo pasar el rato».

—¡Cuánto me alegro! Id a jugar y portaos bien —respondió la señora Jo.

Los niños se apelotonaron alrededor de la preciosa niña y admiraron con embeleso su largo pelo rubio, el bonito vestido y los elegantes modales, porque la «princesita», como la llamaban, no quiso que nadie la besara, sino que se sentó y, sonriendo, les dio unos gentiles golpecitos en la cabeza con las manos, blancas y diminutas. Todos la adoraban, sobre todo Rob, que la consideraba una muñeca y no se atrevía a tocarla por si pudiera romperse, pero la veneraba guardando una distancia prudencial y se regocijaba con las ocasionales muestras de favor que su alteza le dedicaba. Pero enseguida exigió que la llevaran a la cocina de Daisy y tía Jo la acompañó, seguida por un cortejo de niños pequeños. Los demás, excepto Semi y Nat, se fueron al parque zoológico y a los huertos para ponerlo todo en orden, porque el señor Laurie siempre hacía una inspección general y le decepcionaba mucho que no estuviera todo florido y hermoso.

Desde el primer escalón se dirigió a Dan como si lo conociera de toda la vida, aunque solo lo había visto una o dos veces, y le dijo:

—¿Qué tal el pie?

—Mejor, señor.

—Estarás harto de no moverte de casa, ¿verdad?

—Bastante, sí —y se quedó mirando las verdes colinas y los bosques, adonde tantas ganas tenía de ir.

—¿Qué te parece si damos una vuelta antes de que vuelvan los demás? Ese carruaje tiene mucha capacidad y es seguro y cómodo; creo que un poco de aire fresco te sentará muy bien. Semi, trae un cojín y un pañuelo grande, que nos llevamos a Dan de aquí.

A los niños les pareció estupendo y Dan estaba encantado, pero, en un inesperado arranque de virtud, preguntó:

—¿Le parecerá bien a la señora Bhaer?

—¡Sí, claro! Lo hablamos hace un momento.

—No le dijiste nada de llevártelo, así que no sé cómo lo vas a hacer —replicó Semi con cierta exigencia.

—Nosotros nos entendemos sin necesidad de palabras. Es mucho mejor que el telégrafo.

—Ya sé: las miradas; vi que señalaba usted hacia el carruaje enarcando las cejas y entonces la señora Jo se rio y asintió otra vez —dijo Nat, que a estas alturas se encontraba muy a gusto con el bondadoso señor Laurie.

—Eso es. Pues vámonos.

Dan no tardó ni un minuto en encontrarse sentado en el carruaje, con el pie en el asiento de enfrente, sobre un cojín, y bien tapado con el pañuelo, que se caía resbalando por la pierna de una forma muy misteriosa y caprichosa. Semi se subió al pescante, al lado de Peter, el cochero negro. Nat se sentó al lado de Dan, que ocupaba el sitio de honor, y tío Teddy, enfrente, para cuidar el pie herido, dijo, pero en realidad pretendía estudiar las caras que tenía delante, ambas alegres pero muy distintas, porque la de Dan era cuadrada, marrón y fuerte, mientras que la de Nat era alargada, clara y bastante débil, pero amable con sus tiernos ojos y la frente despejada.

—Por cierto, tengo un libro por aquí que a lo mejor os gusta —dijo el mayor de los pasajeros.

Hurgó un poco debajo del asiento y sacó un libro que arrancó una exclamación a Dan.

—¡Ahí va, qué pistonudo!

Y siguió pasando las hojas y admirando bellos grabados de mariposas, pájaros e interesantes insectos con unos colores auténticos como en la vida misma. Tanto lo cautivó que se le olvidó dar las gracias, pero el señor Laurie no se lo tuvo en cuenta, sino que se quedó muy satisfecho al ver al chico tan entusiasmado y oír sus exclamaciones cada vez que reconocía algún ejemplar. Nat miraba por encima de su hombro y Semi dio la espalda a los caballos, con las piernas colgando dentro del carruaje, para poder participar en la conversación.

Cuando llegaron a los escarabajos, el señor Laurie sacó un objeto muy curioso del bolsillo de la chaqueta y se lo puso en la palma de la mano.

—Este escarabajo —les explicó— tiene miles de años.

Y, mientras los niños miraban el extraño bichito de piedra tan antiguo y tan gris, les contó que había salido de entre las vendas de una momia, donde llevaba siglos enterrado en una tumba muy famosa. Como los vio interesados, siguió contándoles cosas de los egipcios y de las misteriosas y espléndidas ruinas que dejaron para la posteridad; y del Nilo, de su viaje por el gran río en una embarcación que impulsaban unos hermosos hombres negros; y de cómo mató cocodrilos y vio animales y aves maravillosos; y de la travesía por el desierto en camello, que lo zarandeaba como un barco en plena tormenta.

—Tío Teddy cuenta historias casi tan bien como mi abuelo —dijo Semi, encantado, cuando el relato terminó y los niños pidieron más.

—Gracias —dijo el señor Laurie sobriamente.

Y es que se tomó en serio la alabanza de Semi, porque los niños son buenos críticos en estos casos, y merecer su aprobación es todo un logro del que cualquiera puede sentirse orgulloso.

—He traído otro par de cosillas que encontré revolviendo entre mis cosas para ver si había algo que pudiera gustar a Dan.

Y entonces sacó del bolsillo una bonita punta de flecha y una sarta de cuentas indias.

—¡Ah! ¡Cuéntanos algo de los indios! —exclamó Semi, pues le gustaba mucho jugar a los tipis.

—Dan sabe muchas cosas de ellos —añadió Nat.

—Más que yo, seguro. Cuéntanos algo tú —dijo el señor Laurie con tanto interés como los demás.

—El señor Hyde, que me ha enseñado todo lo que sé, vivió con los indios y habla su lengua, y le gustan mucho —empezó Dan, halagado por la atención, pero un tanto cohibido por la presencia de un adulto entre el público.

—¿Para qué sirven las sartas de cuentas? —preguntó Semi, curioso, desde el pescante.

Dan les contó que eran el dinero de algunas tribus y los demás siguieron haciéndole preguntas semejantes, hasta que, sin darse cuenta, relató todo lo que el señor Hyde le había explicado cuando navegaban por el río, hacía unas semanas. El señor Laurie escuchaba con atención, pero le interesaba más Dan que los indios, porque la señora Jo le había hablado de él y había tomado cierto aprecio al chico rebelde que se había escapado, como le habría gustado hacer a él, y al que el dolor y la paciencia empezaban a domesticar.

—¡Eh! Se me ocurre una cosa que a lo mejor os gusta: ¿por qué no montáis vuestro propio museo, un sitio en el que reunir todas las cosas interesantes y curiosas que encontráis, que hacéis vosotros o que os regalan? La señora Jo es tan amable que no se queja, pero le resulta bastante lioso tener la casa atestada de cachivaches de todas clases, por ejemplo: uno de sus mejores jarrones lleno hasta arriba de bichos, un par de murciélagos muertos clavados en la puerta de atrás, nidos de avispas que se caen cuando alguien pasa por debajo y piedras y más piedras como para pavimentar toda la entrada. Pocas mujeres soportarían semejante invasión, ¿no os parece?

Como el señor Laurie se lo dijo con una mirada risueña, los chicos se rieron haciéndose gestos de complicidad, pues era evidente que alguien contaba cosas fuera del colegio; de otro modo, ¿cómo iba a saber él de esos molestos tesoros?

—Pero ¿dónde podemos ponerlos? —dijo Semi, cruzando las piernas y agachándose hacia el interior del carruaje para dar sus argumentos.

—En la antigua cochera.

—Pero hay goteras y no tiene ventanas ni nada donde poner las cosas, y está llena de polvo y de telarañas.

—Ya verás cuando Gibbs y yo le demos unos retoques, seguro que te convence. Va a venir el lunes para prepararlo todo; luego, el próximo sábado vengo yo y lo remato, y al menos será el comienzo de un bonito museo. Todo el mundo podrá traer sus tesoros, habrá sitio para todos; y el cuidador será Dan, porque sabe mucho de esas cosas; será un trabajo tranquilo y agradable para él, ahora que no puede corretear mucho por ahí.

—¡Ah, genial!, ¿no? —exclamó Nat.

La cara de Dan era pura sonrisa y se quedó sin palabras, pero se abrazó al libro mirando al señor Laurie como si fuera el mayor benefactor público del mundo entero.

—¿Damos otra vuelta, señor? —preguntó Peter al llegar a la verja, después de haber recorrido dos veces a paso lento el kilómetro del triángulo que era el paseo.

—No, hay que ser prudentes, no sea que no nos quede tiempo. Antes de irnos tengo que entrar a echar un buen vistazo a la cochera y a hablar un momento con la señora Jo.

Después de depositar a Dan en el sofá para que descansara y disfrutara del libro, tío Teddy se fue a jugar un rato con los niños, que lo estaban buscando por todas partes. La señora Bhaer dejó a las niñas arriba, entretenidas con la cocinita, y se sentó al lado de Dan; el niño le contó con entusiasmo todo lo que había sucedido en el paseo, hasta que volvieron los excursionistas llenos de polvo, acalorados y muy emocionados con el nuevo museo, porque a todos les pareció la idea más brillante del siglo.

—Siempre he tenido el deseo de fundar una institución, y voy a empezar con esta —dijo el señor Laurie, y se sentó en un taburete bajo a los pies de la señora Jo.

—Ya has fundado una, porque si no, ¿cómo llamas a esto? —dijo ella, refiriéndose a los que habían acampado tan contentos en el suelo, alrededor de ellos.

—Lo llamo «el prometedor huerto Bhaer», y estoy orgulloso de formar parte de él. ¿Sabías que el jefe de los niños de este colegio soy yo?

Se lo preguntó a Dan, volviéndose hacia él, para cambiar de tema hábilmente, porque no le gustaba que le agradecieran la generosidad con la que hacía las cosas.

—¡Creía que era Franz! —respondió Dan, intrigado, porque no entendía lo que quería decir.

—¡No, no, de eso nada! Soy el primer niño del que tuvo que ocuparse la señora Jo, y era tan malísimo que todavía no ha terminado conmigo, aunque lleva años y años intentándolo.

—Pues ¡qué vieja debe de ser! —exclamó Nat con inocencia.

—Es que empezó muy pronto, ¿sabes? ¡Pobrecita! Solo tenía quince años cuando me encontró, y le di tantas preocupaciones que parece un milagro que no esté toda arrugada, cenicienta y desgastada —y el señor Laurie la miró riéndose.

—No, Teddy; no consiento que te denigres de esa forma. —La señora Jo acarició la rizada y negra cabeza que se apoyaba en su rodilla con tanto afecto como siempre, porque, a pesar de todo, Teddy seguía siendo su niño—. De no ser por ti, Plumfield no existiría. Señor, fue mi éxito con usted lo que me dio valor para emprender mi plan de acogida. Así que los niños pueden agradecértelo poniendo a la nueva institución el nombre de «Museo Laurence», en honor a su fundador... ¿verdad, niños? —añadió, con una expresión vivaracha, como en los viejos tiempos.

—¡Sí, sí! —gritaron los niños.

Y lanzaron los sombreros al aire, porque, aunque se los habían quitado al entrar en casa, según la regla, tenían tanta prisa que en vez de colgarlos en su sitio los llevaban en la mano. Cuando cesó el griterío, el señor Laurie les dio las gracias con una espléndida reverencia y dijo:

—Tengo un hambre de león, ¿puedo comerme una galleta?

—Anda, Semi, pídele a Asia la caja de las galletas de jengibre —dijo la señora Jo—. No está bien comer entre horas, pero hay que celebrar esta gran ocasión.

Y, cuando llegó la caja, se repartieron las galletas generosamente y se pusieron a comer todos juntos.

De repente, en medio de un mordisco, el señor Laurie exclamó:

—¡Ay, madre! ¡Se me olvidaba el paquete de la abuela!

Y echó a correr escaleras abajo, fue al carruaje y volvió con un interesante paquete del que, una vez abierto, salió una selecta colección de animales, pájaros y cosas bonitas recortadas de una masa dulce y crujiente y con un apetitoso color dorado.

—Hay una para cada uno y una carta con las instrucciones de cuál es para cada niño. Las hicieron la abuela y Hannah, y tiemblo de pensar lo que me habrían hecho a mí si se me llegan a olvidar.

Y, entre risas y bromas, se repartieron las originales galletas. Un pez para Dan; un violín para Nat; un libro para Semi; un mono para Tommy; una flor para Daisy; un aro para Nan, que había hecho rodar el suyo dos veces seguidas por el triángulo sin pararse; una estrella para Emil, porque se las daba de estudiar astronomía; y la mejor de todas: un ómnibus para Franz, porque le encantaba conducir el gran vehículo familiar. A Gloti le tocó un cerdo gordo y, para los más pequeños, pájaros, gatos y conejos con uvas pasas por ojos.

—Ahora tenemos que irnos —dijo tío Teddy cuando se terminó hasta la última miga de las galletas, cosa que sucedió rápidamente, os lo aseguro—. ¿Dónde está Ricitos de Oro? Su madre vendrá volando si no vuelvo pronto con ella.

Las niñas habían salido al jardín y, mientras esperaban a que Franz fuera a buscarlas, Jo y Laurie se quedaron charlando en la puerta.

—¿Qué tal se aclimata la pequeña Rumbosa? —preguntó, porque le hacían mucha gracia las travesuras de Nan y no se cansaba de tomar el pelo a Jo con ella.

—Bien, se va moderando y empieza a comprender que ese comportamiento alocado es un error.

—¿No la animan los niños a que haga gamberradas?

—Sí, pero yo no dejo de hablar y la niña ha mejorado mucho últimamente. Ya has visto con qué buenos modales te dio la mano y con cuánta delicadeza trató a Bess. Daisy es una buena influencia para ella y estoy seguro de que en unos pocos meses la veremos transformada.

La señora Jo tuvo que callarse porque en ese momento Nan dobló una esquina a una velocidad de vértigo, conduciendo a cuatro briosos niños y seguida por Daisy, que empujaba una carretilla en la que iba Bess. Sin sombrero, con el pelo al aire, blandiendo un látigo y botando en la carretilla, llegaron envueltos en una nube de polvo como una banda de chicazos revoltosos.

—Conque estas son las niñas modélicas, ¿eh? Por suerte la señora Curtis no ha venido a ver el colegio en el que se cultivan la moral y los buenos modales; le habría dado un soponcio al ver este espectáculo —dijo Laurie, riéndose del prematuro diagnóstico de la señora Jo sobre el progreso de Nan.

—Tú ríete, pero ya verás lo pronto que gano la partida. Como decías en la universidad, citando a no sé qué profesor: «Aunque el experimento falle, el principio no cambia» —dijo la señora Bhaer, riéndose también.

—Me temo que es Nan la que influencia a Daisy, y no a la inversa. ¡Mira a mi princesita! Se ha olvidado de su dignidad y está gritando como los demás. Señoritas, ¿qué significa esto?

Y el señor Laurie rescató a su hijita del desastre inminente, porque los cuatro corceles estaban muy impacientes y no paraban de hacer cabriolas cerca de ella, que blandía un látigo muy largo con las dos manos.

—Estábamos haciendo una carrera y he ganado —dijo Nan a voces.

—Yo podía correr más, pero me daba miedo que Bess se cayera —replicó Daisy en el mismo tono.

—¡Arre! ¡Arre, caballo! —gritó la princesa, y soltó un latigazo al aire que provocó la desbandada de los caballos.

—¡Mi niña preciosísima! ¡Ven, deja a estos maleducados antes de que te estropeen! ¡Adiós, Jo! Espero que la próxima vez encuentre a los niños haciendo colchas de retales.

—No les vendría mal. Pero no me rindo, te lo aseguro; sé que mis experimentos fallan algunas veces antes de salir de bien. Muchos besos para Amy y para mi santa mamita —dijo la señora Jo mientras el carruaje se alejaba.

Lo último que vio el señor Laurie fue que la señora Bhaer consolaba a Daisy, que se había entristecido por perder la carrera, dándole un paseo a ella en la carretilla y... disfrutando también.

Fue una semana muy emocionante; estaban arreglando la cochera y las obras avanzaban deprisa, a pesar de que los niños asediaban a Gibbs a preguntas y a consejos y se entrometían constantemente. Casi lo volvieron tarumba con tanto jaleo, pero el hombre consiguió hacer su trabajo pese a los inconvenientes y el viernes por la noche todo estaba en orden: el tejado reparado, los estantes colocados, las paredes encaladas, una gran ventana en el fondo por la que entraba mucha luz y se abría a una hermosa vista del arroyo, los prados y las montañas lejanas; y, en el dintel de la puerta, en letras rojas, un cartel que decía: «Museo Laurence».

El sábado por la mañana los niños estaban hablando de cómo iban a distribuir sus tesoros cuando llegó el señor Laurie con un acuario del que, por lo visto, la señora Amy se había cansado, y les dio la mayor alegría del día.

Pasaron la tarde colocando las cosas y, cuando terminaron de correr de un lado a otro, de arrastrar carretillas y de dar martillazos, invitaron a las señoritas a visitar la institución.

Lo cierto es que era un espacio agradable, aireado, limpio y luminoso. Unas ramas trepadoras de lúpulo agitaban sus campanillas verdes alrededor de la ventana abierta; el bonito acuario se alzaba en el centro de la cochera con unas delicadas plantas que llegaban hasta la superficie del agua y unos peces de colores que centelleaban al nadar de un lado a otro. Había estanterías a ambos lados de la ventana esperando las curiosidades que todavía no se habían descubierto. El alto armarito de Dan estaba apoyado contra el portón, así que entraban y salían por el postigo. Encima del armarito había un extraño ídolo indio, muy feo pero muy interesante; lo había mandado el padre del señor Laurence, y también un bonito junco chino con su vela, que ocupaba un lugar prominente en la larga mesa del centro de la habitación. Arriba, colgada con un lazo, se encontraba Polly, que había muerto a una edad avanzada y la habían disecado con tanto primor que parecía viva; era una donación de la señora Jo. Las paredes estaban decoradas con una gran variedad de cosas: una muda de serpiente, un nido de avispas enorme, una canoa de corteza de abedul, una sarta de huevos de pájaro, coronas de musgo gris del sur y un puñado de capullos de algodón. Los murciélagos muertos también tenían su sitio, así como un gran caparazón de tortuga y un huevo de avestruz, aportación de Semi, que se prestó voluntario para explicar estas raras curiosidades a las invitadas siempre que lo desearan. En cuanto a las piedras, había tantísimas que fue imposible aceptarlas todas, así que se seleccionaron las mejores y se distribuyeron en los estantes entre los caparazones; las demás se pusieron en montones, uno en cada esquina, para que Dan las examinara tranquilamente.

Todo el mundo estaba dispuesto a aportar algo, incluso Silas, que pidió que le mandaran de casa un lince disecado que había cazado en su juventud. Estaba un tanto apolillado y estropeado, pero hacía buen efecto en un soporte alto, enseñando el mejor lado, porque los ojos amarillos, que eran de cristal, brillaban y la boca abierta parecía tan natural que Teddy se echó a temblar cuando fue a depositar su tesoro más preciado, un capullo de gusano, en el altar de la ciencia.

—Es precioso, ¿verdad? No sabía que tuviéramos tantas curiosidades, lo reconozco. Ha quedado muy bien, ¿no? Podemos ganar mucho si cobramos algo a los que quieran verlo.

Jack lanzó la idea en medio de la conversación general, durante la primera visita de la familia a la cochera.

—Es un museo gratuito, y si se pretende especular a su costa, ahora mismo borro mi nombre del cartel —dijo el señor Laurie, volviéndose tan bruscamente que Jack se arrepintió de no haberse mordido la lengua.

—¡Bien dicho! —exclamó el señor Bhaer.

—¡Que hable! ¡Que hable! —añadió la señora Jo.

—No puedo, me da mucha vergüenza. Improvisa tú un discurso... estás acostumbrada —respondió el señor Laurie.

Y se retiró a la ventana con intención de escapar. Pero ella lo retuvo y, riéndose al ver los doce pares de manos sucias que los rodeaban, dijo:

—Si lo hiciera, sería sobre las propiedades químicas e higiénicas del jabón. Vamos, como fundador del museo, tienes que hacernos algunas recomendaciones morales, y ¡te aplaudiremos a rabiar!

Al ver que no tenía escapatoria, el señor Laurie miró hacia arriba, a Polly, y por lo visto la brillante gallina lo inspiró, porque se sentó en el borde de la mesa y, en su afable tono, dijo:

—Niños, me gustaría explicaros una cosa, y es que quiero que de esto saquéis algo bueno, además de divertiros, pero no lo conseguiréis si os limitáis a llenarlo de curiosidades y adornos. Pongamos por ejemplo que además leéis un poco sobre cada aportación, y así, cuando os hagan preguntas, sabréis responder y entenderéis de lo que habláis. A mí me gustaban mucho estas piezas de museo y me encantaría oír hablar de ellas otra vez, porque se me ha olvidado todo lo que aprendí de pequeño. Aunque no fue mucho, ¿verdad, Jo? Ahora tenemos aquí a Dan, que sabe de pájaros, de insectos y demás: que se encargue él del museo y, una vez a la semana, los demás os turnáis para hacer una redacción o leer algo sobre un animal, vegetal o mineral. Creo que nos gustaría a todos y que nos proporcionaría unos conocimientos muy útiles. ¿Qué opina el profesor?

—Me parece estupendo, y estoy dispuesto a ayudar a los chicos en todo lo que haga falta. Pero necesitan libros para leer sobre estos temas nuevos y me temo que no tengo muchos —empezó a decir el señor Bhaer muy satisfecho, pensando en libros buenos de geología, que le proporcionaban un gran placer—. Habría que montar una biblioteca especial para esto.

—Dan, ¿ese libro te parece útil? —preguntó el señor Laurie, refiriéndose al que estaba abierto al lado del armarito.

—¡Mucho, sí! Tiene todo lo que necesito saber de los insectos. Lo he traído aquí para ver cómo colocar bien las mariposas. Lo he forrado para que no se estropee.

Dan tomó el libro temiendo que el que se lo había prestado pensara que no lo cuidaba bien.

—Déjamelo un momento. —Sacó un lapicero del bolsillo y escribió el nombre de Dan en el libro y, mientras lo dejaba en un estante del rincón en el que

solo había un pájaro disecado que no tenía cola, anunció—: Ya está, aquí empieza la biblioteca del museo. Procuraré traer unos cuantos libros más y Semi los ordenará. ¿Dónde están aquellos libritos tan geniales que leíamos, Jo? Se titulaban *Insectos arquitectos* o algo por el estilo. Hablaban de batallas entre hormigas, de la reina de las abejas, de grillos que se comían la ropa, que robaban leche y nos hacían jugarretas de esa clase.

—En casa, en el desván. Diré que me los manden y nos zambulliremos en las Ciencias Naturales con muchas ganas —dijo la señora Jo, siempre dispuesta a todo.

—¿No será muy difícil escribir sobre estos temas? —preguntó Nat, porque no le gustaban nada las redacciones.

—A lo mejor al principio, pero enseguida te aficionarás. Si lo piensas bien, ¿preferirías tener que explicar, como tuvo que hacer una niña de trece años, un diálogo entre Temístocles, Arístides y Pericles sobre la propuesta de apropiación de los fondos de la confederación de Delos para engalanar Atenas? —preguntó la señora Jo.

Los niños gruñeron al oír esos nombres tan largos y los caballeros se rieron de la absurda lección.

—¿Esa niña la escribió? —preguntó Semi, muy impresionado.

—Sí, pero imagínate qué clase de redacción escribiría, aunque era muy inteligente.

—Me habría gustado verla —dijo el señor Bhaer.

—A lo mejor la encuentro; íbamos juntas al colegio.

Y la señora Jo puso tal cara de pilla que todos supieron quién era esa niña.

Después de oír tan terrible tema para una redacción, los niños se reconciliaron con la idea de escribir sobre algo que conocían. Se designaron los miércoles por la tarde para hacer las exposiciones; así decidieron llamarlas, porque algunos preferían hablar en vez de escribir. El señor Bhaer prometió buscar una carpeta para guardar toda la producción escrita y la señora Bhaer dijo que asistiría a las sesiones con mucho gusto.

Después, la compañía de las manos sucias fue a lavarse, seguida por el profesor, que intentaba tranquilizar a Rob; el niño se había puesto muy nervioso porque Tommy le había contado que el agua estaba llena de renacuajos invisibles.

—Me gusta muchísimo tu plan, pero no te excedas, Teddy —dijo la señora Bhaer cuando se quedaron solos—. Sabes que casi todos los niños tendrán que arreglárselas solos cuando se vayan de aquí, y acostumbrarse a tanto lujo no los ayudará.

—Me moderaré, pero permíteme un poco de diversión. A veces me harto de los negocios y lo que más me refresca es una buena aventura con tus niños. Dan me parece un gran chico, Jo. No es muy expresivo, pero tiene una vista de lince y cuando lo hayas domado un poco será tu mejor aval.

—¡Cuánto me alegro de que lo digas! Muchas gracias por tratarlo tan bien, sobre todo con este asunto del museo; así estará contento mientras se recupera, yo tendré ocasión de ablandar un poco ese carácter arisco que tiene el pobre y conseguiré que nos tome cariño. ¿Qué fue lo que te inspiró esta idea tan maravillosa y práctica, Teddy? —preguntó la señora Bhaer mirando hacia atrás, a la acogedora cochera, antes de salir.

Laurie le tomó la mano entre las suyas y, con una mirada que a Jo le empañó los ojos de alegría, le dijo:

—¡Querida Jo! Sé lo que es criarse sin madre y jamás olvidaré lo mucho que tú y los tuyos habéis hecho por mí en todos estos años.

12

Arándanos

Una tarde de agosto se oía un gran estruendo de cubos de hojalata, carreras de un lado a otro y frecuentes peticiones de algo de comer, porque los niños iban a salir a recolectar arándanos, pero parecía que hicieran los preparativos para ir a descubrir el Polo Norte.

—A ver, hijos míos, salid lo más discretamente que podáis, porque he procurado que Rob no os vea —dijo la señora Bhaer.

Pero el plan no funcionó, porque, mientras ataba a Daisy un sombrero de ala muy ancha y envolvía a Nan en un gran mandil azul, Rob, que había oído el jaleo, se preparó enseguida sin pensar en nada más. Iban a ponerse en marcha cuando el hombrecito apareció en las escaleras con su sombrero nuevo, un lustroso cubo de hojalata en la mano y una cara resplandeciente de satisfacción.

—¡Ay, Dios! Ahora vamos a tener una escenita —suspiró la señora Bhaer, porque a veces le resultaba muy difícil convencer a su hijo mayor.

—Estoy preparado —dijo Rob.

Ocupó un lugar en las filas con tanta convicción, sin darse cuenta del error, que desengañarlo iba a resultar más difícil todavía.

—Hay que andar mucho, cariño mío; quédate a cuidarme a mí, porque voy a estar muy sola —empezó a decir su madre.

—Tienes a Teddy. Yo ya soy mayor, así que puedo ir; dijiste que podría ir cuando fuera mayor; bueno, pues ya lo soy —insistió Rob, que empezaba a perder la cara de alegría.

—Vamos a ir a la pradera grande, que está lejísimos; te quedarás atrás y nos estorbarás —protestó Jack, que no apreciaba mucho a los pequeños.

—No me quedaré atrás, no estorbaré. ¡Mamá, por favor! ¡Déjame ir! Quiero llenar mi cubo nuevo y te las traeré todas. ¡Por favor, por favor, me portaré bien! —suplicó Rob mirando a su madre tan desilusionado y dolido que ella empezó a derretirse.

—Pero, cielito, vas a cansarte y a acalorarte tanto que no te lo pasarás bien. Espera a que pueda ir yo, pasaremos allí todo el día y recogerás todos los arándanos que quieras.

—Tú no vas nunca, siempre tienes mucho que hacer y estoy harto de esperar. Prefiero ir a recoger los arándanos y traértelos yo solo. Me encanta buscarlos y quiero llenar el cubo nuevo, es lo que más quiero del mundo —gimió Rob.

Las gruesas lágrimas que caían a raudales en el flamante cubo nuevo, como si fueran a llenarlo de agua salada en vez de arándanos, enternecieron a las damas. La madre le dio unos golpecitos en la espalda; Daisy se ofreció a quedarse en casa con él y Nan, decidida como siempre, dijo:

—Pues que venga; lo cuidaré yo.

—Si os acompañara Franz me parecería bien, porque es muy responsable; pero ha ido a la siega con su padre y no confío del todo en vosotros —empezó a decir la señora Bhaer.

—Está lejísimos —insistió Jack.

—Si fuera yo, lo llevaría a hombros... ¡ojalá pudiera! —dijo Dan suspirando.

—Gracias, cielo, pero tú tienes que terminar de curarte. Quisiera ir yo. A ver, un momento, creo que al final podemos arreglarlo.

La señora Bhaer bajó la escalinata a toda prisa agitando el delantal con fuerza.

Silas ya se iba con la carreta del heno, pero dio media vuelta y, en cuanto la señora Jo le propuso que llevara a todos los niños a los pastos y volviera a recogerlos a las cinco, aceptó sin pensarlo dos veces.

—Te vas a retrasar un poco con tu trabajo, pero da igual; te pagaremos en tartas de arándanos —añadió la señora Jo, que sabía cuál era el punto débil de Silas.

Una expresión de alegría le iluminó el rudo y curtido rostro y, muy animado, contestó:

—¡Ja, ja! ¡Ay, señora Bhaer! ¡Si me tienta tanto le digo que sí ahora mismo!

—Bien, niños, he conseguido que podáis ir todos —dijo la señora Bhaer muy aliviada al volver con ellos.

Le gustaba complacerlos y siempre se entristecía mucho cuando interfería en la serenidad de sus hijitos, porque creía firmemente que los adultos debían respetar con ternura las pequeñas esperanzas, los planes y los placeres de los niños, y no despreciarlos ni ridiculizarlos groseramente.

—¿Yo también? —preguntó Dan, ilusionado.

—Lo he hecho sobre todo por ti. Ten cuidado y no te pongas a recoger arándanos; siéntate y disfruta de las cosas bonitas que sabes buscar en todas partes —respondió ella, que no había olvidado el amable ofrecimiento del chico.

—¡Y yo! ¡Y yo! —exclamó Rob con voz cantarina, bailoteando de júbilo y golpeando su querido cubo con la tapa como si fueran unas castañuelas.

—Sí, y Daisy y Nan se ocuparán de vosotros. Tenéis que estar en la cerca a las cinco. Silas irá a buscaros.

En un ataque de gratitud, Robby se lanzó sobre su madre y prometió volver con todos los arándanos que recogiera sin comerse ni uno. Después, montaron todos en el carro del heno, que se alejó traqueteando con doce caras resplandecientes, sobre todo la de Rob, que iba entre sus dos madrecitas temporales iluminando el mundo entero y agitando el sombrero nuevo, porque su indulgente madre no había tenido valor para privarle de llevarlo, y es que solo se lo había puesto porque para él era un día de fiesta.

¡Qué tarde tan deliciosa pasaron, a pesar de los pequeños incidentes que suele haber siempre en las excursiones! Como era de esperar, Tommy salió malparado al tropezar con un nido de avispones, que le picaron; pero, como estaba acostumbrado a sufrir, soportó el dolor como un hombrecito hasta que Dan le dijo que se pusiera tierra húmeda, y eso le alivió bastante el picor. Daisy vio una culebra y, al huir de ella, se le cayeron la mitad de las bayas; pero Semi la ayudó a llenar el cubo otra vez mientras hablaba de reptiles con gran conocimiento de causa. Ned se cayó de un árbol y se rasgó la chaqueta por detrás, pero nada más. Emil y Jack se pusieron a discutir por un macizo denso y, entretanto, Gloti, a la chita callando, se dio prisa en limpiar los arbustos y después corrió en busca de la protección de Dan, que se lo estaba pasando de miedo. Ya no necesitaba la muleta y se entusiasmó al comprobar cuánta fuerza había recuperado el pie mientras recorría el gran prado, que estaba repleto de rocas y tocones interesantes, de seres pequeños entre la hierba y de insectos que conocía flotando en el aire.

Pero, de todas las aventuras que se vivieron aquella tarde, la más emocionante fue la de Nan y Rob, que pasó a los anales de la historia de la casa como una de las predilectas.

Después de una exploración general del campo, de hacerse tres jirones en el mandil y de arañarse la cara con un espino, Nan empezó a recoger arándanos, que brillaban como grandes cuentas negras en los bajos arbustos verdes. Los dedos volaban, pero el cubo no se llenaba tan deprisa como quería ella y se dedicó a ir de un lado a otro buscando sitios mejores, en vez de recolectarlos tranquilamente y seguido, como hacía Daisy. Rob seguía a Nan, porque desprendía una energía que le atraía más que la paciencia de su prima, y también quería encontrar los arándanos más grandes y mejores para mamita.

—No paro de recoger arándanos, pero el cubo no se llena, y estoy cansado —dijo Rob.

Se paró un momento a descansar y le pareció que ir a arándanos no era tan divertido como se lo imaginaba, porque Nan no paraba de ir de aquí para allá como un saltamontes, el sol quemaba y las bayas se le caían casi a la misma velocidad que las recogía, y es que no era nada fácil andar entre los arbustos y el cubo se le volcaba.

—La última vez que vinimos encontré las más gordas detrás de aquel muro... eran enormes, y hay una cueva y los chicos hicieron una hoguera. Vamos, llenamos los cubos enseguida y luego nos escondemos en la cueva y ¡que nos busquen! —propuso Nan, sedienta de aventuras.

A Rob le pareció bien y allí se fueron; treparon por el muro, saltaron al otro lado y echaron a correr por los prados hasta ocultarse entre rocas y matas bajas. Las bayas eran grandes y por fin llenaros los cubos. Allí había sombra, se estaba fresco y corría un pequeño manantial, de cuya musgosa copa bebieron los dos agua fresca.

—Ahora vamos a la cueva a descansar y a comer el bocadillo —dijo Nan, satisfecha con los resultados hasta el momento.

—¿Sabes ir? —le preguntó Rob.

—Pues claro, ya estuve allí una vez, y yo siempre me acuerdo. ¿Se te ha olvidado que fui yo sola a buscar mi equipaje?

Este argumentó convenció a Rob y la siguió tan a ciegas como lo llevaba Nan entre hierbas y piedras, y, después de muchos rodeos, llegaron a un pequeño hueco de una roca en el que había unas piedras negras, testigos de las hogueras que se habían hecho allí.

—¿A que es bonito? —preguntó Nan.

Sacó un trozo de pan con mantequilla bastante machacado, porque había viajado en el bolsillo de la damisela entre clavos, anzuelos, piedras y otras sustancias ajenas.

—Sí —dijo Rob, pero el sombrío bosquecillo le parecía feo y, como empezó a echar de menos a los otros compañeros, preguntó—: ¿Crees que nos encontrarán pronto?

—No, no creo, porque cuando los oiga me esconderé y será muy divertido que me busquen.

—A lo mejor no vienen.

—No te preocupes, sé ir sola a casa.

—¿Es muy largo el camino? —preguntó Rob mirándose la botas, arañadas y húmedas después de tanto paseo.

—Unos nueve o diez kilómetros.

Nan tenía una idea imprecisa de las distancias y una fe inquebrantable en sí misma.

—Es mejor que volvamos ya —dijo Rob.

—No pienso irme hasta que recoja otra vez mis arándanos.

Y Nan empezó una tarea que a Rob le pareció eterna.

—¡Ay, madre! Dijiste que me cuidarías —suspiró el pequeño cuando, de repente, el sol se ocultó detrás de una montaña.

—Estoy cuidándote lo mejor posible. No te pongas pesado, niño; enseguida termino —dijo Nan, que consideraba a Robby un niño de pecho, en comparación con sí misma.

Y Rob se quedó con cara de preocupación mirando a un lado y a otro, esperando con paciencia, porque, a pesar de los malos presentimientos, confiaba muchísimo en Nan.

—Creo que se va a hacer de noche enseguida —dijo como para sí, cuando le picó un mosquito y las ranas de una charca cercana empezaron a afinar la voz para el concierto nocturno.

—¡Ay, mi madre, es verdad! —exclamó Nan levantando la vista y comprobando que el sol estaba bajo—. ¡Vámonos ahora mismo o se marcharán!

—Hace media hora oí una bocina; a lo mejor nos estaban llamando —dijo Rob, trotando detrás de su guía, que subía por una colina.

—¿Dónde fue? —preguntó Nan, parándose de repente.

—Por allí —dijo, señalando justo en el sentido contrario con un dedito sucio.

—Vamos a buscarlos por ahí.

Nan dio media vuelta y empezó a corretear entre los arbustos con cierta inquietud, porque había muchos senderos de vacas y no recordaba por dónde habían llegado.

Siguieron andando entre maleza y piedras deteniéndose de vez en cuando a ver si oían la bocina, que no volvió a sonar, porque solo había sido el mugido de una vaca que volvía a casa.

—No me acuerdo de ese montón de piedras, ¿y tú? —preguntó Nan, sentada en un muro para descansar un momento y echar un vistazo.

—Yo no me acuerdo de nada, pero quiero ir a casa.

A Rob le tembló un poco la voz y entonces Nan lo rodeó con los brazos, lo bajó del muro y lo posó en el suelo con cuidado.

—Voy lo más deprisa que puedo, cielo —le dijo—. No llores; cuando lleguemos a la carretera te llevo en brazos.

—¿Dónde está la carretera? —dijo el niño, y se limpió los ojos para buscarla.

—Detrás de aquel árbol tan grande. De ese se cayó Ned, ¿lo sabías?

—Ah, bueno. A lo mejor nos están esperando; me gustaría volver a casa en el carro, ¿a ti no? —dijo, y Robby siguió andando más animado hacia el final del gran prado.

—No, prefiero andar —contestó Nan, convencida de que no tendrían más remedio que volver a pie y preparándose mentalmente para la caminata.

Después de seguir un buen rato con la menguante luz del día, se llevaron otra decepción porque, cuando llegaron al árbol, se dieron cuenta de que no era al que se había encaramado Ned ni se veía la carretera por ninguna parte.

—¿Nos hemos perdido? —preguntó Rob con voz trémula, agarrándose al cubo con desesperación.

—Un poco. Es que no sé por dónde hay que ir, así que vamos a llamarlos.

Y empezaron a dar voces hasta quedarse roncos, pero no contestó nadie, más que las ranas, que croaban a pleno pulmón.

—Allí veo otro árbol grande, a lo mejor es el que buscamos —dijo Nan con el corazón en un puño, aunque habló con valentía.

—Creo que no puedo dar un paso más; me pesan tanto las botas que no consigo tirar de ellas —dijo Robby, y, rendido, se sentó en una piedra.

—Pues tendremos que pasar la noche aquí. A me da igual si vienen culebras.

—A mí me dan miedo. No puedo quedarme toda la noche. ¡Ay, madre! No me gustar perderme.

Rob hizo un puchero, estaba a punto de echarse a llorar cuando de pronto se le ocurrió una idea y, con mucho aplomo, dijo:

—Mamita me encontrará... siempre me encuentra. Ya no tengo miedo.

—No sabe dónde estamos.

—Tampoco sabía que me había encerrado en el almacén de hielo y me encontró —contestó Rob—. Sé que va a venir —añadió, tan confiado que Nan se tranquilizó y se sentó con él.

—Ojalá no nos hubiéramos escapado —dijo con remordimiento.

—Tú me obligaste; pero me da lo mismo: mamita me quiere igual —contestó Rob, agarrándose a su tabla de salvación, su única esperanza.

—¡Qué hambre tengo! Vamos a comernos los arándanos —propuso Nan un rato después, cuando Rob empezaba a dar cabezadas.

—Yo también, pero los míos no me los puedo comer porque le dije a mamita que se los llevaría todos.

—Si no viene nadie a buscarnos tendrás que comértelos —dijo Nan, que en esos momentos tenía ganas de llevar la contraria—. Si nos quedamos aquí muchos muchos días, nos comeremos todas las bayas del campo, y luego nos moriremos de hambre —añadió con pesadumbre.

—Pues comeré sasafrás. Sé dónde hay un árbol muy grande de sasafrás, y Dan me contó que las ardillas cavan en la tierra para sacar las raíces y se las comen, y a mí me gusta mucho cavar —respondió, indiferente a la idea de morir de hambre.

—Sí; y podemos cazar ranas y asarlas. Mi padre las comió una vez y dijo que son muy ricas —replicó Nan, que empezaba a tomarle el gusto a la aventura de perderse en un prado de arándanos.

—¿Cómo se asan las ranas? No tenemos fuego.

—No sé; la próxima vez me pongo unas cerillas en el bolsillo —dijo Nan, decepcionada por este obstáculo en el experimento de asar ranas.

—¿Se puede hacer una hoguera con luciérnagas? —preguntó Rob esperanzado, al verlas pasar como chispas volantes.

—Vamos a intentarlo.

Pasaron unos cuantos minutos tan contentos cazando gusanos de luz e intentando encender un par de ramitas verdes.

—¡No funciona! —dijo la niña.

Tiró al pobre insecto con desprecio, aunque el bichito brilló todo lo que pudo y, para complacer a estos dos inocentes experimentadores, se paseó por las ramas como un corderito obediente.

—Mamita tarda en venir —dijo Rob.

Llevaban un rato en silencio, se habían quedado mirando las estrellas, oliendo los dulces helechos pisados y escuchando la serenata de los grillos.

—No entiendo por qué Dios hizo la noche; el día es mucho mejor —dijo Nan, pensativa.

—Para dormir —contestó Rob bostezando.

—Pues duérmete —replicó Nan de mal humor.

—Quiero mi cama. ¡Ay, si pudiera ver a Teddy! —se lamentó, acordándose de su casa al oír el suave piar de los pájaros que se recogían en sus nidos.

—No creo que tu madre nos encuentre —dijo Nan, que empezaba a desesperarse porque no soportaba las esperas largas ni cortas—. Está tan oscuro que no nos verá.

—En el almacén de hielo estaba todo oscuro y yo tenía tanto miedo que ni me atrevía a llamarla; pero ella me vio y ahora también me verá por muy de noche que sea —contestó Rob, y se levantó a mirar entre las sombras por si veía llegar la ayuda que nunca fallaba—. ¡Ahí está! ¡Ya viene! —exclamó.

Echó a correr a la máxima velocidad que le permitían las cansadas piernas en dirección a una silueta oscura que se acercaba lentamente. De repente se detuvo, dio media vuelta y volvió tropezando y gritando de terror.

—¡No, es un oso! ¡Un oso enorme y negro! —Y escondió la cara entre las faldas de Nan.

La niña se asustó un momento; le falló el valor al pensar en un oso de verdad, y estaba a punto de emprender una huida desesperada cuando un suave mugido le transformó el miedo en alegría, y riéndose, dijo:

—¡Es una vaca, Robby! La vaquita negra que vimos esta tarde.

A la vaca no le debió de parecer normal encontrarse con dos personitas en su prado a esas horas de la noche y, amablemente, se detuvo a ver qué pasaba. Se dejó acariciar y miró a los niños con unos ojos tan tiernos y cálidos que a Nan, que solo temía a los osos, le entraron unas ganas incontenibles de ordeñarla.

—Silas me ha enseñado, y la leche con arándanos está buenísima —dijo.

Vació el cubo en el sombrero y se dispuso a empezar la nueva tarea mientras Rob, a sus órdenes, recitaba una y otra vez un poema de Mamá Oca:

Vaca bonita que das lechecita,
dame ahora una poquita.
Yo te daré una batita
de seda con margaritas.

Pero la famosa rima hizo poco efecto porque ya habían ordeñado a la benévola vaca y solo pudo dar medio cuartillo a los sedientos niños.

—¡Fuera, vaca! ¡Márchate! —exclamó Nan con ingratitud y, sin saber qué hacer, se dio por vencida—. ¡No vales para nada!

La pobre Molly, sorprendida, siguió su camino con un suave mugido de protesta.

—Podemos dar un sorbo cada uno y después vamos a dar un paseo, porque si no, nos quedaremos dormidos, y cuando uno se pierde no puede dormirse. ¿No sabes ese cuento tan bonito de Hannah Lee, que se durmió debajo de la nieve y se murió?

—Pero aquí no hay nieve, se está bien y hace calorcito —dijo Rob, que no tenía la imaginación tan viva como Nan.

—Es igual, vamos a dar una vuelta y los llamamos otra vez; y luego, si no viene nadie, nos escondemos debajo de los arbustos, como Pulgarcito y sus hermanos.

Pero fue un paseo corto, porque Rob estaba tan adormilado que no podía seguir; tropezaba tantas veces que Nan perdió la paciencia, desconcertada como estaba por la responsabilidad que se había buscado ella sola.

—Si das otro traspiés te sacudo —le dijo.

Sin embargo, ayudó a levantarse al hombrecito con todo cuidado, y es que Nan ladraba mucho pero no mordía.

—No, por favor. Es por las botas... resbalan todo el tiempo. —Rob logró contener con valentía las lágrimas que estaban a punto de desbordarse y, con una paciencia que enterneció a Nan, añadió en un tono apesadumbrado—: Si no me picaran tanto los mosquitos, me echaría a dormir hasta que llegara mamita.

—Ven, apoya la cabeza en mi regazo, que te tapo con el mandil; a mí la noche no me da miedo —dijo Nan.

Se sentó en el suelo intentando convencerse de que no la asustaban las sombras ni los misteriosos crujidos nocturnos.

—Despiértame cuando venga —dijo Rob.

Y en cinco minutos se quedó profundamente dormido con la cabeza apoyada en el regazo de Nan, tapado con el mandil.

La niña llevaba quince minutos quieta, mirando a todas partes con aprensión. Los segundos se le hacían horas. Entonces, una luz pálida empezó a asomar por encima de la colina, y se dijo: «Creo que la noche ha terminado y se va a hacer de día. Me gustaría ver salir el sol, así que voy a vigilar y, cuando salga, buscaremos el camino de vuelta».

Pero, antes de que la cara redonda de la luna apareciera en la cima de la colina y le quitara la esperanza, Nan se quedó dormida encima de unos helechos altos, sumida en un sueño de una noche de verano repleto de luciérnagas, mandiles azules y montañas de arándanos, y con Robby limpiándole las lágrimas a una vaca negra que gemía: «¡Quiero ir a casa! ¡Quiero ir a casa!».

Mientras los niños dormían en paz, arrullados por el zumbido adormecedor de muchos mosquitos, en casa, la familia estaba sumamente preocupada. El carro del heno llegó a las cinco y todos, menos Jack, Emil, Nan y Rob, estaban en la cerca esperándolo. Lo conducía Franz en vez de Silas y, cuando los niños le dijeron que los otros cuatro se habían ido andando por el bosque, dijo, un tanto enfadado: «Tenían que haber dejado a Rob aquí, es un paseo largo y se cansará mucho».

—Por el bosque es más corto —dijo Gloti, que tenía mucha prisa por cenar— y lo llevarán a hombros.

—¿Seguro que Nan y Rob se han ido con ellos?

—Sí, sí; los vi saltar el muro y les dije que eran casi las cinco, y Jack contestó que se iban por otro camino —explicó Tommy.

—Muy bien, pues, arriba todos.

Y el carro emprendió el camino con los niños cansados y los cubos llenos.

La señora Jo se puso seria cuando le dijeron que un grupo se había separado de los demás, y mandó a Franz con Toby a buscar a los pequeños. Habían terminado de cenar y la familia estaba reunida en el fresco vestíbulo cuando llegó Franz a toda prisa, sofocado, lleno de polvo y preocupado.

—¿Han llegado? —preguntó a voces desde el camino de entrada.

—¡No!

La señora Jo se levantó de la silla como movida por un resorte, tan alarmada que todos hicieron lo mismo y rodearon a Franz.

—No los encuentro por ninguna parte —empezó a decir.

Apenas había pronunciado estas palabras cuando un enérgico «¡Hola!» los sobresaltó, y al momento Jack y Emil aparecieron por la esquina de la casa.

—¿Dónde están Nan y Rob? —dijo la señora Jo a gritos, agarrando a Emil de una forma que le hizo pensar que su tía había perdido la cabeza de repente.

—No sé. Volvieron con los demás, ¿no? —respondió enseguida.

—No; George y Tommy dijeron que se habían ido con vosotros.

—Pues no. ¿No los habéis visto? Nos dimos un chapuzón en el estanque y volvimos por el bosque —dijo Jack, alarmado, como es natural.

—Id a buscar al señor Bhaer, traed linternas y decid a Silas que venga.

Eso fue lo único que dijo la señora Jo, pero sabían lo que quería decir y cumplieron las órdenes volando. A los diez minutos, el señor Bhaer y Silas salieron en dirección al bosque, y Franz, disparado por la carretera en el viejo Andy, hacia los grandes pastos. La señora Jo tomó algo de comer de la mesa, una petaca de coñac del botiquín y una linterna; dijo a Jack y a Emil que la acompañaran y a los demás, que no se movieran, y puso a Toby al trote sin acordarse del sombrero ni del pañuelo. Oyó que alguien iba detrás de ella, pero no dijo una palabra hasta que, al pararse a llamar a los niños perdidos, la luz de la linterna alumbró la cara de Dan.

—¿Qué haces aquí? Le dije a Jack que viniera —le recriminó, con ganas de mandarlo de vuelta a casa a pesar de que necesitaba ayuda.

—No me pareció bien; Emil y él no habían cenado nada y yo tenía más ganas de venir que ellos —respondió.

Y le tomó la linterna sonriendo y mirándola con una firmeza que, a pesar de ser un niño, le inspiraba una gran confianza.

Se apeó del burro e hizo subirse al muchacho, aunque él quería ir andando; siguieron por la solitaria carretera polvorienta; de vez en cuando se paraban a llamar a los niños y, conteniendo el aliento, esperaban oír unas vocecitas en respuesta.

Cuando llegaron al prado grande, vieron otras luces flotando de un lado a otro como gusanos de luz, y se oía la voz del señor Bhaer, que llamaba a los niños, por todos los rincones del campo. Silas silbaba y aullaba, Dan se metía en todas partes a lomos de Toby, que parecía entender la situación y pasaba por los sitios más difíciles con una docilidad fuera de lo común. La señora Jo los hacía callar a todos a menudo diciendo con una voz quebrada: «A lo mejor se asustan con el ruido, dejadme que los llame yo; Robby reconoce mi voz», y entonces pronunciaba con dulzura el nombre de su querido hijo en todos los tonos posibles, hasta que el eco lo repetía suavemente e incluso el viento lo esparcía a propósito; pero ni así llegaba la respuesta.

El cielo se encapotó, la luna solo se asomaba un momento de vez en cuando, entre las negras nubes se escapaban algunos rayos y un rugido lejano de truenos anunciaba que se estaba preparando una tormenta de verano.

—¡Ay, mi Robby! ¡Mi Robby! —se lamentaba la pobre señora Jo, que iba de arriba abajo más pálida que un fantasma, con Dan a su lado como una luciérnaga fiel—. ¿Qué voy a decirle al padre de Nan si le pasa algo a la niña? ¿Por qué pensé que mis cielitos podían ir tan lejos? Fritz, ¿no oyes nada?

Se oyó un lúgubre «no» y la señora Jo se retorció las manos con tanta desesperación que Dan saltó del lomo de Toby, lo ató a la cerca y, en su tono resuelto dijo:

—A lo mejor han ido al manantial... voy a echar un vistazo.

Dan saltó el muro y siguió corriendo tan deprisa que ella casi no podía seguirlo; cuando llegó al sitio, iluminó con la linterna las marcas de los piececillos que había en la tierra blanda de alrededor y se las enseñó con mucha alegría. Ella se arrodilló para examinar el rastro y volvió a levantarse.

—Sí —dijo, más animada—, son las marcas de las botitas de Robby. Vamos, por aquí, seguro que siguieron adelante.

¡Qué búsqueda tan agotadora! Pero un instinto inexplicable parecía guiar a la angustiada madre, porque de repente Dan dio un grito al descubrir un pequeño objeto brillante en el suelo. Era la tapadera del cubo nuevo, que se había caído la primera vez que, alarmado, el niño creyó que se habían perdido. La señora Jo la recogió y la besó y la abrazó como si fuera un ser vivo; cuando Dan iba a dar un grito de alegría para llamar a los demás, ella se lo impidió.

—No, déjame que sea yo quien los encuentre —le dijo con apremio—. Fui yo quien le dio permiso para ir a la excursión y quiero ser yo quien se lo devuelva a su padre.

Un poco más allá apareció el sombrero de Nan y, después de pasar por el mismo lugar más de una vez, llegaron por fin a donde los pequeños dormían a pierna suelta. Dan nunca olvidaría la estampa que alumbró con la linterna aquella noche. Creyó que la señora Jo se echaría a llorar, pero solo murmuró: «¡Silencio!»; levantó el mandil con cuidado y contempló la cara sonrojada que había debajo. Los labios, manchados de arándanos, estaban entreabiertos para dejar entrar y salir el aire, el pelo rubio estaba húmedo sobre la frente caliente y las dos manitas gordezuelas agarraban con fuerza el cubo, todavía lleno.

Al ver que, a pesar de las vicisitudes de la noche, el niño había conservado intacta la cosecha que era para ella, se debió de enternecer, porque de repente alzó al niño en brazos y estalló en sollozos tan tiernos e intensos que el pequeño se despertó. Al principio se quedó atónito, pero enseguida se acordó de todo y la abrazó con todas sus fuerzas.

—¡Sabía que vendrías! —dijo, con una carcajada triunfal—. ¡Ay, mamita! ¡Cuánto te he echado de menos!

Se besaron y se abrazaron como si el mundo no existiera, porque, cuando un hijo se extravía, por muy perdido, sucio y agotado que esté, la madre sabe perdonarlo y lo olvida todo mientras lo estrecha entre los brazos. Dichoso el hijo que tiene una fe inquebrantable en su madre y que, a pesar de sus extravíos, compensa con generosidad un amor tan valiente y tierno.

Entretanto, Dan levantó a Nan de los helechos y, con una dulzura que solo Teddy conocía, la tranquilizó, pues se había asustado al despertarse tan de repente, y le enjugó las lágrimas; y es que Nan también rompió a llorar de alegría al ver un rostro amigo y notar que la sostenía un brazo fuerte, después de lo que le parecía una eternidad de soledad y de temor.

—¡Pobrecita mía, no llores, hija! Ahora ya estáis a salvo y no habrá regañinas esta noche —dijo la señora Jo, y acogió también a Nan entre los brazos como una gallina clueca a sus polluelos.

—Ha sido culpa mía, pero lo siento. He intentado cuidar de él, lo tapé y lo dejé dormir, y no toqué sus arándanos, aunque estaba muerta de hambre. No volveré a hacerlo nunca más, de verdad, nunca nunca jamás —gimió Nan, perdida en un mar de arrepentimiento y agradecimiento.

—Avísalos ya y vámonos a casa —dijo la señora Jo.

Desde lo alto del muro, Dan mandó un mensaje jubiloso por toda la pradera gritando a pleno pulmón: «¡Están aquí!».

¡Con qué presteza se acercaron las luces bailando desde todos los rincones y se reunieron con el grupito entre los dulces helechos! La profusión de abrazos, besos, palabras y llantos fue tal que debió de asombrar a las luciérnagas y sin duda emocionaron a los mosquitos, que zumbaban como locos, mientras las pequeñas polillas acudían en bandada a la celebración y las ranas se desgañitaban como si les faltaran fuerzas para expresar su satisfacción.

Después se pusieron en marcha hacia casa: una compañía curiosa, porque Franz se adelantó a dar la noticia; Dan y Toby iban delante, a continuación, Nan, entre los fuertes brazos de Silas, que la consideró «el paquetito más listo que había visto en su vida» y le tomó el pelo todo el camino a costa de las travesuras que hacía. El señor Bhaer se empeñó en llevar a Rob él solo, y el pequeño, como había dormido un poco, se espabiló y no paró de hablar alegremente sintiéndose un héroe, mientras su madre caminaba a su lado, agarrada de cualquier parte del cuerpo de su querido niño que le quedara a mano, sin cansarse de oírle decir: «Sabía que mamita vendría a buscarme», o de ver cómo se agachaba para darle un beso o ponerle un arándano en la boca, porque los había recogido «todos para ella».

Cuando llegaron al camino de entrada salió la luna y todos los niños acudieron gritando a su encuentro, y así, los corderos extraviados, sanos y salvos, hicieron una entrada triunfal y aterrizaron en el comedor, porque estos pequeños seres tan prosaicos preferían la cena a los besos y las caricias. Les dieron leche migada y se la comieron rodeados de todos los habitantes de la casa. Nan recuperó el ánimo en un santiamén y relató las peripecias que habían pasado con gran deleite, ahora que el peligro había pasado. Rob parecía absorto en el tazón, pero de pronto dejó la cuchara y soltó un berrido cargado de tristeza.

—Cariño mío, ¿por qué lloras? —preguntó su madre, que no lo dejaba ni a sol ni a sombra.

—Lloro porque me perdí —gimió, intentando contener una lágrima, aunque fue inútil.

—Pero ahora te hemos encontrado. Dice Nan que no lloraste en el campo, y me alegro mucho de tener un hijo tan valiente.

—Estaba tan asustado que no me dio tiempo a llorar. Pero ahora quiero llorar porque no me gusta perderme —explicó, debatiéndose entre el sueño, la emoción y la boca llena de pan y leche.

Los niños se rieron con tantas ganas al oír esa forma tan singular de compensar el tiempo perdido que Rob se quedó mirándolos, y la alegría era tan contagiosa que, después de observarlos un momento con asombro, soltó una alegre carcajada golpeando la mesa con la cuchara como si le pareciera el chiste más gracioso del mundo.

—Son las diez; todo el mundo a la cama —dijo el señor Bhaer mirando el reloj.

—Y, gracias a Dios, esta noche no habrá ninguna vacía —añadió la señora Bhaer.

Se quedó mirando a Robby, mientras su padre lo aupaba en brazos, y a Nan, que salía escoltada por Daisy y su hermano gemelo. Hay que reconocer que Semi la consideraba la heroína más interesante de su colección.

—Pobre tía Jo, está tan cansada que habría que llevarla en brazos a ella también —dijo Franz con cariño.

Le pasó el brazo por los hombros cuando se detuvo al pie de las escaleras, agotada entre el susto que se había llevado y el largo paseo.

—¿La subimos a la silla de la reina? —propuso Tommy.

—No, gracias, hijos míos, pero si alguien me presta un hombro para apoyarme... —replicó ella.

—¡Yo, yo!

Cinco o seis chicos empezaron a empujarse deseando ser el elegido, porque había algo en el pálido rostro maternal que les llegaba al corazón.

Al ver que lo consideraban un honor, la señora Jo se lo concedió al que se lo había ganado, y nadie protestó cuando apoyó el brazo en el ancho hombro de Dan y lo miró de una manera que hizo ruborizarse al chico de orgullo y de placer.

—Él ha encontrado a los niños —explicó ella—, así que creo que se lo merece.

A Dan le pareció que sus esfuerzos del día se habían visto recompensados generosamente, no solo porque la señora Jo lo eligiera para acompañarla llevando la lámpara, sino porque, cuando la dejó a la puerta de su habitación, le dijo de todo corazón: «¡Buenas noches, hijo mío! ¡Que Dios te bendiga!».

—¡Qué más quisiera yo que ser hijo suyo! —respondió él, pensando que el peligro y las dificultades lo habían acercado a ella más que nunca.

—Serás mi hijo mayor.

Y selló la promesa con un beso que le granjeó la confianza total de Dan.

Al día siguiente, el pequeño Rob estaba tan fresco, pero Nan tenía dolor de cabeza y se quedó en el sofá de mamá Bhaer con la cara untada de crema hidratante. Se le habían pasado los remordimientos y sin duda pensaba que perderse era bastante divertido. A la señora Bhaer no le pareció bien esta actitud y no tenía la menor intención de consentir que sus niños se salieran del sendero de la virtud ni de que anduvieran sueltos por los campos de arándanos. Por eso se puso a hablar seriamente con Nan y procuró grabarle en la cabeza la diferencia que hay entre libertad y libertinaje contándole unos cuentos para reforzar sus enseñanzas. No había decidido qué castigo imponerle, pero encontró inspiración en uno de esos cuentos y, como le gustaban los castigos raros, lo intentó.

—Todos los niños se escapan —protestó Nan, como si fuera una cosa tan natural y necesaria como el sarampión o la tosferina.

—No, ni mucho menos, y algunos no vuelven a aparecer nunca más —respondió la señora Jo.

—¿Usted no se escapaba también? —inquirió Nan.

La perspicaz niña intuía algunas semejanzas entre ella y la mujer seria que cosía con tanta rectitud. La señora Jo se echó a reír y reconoció que sí.

—Cuéntemelo —le pidió entonces, con la sensación de que llevaba las de ganar en la discusión.

La señora Jo volvió a ponerse seria al instante y, con cierto remordimiento, dijo:

—Me escapé muchas veces y le di muchos disgustos a mi madre con mis travesuras, hasta que me escarmentó.

—¿Cómo? —preguntó con gran interés.

—Una vez tenía yo un par de zapatos nuevos y quería presumir de ellos y, aunque me habían dicho que no saliera del jardín, me escapé y estuve todo el día dando vueltas por ahí. Vivíamos en la ciudad y la verdad es que no sé cómo no me morí, con la cantidad de locuras que hice. Jugué con perros en un parque y a los barcos en Back Bay con unos niños desconocidos, comí pescado seco y patatas con una niña irlandesa pobre y me encontraron durmiendo en un portal, abrazada a un perro grande. Era de noche, muy tarde, y estaba más sucia que un cerdito, y los zapatos nuevos, destrozados de tanto andar.

—¡Qué bien! —exclamó Nan, dispuesta a probarlo ella también.

—Al día siguiente no me pareció tan bien.

La señora Jo procuraba disimular lo mucho que le gustaba el recuerdo de sus primeras andanzas.

—¿Su madre le dio una paliza? —le preguntó con curiosidad.

—Solo una vez, y después me pidió perdón; me parece que, si no, no se lo habría perdonado jamás, porque me dolió en el alma.

—¿Por qué le pidió perdón? Mi padre no me lo pide.

—Porque, después de pegarme, me volví y le dije: «Pues tú también estás loca y tendrían que darte una paliza como a mí». Entonces me miró un momento y ya no estaba enfadada, sino avergonzada, y me dijo: «Tienes razón, Jo, estoy enfadada y, ¿por qué debería castigarte por dejarte llevar cuando yo te doy tan mal ejemplo? Perdóname, hija mía, vamos a procurar ayudarnos mutuamente de otra forma». Nunca se me olvidó y me aprovechó más que una docena de varazos.

Nan se quedó pensando mientras daba vueltas al tarrito de crema hidratante, y la señora Jo no dijo nada, para que la idea penetrara a fondo en esa cabecita tan laboriosa y rápida para comprender y sentir lo que pasaba a su alrededor.

—Me gusta —dijo Nan por fin, con una expresión menos maliciosa en sus ojos penetrantes, en la inquisitiva nariz, en la boca traviesa—. ¿Qué le hizo su madre cuando se escapó aquella vez?

—Me ató a la cama con una cuerda larga para que no saliera de la habitación, y allí estuve todo el día con los zapatitos destrozados colgados delante de mí, para que no se me olvidara lo que había hecho.

—¡Supongo que así escarmienta cualquiera! —exclamó Nan, que adoraba la libertad por encima de todas las cosas.

—Yo sí, desde luego, y creo que contigo también funcionaría, así que voy a probarlo —dijo la señora Jo.

Y de pronto sacó un rollo de bramante grueso de un cajón de su mesa.

Nan se quedó como si estuviera perdiendo la discusión por completo y, cabizbaja, vio cómo la señora Jo le ataba un extremo a la cintura y el otro al brazo del sofá.

—Me disgusta atarte como a los perritos malos —le dijo—, pero si tienes menos memoria que un perro, no me queda más remedio que tratarte como si lo fueras.

—Tanto me da que me ate o no... Me gusta jugar a ser un perro.

Nan puso cara de «me importa un comino» y empezó a gruñir y a arrastrarse por el suelo. La señora Jo no le hizo el menor caso; le dejó un par de libros y un pañuelo y se fue de la salita: que la señorita Nan se las apañara sola. A la niña no le gustó y, después de sentarse un momento, intentó desatarse. Pero el nudo estaba en la parte de atrás del cinturón del delantal, así que probó el otro. Lo deshizo enseguida, recogió el bramante y, cuando iba a salir por la ventana, oyó a la señora Jo hablando con alguien al pasar por el corredor.

—No, no creo que se escape más; es una niña honrada y sabe que la castigo por su bien.

Al momento, Nan retrocedió, volvió a atar el nudo y empezó a coser con rabia. Poco después llegó Rob; le encantó el nuevo castigo, así que tomó una cuerda de saltar y se ató al otro brazo del sofá para hacer compañía a la niña.

—Yo también me perdí, así que merezco estar atado como Nan —le dijo a su madre, cuando esta lo vio.

—Me parece que tú también mereces un pequeño castigo, porque sabías que no estaba bien separarse de los demás.

—Me llevó Nan —empezó a decir Rob, deseando disfrutar de otra novedad pero sin querer asumir la culpa.

—No tenías que haber ido. Aunque eres un niño pequeño, tienes conciencia, y debes aprender a hacerle caso.

—Pues no me remordió ni pizca cuando Nan me dijo que saltáramos el muro —respondió Rob, citando a Semi.

—¿Te paraste a ver si te decía algo?

—No.

—Entonces no lo sabes.

—Es que será tan pequeña que no me remuerde lo suficiente para que la oiga —añadió Rob después de pensarlo un minuto.

—Hay que afilarla. No es bueno tener una conciencia casi muda; quédate aquí hasta la hora de comer y habla de esto con Nan. Confío en que no os desatéis hasta que os lo diga yo.

—No, no —dijeron los dos, con la sensación de ser muy buenos porque contribuían a su propio castigo.

Se portaron muy bien la primera hora; después se cansaron de estar encerrados y les entraron ganas de salir. El pasillo nunca les había parecido tan tentador; hasta el pequeño dormitorio de al lado adquirió interés de pronto; con mucho gusto habrían ido allí a jugar a las tiendas de campaña con las cortinas del dosel de la cama grande. Las ventanas abiertas los volvían locos, porque no llegaban a ellas; y el mundo exterior resultaba tan hermoso que no entendían que a veces tuvieran el valor de decir que era un aburrimiento. Nan sintió grandes deseos de echar una carrera por el césped y Rob se acongojó al acordarse de que no había dado de comer al perro por la mañana; se preguntó qué haría el pobre Pollux. Mirando el reloj, Nan hizo unos cálculos en minutos y segundos y Rob aprendió tan bien todas las horas entre las ocho y la una que ya no se le olvidaron. El olor a comida era para volverse loco, porque sabían que había maíz fresco con judías y flan de arándanos y que no podrían estar en su sitio para asegurarse una buena ración de cada cosa. Cuando Mary Anne empezó a poner la mesa, casi se cortaron por la mitad tirando de la cuerda para averiguar la carne que servirían; Nan propuso a la doncella que la ayudaría a hacer las camas si procuraba que le pusieran «mucha salsa en el flan».

Cuando los niños salieron de clase en desbandada encontraron a sus compañeros tirando de la cuerda que los ataba como potrillos inquietos, una visión edificante, además de una secuela divertida de las emocionantes aventuras de la noche anterior.

—Desátame ya, mamita —dijo Rob cuando tocaron la campanilla y Teddy fue a verlo con cara de pena—, la conciencia me remorderá mucho la próxima vez, ya lo verás.

—Sí, ya lo veremos —respondió su madre.

Lo desató y el niño se fue corriendo abajo, al comedor, y volvió a subir junto a Nan, satisfecho de su propia bondad.

—¿Puedo subirle la comida? —preguntó, compadeciendo a su amiga cautiva.

—¡Bien por mi niño solidario! Sí, acerca la mesa y una silla.

Y, con estas palabras, la señora Jo se fue enseguida abajo a saciar el hambre canina que tenían los niños a mediodía.

Nan comió sola y pasó la tarde atada al sofá. La señora Bhaer le alargó la cuerda para que pudiera asomarse a la ventana; y desde allí vio cómo jugaban los demás y disfrutaban de la libertad todos los seres del verano. Daisy preparó la merienda de las muñecas en el césped para que Nan lo viera, aunque no pudiera participar. Tommy hizo sus mejores mortales para consolarla; Semi se sentó en la escalinata a leer en voz alta para sí mismo, cosa que a Nan le gustó mucho; y Dan se acercó a enseñarle una ranita de árbol, que era la atención más delicada que podía tener con ella.

Pero nada compensaba la pérdida de la libertad; unas pocas horas de confinamiento le enseñaron lo valiosa que es. En la última y tranquila hora, cuando todos los niños se fueron al arroyo a ver la botadura del barco nuevo de Emil, Nan se quedó con la cabeza apoyada en el alféizar pensando en muchas cosas. Tenía que haber sido ella la madrina y romper la botellita de vino de grosella tirándola contra la proa; se llamaba Josephine en honor a la señora Bhaer. Ahora había perdido la oportunidad y Daisy no lo haría ni la mitad de bien. Se le llenaron los ojos de lágrimas al recordar que todo era por su culpa; dirigiéndose a una abeja gorda que zumbaba en el centro de una rosa amarilla, justo debajo de la ventana, dijo:

—Si te has escapado, más vale que vuelvas directa a casa y le digas a tu madre que lo sientes y que no volverás a hacerlo nunca más.

—Me alegro de saber que das buenos consejos —dijo la señora Jo sonriendo, mientras la abeja batía las empolvadas alas y se alejaba—, y parece que te ha hecho caso.

Nan limpió un par de gotas lustrosas que brillaban en el alféizar y se acurrucó en el regazo de su amiga cuando esta la tomó en brazos y, después de ver las gotitas y sabiendo lo que significaban, añadió:

—¿Crees que fue bueno el escarmiento de mi madre por escaparme?

—Sí, señora —respondió la niña con mansedumbre, después de un día tan inactivo.

—Espero no tener que repetirlo.

—Verá como no.

Nan lo dijo levantando la carita con tanto convencimiento que a la señora Jo le pareció bien y no dijo nada más, porque prefería que los castigos hicieran su efecto por sí mismos en vez de soltar discursos de carácter moral.

Y entonces apareció Rob llevando con un cuidado infinito lo que Asia llamaba «torta a la sartén», porque las hacía en la sartén.

—Le ha puesto unos cuantos arándanos de los que recogí yo y, a la hora de la cena, te voy a dar la mitad de los míos —anunció con una reverencia.

—¿Por qué, con lo mala que soy? —preguntó Nan con docilidad.

—Porque nos perdimos juntos. No vas a portarte mal nunca más, ¿a que no?

—Nunca —respondió Nan muy decidida.

—¡Bieeen! Y ahora, vamos a buscar a Mary Anne, que nos la corte en trocitos; ya es casi la hora del té —la invitó Rob, refiriéndose a la deliciosa torta.

Nan se levantó para seguirlo, pero de pronto se detuvo y dijo:

—No puedo ir, se me había olvidado.

—Inténtalo —dijo la señora Bhaer, que la había desatado mientras hablaba sin que la niña se diera cuenta.

Nan vio que ya era libre y, después de darle a la señora Jo un beso enorme, se fue zumbando como un colibrí, y Robby detrás, derramando gotas de jugo de arándano al correr.

13

Ricitos de Oro

Se hizo la paz en Plumfield después de las últimas emociones y reinó sin interrupción unas cuantas semanas, porque, en el fondo, los chicos mayores se consideraban responsables de la infausta aventura de los dos pequeños y les dedicaron tanta atención paternal que hasta se hicieron pesados; por otra parte, Nan explicó insistentemente a los pequeños los peligros por los que habían pasado, hasta que les metió en la cabeza que perderse era la peor herencia de la humanidad y casi ni se atrevían a asomar la nariz por la gran verja, no fuera a ser que se les hiciera de noche de repente y surgiera una vaca negra de la oscuridad como un fantasma.

«Esta calma chicha no augura nada bueno», se dijo la señora Jo; los años de experiencia con los niños le habían enseñado que esos episodios de tranquilidad solían desembocar en estallidos de alguna clase y, aunque alguna mujer menos sabia hubiera creído que los niños se habían convertido en auténticos santos, ella se preparó para una erupción súbita del volcán casero.

Otro motivo de esta paz fue la visita de la pequeña Bess; sus padres la dejaron allí una semana porque habían ido de viaje, a visitar al abuelo Laurence, que estaba enfermo. Los niños consideraban a Ricitos de Oro una mezcla de niña, ángel y hada, porque era una preciosidad y el pelo dorado que había heredado de su madre la envolvía como un velo luminoso, detrás del que la niña sonreía a sus adoradores cuando le apetecía o se escondía cuando se ofendía. Su padre no quería que se lo cortaran y lo tenía largo hasta la cintura, y tan fino, suave y reluciente que Semi siempre decía que era de seda. Todo el mundo alababa a la princesita, pero no parecía que le afectara mucho, simplemente le enseñaba que su presencia era como la luz del sol, sus sonrisas provocaban más sonrisas en los demás y sus sufrimientos infantiles les llenaban el corazón de ternura y comprensión.

Sin darse cuenta ejercía en sus jóvenes súbditos una influencia superior a la de cualquier soberana de verdad, porque su reinado era muy blando y su poder, más que verse, se dejaba sentir. Era refinada por naturaleza, exquisita, por tanto, en todas las cosas, y un buen ejemplo para los atolondrados niños que la rodeaban. No consentía que nadie la tocara bruscamente ni con las manos sucias y, cuando iba de visita al colegio, en Plumfield, se gastaba más jabón que nunca, porque para los niños era un grandísimo honor cargar a su alteza, y la mayor desgracia, que los rechazara con una orden desdeñosa: «¡Fuera de aquí, cochino!».

Le disgustaban los gritos y los ruidos fuertes y las peleas la asustaban, así que los niños se dirigían a ella hablando en voz baja y, si surgía alguna riña en su presencia, los demás se ocupaban de que terminara, si los propios que la empezaban no lo hacían por sí solos. Le gustaba que la sirvieran: los mayores le hacían los recados sin un murmullo, mientras que los pequeños se entregaban a su servicio como esclavos leales. Suplicaban que les concediera el honor de empujar su carruaje, de llevarle la cesta de bayas o de pasarle el plato en la mesa. Ninguna tarea era demasiado humilde y Tommy y Ned terminaron a puñetazos para resolver cuál de los dos tendría la suerte de limpiarle los zapatos.

Quien más se benefició de una semana de relación con una dama bien educada, aunque muy pequeña, fue Nan; cada vez que la chicote, como la había llamado Semi, gritaba o armaba jaleo, Bess la miraba con sus grandes ojos azules entre maravillada y alarmada y se cohibía como si le pareciera un animal salvaje. Nan, que tenía muy buen corazón, lo sentía en el alma. Al principio decía: «¡Bah! Y ¿a mí qué?». Pero en realidad le dolió tanto que Bess dijera: «*Tero* más a mi *pima, poque* no *guita*», que zarandeó a Daisy hasta que le castañetearon los dientes y luego se encerró en el establo y lloró con amargura. En este refugio general para espíritus disgustados encontró consuelo y buen consejo, aunque no se sabe cómo. Tal vez las golondrinas, desde sus nidos de barro, le piaron un sermoncito sobre la belleza y la delicadeza. Fuera como fuese, salió de allí tranquilizada y recorrió los frutales con detenimiento, buscando unas determinadas peras tempranas que le gustaban a Bess, porque eran dulces, pequeñas y sonrosadas. Armada con este presente de paz, se acercó a la princesa y se lo entregó humildemente. Para su gran regocijo, la pequeña tuvo la bondad de aceptarlo y, cuando Daisy la perdonó y le dio un beso, Bess también, como si tuviera la sensación de haber sido muy severa y deseara disculparse. A partir de entonces siguieron jugando las tres tan ricamente y Nan disfrutó del favor real muchos días. La verdad es que al principio tenía la impresión de ser un pájaro silvestre encerrado en una jaula muy bonita y necesitaba salir de vez en cuando, con disimulo, para abrir las alas y volar un rato, o para cantar a pleno pulmón en algún sitio en el que no molestara a la rechoncha tórtola que era Daisy ni al selecto canario amarillo que era Bess. Pero le vino bien, porque, al ver lo mucho que quería todo el mundo a la princesita por su buen talante y sus virtudes, empezó a imitarla, y es que Nan necesitaba mucho cariño y procuraba ganárselo por todos los medios.

Ni un solo niño de la casa dejó de notar la influencia de la preciosa niña ni de mejorar gracias a ella, y sin darse cuenta siquiera de los cambios, porque los niños más pequeños pueden obrar milagros en el corazón de quienes los quieren. El pobre Billy la miraba fijamente con una satisfacción infinita y, aunque a ella no le gustaba, lo toleraba sin el menor gesto de disgusto, porque le habían explicado que, como ese niño no era exactamente igual que los demás, había que tratarlo con más benevolencia. Dick y Dolly la cubrieron de silbatos de sauce, lo único que sabían hacer, y ella los aceptaba, aunque nunca los usaba. Rob la atendía como rendido galán y Teddy la seguía como un perrito. Jack no le gustaba porque tenía verrugas y una voz áspera. Gloti tampoco, por sus malos modales en la mesa, y George procuraba no engullir la comida como un cerdito para no disgustar a la exquisita dama que se sentaba enfrente. Ned fue desterrado de la corte sin remedio cuando lo descubrieron torturando a unos desgraciados ratones de campo. Ricitos de Oro no pudo olvidar el triste espectáculo, se tapaba con su velo cada vez que lo veía acercarse y le indicaba que se fuera con un imperioso gesto de la mano, gimiendo en un tono entre dolido y furioso.

—¡No, no lo *tero*! ¡*Cotó* la cola a los *pobes tatones* y ellos *guitaban* y *guitaban*!

En cuanto llegó Bess, Daisy abdicó y se conformó con el humilde papel de cocinera mayor, y Nan se convirtió en la primera doncella de honor; Emil

era el ministro del tesoro y gastaba el erario público a manos llenas en espectáculos que costaban casi diez peniques. Franz era el primer ministro y dirigía los asuntos de Estado de la princesita, proponía mejoras reales para todo el reino y paraba los pies a las potencias extranjeras. Semi era su filósofo y recibía un trato mucho mejor que el que suelen deparar otras coronas a los suyos. Dan era su ejército permanente y defendía su territorio con galantería: Tommy era el bufón de la corte y Nat, el cortesano músico de esta inocente María Estuardo.

Tío Fritz y tía Jo disfrutaron de unos días de paz contemplando el simpático juego en el que los pequeños imitaban a sus mayores sin darse cuenta y sin los pormenores trágicos que suelen echar por tierra los dramas del gran teatro de la vida.

—Nos enseñan tanto como nosotros a ellos —dijo el señor Bhaer.

—¡Benditos sean! No se imaginan la cantidad de claves que nos dan para encontrar la mejor forma de educarlos —respondió la señora Jo.

—Creo que tenías razón cuando dijiste que las niñas serían una buena influencia para los niños. Nan ha espabilado a Daisy y Bess enseña a estos oseznos a comportarse mejor de lo que son capaces. Si esta reforma sigue como ha empezado, pronto me creeré un doctor Blimber con sus caballeros modélicos —dijo el profesor.

Y se rio al ver que Tommy no solo se quitaba el sombrero, sino que también se lo quitaba a Ned al entrar en la habitación en la que la princesa daba un paseo a caballo escoltada por Rob y Teddy que, a horcajadas de sendas sillas, hacían de galantes caballeros lo mejor que sabían.

—Nunca serás un Blimber, Fritz; no podrías aunque quisieras, y nuestros niños jamás se someterían al proceso forzoso de su famoso semillero. No temas, que nunca serán elegantes en exceso; los niños americanos tienen mucho apego a la libertad. Pero los buenos modales no van a faltarles si los imbuimos del espíritu bondadoso que alumbra la conducta más sencilla y la hace amable y cortés, como la tuya, querido mío.

—¡Vaya, vaya! Nada de cumplidos, porque si empiezo, echarás a correr, pero me apetece disfrutar de esta estupenda media hora hasta el final.

De todos modos, al señor Bhaer le agradó el cumplido porque era sincero, y la señora Jo pensó que su marido le había dado lo mejor de lo mejor al reconocer que con ella había encontrado el verdadero descanso y la verdadera felicidad.

—Volviendo a los niños: acabo de darme cuenta de otra prueba de la buena influencia de Ricitos de Oro —dijo la señora Jo, acercando la silla al sofá en el que se tumbaba el profesor después de un largo día en sus diversos huertos—. Nan aborrece la costura, pero por cariño a Bess ha pasado la mitad de la tarde trabajando en una vistosa bolsa en la que regalarle media docena de nuestras manzanas del amor a su ídolo, cuando se vaya. La he felicitado y ella, en su estilo inmediato, me ha dicho: «Me gusta coser cosas para otras personas, pero coser para mí me parece una estupidez». Capté la intención y a partir de ahora voy a darle a coser camisas y delantales pequeños para los hijos de la señora Carney. Es tan generosa que se dejará los dedos por ellos y no le parecerá una obligación.

—Pero, querida, la costura no es un saber elegante.

—Lo siento, pero las niñas van a aprender todo lo que pueda enseñarles yo, aunque se rindan con el latín, el álgebra y todos los demás saberes en la actualidad que se consideran necesarios para sus pobres cabecitas. Amy quiere que Bess sea una mujer completa; pero la chiquitina ya se ha pinchado el índice varias veces; su madre guarda como oro en paño varios bordados de la pequeña, y los aprecia más que Laurie el pájaro sin pico de arcilla que hizo Bessy y que tanto lo enorgulleció.

—Yo también tengo una prueba del poder de la princesa —dijo el señor Bhaer, después de ver a su mujer coser un botón con una actitud de burla hacia todo el sistema educativo de moda—. A Jack lo espanta tanto que Bess lo meta en el cajón de los desagradables con Gloti y con Ned que hace rato vino a decirme que si podía echarse sosa cáustica en las verrugas. Yo se lo he propuesto muchas veces, pero nunca le había parecido bien, en cambio hoy ha soportado el escozor como un hombrecito y se consuela pensando en el favor que podrá ganar en el futuro, cuando pueda enseñar una mano lisa y fina a su señoría.

A la señora Bhaer le hizo mucha gracia la anécdota y en ese momento entró Gloti a preguntar si podía dar a Ricitos de Oro algún caramelo de los que le había mandado su madre.

—No puede comer golosinas, pero si quieres darle esa caja tan bonita con la rosa de azúcar, seguro que le gusta mucho —dijo la señora Jo.

No quería estropear este insólito detalle de generosidad, y es que el «gordito» casi nunca estaba dispuesto a compartir sus golosinas.

—¿No se la comerá? No me gustaría que se pusiera mala —dijo Gloti, mirando el delicado dulce con ternura, aunque lo guardó en la caja.

—¡No, qué va! Ni la tocará si le digo que es para mirarla, no para comerla. La guardará muchos días y ni se le ocurrirá probarla. ¿Serías tú capaz de hacer lo mismo?

—¡Pues claro! Soy mucho mayor que ella —replicó Gloti, indignado.

—Bien, pues vamos a intentarlo. Toma, pon los caramelos es este estuche, a ver cuánto tiempo te duran. A ver cuántos hay: dos corazones, cuatro peces rojos, tres caballos de azúcar, nueve almendras y doce lágrimas de chocolate. ¿Te parece bien? —preguntó la astuta señora Jo mientras guardaba las golosinas en el estuche.

—Sí—dijo Gloti con un suspiro.

Se metió en el bolsillo el fruto prohibido y se fue a dar el regalo a Bess, que se lo recompensó con una sonrisa y con permiso para escoltarla mientras paseaba por el jardín.

—El pobre corazón de Gloti ha logrado imponerse al estómago por fin, y la recompensa de Bess le dará fuerzas para seguir —dijo la señora Jo.

—¡Afortunado aquel que puede guardarse la tentación en el bolsillo e imponerse una disciplina por una maestrita tan encantadora! —añadió el señor Bhaer.

En ese momento pasaron los niños por la ventana; Gloti iba con una expresión satisfecha y plácida en su redonda cara y Ricitos de Oro miraba la rosa de azúcar con el debido interés, aunque habría preferido una flor de verdad que oliera *«men»*.

Cuando llegó su padre para llevársela a casa el lamento fue unánime y a la princesita le llovieron regalos de despedida, hasta el punto de que, ante el aumento del equipaje, el señor Laurie propuso sacar el carro grande para transportarlo a la ciudad. Todo el mundo le hizo algún regalo y no fue fácil empaquetar ratones blancos, tartas, un paquete lleno de conchas, manzanas, un conejo enfurecido dentro de una bolsa, una col enorme para que no le faltara de comer, un frasco con pececillos y un inmenso ramo de flores. La escena de la despedida fue conmovedora: la princesa se sentó en la mesa del vestíbulo rodeada de sus súbditos. Besó a sus primos y dio la mano a todos los demás niños, que respondieron con un suave apretón y le dedicaron algunas palabras cariñosas, porque les habían enseñado a no avergonzarse de expresar sus emociones.

—Vuelve pronto, pequeña —le musitó Dan mientras le prendía en el sombrero el escarabajo verde y dorado más bonito de su colección.

—No me olvides, princesa, hagas lo que hagas —dijo el atractivo Tommy acariciándole el pelo por última vez.

—La semana que viene voy a tu casa, nos vemos entonces, Bess —dijo Nat, como si la idea le sirviera de consuelo.

—Ahora podemos darnos la mano —exclamó Jack, tendiéndole una diestra lisa y suave.

—Toma, estos dos están recién hechos —dijeron Dick y Dolly al darle un par de silbatos más, sin saber que los siete anteriores habían ido a parar en secreto al fuego de la cocina—, para que te acuerdes de nosotros.

—¡Preciosa mía! Voy a hacerte un marcador de libros ahora mismo para que lo tengas siempre contigo —dijo Nan dándole un cálido abrazo.

Pero la más penosa de todas las despedidas fue la del pobre Billy, porque la idea de que la pequeña se fuera le resultó tan insoportable que se arrojó a sus pies y se abrazó a las botitas azules balbuciendo con desesperación: «¡No te vayas! ¡Ay, no; no te vayas!». A Ricitos de Oro la enterneció tanto que se agachó, le levantó la cabeza y, con su vocecita, le dijo:

—¡*Pobecito*! No *llodes,* Billy. Voy a *date* un beso y *volvedé* muy ponto.

Esa promesa lo consoló y se retiró resplandeciente de orgullo por el singular honor que le habían concedido.

—¡A mí también! ¡A mí también! —exclamaron Dick y Dolly, con la idea de que su admiración merecía algo a cambio.

Parecía que los otros niños deseaban unirse al clamor. La princesita se conmovió al ver los rostros amables y alegres que la rodeaban y, estirando los brazos, dijo con una condescendencia sin precedentes:

—¡Voy a *besados* a todos!

Los afectuosos niños se acercaron más a su bonita compañera de juegos y la rodearon como un enjambre de abejas a una flor muy dulce, pero sin empujar, sino con un entusiasmo que, por un momento, lo único que se vio fue la copa de

su sombrero. Después la rescató su padre y se fue sonriendo y saludando con las manos, mientras los niños, sentados en la cerca, gritaban como una bandada de pintadas: «¡Vuelve! ¡Vuelve!», hasta que desapareció.

Todos la echaron de menos y tenían la sensación de que habían mejorado en algo por conocer a un ser tan adorable, delicado y dulce; y es que la pequeña Bess era un estímulo para sus instintos caballerosos y les inspiraba cariño, admiración y sentido protector, además de una respetuosa ternura. En la vida de muchos hombres siempre ha habido una niña bonita que les ha llegado al corazón, y conservan vivo el recuerdo gracias a la sencilla magia de la inocencia; estos hombrecitos empezaban a aprender el sentido de esta virtud, y a amarla por la influencia benéfica que ejercía, sin avergonzarse por dejarse guiar por una manita tan pequeña ni por guardar lealtad a todas mujeres, aunque fueran pequeñitas.

14

Damon y Pitias

La señora Bhaer acertó: la paz no fue más que un remanso pasajero. Se preparaba una tormenta y, dos días después de que se fuera Bess, un terremoto moral conmovió Plumfield hasta los cimientos.

Las gallinas de Tommy fueron el detonador de la catástrofe, porque si no hubieran insistido en poner tantos huevos, él no habría podido venderlos ni ganar tanto dinero. El dinero es la causa de todos los males y, sin embargo, es tan útil que no podemos prescindir de él, como tampoco de las patatas. Desde luego Tommy no pudo, porque dilapidó las ganancias con tanta despreocupación que el señor Bhaer se vio obligado a insistir en que lo guardara en una hucha y le regaló una que parecía una casa imponente de hojalata, con el nombre en la puerta y una chimenea alta por la que se metían los peniques, que tintineaban tentadoramente, hasta que le dieran permiso para abrir una trampilla que había en el suelo.

La casa ganó peso con tanta rapidez que Tommy no tardó en estar satisfecho de sus inversiones y empezó a pensar en invertir el capital en tesoros desconocidos. Llevaba la cuenta de lo que depositaba y le prometieron que podría abrir la hucha cuando tuviera cinco dólares, pero con la condición de gastar el dinero con prudencia. Solo necesitaba un dólar más y, el día en que la señora Jo le pagó cuatro docenas de huevos, se puso tan contento que voló al establo para enseñar las cuatro brillantes monedas de cuarto de dólar a Nat, que también estaba ahorrando para el ansiado violín.

—Ojalá fueran mías, porque, con mis tres dólares, me faltaría muy poco para comprarme el violín —dijo, mirando el dinero pensativamente.

—A lo mejor te lo presto yo. Todavía no sé en qué voy a gastar todo esto —dijo Tommy, tirándolas hacia arriba y atrapándolas en el aire.

—¡Eh, chicos! ¡Venid al arroyo! ¡Dan ha encontrado una culebra genial, ya veréis! —dijo una voz desde detrás del establo.

—Vamos —dijo Tommy.

Dejó las monedas dentro de la vieja máquina aventadora y echó a correr, con Nan a la zaga.

La culebra era muy interesante; después hicieron una larga cacería persiguiendo a un cuervo y Tommy se entusiasmó hasta el punto de no volver a acordarse del dinero hasta que estaba ya en la cama.

«Bueno, da igual; solo Nat sabe dónde está», se dijo con toda tranquilidad, y se durmió sin pensar más en sus propiedades.

Por la mañana, cuando los niños acababan de entrar en clase, Tommy irrumpió en el aula casi sin aliento.

—¿Quién me ha quitado el dólar? —inquirió.

—¿De qué hablas? —preguntó Franz.

Tommy se lo contó y Nat confirmó lo que dijo. Los demás declararon que no sabían nada de ese dólar, empezaron a mirar a Nat con suspicacia y el pobre se fue alarmando más y más.

—Tiene que habérselo llevado alguien —dijo Franz.

Tommy sacó los puños amenazando a todo el grupo y, muy enfadado, anunció:

—¡Recontracórcholis! Como pille al ladrón ¡le meto una tunda que no se le olvidará en la vida!

—Calma, Tom; lo encontraremos; todo ladrón paga por lo que roba —dijo Franz, porque algo sabía del tema.

—A lo mejor anoche se coló un vagabundo en el establo y se lo llevó —añadió Ned.

—No, Silas no consiente esas cosas; además, un vagabundo no se pondría a buscar dinero en una máquina vieja —dijo Emil con sarcasmo.

—¿No habrá sido el propio Silas? —dijo Jack.

—¡Muy bonito, hombre! Nuestro Sil es más honrado que la luz del día. Jamás lo veréis tocar ni un penique vuestro —dijo Tommy, defendiendo con elegancia a su principal admirador.

—Sea quien sea, que lo diga ahora y no espere a que lo descubramos —dijo Semi en un tono como si una gran desgracia hubiera caído sobre la familia.

—Sé que crees que he sido yo —dijo Nat, sofocado y tenso.

—Eres el único que sabía dónde estaba —dijo Franz.

—Eso es verdad, pero yo no lo he robado. Te aseguro que no he sido yo... ¡No he sido yo! —gritó Nat con desesperación.

—¡Tranquilo, tranquilo, hijo mío! ¿A qué viene este alboroto? —preguntó el señor Bhaer avanzando entre los niños.

Tommy repitió lo sucedido una vez más y el señor Bhaer se fue poniendo más serio a medida que escuchaba; porque, a pesar de todas las faltas y locuras, los niños siempre habían sido muy honrados.

—Sentaos —ordenó. Cuando cada cual ocupó su sitio, el profesor, mirándolos de uno en uno con una expresión dolida, más difícil de soportar que un torrente de palabras, dijo—: Veamos, niños, voy a haceros una sola pregunta a cada uno y quiero una respuesta sincera. No pretendo asustaros, sobornaros ni sacaros la verdad con trampas, porque todos tenéis conciencia y la conciencia es para algo. Ha llegado el momento de deshacer el agravio que se le ha hecho a Tommy y de confesar la verdad delante de todos. Puedo perdonar que caigáis en una tentación repentina, pero la mentira no. No añadáis el engaño al robo, sed sinceros y entre todos intentaremos olvidar y perdonar.

Hizo una pausa; podía oírse el vuelo de una mosca de lo silenciosa que quedó el aula; después, poco a poco, con gran autoridad, hizo la pregunta a cada uno de los niños y la respuesta fue siempre la misma, aunque en tonos diferentes. Todos se pusieron colorados y en tensión, así que el señor Bhaer no pudo detectar nada por estos síntomas; incluso algunos de los menores tartamudearon de miedo al hablar como si fueran culpables, aunque era evidente que no podían serlo. Cuando le llegó el turno a Nat, el profesor suavizó un poco el tono al ver al niño tan disgustado. En realidad creía que era culpable y esperaba poder salvarlo de otra mentira convenciéndolo de que dijera la verdad sin temor.

—A ver, hijo mío, dime la verdad. ¿Te llevaste tú ese dinero?

—¡No, señor! —contestó con una mirada suplicante.

Alguien soltó un bufido nada más hablar Nat.

—¡Se acabó! —gritó el señor Bhaer.

Dio un fuerte golpe en la mesa y miró con severidad hacia la esquina de donde había salido el bufido.

Era el rincón de Ned, Jack y Emil; los dos primeros parecían avergonzados, pero Emil dijo en voz alta:

—¡No he sido yo, tío! Me avergonzaría ensañarme con alguien que ha caído en desgracia.

—¡Así se hace! —gritó Tommy, que estaba muy afligido por las consecuencias que había traído su infortunado dólar.

—¡Silencio! —ordenó el señor Bhaer y, cuando obedecieron, dijo con gran seriedad—: Lo siento, Nat, pero las pruebas te acusan y, como no sería la primera mentira que dijeras, nos es más difícil creerte que si pudiéramos confiar en ti como en otros niños que nunca lo han hecho. Pero no te preocupes, hijo mío, no te acuso de este robo; no voy a castigarte por esto hasta que esté completamente seguro; y tampoco voy a hacer más preguntas, allá cada cual con su conciencia. El que haya sido que venga a verme a cualquier hora del día o de la noche y confiese, yo lo ayudaré a arrepentirse y a enmendarse. Si eres inocente, Nat, la verdad saldrá a luz tarde o temprano y, en cuanto esto suceda, seré el primero en pedirte perdón por dudar de ti y con mucho gusto haré cuanto pueda por limpiar tu nombre delante de todos.

—¡Yo no he sido! ¡Yo no he sido! —gimió Nat, con la cabeza agachada encima de los brazos, porque no soportaba la mirada de desconfianza y desprecio de muchos de los ojos que lo miraban.

—Eso espero.

El señor Bhaer hizo una pausa como dando otra oportunidad al culpable, fuera quien fuese. Pero nadie dijo nada, solo se oían algunos murmullos de lástima de los pequeños.

El señor Bhaer, lamentándolo mucho, añadió:

—Entonces, no hay nada más que hacer; solo voy a deciros una cosa más: no volveré a hablar del asunto, y os ruego que sigáis mi ejemplo. Supongo que no podréis tener a un sospechoso en la misma consideración que antes de que sucediera esto, pero espero y deseo que no lo atormentéis de ninguna manera, porque bastante tiene para sí. Y ahora, todos a estudiar.

—Papá Bhaer ha dejado escapar a Nat sin más ni más —musitó Ned a Emil mientras sacaban los libros.

—Muérdete la lengua —le gruñó Emil, porque consideraba el suceso una mancha en el honor de la familia.

Muchos niños estaban de acuerdo con Ned, pero, a pesar de todo, lo que decía el señor Bhaer era verdad y Nat tenía que haber confesado en el momento y zanjar el asunto de una vez, porque era más fácil soportar la peor paliza que le hubiera dado su padre en toda su vida que la frialdad, la indiferencia y la suspicacia general con las que se encontró por todas partes. ¡Cómo le hicieron el vacío al pobre Nat! Sufrió una semana de tortura lenta, aunque nadie le levantó la mano ni le dirigió la palabra.

Eso fue lo peor; si al menos hubieran hablado de ello o le hubieran dado una tunda, lo habría soportado mejor que el silencio y la desconfianza a las que tuvo que enfrentarse. Hasta la señora Bhaer lo trataba de otra manera, aunque casi con la misma dulzura que siempre; pero la mirada tan triste y preocupada de papá Bhaer le partía el corazón, porque el niño quería muchísimo a su maestro y sabía que había traicionado sus esperanzas con el supuesto pecado doble.

Una sola persona en todo el colegio creyó a Nat, y lo defendió con valentía frente a todos los demás. Fue Daisy. No se explicaba por qué confiaba en él a pesar de las apariencias, solo sabía que no dudaba de él, y esa cálida comprensión le dio fuerzas para ponerse de su parte. No consentía que nadie le dijera una palabra en su contra e incluso llegó a propinar un bofetón a su adorado Semi cuando quiso convencerla de que tenía que haber sido Nat, porque solo él sabía dónde estaba ese dinero.

—A lo mejor se lo comieron las gallinas; se zampan cualquier cosa las muy glotonas —le dijo.

Y como Semi se echó a reír, ella perdió la paciencia y le soltó una torta; el niño se quedó asombrado y Daisy rompió a llorar y salió corriendo diciendo todavía: «¡No ha sido él! ¡No ha sido él! ¡No ha sido él!».

Ni su tía ni su tío intentaron empañar la fe que le profesaba a su amigo; al contrario, la actitud de la niña les pareció muy loable y esperaban que su inocente instinto no la engañara. Cuando pasó todo, Nat decía a menudo que, de no haber sido por Daisy, no lo habría soportado. Mientras todos lo rechazaban, ella estuvo a su lado más que nunca y dio la espalda a los demás. Ya no se sentaba en las escaleras cuando él se solazaba tocando el viejo violín, sino dentro, con él, y lo escuchaba con una expresión tan confiada y afectuosa en la cara que a Nat se le olvidaba la desgracia y disfrutaba un rato. Le pedía que la ayudara con los deberes, le preparaba potingues deliciosos en la cocina y él se los comía como un hombrecito, fueran lo que fuesen, porque la gratitud endulza hasta lo menos apetitoso. Cuando vio que no se atrevía a jugar con los otros niños, le propuso imposibles partidos de críquet y bailes. Le dejaba ramitos de flores de su huerto en el pupitre y procuró demostrarle de todas las formas posibles que no era su amiga solo para lo bueno, sino también para lo malo. Nan no tardó en seguir su ejemplo, al menos dejó de mostrarse antipática con él: no hacía comentarios hirientes y no le daba muestras de duda ni de rechazo levantando la naricilla, cosa muy de agradecer por parte de madame Rumbosa, porque en realidad estaba convencida de que Nat había robado el dinero.

La mayoría de los niños lo abandonaron por completo, pero Dan, aunque decía que lo despreciaba por cobarde, lo protegía con cierta sequedad y enseñaba los puños a cualquier compañero que se atreviera a molestar a su amigo o a asustarlo. Tenía un concepto de la amistad tan elevado como Daisy y, a su manera, lo respetaba con gran lealtad.

Una tarde, a la orilla del arroyo, mientras observaba las costumbres de los zapateros en el agua, oyó sin querer una conversación al otro lado del muro. Ned, que era tremendamente inquisitivo, estaba sobre ascuas por saber a ciencia cierta quién era el culpable, porque en los últimos días, al ver que Nat defendía su inocencia y soportaba los desaires con sumisión, algún niño más había empezado a creer que se había equivocado. La duda corroía a Ned, había acosado varias a veces al sospechoso haciéndole preguntas en privado, contraviniendo la orden expresa del señor Bhaer. Ese día lo encontró solo, leyendo a la sombra del muro, y no pudo resistir las ganas de pararse a indagar un poco en el tema prohibido. Estuvo unos diez minutos molestando a Nat, hasta que llegó Dan, y lo primero que oyó el estudiante de los zapateros fue la voz de su amigo que, con paciencia, suplicaba:

—¡No, Ned! ¡No! No te lo puedo decir porque no lo sé, y estoy harto de que vengas a pincharme a mí a escondidas, cuando papá Bhaer os ha dicho que me dejéis en paz. ¡Si estuviera Dan aquí no te atreverías!

—Dan no me da miedo, no es más que un fanfarrón. Sabes de sobra que fue él quien robó el dinero, pero no lo quieres decir. ¡Venga, hombre, confiesa!

—No fue él, pero, aunque lo hubiera sido, yo lo defendería; siempre se ha portado bien conmigo —dijo Nat con mucho orgullo.

A Dan le hizo tanto efecto ese comentario que se le olvidaron los zapateros y se levantó enseguida para dar las gracias a Nat, pero se detuvo al oír lo que respondía Ned.

—Sé que ha sido Dan y que después te lo dio a ti. Y no me extraña, porque, antes de venir aquí, se ganaba la vida robando carteras; eres el único que lo conocía —dijo Ned.

En realidad no creía en sus propias palabras, pero tenía la esperanza de sonsacar a Nat si conseguía que se enfadara. Y, en cierto modo, el mezquino deseo se cumplió, porque el chico respondió furioso:

—Como sigas insistiendo se lo digo todo al señor Bhaer. No quiero irle con cuentos, pero te aseguro que lo haré si no dejas de meterte con Dan.

—En ese caso, además de mentiroso y ladrón serás un chivato —empezó a decir Ned con un gesto de burla.

Como Nat había soportado los insultos con tanta mansedumbre, Ned creyó que no se atrevería a hablar con el profesor solo para defender a Dan.

No sé lo que añadiría después porque, nada más pronunciar esas palabras, una mano larga que salió por detrás agarró a Ned del cuello de la camisa, tiró de él por encima del muro y, sin ningún miramiento, lo lanzó al medio del arroyo.

—¡Dilo otra vez y te casco hasta dejarte ciego! —gritó Dan.

Parecía un Coloso de Rodas moderno, con un pie en cada orilla del estrecho arroyo, mirando furibundo hacia abajo, al perplejo chico del agua.

—¡Era broma, hombre! —dijo Ned.

—Eres una alimaña, solo sabes atormentar a Nat acorralándolo en cualquier esquina. Como te pille otra vez en las mismas, te hago beber toda el agua del río. ¡Sal de ahí y lárgate! —dijo con voz de trueno, muy furioso.

Ned huyó completamente empapado, pero el improvisado baño de asiento obró como mano de santo, porque a partir de entonces fue muy respetuoso con los dos niños y, por lo visto, perdió la curiosidad por el arroyo. Cuando desapareció, Dan saltó el muro y vio a Nat tumbado, como si estuviera agotado y vencido bajo el peso de las preocupaciones.

—Verás como no vuelve a molestarte. Y si lo hace, dímelo, que ya le enseñaré yo lo que es bueno —dijo Dan, procurando calmarse.

—Me da igual lo que diga de mí. Ya me he acostumbrado —respondió Nat, abatido—, pero no soporto que se meta contigo.

—¿Cómo sabes que no es verdad lo que dice? —preguntó Dan, volviendo la cara al otro lado.

—¿Cómo? ¿Te refieres a lo del dinero? —dijo Nat sobresaltado, mirándolo.

—Sí.

—¡Es que no lo creo! A ti el dinero te da igual, lo único que te interesa son tus escarabajos y todo eso —y se echó a reír.

—Yo quiero un cazamariposas tanto como tú un violín, ¿por qué no iba a robar para comprarlo? —dijo Dan, sin mirarlo todavía, haciendo agujeros en la tierra a toda velocidad con un palo.

—No creo que seas capaz. Te gusta pelear y tumbar a otros de vez en cuando, pero no mientes y no creo que hayas robado —dijo Nat con decisión.

—Pues he hecho las dos cosas; antes mentía como un bellaco; ahora me parece que no vale la pena, y cuando me escapé de casa de Page robé en los huertos para no morirme de hambre, así que, ya ves, soy una mala pieza —dijo Dan, hablando en el tono rufianesco que había empezado a olvidar.

—¡Ay, Dan! ¡No puedes haber sido tú! —exclamó Nat—. ¡Preferiría que hubiera sido cualquier otro!

Lo dijo con tanta angustia que a Dan le gustó, y lo demostró volviéndose con una expresión extraña en la cara, aunque lo único que contestó fue lo siguiente:

—No voy a contárselo a nadie. Pero no te preocupes, esto se va a arreglar, ya lo verás.

Al verle la cara y la actitud, a Nat se le ocurrió una idea y, uniendo las manos como suplicando, replicó:

—Me parece que sabes quién fue. Si es así, pídele por favor que lo diga, Dan. Es horrible que todos me desprecien por nada. No creo que lo pueda soportar mucho tiempo más. Si tuviera donde ir, me iría ahora mismo, aunque Plumfield me gusta muchísimo; pero no soy tan valiente ni tan fuerte como tú, así que tengo que quedarme hasta que alguien demuestre que no he mentido.

Nat habló con tanta pena y tanta desesperación que Dan no lo pudo soportar.

—No tendrás que esperar mucho —le dijo con voz ronca.

Y se fue rápidamente y no se lo volvió a ver en muchas horas.

«¿Qué le pasa a Dan?», se preguntaron los niños unos a otros varias veces a lo largo del domingo de la primera semana, que parecía que no iba a terminar nunca. Dan se ponía de mal humor a menudo, pero ese día estaba tan serio y callado que nadie pudo sacarle una palabra. Cuando salieron a pasear, se apartó de todos y volvió tarde. No participó en la conversación de la noche, sino que se sentó en la sombra, tan concentrado en sus pensamientos que casi ni se enteró de lo que pasaba. Cuando la señora Jo le enseñó el informe del libro de la conciencia, que era mucho más favorable que de costumbre, lo miró sin sonreír siquiera y dijo pensativamente:

—Le parece que lo estoy haciendo bien, ¿verdad?

—¡Es un informe excelente, Dan! Y estoy muy contenta, porque siempre he creído que, para sentirme orgullosa de ti, solo te hacía falta un empujoncito.

La miró con una expresión extraña en los negros ojos: una mezcla de orgullo, cariño y pesar que ella no entendió en ese momento, pero que recordaría después.

—Creo que se llevará una desilusión, pero lo intento de verdad —contestó, y cerró el libro.

No dio señales de satisfacción por el informe tan favorable, ni volvió a leerlo ni lo comentó con la señora Jo, como le gustaba hacer.

—¿Te encuentras mal, cielo? —le preguntó, poniéndole la mano en el hombro.

—Me duele un poco el pie; me parece que me voy a la cama ya. Buenas noches, mamá —añadió, y le tomó la mano y se la puso un momento en la cara.

Después se fue como si se hubiera despedido de algo muy querido. «¡Pobre Dan! Cuánto le pesa la desgracia de Nat. Qué niño tan raro; no sé si alguna vez llegaré a entenderlo del todo», se dijo la señora Jo, pensando en los últimos progresos de Dan con verdadera alegría, pero con la sensación de que había en él algo más que no había intuido al principio.

Una de las cosas que más dolió a Nat fue lo que le hizo Tommy; después de perder las monedas, Tommy le dijo con amabilidad, pero con firmeza: «No quiero hacerte daño, Nat, pero comprenderás que no puedo permitirme perder dinero, así que ya no seremos socios», y a continuación borró el letrero de T. BANGS Y COMPAÑÍA.

Nat siempre había estado muy orgulloso de la parte «Y COMPAÑÍA», había buscado los huevos con afán, había llevado las cuentas bien y había ahorrado bastante vendiendo su parte.

—¡Ay, Tom! ¿De verdad? —le dijo, pensando que, si hacía eso, su buena fama en el mundo de los negocios se perdería para siempre.

—No me queda otro remedio —contestó Tommy con firmeza—. Emil dice que cuando un hombre comete un *desfaco* (creo que se dice así, quiere decir que roba dinero a una sociedad), el otro lo denuncia o le hace la vida imposible y corta con él para siempre. Bueno, pues tú has cometido *desfaco* conmigo; no voy a denunciarte ni a hacerte la vida imposible, pero tengo que disolver la sociedad, porque no confío en ti y no quiero fracasar.

—No consigo que me creas ni quieres aceptar mi dinero, aunque te daría todo lo que tengo si dejaras de decir que fui yo quien robó tus monedas. Pero déjame seguir buscando los huevos, no te pediré nada a cambio, lo haré gratis. Me sé todos los sitios y me gusta hacerlo —le rogó Nat.

Pero Tommy se negó y, con una expresión suspicaz y severa en su simpática cara redonda, dijo secamente:

—Imposible; ojalá no conocieras los sitios. Y ¡ojo! No se te ocurra ir a buscar mis huevos a escondidas ni especular con ellos.

El pobre Nat se quedó tan dolido que no lo pudo superar. Le parecía que no solo había perdido a su socio y mentor, sino que su honor estaba por los suelos y que lo habían marginado de los círculos mercantiles. Nadie confiaba en su palabra, ni escrita ni hablada, a pesar de los esfuerzos por redimir su pasado de mentiroso; el cartel ya no estaba, la sociedad se había roto y él estaba en la ruina. El establo, que era el edificio de la Bolsa de los chicos, ya no lo reconocía. Copete y sus hermanas cacareaban llamándolo, pero en vano, y parece que se lo tomaron a pecho, porque cada vez había menos huevos y algunas gallinas, enfadadas, buscaron nidos nuevos, que Tommy no consiguió localizar.

Cuando Nat se enteró de esto, dijo: «Ellas confían en mí» y, aunque los niños lo abuchearon, para él fue un consuelo, porque cuando uno está hundido, la confianza, aunque solo sea la de unas gallinas, es un gran alivio.

De todas formas, Tommy no se asoció con ningún otro niño porque el recelo había envenenado la paz de su espíritu confiado. Ned le propuso formar sociedad, pero se negó y, con un gran sentido de la justicia, que lo honraba, dijo:

—A lo mejor resulta que no fue él, y entonces volveremos a ser socios. No creo que sea posible, pero quiero darle una oportunidad y voy a guardarle el sitio un poco más.

El único en quien Bangs pudo confiar fue Billy. Le enseñó a buscar los huevos y a entregárselos sin romperlos, y se conformaba con una manzana o un confite a modo de salario. A la mañana siguiente al infausto domingo de Dan, Billy le dijo a su jefe, mientras le enseñaba los resultados de una larga búsqueda:

—Solo dos.

—Esto va de mal en peor; no había visto en mi vida unas gallinas tan rebeldes —protestó Tommy, pensando en los tiempos en los que a menudo recogía media docena—. Bueno, déjamelos en el sombrero y dame una tiza; tengo que apuntarlos igual.

Billy se subió a un celemín y echó un vistazo al interior de la máquina, donde Tommy guardaba los útiles de escribir.

—¡Cuánto dinero hay ahí! —dijo Billy.

—No, no hay nada. A mí no me pillan nunca más dejando monedas sueltas por ahí —contestó Tommy.

—Las veo: una, cuatro, ocho, dos dólares —insistió Billy, aunque todavía no dominaba los números.

—¡Qué pesado eres!

Tommy se subió a por la tiza, pero a punto estuvo de caerse al suelo al ver que en realidad había cuatro monedas brillantes en fila, con un papel a nombre de «Tom Bangs», para que nadie se equivocara.

—¡Recontracórcholis! —exclamó; las recogió y entró en la casa como un vendaval aullando—: ¡Se acabó! ¡Me han devuelto el dinero! ¿Dónde está Nat?

Lo encontraron enseguida, y se llevó una sorpresa tan grata y sincera que muy pocos dudaron ya de su palabra cuando dijo por enésima vez que él no sabía nada del dinero de Tom.

—¿Cómo iba a devolvérselo, si no se lo quité? Creedme, de verdad, y volved a ser amigos míos —dijo en un tono tan suplicante que Emil le dio una palmada en la espalda y declaró que él sí, desde luego.

—Y yo también, y me alegro mucho de que no hayas sido tú. Pero ¿quién narices ha sido? —preguntó Tommy, después de dar un cordial apretón de manos a Nat.

—Es igual. Ya lo has recuperado —dijo Dan, mirando la alegre cara de Nat sin parpadear.

—¡No da igual! Ahora resulta que mis cosas desaparecen y luego aparecen otra vez como por arte de magia —protestó Tommy, mirando las monedas como si fueran cosa de brujería.

—Encontraremos la forma de averiguar quién ha sido, aunque ha tenido la picardía de escribir la nota con letra de imprenta para que no se reconozca —dijo Franz, mirando el papel.

—A Semi se le da muy bien la letra de imprenta —dijo Rob, aunque no tenía muy claro lo que estaba pasando.

—No me creo que haya sido él ni por nada del mundo —dijo Tommy.

Los demás se rieron de la idea, porque Semi era la última persona de la que se podía sospechar.

Nat captó la diferencia en el tono de Tommy cuando se refería a Semi y cuando se refería a él, y habría dado todo lo que tenía y todo lo que esperaba tener por ganarse un grado de confianza semejante; había aprendido lo fácilmente que se puede perder y lo difícil que era recuperarla, por eso la verdad se convirtió para él en un bien muy preciado. El señor Bhaer se alegró mucho de este primer paso en la buena dirección; esperaba que se produjeran otros hallazgos, que llegaron antes de lo que creía y de una forma sorprendente que le causó gran aflicción. Esa noche, mientras cenaban, el señor Bhaer recibió un paquete de la señora Bates, una vecina. Venía con una nota y, mientras el señor Bhaer la leía, Semi desenvolvió el paquete; al ver lo que contenía, exclamó:

—¡Ahí va! ¡Es el libro que regaló tío Teddy a Dan!

—¡Por todos los demonios! —gritó Dan, que todavía decía algunas palabrotas, aunque intentaba contenerse.

Al oírlo, el señor Bhaer levantó la vista. Dan quería sostenerle la mirada, pero no pudo, y se quedó sentado mordiéndose los labios, poniéndose cada vez más colorado hasta ser la imagen viva de la vergüenza.

—¿De qué se trata? —preguntó la señora Bhaer, preocupada.

—Preferiría hablar de esto en privado, pero Semi me ha estropeado el plan, así que lo hablaremos ahora —dijo el señor Bhaer con cierta severidad, como siempre, cuando había que juzgar alguna maldad o algún engaño.

—La nota es de la señora Bates y dice que su hijo Jimmy compró este libro a Dan el sábado pasado, pero, al ver que valía mucho más que un dólar, pensó que había un error y por eso me lo manda. ¿Se lo vendiste, Dan?

—Sí, señor.

—¿Por qué?

—Necesitaba dinero.

—¿Para qué?

—Para pagar a una persona.

—¿A quién se lo debías?

—A Tommy.

—¡Yo no le he prestado dinero en mi vida! —exclamó Tommy.

Estaba asustado porque intuía lo que iba a pasar y, en el fondo, habría preferido la brujería porque admiraba inmensamente a Dan.

—¡A lo mejor fue él quien se lo llevó! —exclamó Ned, que le debía una jugarreta a Dan por el chapuzón y, como era un niño mortal, no quería tener deudas.

—¡Ay, Dan! —gimió Nat juntando las manos, sin acordarse de que tenía el pan con mantequilla entre ellas.

—No será fácil, pero esto tiene que quedar zanjado, porque no consiento que os vigiléis unos a otros como detectives ni que pasen estas cosas en el colegio. ¿Pusiste tú las monedas en el establo esta mañana? —preguntó el señor Bhaer.

Dan lo miró directamente a la cara y respondió sin vacilar:

—Sí.

Un murmullo recorrió la mesa, a Tommy se le cayó el tazón con estrépito; Daisy gritó: «¡Sabía que no había sido Nat!»; Nan rompió a llorar y la señora Jo salió del comedor tan decepcionada, triste y avergonzada que Dan no pudo soportarlo. Escondió la cara entre las manos un momento, después levantó la cabeza, tensó los hombros como si cargara con un gran peso y, con la expresión de terquedad y en el tono entre resuelto y temerario que usaba al principio, dijo:

—Fui yo; ahora, hágame lo que le parezca, pero no voy a soltar ni una palabra más.

—¿Ni siquiera para decir que lo lamentas? —preguntó el señor Bhaer, angustiado con el cambio del chico.

—Es que no lo lamento.

—Yo lo perdono aunque no me lo pida —dijo Tommy.

Le parecía que era peor ver caer al valiente Dan que al tímido Nat.

—No quiero que me perdones —replicó Dan de mal humor.

—A lo mejor sí, cuando hayas reflexionado tranquilamente a solas. No voy a decirte ahora la sorpresa y la decepción que me has dado, pero en algún momento iré a tu habitación a hablar contigo.

—No va a servir de nada —replicó Dan.

Quería hablar en un tono desafiante, pero no lo consiguió al ver la cara de pena del señor Bhaer. Interpretó sus palabras como una orden para que se fuera al dormitorio y salió de allí como si le resultara imposible quedarse.

Le habría venido bien quedarse, porque los niños siguieron hablando del asunto, y lo lamentaban con tanta sinceridad, con tanta compasión y con tanta incredulidad que tal vez lo hubieran conmovido y habrían conseguido que pidiera perdón.

Nadie se alegró de que fuera él, Nat menos que nadie, porque, a pesar de sus defectos, que eran muchos, ahora todos lo apreciaban, y es que detrás de esa fachada arisca había muchas virtudes varoniles que la mayoría admiraba y valoraba. La señora Jo había sido el principal puntal de Dan, además de su hortelana particular, y le dolió en el alma que su niño más reciente e interesante hubiera salido tan torcido. Robar era malo, pero mentir sobre ello y permitir que otro sufriera tanto por una sospecha injusta era peor. Y lo más desolador de todo: intentar devolver el dinero subrepticiamente, porque eso demostraba falta de valor y una capacidad para engañar que no auguraba nada bueno. Y muy preocupante: la negativa rotunda a hablar del asunto, a pedir perdón o a manifestar remordimientos.

Pasaron los días; Dan asistía a las clases y hacía los deberes en silencio, muy serio, sin dar su brazo a torcer. Después de ver cómo habían tratado a Nat, no buscó la comprensión de nadie, rechazaba a todo el que se le acercaba y pasaba las horas de ocio vagando por los campos y por el bosque en busca de compañeros de juegos entre los pájaros y los animales, y con mejores resultados que la mayoría de los niños, porque los conocía muy bien y los tenía en gran estima.

—Si la situación se alarga mucho más, temo que se escape otra vez, porque es muy joven para soportar esta clase de vida —dijo el señor Bhaer, muy desilusionado al ver el fracaso de sus esfuerzos.

—Hasta hace poco estaba muy segura de que no caería en ninguna tentación, pero ahora, con este cambio tan grande, puede suceder cualquier cosa —contestó la señora Jo.

Echaba mucho de menos al niño y no encontraba consuelo, porque a ella la rechazaba más que a nadie y, cuando intentaba hablar con él a solas, solo la miraba con una expresión entre fiera e implorante, como un animal salvaje que ha caído en una trampa.

Nat lo seguía a todas partes como una sombra y Dan no lo repudiaba con tanta saña como a otros; en su estilo arisco le decía: «Tú estás bien ahora; no te preocupes por mí. Lo soporto mejor que tú».

—Pero no quiero que estés solo —respondía Nat con cara de pena.

—Me gusta —decía Dan, y se alejaba y contenía un suspiro, porque estaba solo de verdad.

Un día, al pasar por el bosque de abedules, se encontró con unos cuantos niños que jugaban a subirse a los árboles y a bajar agarrándose de las finas y elásticas ramas, que se doblaban hasta depositarlos en tierra. Cuando le tocó subir a Jack, Dan se detuvo un momento a mirarlos, aunque no quería jugar con ellos. Desafortunadamente, Jack eligió una rama demasiado grande y, al agarrarse a ella para bajar, solo se dobló un poquito y el chico se quedó colgado a bastante distancia del suelo.

—¡Atrás, atrás! ¡No saltes desde ahí! —le dijo Ned desde abajo.

Jack lo intentó, pero las ramitas más finas se le resbalaban entre las manos y no conseguía envolver el tronco con las piernas para sujetarse. Pataleó, se retorció y se agarró en vano, hasta que se rindió y, sin aire en los pulmones, dijo con impotencia:

—¡Voy a dejarme caer! ¡Ayudadme! ¡Tengo que soltarme!

—¡No, que te matas! —gritó Ned, despavorido.

—¡Aguanta! —gritó Dan.

Se encaramó al árbol partiendo ramitas por el camino hasta que llegó a la altura de Jack, que lo miraba con miedo y con esperanza.

—¡Vais a caeros los dos! —dijo Ned.

Estaba tan asustado que no podía parar de bailotear por la ladera, mientras Nat estiraba los brazos cuanto podía con la peregrina esperanza de frenar la caída.

—Eso es lo que pretendo; quitaos de ahí —respondió Dan con frialdad.

Mientras hablaba, cargó todo su peso en la rama, que se dobló hacia el suelo unos cuantos centímetros más.

Jack se soltó y aterrizó sano y salvo, pero el abedul, al librarse de la mitad de la carga, se enderezó tan de repente que Dan, en un intento de darse la vuelta para caer de pie, perdió apoyo y se estrelló contra el suelo.

—No me he hecho daño, se me pasa en un minuto —dijo.

Y se sentó, un poco pálido y mareado, mientras los niños se agolpaban alrededor con mucha alarma y admiración.

—Eres colosal, Dan, y te lo agradezco muchísimo —dijo Jack.

—No ha sido nada —musitó Dan, y se levantó poco a poco.

—¡Nada, dice! ¡Chócala, aunque seas un...! —Ned se contuvo a tiempo y le tendió la mano pensando que era un gesto muy bonito.

—No la choco con alimañas —respondió Nat, y, mirándolo con desprecio, le dio la espalda.

Ned se acordó del día del chapuzón y se retiró, humillado, a toda prisa.

—¡Vamos a casa, amigo! Te llevo.

Nat y él se marcharon; los demás se quedaron hablando de lo sucedido, preguntándose cuándo recuperarían a Dan y deseando que el dichoso dinero de Tommy se hubiera ido a freír espárragos antes de armar tanto lío en el colegio.

Al día siguiente por la mañana el señor Bhaer llegó al colegio con tal cara de felicidad que los niños se preguntaron qué le habría sucedido, y creyeron que había perdido la cabeza cuando lo vieron dirigirse a Dan, tomarle las dos manos y, sacudiéndoselas con energía, decirle sin pararse a respirar:

—Lo sé todo y te ruego que me perdones. Muy propio de ti, y te aprecio más por ello, aunque mentir nunca es bueno, ni siquiera por un amigo.

—¿Qué pasa? —gritó Nat.

Dan no dijo nada, solo levantó la cabeza como si le hubieran quitado un peso enorme de encima.

—No fue Dan quien se llevó el dinero de Tommy —anunció el señor Bhaer casi a voces, de la emoción.

—¿Quién fue? —preguntaron los niños a coro.

El señor Bhaer señaló el único pupitre vacío y todos los ojos siguieron la dirección que indicaba el dedo; la sorpresa fue tal que todo el mundo quedó en silencio.

—Jack se ha marchado a casa esta mañana a primera hora, pero me ha dejado esto.

El señor Bhaer leyó la nota que había encontrado en el tirador de su dormitorio cuando se levantó.

> Fui yo quien se llevó las monedas de Tommy. Estaba espiando por una rendija y vi dónde las ponía. No lo dije porque me asusté, pero ahora quiero decirlo. Me dio igual por Nat, pero Dan es colosal y no lo soporto más. No me gasté el dinero; está debajo de la alfombra de mi habitación, detrás del aguamanil. Lo siento muchísimo. Me voy a casa y no creo que vuelva nunca más; que Dan se quede con todas mis cosas.
>
> Jack

La confesión no era muy elegante, no estaba muy bien redactada, había muchos borrones y era muy breve; pero a Dan le pareció un papel maravilloso. Cuando el señor Bhaer hizo una pausa, el chico se acercó a él y, con la voz quebrada de emoción, pero con una mirada clara y la actitud sincera y respetuosa que le habían enseñado, dijo:

—Ahora sí digo que lo siento y le pido perdón, señor.

—Ha sido una mentira piadosa, Dan, y lo único que puedo hacer es perdonarte; pero ya ves que no sirvió de nada —dijo el señor Bhaer poniéndole una mano en el hombro y mirándolo con alivio y afecto.

—Así los demás dejaron de agobiar a Nat. Lo hice por eso, porque estaba muy hundido. A mí no me afectaba tanto —explicó Dan, contento de poder hablar después de tanto silencio.

—¿Cómo has podido? ¡Qué bueno has sido siempre conmigo! —dijo Nat entrecortadamente, con un gran deseo de abrazar a su amigo y de llorar.

Pero estas dos explosiones tan de niña habrían escandalizado a Dan en grado sumo.

—No pasa nada, amigo mío, no seas tonto —dijo, tragando el nudo que se le había puesto en la garganta y riéndose como hacía semanas que no podía—. ¿Lo sabe la señora Bhaer? —preguntó con vivo interés.

—Sí, y está tan contenta que no sé qué hará contigo —empezó a decir el señor Bhaer.

Pero no pudo seguir, porque los niños se agolparon alrededor de Dan con toda su alegría y curiosidad; y, antes de poder contestar a más de doce preguntas, una voz dijo:

—¡Tres vivas por Dan!

Y ahí estaba la señora Jo, en el umbral de la puerta, con el trapo de secar los platos en la mano y con ganas de bailar una jiga de pura alegría, como hacía de pequeña.

—Allá vamos —dijo el señor Bhaer levantando la voz.

Lanzó el primer «¡viva!», que se repitió con tanta potencia que sobresaltó a Asia en la cocina, y el señor Roberts, que pasaba por allí en ese momento, se dijo: «¡Los colegios ya no son lo que eran en mis tiempos!».

Dan aguantó el tipo un minuto, pero al ver a la señora Jo se deshizo y, de repente, cruzó toda la habitación hasta la sala de una carrera y ella lo siguió al instante, y no se los volvió a ver hasta media hora después.

El señor Bhaer no podía calmar al emocionado rebaño y, al ver que no iba a ser posible dar clase de momento, les contó una bonita historia de la antigüedad sobre dos amigos tan fieles que sus nombres han alcanzado la inmortalidad. Los niños la oyeron y no la olvidaron, porque en esos momentos estaban muy sensibles a la lealtad de otro par de amigos más humildes. Mentir no estaba bien, pero el cariño que había inspirado la mentira y el valor que significaba soportar el silencio y la desgracia inmerecidos convirtieron a Dan en un héroe a ojos de sus compañeros. La sinceridad y el honor cobraron otro sentido; el buen nombre era más valioso que el oro, porque, cuando se perdía, no se podía recuperar ni con todo el dinero del mundo; y la fe en el otro simplificaba la vida y aportaba más felicidad que ninguna otra cosa.

Tommy volvió a poner el cartel de la sociedad con mucho orgullo; Nat adoraba a Dan y todos los niños intentaron compensar a ambos de alguna manera, tanto por haber sospechado de ellos como por el abandono al que los habían sometido. La señora Jo se regocijó con sus pequeños y el señor Bhaer nunca se cansó de contar la historia de estos jóvenes Damon y Pitias.

15

En el sauce

Aquel verano, el viejo árbol vio muchas escenas tiernas y oyó muchas confidencias, porque a todos los niños les apetecía refugiarse allí, y seguro que el sauce lo disfrutó, porque siempre los acogía con cordialidad y las horas tranquilas que pasaban entre sus brazos les sentaban muy bien. Un sábado por la tarde recibió muchas visitas y un pajarito contó todo lo que sucedió.

Primero llegaron Nan y Daisy con su balde y su jabón, porque de vez en cuando les daba un ataque de limpieza y lavaban toda la ropa de las muñecas en el arroyo. Asia no les permitía «andar revolviendo» en la cocina y el cuarto de baño estaba prohibido desde el día en que a Nan se le olvidó cerrar el grifo, el agua se desbordó y empezó a colarse por el techo de la habitación de abajo. Daisy se puso a trabajar sistemáticamente, primero las prendas blancas y después las de color, las aclaró muy bien, las tendió a secar en una cuerda atada entre dos arbustos de agracejo y las sujetó con unas pinzas pequeñitas que le había dado Ned. Nan, en cambio, puso toda la ropa a remojo en el mismo balde y ahí la dejó mientras recogía vilano de cardo para rellenar la almohada de Semiramis, reina de Babilonia, que era el nombre de una muñeca suya. La señorita Rumbosa tardó un buen rato y, cuando fue a sacar la ropa, la encontró toda manchada de verde; se le había olvidado que la capa del forro verde de seda desteñía. Total, que los vestidos de color rosa y azul, las camisitas y hasta la enagua con volantes más bonita se habían teñido a trozos.

—¡Ay, madre, qué desastre! —suspiró Nan.

—Ponlo todo a blanquear en la hierba —dijo Daisy dándose aires de experta.

—Sí, y luego nos subimos al nido y la vigilamos; que no se la lleve el viento.

Extendieron el ajuar de la reina de Babilonia en la orilla y, después de vaciar los baldes, las lavanderas treparon al nido y se pusieron a hablar, como suelen hacer las damas en los momentos de descanso entre labores domésticas.

—Voy a hacer una cama de plumas a conjunto con la almohada nueva —dijo la señorita Rumbosa.

Empezó a pasar los vilanos del bolsillo al pañuelo y perdió la mitad en el proceso.

—Yo no lo haría; tía Jo dice que las camas de plumas no son buenas. Ninguna de mis niñas tiene un colchón de plumas —replicó la señora Shakespeare Smith resueltamente.

—Me da igual; las mías son tan fuertes que duermen muchas veces en el suelo y les da igual —y era cierto—. No puedo permitirme nueve colchones y me gusta hacer las camas yo.

—¿Tommy te va a cobrar las plumas?

—Puede, pero no pienso pagarle y a él le dará igual —dijo la señorita R., que se aprovechaba del buen corazón de T. Bangs.

—Me parece que el rosa de ese vestido —observó la señora Smith, mirando desde su atalaya y por cambiar de tema, pues no quería llevarle la contraria porque era muy discreta— se va a descolorir antes que las manchas verdes.

—Tanto me da; me he cansado de las muñecas; creo que voy a dejarlas una temporada y me voy a ocupar de mis plantas. Me gustan más que jugar a las casitas —dijo la señorita Rumbosa.

Y, sin saberlo, expresó el deseo de muchas señoras mayores que ella, quienes sin embargo no pueden abandonar a su familia tan fácilmente.

—Pero no puedes dejarlas; sin su madre se morirán —protestó la tierna señora Smith.

—Pues que se mueran; estoy harta de cuidar niñas pequeñas y me voy a jugar con los niños; ellos sí que necesitan que los cuide —contestó la decidida señorita.

Daisy no sabía nada de derechos de las mujeres; hacía lo que quería en silencio y nadie se lo negaba, porque no se proponía cosas que quedaran fuera de su alcance, sino que, inconscientemente, recurría al todopoderoso derecho de su influencia personal para ganarse cualquier privilegio del que fuera digna. Nan, en cambio, lo intentaba todo, no se arredraba ante ningún fracaso por estrepitoso que fuera y exigía con ferocidad que le permitieran hacer lo mismo que los niños. Ellos se burlaban, se la quitaban de en medio y protestaban porque se metía en sus asuntos. Pero ella no estaba dispuesta a aceptar el rechazo y acababa por imponerse, porque tenía una voluntad de hierro y el espíritu de un reformista recalcitrante. La señora Bhaer la entendía muy bien, pero procuraba frenar su deseo incontenible de libertad total enseñándole a esperar un poco, a aprender a controlarse y a estar preparada para usar la libertad antes de exigirla. En algunas ocasiones, cuando estaba de un humor más apacible, Nan le daba la razón y las influencias empezaban a hacer efecto poco a poco. Ya no decía que iba a ser conductora de trenes ni herrera, sino hortelana, una actividad que era una válvula de escape para la gran energía de su activo cuerpecillo. Pero las plantas tampoco le satisfacían del todo; la salvia y el orégano eran una sosería y además no podían agradecerle los cuidados que les prodigaba. Ella necesitaba querer y proteger algo humano, que su trabajo tuviera que ver con personas, y se encontraba en su salsa cuando los pequeños acudían a ella porque se habían cortado un dedo, se habían hecho un chichón o se habían raspado las rodillas. La señora Jo se fijó en esta afición de la niña y le propuso que aprendiera a hacerlo bien, y así fue como Nana se encontró con una alumna muy dispuesta a poner vendajes, emplastos y fomentos. Los niños empezaron a llamarla «doctora Rumbosa», y a ella le gustaba tanto que un día la señora Jo le dijo al profesor:

—Fritz, ya sé cómo ayudarla. Necesita una razón para vivir incluso a su edad y, si no la encuentra ahora, se convertirá en una mujer agresiva, fuerte y descontenta. No debemos rechazar la inquietud que siente, sino procurar darle la ocupación que le gusta y, con el tiempo, convencer a su padre de que le permita estudiar Medicina. Será una doctora magnífica porque es valiente, tiene los nervios de acero y un corazón de oro que se compadece y se vuelca con los débiles y los que sufren.

Al principio el señor Bhaer sonrió, pero después le pareció bien y dio a Nan un huertecito de hierbas medicinales; le enseñó las virtudes curativas de las plantas que tenía que cultivar y le dejó probarlas con las pequeñas enfermedades que a veces contraen los niños. Aprendía rápidamente, tenía buena memoria y una intuición y un interés que al profesor lo animaba mucho; de esta forma, no le dio con la puerta en las narices por ser una mujercita.

En eso estaba pensando aquel día en el sauce y, cuando Daisy, en su dulce tono de costumbre, le dijo: «Me encanta cuidar de la casa y, cuando crezca y

Semi y yo vivamos juntos, quiero que esté muy bonita», Nan le respondió con decisión: «Bueno, yo no tengo hermanos ni me gusta cuidar de la casa. Yo quiero un despacho lleno de frascos y cajones, y machacar hierbas e ir de un lado a otro en un carrocín curando a los enfermos. Será muy divertido».

—¡Puaj! ¡No sé cómo soportas esos potingues malolientes, esos polvos horribles, el aceite de castor, las hojas de sen o el jarabe de cebolla! —exclamó Daisy con un escalofrío.

—Yo no los tengo que tomar, así que me da igual. Pero resulta que sirven para curar y a mí me gusta curar a las personas. ¿Acaso mi infusión de salvia no le quitó el dolor de cabeza a mamá Bhaer y mi lúpulo el dolor de muelas a Ned en cinco horas? ¡Pues ya está!

—¿Vas a poner sanguijuelas a la gente, a cortar piernas y a sacar muelas? —preguntó Daisy, estremecida solo de pensarlo.

—Sí, voy a hacer todas esas cosas; aunque alguien esté reventado por todas partes, yo lo arreglaré. Mi abuelo era médico y le vi coser la cara a un hombre que se había hecho un corte enorme, y yo le sujetaba la esponja y no me dio miedo ni nada, y mi abuelo dijo que era una niña muy valiente.

—¿Cómo lo puedes soportar? A mí los enfermos me dan pena y quiero cuidarlos, pero me tiemblan las piernas y tengo que irme corriendo. Yo no soy valiente —suspiró Daisy.

—Bueno, puedes ser mi enfermera y cuidar a mis pacientes después de que yo les dé el tratamiento o les corte una pierna —dijo Nan, que, sin duda, iba a ser una doctora del tipo heroico.

—¡Ah del barco! ¿Dónde estás, Nan? —llamó una voz desde abajo.

—Estamos aquí.

—¡Claro, claro! —dijo la voz.

Era Emil, que apareció con las manos juntas y el ceño fruncido como si le doliera algo.

—¿Qué pasa? —preguntó Daisy, alarmada.

—Se me ha clavado una maldita astilla en el dedo. No me la puedo sacar. Échale un vistazo, anda, Nanny.

—Está muy adentro y no tengo aguja aquí —dijo Nan, mirando el sucio pulgar con interés.

—Con unas pinzas—dijo Emil a toda prisa.

—No, estas son grandes y no tienen punta.

Entonces, Daisy, rebuscando en el bolsillo, sacó un bonito acerico con cuatro agujas clavadas.

—Eres la florecilla que siempre tiene lo que necesitamos —dijo Emil.

Nan se propuso llevar siempre una carpetita de agujas en el bolsillo para estos casos, tan corrientes en la práctica de su profesión.

Daisy se tapó los ojos mientras Nan toqueteaba y pinchaba con pulso firme y Emil le daba instrucciones que no figuran en ningún registro de medicina.

—¡A estribor! ¡Mantenga el rumbo, timonel! ¡Orza! ¡Al pairo, al pairo! ¡Ahí vamos!

—Chúpate la herida —ordenó la doctora, mirando la astilla con ojo de experta.

—Está muy sucia —respondió el paciente, sacudiéndose la mano sangrante.

—Espera, te la tapo si tienes un pañuelo.

—No; ponme un trapo de esos de ahí.

—¡No, por Dios! —exclamó Daisy, indignada—. ¡Es la ropa de las muñecas!

—Ponle cualquier cosa de las mías —dijo Nan.

Emil se bajó y se hizo con el primer «trapo» que vio, que resultó ser la enagua de volantes; pero Nan la rompió sin contemplaciones y, cuando la real prenda se convirtió en una venda bien colocada, despidió al paciente con una orden.

—Mantén húmedo el vendaje y que repose; se te curará enseguida y no te dolerá.

—¿Qué se debe? —preguntó el Comodoro riéndose.

—Nada; lo mío es un *despensario,* es decir, un sitio en el que se atiende a los pobres gratis, no tienen que pagar —le explicó Nan dándose importancia.

—Gracias, doctora Rumbosa. Vendré a visitarla siempre que me aqueje algún mal. —Dio media vuelta y se fue, pero miró atrás y, como favor con favor se paga, les advirtió—: ¡Señoras, el viento se lleva los trapos!

Sin hacer caso de la irrespetuosa palabra «trapos», las niñas bajaron enseguida, recogieron la colada y se marcharon a casa a encender el fuego y a planchar.

Un soplo de aire movió el sauce como si se riera por lo bajo de las conversaciones infantiles que se oían en el nido y, tan pronto como se le pasó la risa, otro par de pajaritos se posaron en sus ramas para piarse confidencias.

—Voy a contarte un secreto —empezó Tommy, más ancho que largo por lo importante de la noticia.

—Cuenta, cuenta —respondió Nat, acordándose del violín, con lo agradable y tranquilo que se estaba a la sombra.

—Bueno, pues estábamos hablando del interesante último caso de pruebas circunstanciales —dijo Tommy, citando a su aire un discurso de Franz en el club— y propuse hacer algo para compensar a Dan por haber sospechado de él, para demostrarle respeto y todo eso, ya sabes, por ejemplo, regalarle algo bonito y útil que pueda llevar siempre con orgullo. ¿Qué crees que elegimos?

—Un cazamariposas; hace tiempo que suspira por uno —dijo Nat, un poco decepcionado, porque quería regalárselo él.

—¡No, señor! Será un microscopio, uno bueno, de verdad, para ver los comosellamen del agua... y las estrellas y los huevos de las hormigas y todo lo que se nos ocurra, claro —dijo Tommy, haciéndose un lío con el microscopio y el telescopio—. ¿No te parece un regalo genial?

—¡De maravilla! Y ¡me alegro mucho! —exclamó Nat, satisfecho porque empezaban a apreciar a su amigo—. Pero ¿no será carísimo?

—Sí, claro, pero vamos a poner un poco cada uno. Yo he sido el primero, con mis cinco dólares, porque si lo hacemos, hay que hacerlo bien.

—¿Cómo? ¿Todo el dinero? Eres el chico más generoso que conozco —dijo Nat, mirándolo con auténtica admiración.

—Bueno, es que ha habido tanto jaleo por culpa de mis ahorros que ya me he hartado y no pienso ahorrar más; voy a regalarlo todo a medida que lo gane, así nadie me tendrá envidia ni querrá robarme nada y yo no sospecharé de nadie ni tendré que estar pendiente del dichoso dinero —contestó Tommy, agobiado por las preocupaciones de un millonario.

—¿Te ha dado permiso el señor Bhaer?

—Le ha parecido un plan de primera y me dijo que algunos de los mejores hombres que conoce prefieren hacer el bien con su dinero en vez de dejarlo para que después, cuando se mueran, otros se peleen por él.

—Tu padre es rico, ¿él también lo hace?

—No estoy seguro; lo único que sé es que a mí me da todo lo que quiero. Pienso hablarlo con él la próxima vez que vaya a casa. De todos modos, seguro que será un buen ejemplo para él.

Lo dijo con tanta seriedad que Nat, sin atreverse a reírse, replicó con todo respeto:

—Podrás hacer grandes cosas con tu dinero, ¿verdad?

—Eso dice el señor Bhaer, y me ha prometido que me ayudará a gastarlo en cosas útiles. Voy a empezar con Dan y, la próxima vez que tenga un dólar, ayudaré a Dick, que es muy bueno y solo le dan un centavo de propina a la semana. No puede ganar mucho, ¿sabes?, así que voy a ayudarlo yo —dijo Tommy el compasivo deseando empezar cuanto antes.

—Me parece un plan estupendo; voy a olvidarme de comprar el violín y voy a regalarle el cazamariposas a Dan yo solo; si me sobra algo, haré lo que pueda para complacer al pobre Billy. Me aprecia mucho y, aunque él no sea pobre, seguro que le gustará que tenga un detalle con él, porque entiendo lo que le gusta mejor que los demás.

Y Nat se quedó pensando en la felicidad que podría sacarles a sus tres preciosos dólares.

—Bien dicho. Ahora vamos a preguntar al señor Bhaer si puedes venir conmigo a la ciudad el lunes por la tarde para comprar el cazamariposas y el microscopio. Franz y Emil también nos van a acompañar, nos lo pasaremos genial dando vueltas por las tiendas.

Los niños se fueron agarrados del brazo, hablando de sus nuevos planes con una graciosa sensación de importancia, pero también empezaban a darse cuenta de la satisfacción tan agradable que procura ayudar a los pobres y desvalidos en las cosas terrenales, aunque sea de una forma humilde, y guarnecer esa pequeña contribución con el ornamento de la caridad, en vez de buscar sitios donde acumular riquezas a los que los ladrones no puedan llegar.

—Ven, subamos al árbol y así descansas mientras selecciono las hojas —dijo Semi, que venía de dar un largo paseo por el bosque con Dan—; hace fresquito ahí arriba, estaremos muy a gusto.

—De acuerdo —respondió Dan, que era un chico de pocas palabras, y se subieron al árbol.

—¿Por qué las hojas del abedul se moverán más que las de los demás árboles? —preguntó Semi, que creía que Dan podría responder a todo.

—Cuelgan de otra manera. Mira, la parte del rabito que se une a la hoja está como mirando a un lado y la otra, la que se une a la rama, mira a otro. Por eso se mueven al menor soplo de aire; sin embargo, las hojas del olmo cuelgan rectas y por eso están más quietas.

—¡Qué curioso! ¿Con estas pasa lo mismo?

Semi le enseñó unas hojas de acacia que había recogido de un arbolito que crecía en el césped, porque eran muy bonitas.

—No; esas son de las que se cierran cuando las tocas. Pon el dedo en el centro del rabito, ya verás cómo se doblan las hojas —dijo Dan mientras miraba con detalle un trocito de mica.

Semi lo hizo y vio cómo se doblaban las hojitas sobre sí mismas de tal manera que al final parecía que la rama tuviera una sola fila de hojas.

—Me gusta; cuéntame lo que hacen otras. Estas, por ejemplo —dijo Semi, tomando otra rama.

—Estas son el alimento de los gusanos de seda, que viven en las moreras hasta que empiezan a tejer el capullo. Una vez fui a una fábrica de seda y había muchas habitaciones llenas de estanterías cubiertas de hojas de morera, y los gusanos se las comían tan deprisa que se oía el ruidito que hacían. A veces comían tanto que reventaban. Cuéntaselo a Gloti —dijo Dan, riéndose, mientras recogía otro fragmento de roca que tenía un liquen.

—Sé una cosa de las hojas de verbasco: son las mantas de las hadas —dijo Semi, que no había renunciado a creer en estos pequeños seres vestidos de verde.

—Si tuviera un microscopio te enseñaría una cosa más bonita que las hadas —dijo Dan, preguntándose si algún día tendría ese tesoro tan preciado—. Conocí a una anciana que se hacía gorros de noche con hojas de verbasco porque le dolía la cara. Las cosía y no se quitaba el gorro en todo el día.

—¡Qué curioso! ¿Era tu abuela?

—No he tenido abuela. Era una vieja rara que vivía sola en una casita destartalada; tenía diecinueve gatos. La gente decía que era bruja, pero no lo era, aunque parecía una buhonera. Cuando vivía en el hospicio fue muy amable conmigo, me dejaba calentarme en su hoguera cada vez que me castigaban.

—¿Vivías en un hospicio?

—Una temporada. Pero da igual... no quería hablar de eso —dijo Dan, cortando de raíz el insólito ataque de locuacidad.

—Y ¿qué hacía con los gatos? —dijo Semi, lamentando haber hecho una pregunta inoportuna.

—Nada; solo que tenía muchos y por la noche los metía en un barril; a veces yo lo volcaba y los gatos salían y se iban por toda la casa, y entonces ella se enfadaba, los capturaba y volvía a meterlos furiosa, echando sapos y culebras por la boca.

—¿A los gatos los trataba bien? —preguntó Semi, riéndose con ganas, como un niño, una risa encantadora de oír.

—Seguro. ¡Pobre mujer! Recogía a todos los gatos perdidos o enfermos de la ciudad; y, si alguien quería uno, iba a casa de la tía Webber y ella le dejaba elegir el que más le gustara por nueve peniques... Se alegraba mucho de que sus gatitos encontraran un buen hogar.

—Me gustaría conocer a la tía Webber. ¿La conocería, si fuera a ese sitio?

—Murió. Todos los míos han muerto —dijo Dan escuetamente.

—Lo siento.

Semi guardó silencio un minuto pensando en un tema que no afectara a Dan. No quería seguir hablando de la mujer, pero sentía mucha curiosidad por los gatos y no pudo resistirse a preguntar en voz baja:

—¿Curaba a los que se ponían enfermos?

—A veces. Uno tenía una pata rota, ella le ató un palo y se curó; a otro le daban ataques y le administró «yerbas» hasta que se le pasaron. Pero algunos morían, y entonces los enterraba y, si no conseguía que se pusieran bien, los mataba.

—¿Cómo? —preguntó Semi.

Dan sonreía como para sí y a Semi le pareció que debía de ser por algún encanto propio de la anciana y por algo gracioso de los gatos.

—Una buena mujer que quería mucho a los gatos le enseñó a hacerlo y le dio una sustancia o algo, y le mandó a todos sus gatos para que los matara de esa forma. Empapaba una esponja en éter, la metía en una bota vieja y después metía allí la cabeza del gato. El animal se dormía con el éter y luego ella lo ahogaba en agua templada antes de que se despertara otra vez.

—Espero que los gatos no se enteraran de nada. Se lo tengo que contar a Daisy. Has visto muchas cosas interesantes, ¿verdad?

Y Semi se quedó pensando en la gran experiencia que tenía un niño que se había escapado más de una vez y que se había cuidado él solo en una gran ciudad.

—A veces preferiría no haber visto tanto.

—¿Por qué? ¿No te gusta recordarlas?

—No.

—Es curioso lo difícil que resulta controlar la cabeza —dijo Semi.

Se agarró las rodillas con las manos y miró al cielo como buscando información sobre su tema predilecto.

—Condenadamente difícil —exclamó Dan, e inmediatamente se mordió la lengua al darse cuenta de que se le había escapado esa palabra; tenía intención de ser más cuidadoso, sobre todo con Semi—. No, no quería decir eso.

—Haré como que no lo he oído —dijo Semi—, y no lo volverás a decir, seguro.

—No, si puedo evitarlo. Es una de las cosas que no me gusta recordar. Procuro evitarlo, pero parece que no se me da bien —dijo Dan, desanimado.

—Sí que se te da bien. No dices ni la mitad de palabrotas que antes; tía Jo está muy contenta, porque dice que es una costumbre muy difícil que dejar.

—¿De verdad? —dijo Dan, un poco más animado.

—Tienes que poner las palabrotas en el cajón de las faltas y encerrarlas; es lo que hago yo con mis cosas malas.

—¿A qué te refieres? —preguntó Dan, en un tono como si Semi le hiciera la misma gracia que una nueva clase de abejorro o de escarabajo.

—Es uno de mis juegos personales; voy a contártelo, pero me parece que te vas a reír de mí —dijo Semi, satisfecho de haber encontrado un tema más neutral—. Juego a que mi cabeza es una habitación redonda y mi espíritu, un ser con alas que vive en ella. En las paredes hay estanterías y cajones en los que guardo los pensamientos, mis cosas buenas, las malas y otras. Las buenas las pongo en un sito en el que pueda verlas y las malas las encierro, pero se escapan y tengo que volver a meterlas en el cajón y apretarlas contra el fondo, porque son muy fuertes. Juego con los pensamientos cuando estoy solo o en la cama, los invento y hago con ellos lo que quiero. Todos los domingos ordeno la habitación y hablo con el espíritu que vive ahí y le digo lo que tiene que hacer. A veces es muy malo y no me hace caso, y tengo que regañarlo y llevarlo a mi abuelo. Mi abuelo siempre consigue que se porte bien y lamenta sus faltas, pero le gusta este juego y me da cosas bonitas para guardar en los cajones, y me cuenta cómo se hace para encerrar las malas. ¿No te gustaría intentarlo tú? Funciona bastante bien.

Semi hablaba con tanta emoción y tanta fe que Dan no se rio de esta pintoresca fantasía, sino que dijo con seriedad:

—No creo que exista una cerradura capaz de contener mis cosas malas. Además, mi habitación es un desastre tan grande que no sé ni por dónde empezar.

—Pues los cajones del armarito los tienes perfectos, ¿por qué no vas a poder ordenar los otros?

—No estoy acostumbrado. ¿Me enseñas a hacerlo?

Dan parecía convencido de intentar esa forma infantil de Semi de poner orden en su espíritu.

—Me encantaría, pero no sé cómo, a no ser que hable como mi abuelo. No lo hago tan bien como él, pero lo intento, ¿te parece?

—No se lo digas a nadie; podemos venir aquí de vez en cuando y lo hablamos, y yo te lo pago contándote todo lo que sé de muchas cosas. ¿Te parece? —Y Dan le tendió la mano, grande y ruda.

Semi le tendió la suya, pequeña y suave, sin dudarlo, y así cerraron el trato, porque en el mundo feliz en el que vivía el menor de ellos, los leones y los corderos jugaban juntos y los niños pequeños enseñaban inocentemente a sus mayores.

—¡Calla! —dijo Dan, señalando hacia la casa.

Semi estaba a punto de iniciar otro discurso sobre la mejor forma de aplastar la maldad y que no se moviera; atisbando entre las ramas, vieron a tía Jo, que paseaba lentamente y leía al mismo tiempo, mientras Teddy correteaba detrás de ella arrastrando un carrito boca abajo.

—Espera, a ver si nos descubren —susurró Semi.

Y se quedaron los dos en silencio mientras la otra pareja se acercaba; la señora Jo iba tan absorta en el libro que se habría caído al arroyo si Teddy no la hubiera detenido con estas palabras:

—Mamita, *tero* pez.

La señora Jo dejó el delicioso libro que llevaba una semana intentando leer y miró alrededor en busca de una caña, acostumbrada como estaba a convertir cualquier cosa en un juguete. Antes de cortar una de un seto, una fina rama de sauce cayó a sus pies; miró hacia arriba y vio a los niños riéndose en el nido.

—¡Aúpa, aúpa! —exclamó Teddy, estirando los brazos y moviendo las faldas como si fuera a levantar el vuelo.

—Yo bajo y tú subes —le dijo Semi—. Ahora tengo que ir a ver a Daisy.

Y se fue a contar a su hermana la historia de los diecinueve gatos y los emocionantes episodios de la bota y el barril.

Subieron a Teddy enseguida y entonces Dan, riéndose, dijo:

—Suba usted también; hay sitio de sobra. ¡Yo la ayudo!

La señora Jo miró hacia atrás, pero no había nadie a la vista y, encantada con el juego, se echó a reír.

—Bueno, si no se lo cuentas a nadie, de acuerdo, subo.

Y en dos ágiles pasos se encaramó al sauce.

—Hacía que no trepaba a un árbol desde que me casé. Me gustaba mucho de pequeña —dijo, satisfecha en la sombría atalaya.

—Ahora, lea si quiere, que me ocupo yo de Teddy.

Y empezó a hacer una caña de pescar para el impaciente Chiqui.

—Creo que no me apetece seguir. ¿Qué hacíais Semi y tú aquí arriba? —le preguntó.

Por la expresión seria de Dan, le pareció que estaba dándole vueltas a algo en la cabeza.

—Hablar, nada más. Le he contado cosas de las hojas y eso, y él me ha contado sus curiosos juegos. Bien, comandante: ¡a pescar se ha dicho!

Dan completó el trabajo poniendo una enorme mosca azul en el alfiler doblado que colgaba al final de la cuerda que había atado a la caña de sauce.

Teddy bajó del árbol y enseguida se dedicó en cuerpo y alma a buscar al pez que sin duda llegaría enseguida. Dan lo sujetaba por las bonitas faldas para que no se cayera de cabeza al arroyo y la señora Jo no tardó nada en hacerle hablar dando ejemplo ella misma.

—Cuánto me alegro de que le cuentes cosas a Semi de las hojas y demás; es exactamente lo que necesita; y me gustaría que le enseñaras todo lo que sabes y que pasearais juntos.

—Me gustaría, es muy despierto, pero...

—Pero ¿qué?

—Pensaba que no confiaba usted en mí.

—¿Por qué?

—Es que Semi es muy bueno y yo soy tan malo que me parecía que no quería que se acercara a mí.

—Pero tú no eres tan malo como dices y además confío en ti, Dan, por completo, porque lo intentas de verdad y cada semana lo haces mejor.

—¿De verdad?

Dan la miró y la nube de indiferencia se evaporó de su expresión.

—Sí, ¿acaso no lo notas?

—Esa esperanza tenía, pero en realidad no lo sé.

—Yo observo y espero en silencio, porque me pareció mejor ponerte primero a prueba y, si la superabas, te daría la mejor recompensa que tengo. Y la has superado con creces, por eso ahora no solo te confío a Semi, sino también a mi propio hijo, porque puedes enseñarles muchas cosas mejor que nosotros.

—¿De verdad? —dijo Dan, asombrado.

—Semi ha vivido entre adultos tanto tiempo que necesita justo lo que puedes darle tú: conocimientos sobre cosas normales, fuerza y valor. Te considera el chico más valiente que ha visto en su vida, admira la determinación con que lo haces todo. Además, sabes mucho de naturaleza y puedes explicarle más cosas de los pájaros, las abejas, las hojas y los animales que todos los libros de cuentos y, para ser sincera, contigo aprenderá de todo y le vendrá muy bien. ¿Comprendes ahora lo mucho que puedes ayudarlo y por qué quiero que esté contigo?

—Pero a veces se me escapan palabrotas y a lo mejor me equivoco en algo. Sin querer, claro, pero si se me escapa, como «condenadamente» hace un momento... —dijo Dan, deseando cumplir con su deber y confesar sus faltas.

—Sé que procuras no hacer ni decir nada que pueda hacer daño a nuestro amiguito, y por eso creo que él también puede ayudarte a ti, porque es inocente y sabio a su manera infantil y tiene lo que intento darte yo, cielo: buenos principios. Nunca es pronto para inculcárselos a un niño, ni tarde para cultivarlos hasta en la persona más abandonada. Sois pequeños todavía, podéis enseñaros cosas el uno al otro. Semi te reforzará el sentido de la moral sin darse cuenta y tú le reforzarás a él el sentido común, y a mí me parecerá que os he ayudado a los dos.

No se puede expresar con palabras la satisfacción y la emoción de Dan por ser merecedor de tanta confianza y de tantas alabanzas. Hasta el momento, nadie se había fiado nunca de él, nadie se había ocupado de descubrir y estimular lo bueno que había en él y nadie había sospechado lo mucho que se escondía en el corazón del niño abandonado, que se estaba perdiendo rápidamente, aunque era sensible a la comprensión y a la ayuda y las apreciaba. A partir de este momento, ningún honor que le fuera reconocido le parecería ni la mitad de valioso que el derecho a enseñar sus pocas virtudes y sus escasos conocimientos a un niño que le inspiraba tanto respeto; tampoco se le habría podido imponer una restricción más eficaz que confiarle el cuidado del inocente compañero. Y entonces encontró valor para contarle a la señora Jo el trato que acababan de hacer Semi y él, y la mujer se alegró de que hubieran dado el primer paso con tanta naturalidad. Parecía que las cosas habían mejorado mucho para Dan, y eso era gratificante, porque al principio parecía una tarea muy difícil; y, como creía firmemente en la posibilidad de reformar incluso a personas mayores y mucho peores que él, la animaban mucho estos cambios tan rápidos y esperanzadores. Ahora el niño sabía que contaba con amigos y que tenía un sitio en el mundo, algo por lo que vivir y esforzarse y, aunque era parco en palabras, lo mejor, lo más valiente de un carácter envejecido por una experiencia dura en la vida respondía al amor y a la fe que se le prodigaban, y por tanto, su salvación estaba asegurada.

La tranquila conversación se vio interrumpida por un grito de gozo de Teddy, que, para asombro de todos, acababa de pescar una trucha donde hacía años que no se veía ninguna. El pequeño estaba tan encantado con su espléndido éxito que quiso enseñar el trofeo a toda la casa antes de que Asia la friera para la cena; y así, se fueron los tres juntos y felices, satisfechos de lo conseguido en media hora.

Ned fue el siguiente en acercarse al árbol, pero la visita fue breve; se sentó a sus anchas mientras Dick y Dolly cazaban saltamontes y grillos y los metían en un cubo para dárselos a él. Quería gastarle una broma a Tommy: meterle en la cama unos cuantos bichos vivos y así, cuando Bangs se acostara, tendría que levantarse otra vez sin demora y pasarse un buen rato cazando *«montesaltos»* por toda la habitación. Los cazadores terminaron enseguida, Ned les pagó con unas pastillas de menta y se retiró para hacer la cama a Tommy.

El viejo sauce estuvo una hora suspirando y cantando para sí, charlando con el arroyo y contemplando las sombras, que se iban alargando a medida que el sol descendía. Los primeros tonos sonrosados empezaban a teñirle las gráciles hojas cuando apareció un niño que avanzaba sigilosamente por el camino de la entrada, cruzaba el césped y, al ver a Billy a la orilla del arroyo, se acercó y, con voz misteriosa, le dijo:

—Vete a decir al señor Bhaer que quiero verlo aquí. Y que no te oiga nadie, por favor.

Billy asintió y echó a correr en tanto el niño trepaba al árbol y se sentaba con una expresión de inquietud, pero disfrutando del encanto del sitio y de la hora. A los cinco minutos apareció el señor Bhaer, saltó la cerca y se acercó al nido.

—Me alegro de verte, Jack —le dijo en un tono amable—, pero ¿por qué no entras en casa y nos saludas a todos?

—Quería verlo a usted primero, señor, por favor. Mi tío me ha obligado a volver. Sé que no merezco nada, pero espero que los compañeros no me maltraten mucho.

El pobre Jack no se llevaba muy bien con los demás, pero era evidente que lamentaba lo sucedido, que estaba avergonzado y que quería que lo recibieran lo mejor posible. Su tío le había pegado y lo había reñido mucho por seguir el ejemplo que él mismo le había dado. Jack le había rogado que no lo obligara a volver, pero el colegio era barato y el señor Ford insistió, así que el chico tuvo que volver lo más discretamente que pudo y se refugió en el señor Bhaer.

—Yo también, pero no puedo responder por ellos, aunque procuraré que no se comentan injusticias. Creo que, puesto que Dan y Nat sufrieron tanto siendo inocentes, tú, siendo culpable —dijo el señor Bhaer, compadeciéndose de Jack, pero convencido de que merecía un castigo por una falta difícil de justificar—, tendrías que sufrir un poco también, ¿no te parece?

—Sí, claro, pero devolví el dinero a Tommy y pedí perdón, ¿no es suficiente? —dijo, enfurruñado, porque el que hace una cosa tan fea no suele tener la valentía de afrontar las consecuencias.

—No; creo que tienes que pedir perdón a los tres chicos en público y con sinceridad. No creas que van a respetarte ni a confiar en ti enseguida, pero superarás esa desgracia si lo intentas, y puedes contar conmigo. Robar y mentir son pecados detestables y espero que esto te sirva de lección. Me alegro de que te avergüences, es una buena señal; llévalo con paciencia y haz cuanto puedas por ganarte una reputación mejor.

—Voy a organizar una subasta para vender todas mis cosas muy baratas —dijo Jack, con una muestra de arrepentimiento muy propia de él.

—Creo que sería mejor que lo regalaras todo y empezaras de cero. Adopta el lema «La honradez es el mejor proceder» y cúmplelo de palabra, de obra y de pensamiento y, aunque no ganes ni un centavo este verano, en otoño serás un niño rico —le dijo el señor Bhaer con convicción.

Era difícil, pero Jack aceptó, porque ahora creía de verdad que no valía la pena engañar y quería recuperar la amistad de los chicos. Le tenía tanto apego a sus pertenencias que se le encogía el corazón de pensar en regalar las que más apreciaba. Pedir perdón delante de todos sería fácil, en comparación; pero después empezó a darse cuenta de que había otras cosas invisibles, aunque mucho más valiosas que los cuchillos, los anzuelos o incluso el dinero. Así que decidió comprar un poco de integridad por muy cara que resultara y asegurarse el respeto de sus compañeros, aunque la integridad no se compra ni se vende.

—Sí, lo haré —dijo de pronto resueltamente, cosa que satisfizo al señor Bhaer.

—¡Bien! Entonces, estoy contigo. Vamos, empieza ahora mismo.

Y papá Bhaer devolvió al niño arruinado a su pequeño mundo, que al principio lo recibió con frialdad, pero poco a poco empezó a acercarse a él al ver que la lección le había sido de provecho y que tenía auténticas ganas de empezar un negocio nuevo con otra clase de bienes.

16

LA DOMA DEL POTRO

«¡Ay, Señor! ¿Qué está haciendo ese niño?», se dijo la señora Jo al ver a Dan corriendo como si le fuera la vida en ello. Estaba solo, como poseído por un deseo extraño de romperse la crisma a fuerza de correr; después de recorrer el mismo kilómetro varias veces, empezó a saltar muros y a dar volteretas por el camino de entrada, hasta que por fin se tiró en la hierba, delante de la puerta, como si estuviera agotado.

—¿Te entrenas para una carrera, Dan? —le preguntó desde la ventana.

El niño miró hacia arriba y dejó de jadear para responder riéndose:

—No, solo quería desahogarme.

—Y ¿no se te ocurre una forma menos fogosa de hacerlo? —dijo la señora Jo, riéndose también—. Con el calor que hace, te va a dar algo si sigues haciendo tanto ejercicio —añadió, mientras le tiraba un abanico de hoja de palma.

—Tiene que ser así. Necesito echar a correr —respondió Dan.

Una expresión singular en los inquietos ojos del niño alarmó a la señora Jo, y enseguida le preguntó:

—¿Plumfield se te ha quedado pequeño?

—Estaría bien que fuera un poco más grande. Pero me gusta, aunque a veces se me mete el demonio en el cuerpo y quiero escaparme.

Le debieron de salir las palabras sin querer, porque enseguida se arrepintió y parecía estar pensando que merecía un reproche por ser tan ingrato. Pero la señora Jo lo entendió perfectamente y, aunque lamentaba saberlo, no podía enfadarse con el niño por haberlo confesado. Lo miró con preocupación: había crecido mucho y se había hecho muy fuerte, los ansiosos ojos y el gesto resuelto de la boca rebosaban de energía. Había vivido mucho tiempo en libertad total; no era de extrañar que hasta las suaves riendas del colegio le pesaran de vez en cuando y el espíritu sin ley de antaño se apoderara de él. «Sí —pensó—, mi halcón salvaje necesita una jaula más grande; pero, si lo suelto, temo que se pierda. Tengo que buscar algo más fuerte que lo retenga y lo ponga a salvo.»

—Lo entiendo muy bien —dijo en voz alta—. No es «el demonio», como lo llamas tú, sino un anhelo de libertad muy natural en los jóvenes. A mí me pasaba lo mismo e incluso también llegué a pensar en escaparme en una ocasión.

—Y ¿por qué no lo hizo? —preguntó Dan.

Se acercó a la ventana y se apoyó en el alféizar con un deseo evidente de seguir hablando del tema.

—Sabía que era una locura y me quedé porque quería mucho a mi madre.

—Yo no tengo madre —empezó a decir Dan.

—Creía que ahora sí —replicó la señora Jo, apartándole el pelo con suavidad de la sofocada frente.

—Usted es tan buena conmigo que nunca se lo podré agradecer bastante, pero es que no es lo mismo, ¿verdad? —dijo, mirándola con una expresión melancólica y hambrienta que le llegó al corazón.

—No, cielo, no es lo mismo y nunca lo podrá ser. Creo que habrías querido muchísimo a tu propia madre, pero, como no puede ser, tienes que procurar dejarme llenar ese hueco a mí. Me da la impresión de que no he hecho todo lo que debo, porque si no, no querrías dejarme —añadió con cara de pena.

—¡Sí, sí que lo ha hecho! —exclamó Dan—. No quiero irme de aquí, si puedo evitarlo; pero a veces me entran unas ganas tremendas de explotar de alguna manera. Quiero echar a correr de cabeza a donde sea, o aplastar algo o estrellarme contra alguien. No sé por qué, pero me pasa y no lo puedo remediar.

Lo dijo riéndose, pero con toda sinceridad, porque frunció las negras cejas y descargó el puño contra el alféizar con tanta fuerza que a la señora Jo se le cayó el dedal a la hierba. El chico lo recogió y, al devolvérselo, ella le retuvo la mano un momento y, con una expresión que demostraba el esfuerzo que le costaba hablar, dijo:

—Bien, Dan, si tienes que irte, vete, pero no muy lejos; y vuelve enseguida conmigo, porque te quiero mucho.

No se esperaba que le diera permiso para irse y por algún motivo se le pasaron un poco las ganas. No entendía por qué, pero la señora Jo sí, porque conocía la obstinación natural de la mente humana y con eso contaba para que la ayudara en este momento. El instinto le decía que cuanto más corto se atara al chico, más se rebelaría; pero, si lo soltaba, se conformaría con la simple sensación de libertad, además de saber que las personas a las que más quería deseaban tenerlo a su lado. Fue una especie de experimento, pero funcionó, porque Dan se quedó en silencio un momento, haciendo migas el abanico sin darse cuenta mientras le daba vueltas al asunto en la cabeza. La señora Jo había apelado a su corazón y a su sentido del honor, y así lo reconoció él cuando, con una mezcla de remordimiento y resolución, dijo:

—Voy a esperar un poco más, y la avisaré antes de irme. ¿Le parece bien?

—Sí, podemos hacerlo así. Y ahora, a ver si se me ocurre una forma mejor de desahogo que correr y correr como loco y destrozar mis abanicos o pelearte con los chicos. ¿Qué podemos inventar?

Y, mientras Dan intentaba arreglar el abanico, la señora Jo rebuscaba en la cabeza una forma de poner al chico a salvo hasta que aprendiera a apreciar mejor las lecciones. Hasta que de pronto se le ocurrió una idea.

—¿Te gustaría ser mi recadero? —le preguntó.

—¿Se refiere a ir a la ciudad a hacer mandados? —preguntó Dan con un interés instantáneo.

—Sí; Franz ya se ha cansado, de Silas no podemos prescindir y el señor Bhaer no tiene tiempo. El viejo Andy es un caballo muy manso y tú eres un buen cochero y sabes moverte por la ciudad tan bien como los carteros. Vamos a intentarlo, y a ver si no será mejor ir a la ciudad dos o tres veces a la semana que escaparte una vez al mes.

—Me encantaría, pero quiero ir solo y hacerlo todo yo, sin que nadie me estorbe —dijo Dan, tan entusiasmado con la idea que empezó a poner condiciones.

—Si el señor Bhaer no se opone, se hará todo a tu gusto. Supongo que Emil protestará, pero a él no se le dan muy bien los caballos y a ti en cambio sí. Por cierto, mañana es día de mercado y tengo que hacer la lista de la compra. Vete a ver si el carromato está en orden y di a Silas que prepare la fruta y la verdura para mi madre. Tienes que madrugar y volver a tiempo para las clases, ¿podrás?

—Siempre me despierto pronto, así que me da igual —dijo Dan, y se colgó la chaqueta en un hombro con desparpajo.

—A quien madruga Dios le ayuda, ¿verdad? —dijo la señora Jo alegremente.

—Desde luego que sí —respondió Dan.

Y se fue tan contento a cambiar el mango de la tralla, a limpiar el carromato y a dar órdenes a Silas más ufano que un joven recadero.

«Tengo que encontrar algo de reserva antes de que se canse de esto y le dé otro ataque de inquietud», se dijo la señora Jo mientras hacía la lista de la compra; agradeció profundamente que no todos sus niños fueran como Dan.

El señor Bhaer no estaba totalmente de acuerdo con el plan, pero accedió a hacer la prueba, con lo que Dan se vio obligado a demostrar su valía y a renunciar a ciertas ideas locas que se le habían ocurrido en relación con la tralla nueva y una cuesta muy larga. Por la mañana se levantó, partió muy temprano y resistió como un héroe la tentación de echar una carrera al lechero que iba a la ciudad. Cuando llegó, hizo los recados con mucho cuidado y volvió al trote ligero a tiempo para las clases, para gran sorpresa del señor Bhaer y mayor satisfacción de la señora Jo.

En efecto, el Comodoro protestó por el ascenso de Dan, pero lo aplacaron regalándole un candado de calidad superior para su nuevo cobertizo para botes e insinuándole la idea de que los marinos estaban destinados a mayores honores que ir a la ciudad a hacer los recados de la casa. Y así, Dan cumplió con su nuevo cargo a gusto de todos y pasó unas semanas tranquilo, sin acordarse más de las escapadas. Pero un día, el señor Bhaer lo vio sacudiendo puñetazos a Jack, que pedía clemencia a voz en grito, aplastado por la rodilla de Dan.

—Pero, Dan, ¿no habías dejado las peleas? —le recriminó, acudiendo al rescate del otro.

—No estamos peleando, esto es solo un combate —respondió Dan, levantándose de mala gana.

—Pues lo parece y duele más, ¿no, Jack? —dijo el señor Bhaer, mientras el caballero derrotado se ponía de pie con dificultad.

—No volverá a verme luchando con él —dijo Jack, enfadado—. Casi me parte la cabeza —añadió, sujetándose esa parte del cuerpo como si de verdad se le hubiera soltado de los hombros.

—Lo cierto es que empezamos jugando, pero cuando lo tumbé, no pude evitar darle unos puñetazos. Siento haberte hecho daño, amigo mío —dijo Dan, bastante avergonzado.

—Comprendo. Tenías tantas ganas de machacar a alguien que no pudiste resistirlo. Eres una especie de vikingo, Dan, y necesitas a alguien con quien zurrarte tanto como Nat la música —dijo el señor Bhaer, que estaba al tanto de la conversación entre el chico y la señora Jo.

—No lo puedo evitar. Así que, si no quieres que te zurren, más vale que no te cruces conmigo —dijo Dan, con una mirada de aviso en los negros ojos que hizo desaparecer a Jack a toda prisa.

—Si necesitas luchar, voy a darte un espécimen más duro que Jack —dijo el señor Bhaer.

Lo llevó al aserradero; señaló unas raíces de árboles que habían desenterrado en primavera y se habían quedado allí en espera de que las cortaran.

—Ahí está. Cuando tengas ganas de maltratar a alguien, ven aquí a desahogar la energía, y te lo agradeceré.

—Claro que sí.

Tomó un hacha que había al lado, levantó una raíz gruesa y empezó a repartir hachazos con tanto vigor que las astillas volaban a gran distancia, y el señor Bhaer se fue de allí por piernas.

Le hizo mucha gracia que Dan se lo tomara tan al pie de la letra, pues se lo veía a menudo luchando contra las retorcidas raíces, sin sombrero ni chaqueta, sofocado, con la mirada iracunda: y es que se encolerizaba como una fiera con algunos de sus adversarios y los insultaba en voz baja hasta que los conquistaba; después, exultante, desfilaba hasta el cobertizo como un triunfador, con una carga de leña de roble. Le salieron ampollas en las manos, le dolió la espalda y desfiló el hacha, pero le sentó muy bien, y las feas raíces le proporcionaron más satisfacción de lo que podía esperarse, porque con cada hachazo descargaba un poco de las energías contenidas que, de otro modo, habría tenido que desahogar con peores consecuencias.

«Cuando se le acabe esto, no sé qué voy a inventarme», pensaba la señora Jo, que no estaba nada inspirada y se había quedado sin recursos.

Pero Dan encontró en qué ocuparse por su propia cuenta y lo disfrutó un tiempo antes de que se descubriera el motivo de su satisfacción. Aquel verano el señor Laurie había dejado un hermoso caballo joven en Plumfield que corría en libertad por los pastos del otro lado del arroyo. El vigoroso y bello animal despertó gran interés entre los niños, que pasaban largos ratos viéndolo galopar y retozar con la tupida cola volando y la noble cabeza en alto. Pero no tardaron en cansarse y enseguida dejaron solo al Príncipe Charlie. Excepto Dan, que nunca se cansaba de contemplarlo, iba a verlo prácticamente a diario y le llevaba un terrón de azúcar, un poco de pan o una manzana para que se encontrara a gusto. Charlie, agradecido, aceptó esta amistad y nació entre ellos un cariño como si tuvieran algún vínculo en común, inexplicable pero fuerte. Estuviera donde estuviese, Charlie siempre acudía al galope cuando oía el silbido de Dan en la cerca, y la felicidad del chico no tenía límites cuando el bello y veloz ejemplar le ponía la cabeza en el hombro y lo miraba con unos bonitos ojos que reflejaban aprecio e inteligencia.

«Nos entendemos sin tanta palabrería, ¿a que sí, amigo mío?», le decía, orgulloso de la confianza del caballo y tan celoso de su relación que no le contaba a nadie lo mucho que prosperaba la amistad ni invitaba a nadie más que a Teddy a acompañarlo a estas visitas diarias.

El señor Laurie se presentaba de vez en cuando a comprobar el estado de Charlie y hablaba de empezar a ponerle arneses en otoño.

—No tardaremos en domarlo, es muy confiado y tiene buen carácter. Un día de estos le pongo la silla y lo pruebo yo mismo —dijo en una de estas visitas.

—A mí me deja ponerle el ronzal, pero no creo que soporte la silla aunque se la ponga usted —respondió Dan, que jamás faltaba a las visitas que hacía el amo al caballo.

—Lo convenceré, ya verás, y me da igual si me tira un par de veces al principio. Nunca lo han maltratado y, aunque le sorprendan las novedades, creo que no se va a asustar y no hará ningún movimiento peligroso.

«¿Cómo reaccionaría Charlie?», pensó Dan, mientras el señor Laurie se iba con el profesor. Volvió a la valla, de la que se había retirado al ver acercarse a los caballeros. Se sentó en el madero más alto; el lomo lustroso del animal le quedaba tentadoramente cerca de la mano y le entraron unas ganas tremendas de hacer una prueba. Sin acordarse del peligro, se dejó llevar por el impulso y, mientras Charlie mordisqueaba con suspicacia la manzana que le ofrecía, Dan lo montó con un movimiento rápido y silencioso. Pero no duró mucho, porque el potro soltó un bufido de sorpresa, levantó las patas delanteras y lo depositó en el suelo. Dan no se hizo daño, porque la tierra estaba blanda, y se levantó riéndose.

—¡Pero lo he hecho! —exclamó—. Ven aquí, granuja, que voy a intentarlo otra vez.

Pero Charlie no quiso acercarse y Dan lo dejó en paz con intención de no parar hasta conseguirlo; se trataba de una lucha justo a su medida. Al día siguiente llevó un ronzal, se lo puso y estuvo un rato jugando con él, dirigiéndolo de un lado a otro y haciendo cabriolas hasta que el animal se cansó un poco; entonces, el chico se sentó en la valla y le dio pan, pero vio la oportunidad de asir el ronzal con fuerza y se subió al lomo de Charlie. El caballo intentó lo mismo que el día anterior, pero Dan no se cayó porque había practicado con Toby, que a veces se obstinaba e intentaba tirar al jinete. El potro estaba tan asombrado como indignado y, después de unas cuantas cabriolas, se puso al galope y Dan cayó al suelo de cabeza. Si no hubiera sido un niño de esos que salen indemnes de toda clase de peligros, se habría roto la crisma. De todos modos, la caída fue aparatosa y se quedó tumbado recobrándose del golpe, mientras Charlie corría por el campo moviendo la cabeza, muy satisfecho del castigo que había infligido al jinete. Después, de pronto se le ocurrió que a lo mejor a Dan le había pasado algo y, magnánimo como era, se acercó a ver qué era. Dan se dejó olisquear mientras observaba la perplejidad de su amigo, hasta que lo miró de frente y con decisión, como si el caballo pudiera entenderlo, le dijo:

—Crees que has ganado, pero te equivocas, amigo mío; al final te montaré, ya lo verás.

Ese día no volvió a intentarlo, pero poco después probó otro método de acostumbrarlo a soportar una carga. Le ató una manta doblada en el lomo y después lo soltó para que corriera, se encabritara, diera vueltas y relinchara cuanto quisiera. Después de unos cuantos ataques de rebelión, Charlie se sometió y pocos días después consintió que el chico lo montara, aunque se paraba de repente cada poco y lo miraba como diciendo, entre paciente y enfadado: «No lo entiendo, pero supongo que no vas a hacerme daño, así que te permito la libertad que te tomas».

Dan lo acarició y lo alabó, y cada día daba una vuelta corta; se cayó muchas veces, pero siguió insistiendo; tenía muchas ganas de ponerle una silla y unas

bridas, pero no se atrevía a confesar lo que había hecho. Sin embargo, consiguió su deseo, porque un testigo que había visto todo el proceso habló en su favor.

—¿Sabe lo que ha estado haciendo ese muchacho últimamente? —preguntó Silas a su jefe una noche, cuando le daban las instrucciones para el día siguiente.

—¿Cuál de ellos? —dijo el señor Bhaer con resignación, esperando una mala noticia.

—Dan, señor; ha estado domando al potro, y que me muera ahora mismo si no lo ha conseguido —respondió Silas riéndose por lo bajo.

—¿Cómo lo sabes?

—Bueno, es que siempre vigilo un poco a los muchachitos sin que se den cuenta y por eso sé lo que hacen y, cuando vi que Dan iba siempre a los pastos y volvía lleno de moratones, sospeché que pasaba algo. Por eso, sin decir nada, me subí a lo alto del establo y desde allí lo vi jugando con Charlie sin parar; el caballo lo tiraba una vez y otra y otra y lo revolcaba como un saco de patatas. Pero el muchachito lo aguantó todo y además le gustaba y por eso siguió y siguió y siguió como si nada.

—Pero, Silas, tenías que habérselo impedido... podía haberse roto la crisma —dijo el señor Bhaer, pensando en cuál sería la siguiente extravagancia que se les metería en la cabeza a esos indomables.

—Sí, claro; pero por eso, porque no era tan peligroso, porque Charlie no hace cosas raras, es el caballo más manso que he visto en la vida. La cosa es que me daba pena fastidiarle la diversión; por eso, porque las agallas es lo que más admiro en la vida, y Dan las tiene por arrobas. Y sé que ahora quiere una silla, pero no se atreve ni a hacerse con la vieja a hurtadillas. Por eso se lo cuento, porque a lo mejor usted le deja probar, a ver de lo que es capaz. Al señor Laurie no le va a molestar y Charlie aprenderá.

—Ya veremos.

El señor Bhaer fue a informarse bien del asunto sin demora.

Dan se lo contó todo a la primera y, con orgullo, demostró que Silas tenía razón: hizo una exhibición de lo bien que manejaba a Charlie, porque a fuerza de insistir y de muchas zanahorias y de perseverancia infinita, había conseguido montar al potro con una manta y el ronzal. Al señor Laurie le hizo mucha gracia, y la valentía y la habilidad del chico le complacieron tanto que le dejó participar en todo lo concerniente al caballo. Además, empezó a educarlo sin esperar al otoño so pretexto de que no quería que un chiquillo espabilado le ganara por la mano. Gracias a Dan, Charlie aceptó la silla y las bridas sin mayor dificultad tan pronto como se reconcilió con el indigno bocado; el señor Laurie lo entrenó un poco y después permitió a Dan que lo montara, para gran admiración y envidia de los demás niños.

—¿Verdad que es una preciosidad? Y ¿verdad que me obedece como un corderito? —dijo Dan un día, con el brazo alrededor del cuello de Charlie.

—Sí, y ¿verdad que es un animal mucho más útil y agradable que el potro salvaje que se pasaba el día corriendo por el campo y saltando vallas y que se escapaba de vez en cuando? —dijo la señora Bhaer desde los escalones, donde salía siempre a mirar cuando Dan montaba a Charlie.

—Sí, sí, claro. Fíjese, ahora ya no se va a escapar, aunque no lo ate, y viene en cuanto me oye silbar: lo he domado bien, ¿a que sí?

Dan estaba tan satisfecho como orgulloso, y con motivo, porque, a pesar de los combates que sostenían, Charlie lo quería más que a su amo.

—Yo también estoy domando a un potro —dijo la señora Jo, sonriendo a Dan con tal complicidad que el niño lo entendió al momento— y creo que lo haré tan bien como tú si tengo paciencia y persevero.

—No vamos a saltar la valla para escaparnos —respondió riéndose, pero con mucha convicción—, vamos a quedarnos aquí para que nos conviertan en una yunta bonita y práctica, ¿a que sí, Charlie?

17

Lectura de redacciones

—Daos prisa, niños; son las tres y, como sabéis, a tío Fritz le gusta la puntualidad —dijo Franz un miércoles por la tarde, cuando sonó la campana.

Una fila de jóvenes escritores armados de libros y papel se dirigió al museo.

Tommy estaba en el aula, inclinado encima del pupitre, con salpicaduras de tinta por todas partes y sofocado con la efervescencia de la inspiración; además tenía prisa, como de costumbre, porque el despreocupado Bangs nunca estaba preparado hasta el último momento.

Cuando Franz cruzó el umbral mirando a los rezagados, Tommy estampó el último borrón y la última floritura y salió por la ventana agitando el papel para que se secara. Detrás iba Nan dándose importancia, con un gran rollo en la mano; Semi escoltaba a Daisy y ambos iban radiantes, como cómplices de un secreto delicioso.

En el museo había orden, el sol se colaba entre las parras y proyectaba bonitas sombras en el suelo desde la gran ventana. El señor y la señora Bhaer estaban sentados en un lado; en el otro había una mesita en la que iban dejando las redacciones a medida que las leían, y los niños formaban un gran semicírculo sentados en sillas de campaña, que de vez en cuando se cerraban y dejaban al ocupante en el suelo, cosa que evitaba que la reunión se adormeciera. Leerlas todas era una tarea ardua, así que se repartía entre todos y este miércoles los protagonistas principales eran los menores; a los mayores les tocaba escuchar, y así lo hacían, con una actitud condescendiente y criticando sin miramientos.

—Primero las damas, conque, Nan, empieza tú —dijo el señor Bhaer en cuanto cesó el ruido de sillas y el crujido de papeles.

Nan se colocó al lado de la mesita y, con una risita preliminar, leyó la siguiente e interesante redacción sobre «La esponja».

—La esponja, amigos míos, es una planta muy útil e interesante. Crece entre las rocas del fondo del mar y creo que es una especie de alga. Las recogen, las ponen a secar y las lavan, porque dentro de los agujeros de las esponjas viven peces e insectos pequeñitos; en mi esponja nueva encontré conchas y arena. Algunas son muy suaves y blandas, y se usan para bañar a los niños pequeños. Pero las esponjas sirven para muchas cosas. Voy a contaros algunas y espero que mis amigos no olviden lo que voy a decir. Sirven para lavarse la cara; a mí no me gusta, pero lo hago porque quiero estar limpia. Hay gente que no se la lava porque es sucia. —La lectora miró severamente a Dick y a Dolly, los niños se avergonzaron y en ese mismo momento decidieron frotarse a conciencia en todas las ocasiones—. También sirven para despertar a la gente, a los niños espe-cial-men-te. —Otra pausa después de la larga expresión para disfrutar de las risas contenidas que se oyeron en toda la sala—. Algunos niños no se levantan cuando los llaman, y entonces Mary Anne les moja la cara escurriendo una esponja empapada y ellos se vuelven tan locos que se despiertan.

Estallaron las carcajadas sin ninguna contención y Emil, como si le hubieran dado un bofetón, dijo:

—Me parece que te estás desviando del tema.

—¡No, qué va! Tenemos que escribir sobre las plantas o los animales, y yo he escrito sobre los dos, porque los niños son animales, ¿no es así? —exclamó Nan. Un «¡No!» indignado le saltó a la cara, pero ella, imperturbable, continuó—: También sirven para otra cosa muy interesante que hacen los médicos, y es mojarla en éter para ponérsela a la gente en la nariz cuando van a sacarle una muela. Es lo que voy a hacer yo cuando sea mayor, daré éter a los enfermos para que se duerman y no les duela nada cuando les corte los brazos o las piernas.

—Había una persona que mataba a los gatos con éter —dijo Semi en voz alta, pero Dan lo hizo callar al instante empujándole la silla y poniéndole un sombrero en la cara.

—No consiento que me *interrucpáis* —dijo Nan, mirando a los indecorosos alborotadores con el ceño fruncido.

El orden se restableció al momento y la damita llegó al final de sus observaciones.

—Amigos, termino con tres consejos. —Alguien soltó un gruñido grosero, pero todo el mundo hizo caso omiso—: Primero, lavaos la cara; segundo, levantaos temprano; y tercero, cuando os pongan una esponja mojada en éter en la nariz, respirad hondo, no deis patadas y os sacarán la muela como si nada. He terminado.

Y la señorita Nan se sentó en su sitio entre aplausos atronadores.

—Una redacción muy acertada, instructiva y con mucho sentido del humor. Muy bien hecho, Nan. Ahora, Daisy —y el señor Bhaer sonrió a la damita al tiempo que invitaba a salir a la otra.

Daisy se sonrojó de una forma muy tierna al ponerse de pie y, con su vocecita modesta, dijo:

—Creo que la mía no os va a gustar; no es bonita ni graciosa como la de Nan. Pero no he sabido hacerlo mejor.

—Las tuyas siempre nos gustan, florecilla mía —dijo tío Fritz.

Un murmullo de aprobación recorrió la sala, los niños confirmaban la opinión de tío Fritz y, animada, Daisy empezó a leer su ejercicio y todos la escucharon con respeto y atención.

—El gato. El gato es un animal encantador. A mí me gustan mucho los gatos. Son limpios y bonitos, cazan ratas y ratones, se dejan mimar y te toman cariño si los tratas bien. Son muy listos y nunca se pierden. También se llaman mininos y las crías son un cielo. Tengo dos gatos que se llaman Huz y Buz, y su mamá, Luz, porque tiene los ojos amarillos como la luz del sol. Mi tío me contó una historia muy bonita de un hombre que se llamaba Ma-ho-ma. Tenía una gata muy buena y un día se le durmió en la manga, pero él quería ir a algún sitio y, para no despertarla, se cortó la manga. Creo que era un hombre muy bueno también. Algunos gatos cazan peces.

—¡Yo *tamén*! —exclamó Teddy, que se levantó de un brinco para hablar de su trucha.

—¡Silencio! —dijo su madre.

Y lo sentó lo más rápido que pudo, porque Daisy era muy ordenada y no le gustaba nada que la *interructieran,* como decía Nan.

—En un libro leí cómo los cazaba un gato muy listo. Quise enseñar a Luz a hacerlo, pero no le gusta el agua y me arañó. Pero el té sí le gusta y, cuando juego en mi cocina, toca la tetera con la patita hasta que le doy un poco. Es una gata muy fina, come tarta de manzana y melaza. Eso no les gusta a muchos gatos.

—¡Una redacción de primera! —exclamó Nan.

Daisy se retiró satisfecha con la alabanza de su amiga.

—Semi está tan impaciente que vamos a decirle que salga ahora mismo o no se podrá contener —dijo tío Fritz, y Semi se levantó sin perder un segundo.

—¡He escrito una poesía! —anunció en tono triunfante, y leyó el producto de su primer esfuerzo con voz fuerte y solemne.

La mariposa

Dedico esta poesía
a una cosa muy bonita
que vuela como los pájaros
pero no canta ni pía.

Primero es un gusanito,
luego una crisálida encerrada,
y por fin una mariposa
totalmente transformada.

No construye colmenas,
la miel y el rocío son su manjar,
no pica como las avispas, los tábanos y las abejas
y por ser tan buenos como ellas nos debemos esforzar.

Quisiera ser mariposa
con alas de colorines de una espléndida belleza,
pero no me gustaría que Dan
me pusiera alcanfor en la cabeza.

El singular estallido de ingenio hizo temblar el museo y Semi tuvo que leer la poesía otra vez, empresa un tanto difícil porque había pocas comas y al pobre poeta no le llegaba el aliento hasta el final de los versos más largos.

—¡A ver si nos ha salido un Shakespeare aquí! —dijo tía Jo tronchándose de risa, porque esta perla poética le recordó a una que había escrito ella a los diez años, y que empezaba de una forma un tanto tétrica:

Una tumba silenciosa
junto al río quiero yo,
y aves y mariposas
cantando a su alrededor.

—Ahora tú, Tommy. Si en el papel hay tanta tinta como la que llevas encima, será una redacción larga —dijo el señor Bhaer, después de convencer a Semi de que dejara el papel y se sentara.

—No es una redacción, es una carta. Es que, verá, se me olvidó que me tocaba hoy, no me acordé hasta el final de las clases, y luego no sabía de qué hablar y no tenía tiempo para leer, así que me pareció que le daría igual si usaba una carta que le escribí a mi abuela. Hablo de pájaros, así que pensé que podía servir.

Después de la larga excusa, Tommy se zambulló en un mar de tinta y se puso a flotar haciendo alguna pausa de vez en cuando para descifrar algunas de sus florituras.

Mi querida abuelita, espero que estés bien. Tío James me ha mandado un rifle de bolsillo. Es un instrumento de matar pequeño y precioso que tiene esta forma (aquí, Tommy mostró un dibujo bastante bueno de algo que parecía una bomba complicada o el interior de una pequeña máquina de vapor): 44 es la mira; 6 es la culata, que encaja en A; 3 es el gatillo y 2 el seguro. Se carga por el cerrojo y dispara con mucha fuerza y precisión. Pronto iré a cazar ardillas. He cazado unos cuantos pájaros para el museo. Tenían pintas en el pecho y a Dan le gustaron mucho. Los disecó de primera y los puso en un árbol de una forma que parece que estén vivos, aunque uno ha quedado un poco torcido. El otro día vino un señor francés a trabajar aquí, pero Asia no sabía decir su nombre y se inventó unos cuantos tan graciosos que te lo voy a contar: el hombre se llamaba Germain. Al principio lo llamaba Jerry, pero como nos reímos, empezó a llamarlo Jeremías, que también nos dio mucha risa, y entonces lo cambió por señor Germany; y otra vez nos echamos a reír, y entonces dijo Garrymón, y así se quedó para siempre. Te escribo poco porque tengo mucho que hacer, pero me acuerdo a menudo de ti con mucho cariño, y espero sinceramente que te lo pases tan bien como puedas sin mí. Tu nieto que te quiere,

Thomas Buckmaster Bangs

P. D. Acuérdate de mí si encuentras sellos de correos.

N. B. Besos para todos y muchos muchos para tía Almira. ¿Sigue haciendo sus ricos bizcochos de ciruelas?

P. D. Muchos recuerdos de la señora Bhaer.

P. D. El señor Bhaer también te los mandaría si supiera que te estoy escribiendo.

N. B. Papá me va a regalar un reloj por mi cumpleaños. Me alegro, porque, como nunca sé la hora que es, a veces llego tarde a clase.

P. D. Tengo ganas de verte. ¿No tienes ganas de mandar a buscarme?

T. B. B.

Cada postdata y *nota bene* provocaba carcajadas generales, así que cuando Tommy llegó a la sexta y última, estaba tan cansado que se alegró de poder sentarse y secarse la sofocada cara.

—Espero que la buena señora llegue con vida al final de la carta —dijo el señor Bhaer, amparándose en el bullicio.

—Vamos a pasar por alto lo que dice tan claramente en la última postdata. Bastante tendrá la buena mujer con leerla, como para cargar con una visita del niño —respondió la señora Jo al acordarse de que la anciana señora tenía que guardar cama después de las visitas de su incontrolable nieto.

—*Ahoda* yo —dijo Teddy.

Había aprendido una poesía y tenía tantas ganas de recitarla que no había parado de moverse durante las lecturas: no podía contenerse más.

—Puede que se le olvide si espera otro poco, y me ha costado mucho trabajo que se la aprendiera —dijo su madre.

Teddy salió a la palestra, hizo una reverencia e inclinó la cabeza como deseando complacer a todo el mundo; después, con su voz infantil y mucho énfasis donde no correspondía, dijo los versos sin respirar ni una vez:

Pequeñas gotas de agua
y pequeños *ganos* de *adena*
hacen la buena *tieda*
y la *imensa mad sedena.*
Si decimos a *diadio*
unas *palabdas* am'ables
la casa *sedá* un *padaíso*
y la vida más *agadable.*

Al final aplaudió, hizo otra doble salutación y, desbordado por el éxito de su «poseía», porque la ovación fue clamorosa, fue corriendo a refugiarse en el regazo de su madre.

Dick y Dolly no escribían, pero les dijeron que podían observar las costumbres de los animales e insectos e informar después oralmente. A Dick le gustó la idea y, además, siempre tenía mucho que decir, así que, cuando lo llamaron, desfiló hasta la mesita y, dirigiéndose al público con una mirada brillante y segura, contó sus observaciones con tanto afán que nadie se rio de sus deformidades, porque, por dentro, un «alma recta» lo iluminaba y lo agraciaba.

—He observado a las libélulas, he leído sobre ellas en el libro de Dan y ahora voy a intentar contaros todo lo que recuerdo. Hay muchas volando alrededor del estanque, todas azules, con los ojos grandes y unas alas como de encaje muy bonitas. Capturé una y la miré, y me pareció el insecto más bello de todos. Cazan bichitos más pequeños que ellas y se los comen y tienen un gancho muy curioso que se recoge cuando no están cazando. Les gusta el sol y se pasan el día bailando por ahí. Bueno, a ver, ¿qué más quería contaros? ¡Ah, sí! Ponen los huevos en el agua; los huevos se caen hasta el fondo y se pegan al limo. De ellos salen unas cositas feas muy pequeñas, que no sé cómo se llaman, pero son marrones y van creciendo y cambiando de piel todo el tiempo. Porque resulta que ¡tardan dos años en convertirse en libélulas! Y ahora, prestad mucha atención porque lo que voy a decir es lo más curioso de todo y no creo que lo sepáis. Cuando llega el momento, esas cositas feas y sucias lo notan de alguna manera, no sé cómo, y entonces salen del agua trepando por un lirio o por una espadaña y de pronto se les abre la espalda.

—¡Vamos, anda! ¡No me lo creo! —dijo Tommy, que no era muy observador y creía que Dick «se lo estaba inventando».

—¡Pues claro que se le abre la espalda! ¿A que sí? —dijo Dick, apelando a la autoridad del señor Bhaer, que asintió con gran decisión para regocijo del orador—. Bueno, pues de ahí sale la libélula completa, se pone al sol... como para terminar de nacer, ya sabéis, y se hace fuerte; luego extiende esas alas tan bonitas que tiene, se va a volar por ahí y nunca más vuelve a ser ese bichito feo y sucio. Y ya está, no he aprendido nada más, pero voy a seguir observando, a ver si descubro cómo lo hacen, porque es maravilloso transformarse en una cosa tan bonita como una libélula, ¿no os parece?

Dick había relatado sus observaciones con soltura y, cuando describió el vuelo del insecto recién nacido, había agitado las manos mirando hacia arriba como si lo viera y quisiera seguirlo. En ese momento, el público de mayor edad percibió algo en su rostro que le hizo pensar que algún día se cumpliría el deseo del pequeño Dick y que, después de muchos años de incapacidad y dolor, dejaría atrás su triste cuerpo, volaría hasta el sol y encontraría una forma nueva y hermosa en un mundo más feliz que el presente. La señora Jo lo llamó a su lado, le dio un beso en la delgada mejilla y le dijo:

—Nos has contado una historia preciosa, cielo, y te has acordado muy bien de todo. Voy a escribir a tu madre para contárselo.

Dick se sentó en las rodillas de la señora Jo, sonriente y satisfecho con lo que le había dicho y dispuesto a observar más para descubrir a la libélula en el momento de cambiar el cuerpo viejo por el nuevo, para ver cómo lo hacía. Dolly hizo unos comentarios sobre el «pato», que recitó como una cantinela, porque se los había aprendido de memoria y le parecía una lata tener que hacer todo eso.

—Es difícil cazar patos silvestres; los cazadores se esconden y disparan con escopetas para matarlos, y tienen otros patos amaestrados para que graznen y atraigan a los silvestres hasta que se les ponen a tiro. También tienen patos de madera, que parece que vuelan dando vueltas, y entonces los silvestres se acercan a verlos; me parece que son tontos. Nuestros patos son domésticos. Comen mucho y picotean entre el barro y el agua. No saben cuidar sus huevos, dejan que se estropeen y que...

—¡Los míos no! —exclamó Tommy.

—Bueno, los de otros; me lo ha dicho Silas. Las gallinas cuidan muy bien a los patitos, pero no les gusta que vayan al agua y se alborotan mucho. Pero a los patitos les da igual. Me gusta el pato relleno con mucha salsa de manzana.

—Voy a contar algo de los búhos —empezó Nat, que se había preparado el trabajo con mucho esmero y con ayuda de Dan.

—Los búhos tiene la cabeza grande, los ojos redondos, el pico curvo y unas garras fuertes. Los hay grises, blancos y negros con algo amarillo. Las plumas son muy suaves y sobresalen mucho. No hacen ruido al volar y cazan murciélagos, ratones, pájaros pequeños y cosas así. Construyen el nido en establos, en árboles huecos y a veces aprovechan el de otras aves. El gran búho real pone dos huevos que son más grandes que los de gallina y de un color marrón rojizo. El cárabo es un búho más pequeño que pone cinco huevos blancos y lisos, y es el que ulula por la noche. Hay otra clase de búho que parece un pájaro llorando. Comen ratones y murciélagos y se los tragan enteros, pero hacen una bola con las partes que no pueden digerir y la escupen.

—¡Ay, madre, qué cosas! —se oyó exclamar a Nan.

—De día no ven y, si salen cuando hay luz, revolotean medio ciegos y los otros pájaros les dan picotazos como si fuera muy divertido. El búho real es muy grande, casi tanto como el águila. Come conejos, ratas, culebras y pájaros, y vive entre las rocas y en casas derrumbadas. Grita de muchas maneras diferentes y grazna como una persona que se asfixia. También dice «¡uh, uh!», la gente se asusta mucho por la noche en el bosque al oírlo. El búho nival vive en la costa y en sitios fríos y se parece un poco a un halcón. Hay una clase de búho que hace agujeros en el suelo para vivir, como los topos. Se llama mochuelo de madriguera y es muy pequeño. La lechuza común es la más abundante; he visto una en un agujero de un árbol, parecía un gato gris, con un ojo cerrado y otro abierto. Sale de noche y se queda quieta esperando a los murciélagos. Cacé una y aquí la tenéis.

Y con esas palabras, Nat se sacó de la chaqueta una avecilla esponjosa que guiñó los ojos y se atusó las plumas; parecía gordita, adormilada y asustada.

—¡No la toquéis! Ahora va a hacernos una exhibición —dijo Nat mientras enseñaba su animalito con orgullo.

Primero le puso un sombrero ladeado en la cabeza, y el efecto resultó tan cómico que los niños se rieron; después le añadió unas gafas de papel, que daban al ave un aspecto de sabia muy gracioso. La actuación terminó con la lechuza muy enfadada, colgada cabeza abajo de un pañuelo, picoteando y «cloqueando», como dijo Rob. Después la soltaron y echó a volar hasta un montón de piñas que había en la puerta; allí se posó y se quedó mirando a la concurrencia con mucha dignidad, pero adormilada, para gran regocijo de los niños.

—¿Tienes algo que contarnos, George? —preguntó la señora Bhaer cuando se hizo el silencio otra vez.

—Pues, he leído muchas cosas sobre los topos y he aprendido bastante, pero se me ha olvidado todo menos que cavan agujeros para hacer su nido, que cazan echando agua por la entrada y que no sobreviven si no comen cada poco.

Y Gloti se sentó, arrepentido de no haber escrito sus valiosas observaciones, porque todos sonrieron cuando contó la última cosa de las únicas tres que recordaba.

—En tal caso, hemos terminado por hoy —empezó a decir el señor Bhaer, pero Tommy se levantó con mucha prisa.

—No, todavía no. ¿No lo sabe? Tenemos que darle eso —dijo, y cerró un ojo con fuerza mientras formaba una lente con los dedos.

—¡Dios mío, se me olvidaba! Te toca, Tom.

El señor Bhaer volvió a sentarse y todos los niños, menos Dan, se quedaron expectantes.

Nat, Tommy y Semi salieron del museo y volvieron rápidamente con una cajita roja de tafilete solemnemente transportada en la mejor bandeja de plata de la señora Jo. La llevaba Tommy y, escoltado por Nat y Semi, desfiló hasta Dan, que no sospechaba nada y se los quedó mirando como si creyera que iban a burlarse de él. Tommy había preparado un discurso elegante e impresionante para la ocasión, pero cuando llegó el momento, se quedó en blanco y solo le salieron unas palabras muy sentidas del fondo del corazón.

—Querido amigo mío, hemos pensado en hacerte un regalo entre todos para compensarte por lo que pasó hace poco y para demostrarte lo mucho que te queremos por lo estupendo que eres. Por favor, acéptalo y disfrútalo cuanto puedas.

Fue todo tan inesperado que Dan se puso más rojo que la cajita y solo pudo decir «¡Gracias, chicos!» mientras intentaba abrirla. Pero, al ver lo que contenía, se le iluminó la cara y tomó el tesoro que tanto ansiaba. Con un entusiasmo que satisfizo a todo el mundo, aunque en un lenguaje que dejaba un tanto que desear, dijo:

—¡Ahí va, esto es pistonudo! Jo, tíos, sois la leche. ¡Menudo regalazo! Justo lo que quería. ¡Chócala, Tommy!

Todos la chocaron de todo corazón, porque estaban encantados de ver la alegría de Dan y se apelotonaron alrededor de él para darle un apretón de manos y explayarse hablando del fantástico regalo. En medio de la animada charla, Dan miró a la señora Jo, que estaba un poco apartada disfrutando del momento con toda el alma.

—No, yo no he tenido nada que ver —le dijo, en respuesta a la mirada de agradecimiento que parecía atribuirle a ella todo el mérito—. Lo han hecho los niños solos.

—A usted se lo debo de todos modos —dijo Dan, con una sonrisa y en un tono que solo ella entendía.

Se abrió camino entre los chicos, levantó la mano saludándola a ella y después al profesor, que contemplaba a su grey con benévola satisfacción.

Les dio las gracias a ambos con un cálido apretón de manos, unas manos que lo habían levantado y lo llevaban al refugio y a la seguridad de un hogar feliz. No se dijo una palabra, pero ellos comprendieron lo que quería decir, y el pequeño Teddy expresó el júbilo de ambos al inclinarse hacia él desde los brazos de su padre para abrazarlo diciendo:

—¡Mi amigo Danny! ¡*Ahoda* te *tere* todo el mundo!

—¡Ven aquí, Dan, enséñanos ese catalejo! ¡Déjanos ver por él algunos de tus renacuajos y animalúnculos, como dices tú! —exclamó Jack.

El chico había pasado un mal rato y se habría ido si Emil no lo hubiera evitado.

—Ahora mismo; echa un vistazo a esto y a ver qué te parece —dijo Dan, encantado de presumir de su precioso microscopio.

Colocó en la platina un escarabajo que casualmente estaba encima de la mesa y Jack se agachó a mirar, pero enseguida levantó la cabeza y, con cara de asombro, dijo:

—¡Ahí va! ¡Menudas pinzas tiene el bicho! ¡Ahora entiendo por qué duele tanto cuando lo agarras y luego te agarra él a ti!

—¡Me ha guiñado un ojo! —exclamó Nan, que había metido la cabeza por debajo del codo de Jack y fue la segunda que pudo mirar.

Todos miraron por el microscopio, y después Dan les enseñó el hermoso plumaje de un ala de polilla, un pelo, las venas de una hoja, que apenas se distinguían a simple vista, pero que formaban una red increíble vistas a través del fantástico aparato; la piel de sus propios dedos, que parecían montañas y valles muy raros; una telaraña como un trocito de hilo basto de coser, y el aguijón de una abeja.

—Es como las gafas mágicas del libro de cuentos, pero más curioso —dijo Semi, encantado con tantas maravillas.

—Ahora Dan es un mago y os puede enseñar muchos de los milagros que suceden alrededor; porque tiene dos cosas necesarias: paciencia y amor a la naturaleza. Vivimos en un mundo hermoso y asombroso, Semi y, cuanto mejor lo conozcas, más sabio y mejor persona serás. Este pequeño aparato os va a

proporcionar unos cuantos maestros nuevos, de quienes podéis aprender muchas cosas, si estáis dispuestos —dijo el señor Bhaer, satisfecho del interés que despertaba el microscopio en los chicos.

—Si miro mucho mucho, ¿veré el espíritu de una persona por el microscopio? —preguntó Semi, muy impresionado con el aparato de aumento.

—No, cielo, no es tan potente y nunca lo será. Tendrás que esperar mucho para que se te despejen los ojos y puedas ver la más invisible de las maravillas de Dios. Pero si miras las cosas bonitas que se pueden ver, entenderás mejor las que no ves, y que son más hermosas aún —respondió tío Fritz, con una mano en la cabeza del niño.

—Bueno, Daisy y yo creemos que, si los ángeles existen, deben de tener unas alas como las de la mariposa vistas por el microscopio, pero más suaves y doradas.

—Créelo así, si quieres, y que tus alitas sigan tan luminosas y bonitas como siempre, pero no eches a volar hasta dentro de mucho tiempo.

—Ah, no, eso no —y Semi cumplió su palabra.

—Adiós, hijos míos; tengo que irme, pero os dejo con vuestro nuevo profesor de Ciencias Naturales —y la señora Jo se fue, satisfecha con la jornada de lectura de redacciones.

18

COSECHAS

Aquel verano los huertos se dieron bien y en septiembre, con gran alborozo, se recogieron las pequeñas cosechas. Jack y Ned unieron sus huertos y cultivaron patatas, que eran un artículo que se vendía con facilidad. Sacaron muchos kilos, incluidas las pequeñas, y se las vendieron al señor Bhaer por un precio justo, porque en el colegio las patatas volaban. Emil y Franz recogieron maíz y se pasaron un rato genial desgranándolo en el establo; después lo llevaron a moler y volvieron a casa muy orgullosos con harina suficiente para muchos días de gachas y tortitas. No quisieron cobrar su cosecha porque, como dijo Franz: «Aunque cultiváramos maíz lo que nos queda de vida no podríamos pagar a tío Fritz todo lo que ha hecho por nosotros».

Nat cosechó tantas alubias que no se veía capaz de pelarlas, hasta que la señora Jo le propuso una manera nueva de hacerlo que funcionó de maravilla. Esparcieron las vainas secas en el suelo y, mientras Nat tocaba el violín, los niños bailaban por encima, hasta que se cansaron de tanto divertirse y trabajar tan poco.

Las alubias de seis semanas de Tommy fueron un desastre; hubo una sequía a principios de la estación que las afectó bastante porque no las regó; y después, estaba tan seguro de que podían cuidarse solas que las dejó luchar contra los insectos y los hierbajos hasta la extenuación, y sufrieron una muerte lenta. Así que Tommy tuvo que labrar el huertecito de nuevo y plantar guisantes. Pero ya era tarde; los pájaros se comieron muchos; el viento tiró las matas porque no estaban firmemente enraizadas y cuando por fin nacieron los pobres guisantes, nadie se molestó en recogerlos y ahí terminó todo, porque se pusieron duros como piedras. Tommy se consoló con una obra de caridad: trasplantó todos los cardos borriqueros que encontró y los cuidó con esmero para dárselos a Toby, porque le gustaba esta exquisitez con pinchos y se había comido casi todos los que había por allí. Los niños se rieron mucho del cultivo de cardos de Tom, pero él se defendió diciendo que, para la temporada siguiente, prefería dedicar todo el huerto a los cardos, a las lombrices y a los caracoles, para que las tortugas de Semi y la lechuza de Nat pudieran comer lo que más les gustaba, igual que el burro. ¡Típico de Tommy, tan perezoso, tan buen niño, tan inconsciente, tan despreocupado y tan suertudo!

Semi había recogido lechugas todo el verano para su abuela y, en otoño, mandó a su abuelo un cesto de nabos tan limpios de tierra que parecían grandes huevos blancos. A su abuela le gustaba la ensalada y uno de los dichos predilectos de su abuelo era:

> Lúculo, de la frugalidad prendado,
> comía del campo sabino nabos asados.

Así pues, estas ofrendas vegetales a su querida diosa del hogar y a su admirado dios doméstico resultaron cariñosas, apropiadas y clásicas.

Daisy solo tenía flores en su huertecito, que era un jardín rebosante de colores y aromas diversos. Le gustaba mucho su parcela y pasaba allí horas y horas cuidando las rosas, los pensamientos, los guisantes de olor y las fragantes resedas con la misma entrega y la misma ternura que dedicaba a sus muñecas y a sus amigos. No perdía ocasión de mandar un ramito a la ciudad y, de los jarrones de la casa, unos cuantos eran de su uso exclusivo. Sabía historias fantásticas de las flores y le encantaba contárselas a los niños, como la del pensamiento: la hoja era la madrastra, que se sentaba en su trono verde vestida de morado y oro; los dos hijitos, con alegres trajes amarillos, ocupaban un escaño cada uno; los hijastros, de colores menos vistosos, tenían un asiento pequeñito y al pobre padre, con su gorro rojo de noche, casi no se lo veía, ahí, en medio de la flor. O como la del acónito, que parecía un monje con la capucha puesta; o la de las capuchinas, que eran como delicados pajaritos batiendo las alas amarillas y casi parecía que iban a echarse a volar; o la de los conejitos, que, al apretarlos, abrían la boca como un dragón. Las amapolas blancas y rojas le servían para hacer unas muñecas espléndidas con faldas de volantes atadas a la cintura, un lazo verde de hierba y un sombrero espectacular de margarita amarilla en la verde cabezuela. Estas personitas recorrían un plácido estanque con gran elegancia a bordo de unas barquitas, que eran vainas de guisante con hojas de rosal por velas. Eran las elfas que se inventaba, porque nunca encontró ninguna de verdad, y formaban parte de su vida en verano.

Nan se dedicó a las plantas aromáticas; tenía una hermosa colección de hierbas útiles y cada vez las cuidaba con mayor interés. En septiembre se le acumularon las tareas, porque tenía que cortarlas, secarlas y atarlas, además de anotar en un cuaderno cómo se usaba cada una. Había hecho varios experimentos y cometido unos cuantos errores, así que quería ser muy minuciosa para no volver a provocar un ataque al pobre Huz por administrarle ajenjo en vez de hierba de gato.

Dick, Dolly y Rob cavaron y cavaron en sus respectivos huertecitos armando más alboroto que todos los demás juntos. Los dos primeros habían cultivado chirivías y zanahorias y rogaban por que no fuera demasiado temprano para desenterrar sus preciosos tubérculos. Dick llegó a comprobar el estado de las zanahorias en secreto, y después las enterró otra vez porque le pareció que Silas tenía razón al decir que todavía era pronto para ellas.

La cosecha de Rob consistió en cuatro calabazas pequeñas y una inmensa. Realmente era monstruosa, decía todo el mundo; y os aseguro que podían sentarse en ella dos personas pequeñas al mismo tiempo. Parecía que hubiera absorbido todos los nutrientes del huertecito y todo el sol que le había dado, y allí estaba, como un balón enorme, redondo y dorado, repleto de suculentas ideas para hacer tartas y empanadas de calabaza muchas semanas. Robby estaba tan orgulloso de su pantagruélica verdura que llevó a todo el mundo a verla y, cuando empezaron las heladas, la tapaba por la noche con una colcha vieja, la arropaba como si fuera un niñito muy querido. El día en que la recogió no quiso que nadie la tocara y casi se parte el espinazo al llevarla al establo en la carretilla, de la que tiraban Dick y Dolly para ayudarlo en la cuesta arriba. Su madre le prometió que haría con ella las tartas del día de Acción de Gracias e insinuó vagamente que se le había ocurrido un plan para costear el precio de la calabaza y cubrir a su dueño de gloria.

El pobre Billy había plantado pepinos, pero por desgracia los había arrancado en vez de las malas hierbas. Este fallo le dolió mucho unos diez minutos, después se le olvidó por completo y a continuación plantó unos botones brillantes que había encontrado con la idea de que eran dinero y de que se multiplicarían, de manera que podía recoger muchos cuartos de dólar, como Tommy. Nadie le llevó la contraria y él hizo lo que quiso en su parcela, que parecía como si hubiera sufrido varios terremotos pequeños. Cuando llegó el día de la cosecha general, él no habría encontrado nada más que piedras y hierbajos si la bondadosa Asia no hubiera colgado unas naranjas en las ramas del árbol seco que el niño había plantado en el medio. Se quedó encantado con su cosecha y nadie le aguó la alegría del milagro, obra de la compasión, mediante el que unas ramas secas dieron un fruto extraño.

Gloti tuvo algunas dificultades con sus sandías y melones; estaba tan impaciente por probarlos que se dio un banquete en solitario cuando todavía estaban verdes, y le sentó tan mal que los dos primeros días parecía que nunca pudiera volver a comer. Pero lo superó y sirvió el primer cantalupo sin probarlo siquiera. Estaban riquísimos, porque los había plantado en una pendiente cálida y habían madurado enseguida. Gloti dejó las últimas sandías, que eran las mejores, en la planta y anunció que se las vendería a un vecino. Fue una desilusión para sus compañeros, porque esperaban comérselas, y se lo hicieron saber de una forma original y chocante. Una mañana, cuando iba a mirar los tres excelentes ejemplares que guardaba para vender, se llevó un susto tremendo al ver que habían escrito la palabra CERDO en letras blancas en la verde piel de las sandías. Se enfadó muchísimo y no tardó ni un minuto en ir a contárselo a la señora Jo. Ella oyó al niño, lamentó lo que le había pasado y le dijo:

—Si quieres devolverles la broma, te digo lo que tienes que hacer, pero con la condición de que renuncies a las sandías.

—Bien, de acuerdo, porque no puedo pegarme con todos los niños, pero me gustaría darles una lección que no se les olvide, a los muy ratas —gruñó Gloti, echando humo todavía.

La señora Jo estaba muy segura de quién había sido el autor de la broma, porque la noche anterior se había fijado en tres cabecitas sospechosas que estaban muy juntas en la esquina del sofá y, cuando esas cabezas asintieron entre risitas y susurros, supo, por experiencia, que estaban tramando algo. Una clara noche de luna, un ruido en el viejo guindo de la ventana de Emil, y Tommy con un corte en el dedo confirmaron sus sospechas; después de aplacar un poco a Gloti le dijo que le llevara las tres sandías maltratadas a la salita y que no dijera una palabra de lo que le habían hecho. Y no dijo nada, así que los tres picarones no salían de su asombro al ver que la broma no producía ningún efecto. Con la diversión pasada por agua y la desaparición de las sandías, los tres niños se inquietaron. Y más aún al ver que Gloti estaba de mejor humor y más orondo que nunca, y que los miraba con una compasión y una calma que los tenía perplejos.

A la hora de comer descubrieron el motivo, porque la venganza de Gloti cayó sobre ellos y el que ríe el último ríe mejor. Después del budín, cuando iban a servir la fruta, Mary Anne reapareció, muerta de risa, con una sandía enorme; la seguía Silas con otra y Dan cerraba la marcha con la tercera. Las dejaron en el plato de cada uno de los bromistas con un mensaje que completaba el que habían escrito ellos: POR CORTESÍA DEL CERDO. Todo el mundo lo leyó y toda la mesa estalló en carcajadas estentóreas, porque sabían lo de la broma y, por tanto, entendieron la consecuencia. Emil, Ned y Tommy no sabían adónde mirar y se quedaron sin palabras. Lo que hicieron, con muy buen juicio, fue unirse a la risa general, cortar las sandías y repartirlas diciendo que Gloti había encontrado una forma estupenda de devolver bien por mal, y todos les dieron la razón.

Dan no tenía huerto porque había pasado gran parte del verano fuera o con el pie herido; había ayudado a Silas en todo lo posible, había cortado leña para Asia y había cuidado el césped tan bien que la señora Jo siempre tenía caminos acolchados y hierba muy bien segada ante la puerta.

Cuando los demás recogieron sus frutos, le dio pena no tener nada que ofrecer, pero, a medida que avanzaba el otoño, se le ocurrió que en el bosque podía recoger una cosecha que nadie le disputaría y que era muy suya. Todos los sábados salía él solo a los bosques, a los campos, a los montes, y siempre volvía cargado con un buen botín; porque al parecer sabía en qué praderas crecía el mejor cálamo aromático, en qué matorrales se encontraba el sasafrás más perfumado, los sitios en los que las ardillas se proveían de nueces, el roble blanco de corteza más codiciada y las pequeñas trepadoras amarillas con las que Nana curaba las úlceras de la boca. Y además llevaba a casa toda clase de hojas espléndidas rojas y amarillas para que la señora Jo adornara la salita: delicados tallos de hierbas, clemátides, bayas amarillas de cera, suaves y esponjosas, y musgo de puntas rojas, blancas o verde esmeralda.

«Ahora ya no me hace falta ir a ver el bosque, porque Dan me lo trae aquí», decía la señora Jo mientras alegraba las paredes con ramas amarillas de arce y coronas rojas de parra virgen o llenaba los jarrones de helechos rojizos, ramas de abeto cargadas de delicadas piñas y resistentes flores de otoño; porque la cosecha de Dan la complacía.

El gran desván se llenó con las cosechas de los niños y, durante una temporada, fue la estancia más frecuentada de la casa. En el cajón de una mesa de tres patas estaban las semillas de flores de Daisy, ordenadas y guardadas en bolsitas de papel con su etiqueta correspondiente. Las hierbas de Nan pendían de la pared en ramilletes y perfumaban el aire. Tommy guardó allí una cesta repleta de vilanos de cardo con semilla, porque pensaba plantarlas al año siguiente, si no se iban antes volando por el aire. Emil puso a secar un montón de maíz y Semi almacenó bellotas y cereales de varias clases para los animales. Pero la cosecha más vistosa era la de Dan, porque la mitad del suelo la ocupaban los frutos secos que traía del bosque. Los había de todas clases, y es que recorría muchos kilómetros, trepaba a los árboles más altos y se abría camino entre los setos más densos para recoger los frutos. Nueces, castañas, avellanas y hayucos, cada clase por separado, se iban volviendo marrones y dulces, se secaban y se preparaban para las veladas de invierno.

Había un nogal blanco en los terrenos de la casa que Rob y Teddy consideraban suyo. Ese año dio una cosecha abundante y las grandes nueces oscuras caían al suelo y se escondían entre las hojas secas, donde las hacendosas ardillas las encontraban con más facilidad que los haraganes niños Bhaer. Su padre les había dicho (a los niños, no a las ardillas) que podrían comerse las nueces si las recogían, pero que nadie los ayudaría. Era una tarea fácil y a Teddy le gustaba, pero se cansaba enseguida y dejaba la cesta a medias para terminar de llenarla otro día. Pero ese otro día no llegaba nunca y las astutas ardillas no paraban de subir y bajar del viejo olmo para llenar su guarida de provisiones, y también los codos de las ramas, porque así las tenían a mano cuando quisieran. Eran muy graciosas y a los niños les divertían mucho, hasta que un día Silas dijo:

—¿Habéis vendido las nueces a las ardillas?

—No —dijo Rob, que no entendía lo que quería decir el hombre.

—Entonces, más vale que os espabiléis, o esas chiquitinas tan listas no os dejarán ni una.

—¡Ah! Seguro que las ganamos en cuanto nos pongamos. Hay nueces de sobra para todos.

—Ya no van a caerse muchas más, pero las ardillas han limpiado el suelo muy bien; mira a ver, si no.

Robby fue corriendo a mirar y se alarmó al comprobar que quedaban muy pocas. Llamó a Teddy y estuvieron toda la tarde trabajando con ahínco, mientras las ardillas, sentadas en la cerca, los miraban con mala cara.

—A ver, Ted: tenemos que estar atentos para recogerlas en cuanto se caigan, porque si no solo tendremos unas pocas y todo el mundo se reirá de nosotros.

—Esas *adillas* tan *taviesas* no las van a encontrar. Las voy a *decoger* yo y voy a *llevadlas codiendo* al *estabo* —dijo Teddy, mirando a la ardilla con el ceño fruncido.

La ardilla movió los dientes a toda velocidad y agitó la cola con indignación.

Por la noche, un viento fuerte tiró al suelo una gran cantidad de nueces y, cuando la señora Jo fue a despertar a sus hijos, les dijo:

—Vamos, muchachos, las ardillas no han parado y vosotros tenéis mucho trabajo hoy, porque si no se llevarán ellas todas las nueces.

—¡No, no!

Robby se levantó de un brinco, con mucha prisa, engulló el desayuno y salió sin pérdida de tiempo a salvar sus nueces.

Teddy también fue y trabajó como un castor pequeñito, correteando de un lado a otro con cestos llenos y vacíos. No tardaron en depositar otro buen montón en el granero y, cuando sonó la campana para ir a clase, todavía estaban escarbando entre la hojarasca.

—¡Ay, papá! ¡Déjame seguir recogiendo nueces! Estas ardillas tan frescas se las van a llevar si no me doy prisa. Después estudio las *lecfiones* —gimió Rob, entrando en el aula sofocado y despeinado porque hacía un viento fresco y había trabajado con mucho afán.

—Si te hubieras levantado temprano y hubieras hecho un poco cada día, ahora no tendrías tanta prisa. Te lo advertí, Rob, pero no me hiciste caso. No consiento que descuides las clases como lo has hecho con el trabajo. Este año las ardillas recogerán más de lo que les corresponde, y se lo merecen, porque se han esforzado. Te doy permiso para salir una hora antes, pero nada más.

El señor Bhaer llevó a Rob a su sitio y el niño se enfrascó en los libros para asegurarse la valiosa hora que le habían prometido.

Se volvía loco allí sentado, mientras el viento tiraba las últimas nueces y las vivarachas raterillas volaban de un lado a otro o se paraban de vez en cuando a comer una nuez delante de sus narices y a menear la cola como diciendo con mucha frescura: «Son para nosotros, Rob, y no para ti, que eres un haragán». Lo único que dio esperanza al pobre niño en esos momentos tan tensos fue ver a su hermano recogiendo nueces él solo. La perseverancia y el ánimo del pequeño Teddy eran espléndidos de verdad. Tomó una nuez tras otra hasta que empezó a dolerle la espalda; hizo el camino de ida y vuelta hasta que se le cansaron las piernas; y soportó el viento, el cansancio y a las perversas *«adillas»* hasta que su madre dejó su trabajo y lo ayudó a transportar la carga, admirada del empeño con el que el chiquitín intentaba ayudar a su hermano. Cuando Rob pudo salir, encontró a Teddy descansando dentro del cesto, bastante agotado, pero nada dispuesto a abandonar el campo de batalla, porque amenazaba a las ladronas agitando el sombrero con una manita gordezuela mientras se refrescaba con una gran manzana que sostenía en la otra.

Rob se puso a trabajar y el terreno quedó limpio antes de las dos, las nueces a salvo en el granero y los dos cansados cosechadores, exultantes por el éxito de la misión. Pero no era tan fácil ganar la partida al señor ardilla y su señora. Unos días después, cuando Rob fue a ver las nueces, se asombró de lo mucho que había mermado el montón. Seguro que no se las había llevado ninguno de sus compañeros, porque la puerta siempre estaba cerrada; las palomas no comían nueces y no había ratas por allí. Los pequeños Bhaer se deshacían en lamentos, hasta que Dick dijo:

—Vi a una de las ardillas en el tejado del granero, igual fue él.

—¡Seguro que sí! ¡Voy a ponerle una trampa y lo voy a matar! —exclamó Rob, disgustado con las malas artes del animalillo.

—A lo mejor, si lo observas un poco, descubres dónde las ha llevado, y quizá te las pueda devolver yo —dijo Dan, y es que le hacía mucha gracia la rivalidad entre los niños y las ardillas.

Rob observó que el señor y la señora ardilla bajaban por las ramas dobladas del olmo hasta el tejado del granero, se colaban por una de las puertecitas para gran alboroto de las palomas y salían después con una nuez en la boca cada uno. Pero, con la carga, no podían volver por el mismo camino, así que corrían por todo el tejado, bajaban por la pared y saltaban desde una esquina, desaparecían un minuto y reaparecían al siguiente sin el botín. Rob fue a mirar allí y, en un hueco entre las hojas, encontró un montón de nueces robadas, que esperaban, escondidas, a que se las llevaran después a otras despensas.

—¡Ah, qué malas sois! Ahora vais a saber lo que es bueno, porque no os voy a dejar ni una —proclamó Rob.

Se llevó al desván todas las nueces del hueco y las del granero, y se aseguró de que no había ninguna ventana rota por la que pudieran entrar o salir las desvergonzadas ardillas. Ellas debieron de dar la contienda por terminada, porque se retiraron a su agujero, aunque no pudieron resistir tirar cáscaras de vez en cuando a Rob a la cabeza y regañarlo mucho, como si no pudieran perdonarlo ni olvidar que les había ganado la batalla.

La cosecha de papá y mamá Bhaer era de otra clase y no es fácil de describir; pero estaban satisfechos y tenían la impresión de que el trabajo del verano había sido provechoso y de que, con el tiempo, el fruto de sus esfuerzos sería muy gratificante.

19

John Brooke

—¡Despierta, Semi! ¡Vamos, cielo!

—¿Qué pasa? Acabo de meterme en la cama, no puede ser de día ya —Semi parpadeaba como un búho al despertarse del primer sueño profundo.

—Son solo las tres, pero tu padre está enfermo y tenemos que ir a verlo. ¡Ay, mi querido John! ¡Mi pobrecito John!

Tía Jo apoyó la cabeza en la almohada y dejó escapar un gemido que despertó a Semi por completo y lo llenó de zozobra y asombro; intuía vagamente por qué tía Jo lo llamaba «John» y lloraba encima de él como si hubiera pasado algo que lo dejaba en mala situación. La abrazó sin decir nada y en menos de un minuto ella se tranquilizó y, al verle la cara de preocupación, le dio un tierno beso y dijo:

—Vamos a despedirnos de él, hijito, no hay tiempo que perder; vístete deprisa y vete a la salita. Tengo que despertar a Daisy.

—Sí, sí.

En cuanto su tía se fue, el niño se levantó sin hacer ruido y se vistió como un sonámbulo; dejó a Tommy dormido y cruzó la silenciosa casa con la sensación de que iba a pasar algo nuevo y penoso: algo que lo haría diferente a los demás una temporada y que convertía el mundo en un lugar oscuro, silencioso y extraño, como las habitaciones por las que pasaba ahora y que tan bien conocía. El señor Laurie había mandado un carruaje que los esperaba en la puerta. Daisy se vistió enseguida y los gemelos, acompañados por sus tíos y agarrados de la mano todo el tiempo hasta la ciudad, recorrieron los caminos oscuros para ir a despedirse de su padre.

Solo Franz y Emil sabían lo que había sucedido y, por la mañana, cuando bajaron al comedor, se quedaron desconcertados y turbados, porque la casa parecía desolada sin el señor y la señora. El desayuno fue triste, faltaba la alegría de la señora Jo sirviendo la leche; a la hora de empezar las clases, el sitio del señor Bhaer estaba vacío. Pasaron una hora sin saber qué hacer, desconsolados, esperando noticias, deseando que lo del padre de Semi no fuera nada grave, porque los chicos sentían gran aprecio por el señor John Brooke. Dieron las diez de la mañana, pero no vino nadie a aliviarles la ansiedad. No les apetecía jugar, los minutos parecían horas y deambulaban tristes y desganados. De repente, Franz se levantó y, con su capacidad de persuasión, propuso:

—¡Eh, chicos! Vamos al aula a dar la clase como si tío Fritz estuviera aquí. Así pasará el tiempo más deprisa y él se alegrará, seguro.

—Pero ¿quién nos va a tomar la lección? —preguntó Jack.

—Yo; no sé mucho más que vosotros, pero soy el mayor y voy a procurar llenar el hueco de mi tío hasta que vuelva, si os parece bien.

Franz lo dijo con una modestia y una seriedad que impresionó a los niños, porque, a pesar de tener los ojos enrojecidos de haber llorado en silencio por su tío John toda la larga y triste noche, parecía que hubiera madurado de golpe, como si de pronto comprendiera las dificultades de la vida e intentara afrontarlas con entereza.

—Cuenta conmigo —dijo Emil, y ocupó su sitio, cumpliendo con el primer deber de un buen marino, que es obedecer a sus superiores.

Los demás siguieron el ejemplo; Franz se puso en el sitio de su tío y todo fue como la seda la primera hora. Se aprendieron y se tomaron las lecciones y Franz resultó ser un profesor paciente y agradable; con gran acierto, pasó por alto las materias para las que le faltaban conocimientos y mantuvo el orden no porque dijera o hiciera nada en concreto, sino gracias a la dignidad que, inconscientemente, le prestaba la pena. Los niños estaban leyendo cuando se oyeron unos pasos en el vestíbulo; todos levantaron la cabeza al entrar el señor Bhaer para enterarse de las noticias por la expresión de su rostro. Al instante supieron que Semi se había quedado sin padre, porque el señor Bhaer estaba pálido y demacrado, tan apenado que se quedó sin palabras para responder a Rob, que echó a correr hacia él reprochándole lo siguiente:

—¡Papá! ¿Por qué te has ido y me has dejado en medio de la noche?

Al acordarse del otro padre que había dejado a sus hijos en medio de la noche para nunca más volver, el señor Bhaer levantó a su hijo en brazos y hundió la cara un momento entre los rizos del pequeño. Emil agachó la cabeza apoyándola en los brazos, Franz se acercó a su tío y le puso la mano en el hombro con una expresión de condolencia y tristeza en su cara infantil, y los demás guardaron un silencio tan absoluto que se oía el rumor de las hojas al caer sobre la hierba.

Rob no entendía del todo lo que sucedía, pero no soportaba ver triste a su padre, así que le levantó la cabeza y, con su vocecita aguda, dijo:

—¡No llores, *mein Vater*! Nos hemos portado muy bien, hemos dado la clase sin ti y Franz ha hecho de maestro.

El señor Bhaer lo miró, intentó sonreír y, con una gratitud que hizo sentirse santos a los niños, dijo:

—Muchísimas gracias, hijos míos. Me habéis ayudado y me habéis consolado de la mejor manera posible. Os aseguro que no se me olvidará.

—Lo propuso Franz, y es un maestro de primera —dijo Nat.

El murmullo de confirmación que recorrió el aula fue muy gratificante para el joven dómine.

El señor Bhaer dejó a Rob en el suelo, se irguió, pasó un brazo a su alto sobrino por los hombros y, con auténtico placer, dijo:

—Me hacéis más fácil este día tan aciago y confío en vosotros por completo. Tengo que volver a la ciudad, me necesitan, debo ausentarme unas horas. Había pensado daros un día libre o mandar a casa a algunos, pero si preferís quedaros y seguir con lo que habéis empezado, me daréis una alegría; estoy muy orgulloso de lo buenos que sois.

—Nos quedamos. Preferimos quedarnos. Franz cuidará de nosotros —dijeron unos cuantos, encantados con la confianza que se depositaba en ellos.

—¿Mamita no va a volver? —preguntó Rob alicaído, porque la casa sin mamita era, para él, como el mundo sin sol.

—Volvemos los dos esta misma noche; pero en estos momentos tu querida tía Meg necesita a tu madre más que tú, y sé que se la prestas un ratito con mucho gusto.

—Bueno, vale; pero Teddy no deja de llorar por ella, ha dado un bofetón a Nana y se ha portado muy mal —respondió Rob, con la esperanza de que semejante informe le devolviera a su madre.

—¿Dónde está mi hombrecito? —preguntó el señor Bhaer.

—Se lo ha llevado Dan, a ver si se calmaba. Ahora está bien —dijo Franz.

Señaló la ventana; fuera estaba Dan empujando al niño en su carrito, y los perros dando saltos alrededor.

—Es mejor que no me vea, volvería a llorar; pero decidle a Dan que se ocupe de él. Vosotros, que sois mayores, podéis pasar un día sin mí. Franz se encargará de vosotros, y también está Silas. Bien, niños, hasta la noche.

—¿Qué le ha pasado a tío John? —preguntó Emil al señor Bhaer, agarrándolo por el brazo cuando se iba.

—Enfermó hace unas pocas horas y murió como había vivido, con tanta alegría y tanta paz que parece un pecado ensuciar tanta belleza con muestras violentas de dolor egoísta. Llegamos a tiempo para despedirnos de él. Tenía a Daisy y a Semi entre los brazos cuando se durmió sobre el pecho de tu tía Meg. Y nada más, no lo puedo soportar.

El señor Bhaer salió con mucha prisa, vencido por el dolor, porque perder a John Brooke significaba perder a un hermano y a un amigo, y nadie podría llenar el hueco que dejaba.

La casa se sumió en el silencio todo el día; los niños pequeños jugaron en la guardería sin hacer ruido; los demás, como si se hubiera hecho domingo en plena semana laboral, se dedicaron a pasear, a subir al sauce o a estar con los animales, sin dejar de hablar de «tío John» y pensando que algo amable, justo y fuerte había desaparecido de su pequeño mundo dejándoles una sensación de pérdida que se agudizaba por momentos. Al anochecer, el señor y la señora Bhaer volvieron solos a casa, porque Semi y Daisy eran el mayor consuelo de su madre en esos momentos y no podían dejarla sola. La pobre señora Jo parecía destrozada y sin duda necesitaba la misma clase de consuelo, porque lo primero que dijo en cuando subió las escaleras, fue: «¿Dónde está mi chiquitín?».

—Aquí —contestó una vocecita, mientras Dan le ponía al niño en los brazos y, al abrazarlo su madre, el pequeño añadió—: Mi Danny me ha cuidado todo el día y he sido *mueno.*

La señora Jo se volvió hacia el fiel niñero para darle las gracias, pero Dan empezó a echar a los niños, que se habían congregado en el vestíbulo para recibirla, y les decía:

—Fuera, fuera; ahora no le hacemos ninguna falta.

—No, no os vayáis. Todos me hacéis falta. Venid, hijos míos. No os he visto en todo el día.

Y la señora Jo les tendió los brazos; los niños se acercaron a ella y la acompañaron a la salita casi sin hablar, pero expresando mucho con miradas cariñosas y esforzándose torpemente por demostrarle lo mucho que lo lamentaban.

—Estoy muy cansada, así que me voy a tumbar aquí a dar unos mimos a Teddy, y vosotros me traéis té, por favor —les pidió, procurando hablar con más ánimo.

Y entonces se originó una estampida general para ir al comedor que habría devastado la mesa de la cena si el señor Bhaer no lo hubiera impedido. Se organizaron para que unos cuantos le llevaran el té a la señora Jo y otros cuantos se lo sirvieran. Los cuatro que más cerca estaban y a los que más quería pidieron el honor principal: Franz llevó la tetera, Emil el pan, Rob la leche y Teddy se empeñó en llevar el azucarero, que llegó a su destino con algunos terrones de menos. A algunas mujeres les habría molestado tener a los niños de un lado a otro en semejantes circunstancias, tirando las tazas y rascando con las cucharillas mientras procuraban no dar voces y ser útiles; pero a la señora Jo le pareció bien, porque en esos momentos sentía más ternura que nunca y, como algunos de ellos eran huérfanos de padre o madre, quería darles más cariño y sus infantiles muestras de afecto la consolaban. Era una clase de alimento que la nutría más que el pan y la mantequilla que le daban.

—Valor, tiíta —murmuró el Comodoro con voz ronca—, ha sido un gran golpe, pero capearemos el temporal de alguna manera.

Estas palabras la animaron más que el té aguado que le sirvió, que sabía amargo como si se le hubieran caído en la taza unas lágrimas saladas. Cuando terminó de tomarlo, otra cuadrilla se llevó la bandeja, y Dan, tendiendo los brazos al adormilado Teddy, dijo:

—¿Me lo llevo a la cama, madre? Está usted muy cansada.

—¿Te vas con él, cariño mío? —preguntó la señora Jo a su pequeño amo y señor, que estaba tumbado sobre el brazo de su madre, entre los cojines del sofá.

—Sí, mamá.

Y su fiel porteador se lo llevó.

—Me gustaría poder hacer algo —dijo Nat con un suspiro, mientras Franz se inclinaba sobre el sofá y acariciaba suavemente la frente a su tía.

—Sí, cielo. Vete a buscar el violín y toca las dulces melodías que te mandó tío Teddy la última vez. Esta noche, la música es el mayor consuelo.

Nat salió disparado a buscar el violín y, desde el umbral de la puerta, tocó como nunca, porque puso en ello todo el corazón, como si lo tuviera en los dedos. Los demás niños se sentaron en las escaleras en silencio, vigilando para que ningún advenedizo interrumpiera la quietud de la casa; Franz seguía en su puesto, y así, consolada, servida y cuidada por sus niños, la pobre señora Jo se durmió por fin y, por una hora, olvidó los pesares.

Pasaron dos días en silencio y, el tercero, el señor Bhaer entró justo después de las clases con una nota en la mano y cara de emoción y satisfacción a un tiempo.

—Niños, quiero leeros una cosa —dijo, y todos se agolparon a su alrededor.

> Querido hermano Fritz: parece ser que no tienes intención de traer hoy a tus niños porque crees que no me gustaría. Tráelos, por favor. A Semi le ayudará ver a sus amigos en estos momentos tan dolorosos, y quiero que oigan lo que el sacerdote diga de mi John. Sé que será beneficioso para ellos. Si cantaran uno de esos himnos tan dulces que les has enseñado, sería para mí la mejor música, y creo que la más adecuada para la ocasión. Por favor, pídeselo de mi parte con todo mi cariño.
>
> Meg

—¿Queréis ir? —preguntó el señor Bhaer mirando a los chicos.

—Sí —contestaron todos a una, muy afectados por las cariñosas palabras de la señora Brooke y por el deseo que expresaba.

Una hora después se fueron con Franz a poner su grano de arena en el sencillo entierro de John Brooke.

La casita estaba tan silenciosa, soleada y acogedora como el día en que Meg llegó de recién casada, hacía diez años, aunque entonces era principios de verano y había rosas por todas partes; ahora era principios de otoño y las hojas secas se arrastraban suavemente por el suelo dejando las ramas desnudas. Ahora la recién casada era viuda, pero en su rostro brillaba la misma serenidad y su presencia, con la dulce resignación de un espíritu verdaderamente piadoso, era un consuelo para los que habían acudido a consolarla a ella.

—¡Ah, Meg! ¿Cómo puedes soportarlo? —susurró Jo.

Meg había salido a recibirlos a la puerta con una sonrisa y la misma actitud entrañable de siempre, o más cariñosa aún, si cabe.

—Querida Jo, me sostiene el amor con el que me han bendecido estos diez años. Ese amor no muere y ahora John es más mío que nunca —musitó Meg.

Una tierna confianza le iluminaba los ojos de una forma tan bella que Jo la creyó y dio gracias a Dios por la inmortalidad de un amor como el suyo.

Estaban todos allí: el padre y la madre, tío Teddy y tía Amy, el anciano señor Laurence, bastante débil y con el pelo blanco, el señor y la señora Bhaer con su grey y muchos amigos que habían ido a despedirse del difunto. Podría parecer que el modesto John Brooke había hecho pocas amistades en su humilde, atareada y silenciosa vida; sin embargo, ahora le salían de debajo de las piedras: mayores y jóvenes, ricos y pobres, de clase alta y de clase baja; todos habían sentido su influencia sin percibirlo y recordaban sus virtudes; la caridad que había prodigado en silencio se manifestaba ahora bendiciéndolo a él. El conjunto de personas que rodeaba el féretro era un elogio mucho más eficaz que cualquier alabanza que pudiera dedicarle el señor March. Allí estaban los hombres ricos a los que había servido fielmente muchos años; las mujeres pobres a las que, en memoria de su madre, había ayudado con su pequeña tienda; la esposa a la que había hecho tan feliz que ni la muerte podía empañar el recuerdo de esos años; los dos hijitos, que ya notaban la ausencia de su fuerte brazo y su dulce voz; los niños pequeños, que lloraban por el mejor de sus compañeros de juegos, y los mayores, que miraban con una tierna expresión una escena que jamás olvidarían. La ceremonia fue muy sencilla y breve, porque la voz paternal del señor March, que había vibrado en la celebración del matrimonio, se quebró por completo cuando se proponía rendir un tributo de respeto y amor al hijo al que más honraba. Solo los suaves gorgoritos de la chiquitina Josy, que estaba arriba, rompieron el largo silencio que siguió al último amén, hasta que, a una señal del señor Bhaer, las voces entrenadas de los niños iniciaron un himno tan alegre y elevado que, poco a poco, todo el mundo se unió a ellos cantando con toda el alma, y se dieron cuenta de que su atribulado espíritu alcanzaba la paz en alas de ese salmo valiente y dulce.

Meg escuchaba pensando que había acertado, porque la música no solo la consolaba a ella, pues eran las voces infantiles a las que tanto quería las que le dedicaban la última canción, sino que, además, contemplando la carita de los jóvenes cantores, comprendió que habían captado un destello de la belleza de la virtud en su forma más impresionante, y que el recuerdo del hombre que yacía ante ellos perduraría en su memoria y los ayudaría. Daisy tenía la cabeza apoyada en el regazo de su madre y Semi le daba la mano y la miraba a menudo con unos ojos muy parecidos a los de su padre y con una expresión que parecía decir: «No te preocupes, madre; estoy aquí»; y estaba rodeada de amigos en los que podía apoyarse y a los que quería; y así, la piadosa y paciente Meg dejó a un lado el gran pesar con la sensación de que lo mejor que podía hacer era vivir para los demás, como había hecho su querido John.

Por la noche, cuando los niños de Plumfield se encontraban sentados en las escaleras como de costumbre, a la suave luz de la luna de septiembre, empezaron a hablar espontáneamente del acontecimiento del día.

El primero fue Emil, con un estilo impetuoso.

—Tío Fritz es el más sabio y tío Laurie el más genial, pero tío John era el mejor de todos y preferiría parecerme a él más que a cualquier otro.

—Y yo. ¿Oíste lo que dijeron hoy aquellos caballeros al abuelo? Me gustaría que dijeran lo mismo de mí cuando me muera.

Franz tenía la sensación de no haber sabido apreciar lo suficiente a tío John y lo lamentaba.

—¿Qué dijeron? —preguntó Jack, que estaba muy impresionado por todo lo que había visto.

—Uno de los socios del señor Laurence, con el que había trabajado tío John mucho tiempo, decía que, en los negocios, había sido casi demasiado escrupuloso y absolutamente irreprochable. Otro caballero dijo que la fidelidad y la honradez con la que lo había servido tío John eran impagables, y después el abuelo les contó lo mejor de todo. Un día, cuando trabajaba en la oficina de un timador, el jefe le propuso que le ayudara con sus trampas a cambio de un salario muy alto, pero tío John se negó. El jefe se enfadó y le dijo: «Con unos principios tan estrictos, jamás logrará nada en el mundo de los negocios», y tío John le contestó: «Jamás lo intentaría sin esos principios», y se despidió para irse a otro puesto mucho más pesado y peor pagado.

—¡Bien hecho! —exclamaron varios niños con afecto, porque estaban en condiciones de comprender el valor de la anécdota mejor que nunca.

—No era rico, ¿verdad? —preguntó Jack.

—No.

—Ni hizo nada que el mundo admirase, ¿no?

—No.

—¿Solo era bueno?

—Eso es.

Franz deseó que tío John hubiera hecho algo de lo que presumir, porque era evidente que a Jack le habían decepcionado las respuestas.

—Solo era bueno, nada más —dijo el señor Bhaer, que había oído las últimas palabras y se imaginó lo que estaban pensando los chicos—. Permitidme que os hable un poco de John Brooke para que entendáis por qué le honraban los hombres y por qué vivía con la satisfacción de ser bueno, en vez de rico o famoso. Se limitaba a cumplir con su deber en todo, y lo hacía con tanta alegría y buena fe que nunca perdió la paciencia, la valentía ni la felicidad, a pesar de los años de grandes esfuerzos, de pobreza y de soledad. Fue un buen hijo que renunció a sus planes para quedarse a vivir con su madre mientras ella lo necesitaba. Fue un buen amigo y enseñó a Laurie muchas cosas, además de griego y latín, y sin darse cuenta, tal vez, solo por darle un ejemplo de persona recta. Era un servidor fiel y llegó a ser tan valioso para sus jefes que ahora les costará mucho llenar el hueco que ha dejado. Fue un buen padre y un buen marido, tierno, sabio y considerado, que nos enseñó mucho a Laurie y a mí; no supimos lo mucho que había querido a su familia hasta que descubrimos lo que había hecho por todos y cada uno, sin que nadie sospechara nada y sin ayuda.

El señor Bhaer se calló un momento y los niños se quedaron como estatuas a la luz de la luna, hasta que reanudó el discurso en voz baja, pero con entusiasmo:

—Cuando agonizaba, le dije: «No te preocupes por Meg y los pequeños; me ocuparé de que nunca les falte nada». Entonces sonrió, me apretó la mano y, animoso como siempre, me dijo: «No hará falta. Me he ocupado de todo». Y así era, porque, al revisar sus papeles, lo encontramos todo en orden, había pagado todas las deudas y había ahorrado lo suficiente para que Meg pudiera disfrutar de desahogo económico y de independencia. Entonces comprendimos por qué había vivido con tanta sencillez, renunciando a muchos placeres, salvo a la caridad, y por qué había trabajado tanto; a mi entender, tal vez haya sido eso lo que le acortó la vida. Aunque a menudo pidió ayuda para otros, nunca la pidió para sí mismo, sino que llevaba su carga y superaba las dificultades con valentía él solo. Nadie puede decir nada en su contra, pues siempre fue justo, amable y generoso; y ahora que se ha ido, descubrimos que todos lo queríamos, lo alabábamos y lo honrábamos, y estoy muy orgulloso de haber sido amigo suyo, y prefiero dejar a mis hijos un legado como el que deja a los suyos en vez de la mayor fortuna que se haya amasado en la vida. ¡Sí! La bondad sencilla y auténtica es el mejor capital para el negocio de esta vida. Perdura cuando caen la fama y el dinero y es la única riqueza que podemos llevarnos de este mundo. No lo olvidéis, hijos míos: si queréis ganar respeto, confianza y cariño seguid el ejemplo de John Brooke.

Cuando Semi volvió al colegio, después de unas semanas en casa, parecía haber superado la pérdida gracias a la bendita capacidad de adaptación de la infancia, que no le faltaba; pero tampoco olvidaba, porque las cosas le llegaban al corazón de forma natural, reflexionaba sobre ellas y las absorbía en la tierra en la que las pequeñas virtudes iban creciendo rápidamente. Jugaba y estudiaba, trabajaba y cantaba igual que antes, pocos sospechaban que hubiera cambiado; sin embargo había cambiado en una cosa y tía Jo la descubrió, porque observaba al niño con toda el alma y procuraba llenar el hueco de su padre a su manera. El niño casi nunca hablaba de la pérdida, pero por la noche, tía Jo oía a menudo un gemido contenido en la cama y, cuando acudía a consolarlo, lo único que decía era: «¡Que me devuelvan a mi padre! ¡Ay, que me lo devuelvan!». Porque habían estado unidos por un vínculo muy tierno, y al niño le sangraba el corazón desde que el vínculo se rompió. Pero el tiempo fue su aliado y poco a poco llegó a creer que no había perdido a su padre, que solo se había vuelto invisible una temporada y seguro que volvía a encontrarlo en algún momento tan fuerte y cariñoso como siempre, aunque su hijito tuviera que ver florecer los aster morados de su tumba muchas veces antes de reunirse con él. Semi se agarró con fuerza a esta creencia porque lo ayudaba y lo confortaba, porque, sin darse cuenta, lo llevaba de un tierno anhelo por el padre al que había conocido a una confianza infantil en el Padre al que no había visto. Estaban los dos en el cielo y rezaba a los dos mientras procuraba ser bueno por amor a ellos.

El cambio interior corrió parejo con otro exterior, porque en esas pocas semanas, Semi dio un estirón y empezó a dejar los juegos infantiles, no porque se avergonzara, como otros niños, sino porque había superado esa etapa y prefería actividades más de adulto. Se dedicó a la odiada aritmética con tanto ímpetu que su tío estaba encantado, aunque no entendía ese capricho, hasta que Semi le dijo:

—De mayor quiero ser contable, como papá, y tengo que aprender los números y las operaciones para hacer unos libros de cuentas tan limpios y bonitos como los suyos.

En otra ocasión fue a ver a su tía y, con mucha seriedad, le dijo:

—¿Cómo puede ganar dinero un niño pequeño?

—¿Por qué lo preguntas, cielo?

—Mi padre me dijo que cuidara a mi madre y a mis hermanitas, y quiero hacerlo, pero no sé por dónde empezar.

—No se refería a ahora, Semi, sino a más adelante, cuando crezcas.

—Pero es que quiero empezar ya, si es posible, porque me parece que tendría que ganar algo para comprar cosas a la familia. He cumplido diez años y hay niños que a esa edad ganan algunos peniques de vez en cuando.

—Bien, pues ¿qué te parece si barres las hojas secas y tapas las fresas? Te pagaré un dólar por el trabajo —dijo tía Jo.

—¿No será demasiado? Puedo hacerlo en un día. Tienes que ser justa, no me pagues más de la cuenta porque quiero ganarlo honradamente.

—Mi querido John, seré justa, no te pagaré ni un penique de más. No trabajes demasiado y, cuando termines, te encargaré otra cosa —respondió la señora Jo.

Ese deseo de ayudar y ese sentido de la justicia le impresionaron: era igual de escrupuloso que su padre.

Cuando Semi terminó con las hojas, llevó muchas carretillas de leña menuda del bosque al cobertizo y así ganó otro dólar. Después ayudó a Franz a forrar los libros de texto por la noche; los envolvía con cuidado él solo y recibía su salario con tal satisfacción que empezó a ver los sucios billetes con otros ojos.

—Ahora tengo un dólar para cada una y me gustaría llevarle el dinero a mi madre personalmente, para que vea que obedezco a mi padre.

Semi hizo la debida peregrinación a su casa y su madre recibió las pequeñas ganancias como un tesoro de gran valor, y no lo habría tocado si Semi no le hubiera rogado que comprara algo útil para ella y para las niñas, porque creía que también debía cuidar de ellas.

Esto lo animó muchísimo y, aunque a veces se le olvidaban sus responsabilidades, el deseo de contribuir seguía vivo, reforzándose con el paso del tiempo. Siempre pronunciaba las palabras «mi padre» con un matiz de orgullo y a menudo, como si exigiera un título honorífico, decía: «No sigáis llamándome Semi. Ahora soy John Brooke». Y así, con la fortaleza que procura tener un objetivo y una esperanza, el niño de diez años empezó en el mundo con valentía y se hizo cargo de su herencia: el recuerdo de un padre sabio y tierno, el legado de un hombre honrado.

20

Al amor del fuego

Con el mes de octubre llegaron las heladas y el fuego alegre en las grandes chimeneas. La leña menuda de Semi servía para prender las raíces de roble de Dan, que ardían fogosas cañón arriba crepitando con alegría. Todos disfrutaban de las reuniones al amor del fuego, mientras las noches se alargaban y todos jugaban, leían o hacían planes para el invierno. Pero lo que más les gustaba era contar cuentos, y siempre esperaban que el señor y la señora Bhaer tuvieran a mano un abundante repertorio de historias interesantes. De vez en cuando el repertorio se acababa y los niños tenían que emplear sus propios recursos, que no siempre funcionaban.

Las fiestas de fantasmas hicieron furor una temporada; lo divertido consistía en apagar las luces, dejar que el fuego se extinguiera y sentarse a oscuras para contar los cuentos más tremendos que fueran capaces de inventar. Como consecuencia, los niños sufrían miedos de todas clases, Tommy llegó al tejado del cobertizo en sus paseos de sonámbulo y los nervios se generalizaron entre los pequeños; así que los prohibieron y volvieron a juegos y diversiones menos dañinos.

Una noche, cuando los pequeños estaban bien arropados en la cama y los mayores alargaban la velada junto a la chimenea del aula intentado decidir qué hacer, Semi propuso otra forma de resolver el asunto.

Tomó la escoba de la chimenea y empezó a desfilar por la estancia diciendo: «¡A formar!» y, cuando los niños, entre empujones y carcajadas, se pusieron en fila, dijo: «Tenéis dos minutos para pensar en un juego». Franz estaba escribiendo y Emil, leyendo la *Vida de Lord Nelson,* así que no se unieron a la fiesta, pero los demás se pusieron a pensar con todas sus fuerzas y, cuando se terminó el tiempo, todo el mundo tenía algo que decir.

—A ver, Tom —y le dio suavemente con el palo de la escoba en la cabeza.

—¡La gallina ciega!

—¡Jack!

—El comercio; pueden jugar muchos y hay que dejar dinero en la banca.

—Tío Fritz no nos deja jugar con dinero. Dan, ¿qué dices tú?

—Griegos contra romanos.

—¿Gloti?

—Asar manzanas y castañas y hacer palomitas de maíz.

—¡Sí, sí! —exclamaron unos cuantos.

Se votó y ganó la propuesta de Gloti. Unos fueron a la despensa a buscar manzanas, otros al granero a por castañas y otros, la palomitera y el maíz.

—Vamos a avisar a las niñas, ¿no? —dijo Semi en un arranque repentino de amabilidad.

—Daisy asa las castañas como nadie —dijo Nat, que quería que su amiguita estuviera también en la fiesta.

—Nan hace unas palomitas de primera, que venga, que venga —dijo Tommy.

—Está bien, que vengan vuestras novias, nos da igual —añadió Jack, que se reía de la inocente consideración que se tenían los pequeños.

—¡Mi hermana no tiene novio! ¡Qué estupidez! —protestó Semi, de una forma que a Jack se le escapó la risa.

—Es la novia de Nat, ¿a que sí, Jilguero?

—Sí, si a Semi no le molesta. La quiero mucho, no puedo evitarlo; se porta muy bien conmigo —respondió Nat con energía, pero con timidez, porque el estilo agresivo de Jack lo cohibía.

—Nan es mi novia y voy a casarme con ella dentro de un año o por ahí, así que no te metas con ella, ni ninguno de vosotros —dijo Tommy categóricamente.

Y es que Nan y él habían hablado del futuro como niños y pensaban irse a vivir al sauce, subir y bajar la comida en una cesta atada a una cuerda y hacer otras cosas divertidas e imposibles.

Semi se tranquilizó cuando Bangs lo agarró por el brazo con decisión y se fueron a buscar a las damas. Nan y Daisy estaban con tía Jo, cosiendo unas ropitas para el recién nacido de la señora Carney.

—Por favor, señora, ¿nos deja llevarnos a las niñas un ratito? Las cuidaremos muy bien —dijo Tommy.

Guiñó un ojo para indicar «manzanas», chascó los dedos queriendo decir «palomitas» y apretó los dientes para referirse a «castañas y nueces».

Las niñas entendieron los gestos inmediatamente y empezaron a quitarse el dedal sin dar tiempo a la señora Jo a decidir si Tommy tenía convulsiones o estaba preparando la siguiente travesura. Semi se explicó un poco mejor, dieron permiso a las niñas sin demora y los niños se fueron con el trofeo.

—No le dirijas la palabra a Jack —susurró Tommy a Nan mientras iban por el pasillo a buscar un tenedor para pinchar las manzanas.

—¿Por qué?

—Se ríe de mí, no quiero que tengas nada que ver con él.

—Haré lo que quiera —replicó Nan, rechazando la prematura asunción de autoridad por parte de su señor.

—Entonces no eres mi novia.

—Me da igual.

—¡Vaya, Nan! Creía que me querías —le reprochó Tommy con ternura—. Si te gusta que Jack se ría, ya no me importas nada. Toma, tu anillo; no me lo voy a poner más.

Y se quitó la prenda de amor hecha con crin de caballo que le había dado Nan a cambio de otra elaborada con antenas de langosta.

—Se lo voy a dar a Ned —replicó ella con malicia.

Porque a Ned le gustaba la señorita Rumbosa y le había regalado alfileres de adorno, cajas y bobinas de hilo como para empezar un ajuar.

—¡Recontracórcholis! —exclamó Tommy.

Era la única válvula de escape posible para la angustia que sintió en ese momento; soltó el brazo a Nan, se retiró muy enfadado y la dejó que fuera sola a buscar el tenedor, aunque lo pagó caro, porque Nan lo castigó pinchándole el corazón como si fuera una manzana.

Barrieron la chimenea y pusieron a asar las sonrosadas manzanas. Calentaron un caldero y echaron las castañas allí mientras el maíz, en su prisión, se abría y reventaba. Dan cascó las mejores nueces y todo el mundo charlaba y se reía mientras la lluvia golpeaba los cristales de la ventana y el viento aullaba alrededor de la casa.

—¿En qué se parece Billy a esta nuez? —preguntó Emil, que a menudo se inspiraba e inventaba chistes malos.

—En que los dos están cascados —contestó Ned.

—¡Eh! ¡Eso no está bien! No os burléis de Billy, porque no puede contestaros. Es muy feo hacer eso —protestó Dan, y aplastó una nuez con mucha rabia.

—¿En qué se parece Nat a una cigarra? —preguntó Franz el pacificador, al ver que Emil se avergonzaba y que Dan agachaba la cabeza.

—En que ambos tocan el violín —contestó Jack.

—¿En qué se parece Daisy a una abeja? —dijo Nat, que llevaba un rato sumido en sus pensamientos.

—En que es la reina de la colmena —dijo Dan.

—No.

—En que es dulce.

—Las abejas no son dulces.

—Me rindo.

—En que hace cosas dulces y siempre está entre las flores —dijo Nat, acumulando halagos infantiles hasta que Daisy se puso colorada como un tomate.

—¿En qué se parece Nan a un avispón? —preguntó Tommy, mirándola con furor y, sin dar a nadie la ocasión de responder, dijo—: En que no es dulce, zumba una barbaridad por nada y además pica más que las ortigas.

—Tommy se ha vuelto loco y me alegro —dijo Ned.

—¿A qué producto de la despensa se parece Tom? —preguntó Nan al momento, levantando la cabeza.

—Al vinagre —respondió Ned.

Y le dio a Nan una nuez pelada con una risa tan provocadora que a Tommy le entraron ganas de saltar como una castaña caliente y pegar a alguien.

Al ver que el mal humor estaba ganando la partida, Franz intervino de nuevo.

—Vamos a poner una ley: cualquiera que entre aquí tiene que contarnos algo, sea quien sea. ¡A ver quién entra primero!

A todos les pareció bien y no tuvieron que esperar mucho, porque enseguida se oyeron unos pasos fuertes por el pasillo y apareció Silas con una brazada de leña. Lo recibieron con una gritería general y el hombre se quedó mirándolos con una sonrisa de perplejidad en su carota colorada, hasta que Franz le explicó lo que sucedía.

—¡Uf! ¡Yo no sé contar nada! —dijo.

Dejó la carga y se dispuso a salir de allí, pero los niños se le echaron encima, lo obligaron a sentarse y lo retuvieron entre risas, reclamándole un cuento, hasta que el hombretón no pudo más.

—Yo solo tengo una historia que contar, y es de un caballo —dijo, halagado por el recibimiento.

—¡Cuéntenosla! —gritaron los niños.

—Pues —empezó Silas, echando la silla un poco hacia atrás, contra la pared, y colocando los pulgares en la sisa del chaleco—, cuando la guerra, serví en un regimiento de caballería y vi muchas batallas. Mi caballo, que se llamaba Mayor, era un animal de primera y yo lo quería como si fuera un ser humano. No tenía bella estampa, pero era el rucio más templado y con mejor carácter que había visto en mi vida. En la primera batalla a la que fui me dio una lección que se me grabó para siempre, y os la voy a contar. No vale la pena que os diga el ruido, las carreras y el horror de la batalla, muchachitos, porque me faltan palabras, pero os aseguro que yo estaba tan confundido y tan agobiado con todo el jaleo que no sabía lo que hacía. Nos mandaron cargar y salí disparado con valentía, sin pararme ni un momento a ayudar a los que caían. Me pegaron un tiro en el brazo y me tiraron de la silla, no sé cómo, pero allí me quedé, atrás, con dos o tres muertos o heridos, porque los demás siguieron adelante, como digo. Bueno, pues me levanté y eché un vistazo buscando a Mayor, porque me parecía que yo ya había luchado bastante. Pero no lo vi por ninguna parte y eché a andar hacia el campamento, hasta que oí un relincho. Y entonces vi a Mayor, que estaba esperándome bastante lejos, como si no entendiera por qué me había quedado atrás. Le silbé y vino hacia mí, tal como le había enseñado. Monté como buenamente pude, sangrando por el brazo izquierdo, y quería volver al campamento, porque os aseguro que me encontraba muy mal y temblaba como una mujer; suele pasar cuando vas a la batalla por primera vez. Pero ¡no, señor! Mayor era más valiente que yo y se negó a dar media vuelta; solo levantó las patas por alto, bailoteó y resopló y se puso como si el olor de la pólvora y el fragor de la batalla lo volvieran loco. Hice lo que pude, pero él no cedió, así que cedí yo; y ¿qué creéis que hizo el valiente bruto? ¡Dio media vuelta y echó a galopar como un vendaval hacia lo más encarnizado del combate!

—¡Bien hecho! —exclamó Dan, emocionado.

Los demás escuchaban con tanto interés que se olvidaron de las castañas y de las manzanas.

—Que me muera ahora mismo si no me avergoncé de mi proceder —continuó Silas, más animado al ir recordando aquel día—. Me puse como loco también y, sin acordarme de la herida del brazo, me lancé al ataque soltando golpes a diestro y siniestro, echo una furia, hasta que de pronto cayó un obús en medio de nosotros que nos derribó a muchos. Estuve un rato como muerto y, cuando me recobré, la batalla seguía en otra parte y yo estaba tumbado junto a una pared, y el pobre Mayor a mi lado, en peores condiciones que yo, porque yo me había roto la pierna y tenía una bala en el hombro, pero él, ¡pobre animal! ¡La metralla del condenado obús le había abierto el costado!

—¡Ay, Silas! Y ¿qué hizo usted? —exclamó Nan, arrimándose más al narrador con mucho interés y comprensión.

—Me levanté como pude e intenté detener la hemorragia con la tela que pude arrancarme de la ropa con una sola mano. Pero no sirvió de nada; el pobre se quejaba de dolor y me miraba con sus ojos tiernos, hasta que no pude soportarlo más. Le presté toda la ayuda que pude y, cuando el sol empezó a calentar más y más y él empezó a sacar la lengua, intenté llegar a un arroyo que corría bastante lejos de allí, pero no lo conseguí porque estaba débil y malherido, así que lo dejé y me puse a abanicar al caballo con el sombrero. Pero atended a lo que os voy a decir ahora y, cuando veáis que alguien se mete con los rebeldes, acordaos de lo que hizo uno de ellos y no hagáis caso de lo que digan. No lejos de nosotros había un pobre soldado enemigo que agonizaba con un disparo en los pulmones. Le ofrecí el pañuelo para que se protegiera del sol y me lo agradeció mucho, porque en esos momentos, los hombres no reparan en si uno es de un bando o de otro, sino que se ayudan unos a otros sin más. Y él, al verme tan preocupado por aliviar el sufrimiento a Mayor, me miró con la cara empapada, pálido de dolor, y me dijo: «Tengo una cantimplora con agua; tómala, porque a mí ya no me sirve de nada», y me la tiró a las manos. No se la habría aceptado si no hubiera tenido yo una petaca con un poco de *whisky* en el bolsillo, y se lo di a beber. Le sentó bien, y a mí, mejor que si me lo hubiera bebido yo. Es increíble lo buena que puede llegar a ser la gente algunas veces.

Silas se quedó callado, disfrutando otra vez de aquel hermoso momento en que su enemigo y él olvidaron la rivalidad y se ayudaron como buenos hermanos.

—Y ¿qué pasó con Mayor? —preguntaron los niños, impacientes por conocer el desenlace.

—Le eché agua en la sedienta lengua y os aseguro que en mi vida he visto mayor agradecimiento en un animal. Pero no sirvió de mucho, porque aquella herida horrible seguía atormentándolo, hasta que no pude soportarlo más. Fue muy difícil, pero lo hice por compasión y sé que me perdonó.

—¿Qué fue lo que hizo? —preguntó Emil.

Silas carraspeó con fuerza y no dijo nada, pero al ver la expresión de su cara, Daisy corrió a su lado y le puso una manita en la rodilla.

—Le pegué un tiro.

Los oyentes se estremecieron, porque Mayor les había parecido un héroe y el trágico final les inspiraba compasión.

—Sí, le pegué un tiro para que dejara de sufrir. Le di unas palmadas y le dije: «¡Adiós!»; luego le apoyé la cabeza en el suelo, lo miré por última vez a los ojos y le disparé en medio de la frente. Apenas se movió, tuve buena puntería y, al verlo tan tranquilo, sin dolor ni gemidos, me alegré, aunque... bueno, no sabía si tenía que avergonzarme o no, pero lo abracé por el cuello y lloré como un niño grandote. ¡Uf! No sabía que era tan tonto.

Silas se pasó la manga por los ojos, tan enternecido por el gemido de Daisy como por el recuerdo del fiel Mayor.

Todos guardaron silencio unos minutos, pues los niños entendieron el patetismo de la historia con tanta inmediatez como la tierna Daisy, aunque no lo demostraron con lágrimas.

—Me gustaría tener un caballo así —dijo Dan a media voz.

—¿El soldado rebelde también murió? —inquirió Nan, preocupada.

—En ese momento no. Pasamos allí todo el día, tumbados, y, por la noche, vinieron unos compañeros a buscar a los que faltaban. Como es lógico, querían llevarme a mí primero, pero yo sabía que lo mío podía esperar y que el rebelde no tenía más que una oportunidad, como mucho, así que les dije que se lo llevaran primero a él. Todavía le quedaba la fuerza suficiente para levantar una mano y decirme: «¡Gracias, camarada!». Fueron sus últimas palabras, porque murió una hora después en la tienda hospital.

—¡Se alegraría usted mucho de haber sido bueno con él! —dijo Semi, que estaba muy impresionado también.

—Bueno, sí, me consolaba un poco pensarlo, mientras esperaba allí tirado a solas, no sé cuántas horas, con la cabeza en el pescuezo de Mayor y viendo salir la luna. Me habría gustado enterrar al pobre animal como Dios manda, pero fue imposible. ¿Quieres verlo, chiquita?

—¡Sí, por favor! —respondió Daisy, limpiándose las lágrimas para ver bien.

Silas sacó una vieja billetera, de la que salió un trozo de papel de estraza que contenía un mechón de pelo blanco de caballo. Los niños lo miraron en silencio y a nadie le pareció ridículo el cariño que guardaba Silas a su buen caballo Mayor.

—Es una historia muy bonita, me ha gustado mucho y me ha hecho llorar. Muchas gracias, Si —dijo Daisy.

Ayudó al hombre a envolver la reliquia otra vez, Nan le metió en el bolsillo un puñado de palomitas y los niños alabaron la historia en voz alta con la sensación de que había dos héroes en ella.

El hombre se fue un tanto desbordado por las atenciones y los pequeños conspiradores siguieron hablando de él mientras esperaban a la siguiente víctima. Fue la señora Jo, que quería tomar medidas a Nan para unos delantales que iba a hacerle. La dejaron entrar hasta el centro y entonces se le echaron encima, le dijeron la nueva ley y exigieron que les contara algo. A la señora Jo le hizo mucha gracia la divertida trampa y enseguida dijo que sí, porque no había dejado de oír las alegres voces y la verdad es que tenía ganas de unirse a la fiesta y olvidar un rato los tristes pensamientos sobre su hermana Meg.

—¿Soy el primer ratón que habéis atrapado, mis pícaros gatos con botas? —preguntó.

La llevaron a la silla grande con unas cuantas chucherías y al momento se vio rodeada de caras satisfechas dispuestas a escuchar.

Pero antes le contaron la contribución de Silas y ella se dio un golpe en la frente con desesperación, porque se le había quedado la mente en blanco cuando, de una forma tan inesperada, le dijeron que tenía que contarles algo.

—Y ahora ¿qué os cuento yo? —dijo.

—Algo de niños —fue la respuesta general.

—Y que haya una fiesta —dijo Daisy.

—Y cosas ricas de comer —añadió Gloti.

—Eso me recuerda a un cuento de una anciana muy querida que leí hace tiempo. Me gustaba mucho y me parece que a vosotros también os va a gustar, porque hay niños en ella y también «cosas ricas de comer».

—¿Cómo se titula? —preguntó Semi.

—*El niño sospechoso.*

Nat estaba pelando unas castañas y levantó la mirada; la señora Jo le sonrió porque sabía lo que estaba pensando.

—La señorita Crane tenía un colegio de niños en una ciudad pequeña y tranquila; era un colegio muy bueno, de los de antes. Vivían en su casa seis niños, más otros cuatro o cinco de la propia ciudad. Uno de los internos se llamaba Lewis White. No era mal chico, pero sí muy tímido y de vez en cuando decía una mentirijilla. Un día, una vecina mandó a la señorita Crane una cesta de grosellas. No había suficientes para todos, así que la buena señorita, como le gustaba complacer a todos los niños, se fue a la cocina e hizo una docena de pastelitos de grosella.

—Me gustaría probarlos. ¿Los haría como yo los de frambuesa? —preguntó Daisy, que últimamente había recuperado el interés por la repostería.

—¡Chist! —dijo Nat.

Y le metió una palomita bien gorda en la boca para que se callara, porque tenía un interés particular en este cuento y le parecía que había empezado muy bien.

—Cuando terminó de hacerlos, la señorita Crane los guardó en el mejor aparador de la salita sin decir nada a nadie, porque quería que fueran una sorpresa para la hora del té. Llegó el momento, estaban todos sentados a la mesa y ella fue a buscar los pasteles, pero volvió muy disgustada porque ¿sabéis lo que había pasado?

—¡Que alguien se los había robado! —exclamó Ned.

—No. Estaban en su sitio, pero les habían quitado toda la fruta levantando la corteza de arriba y volviéndola a poner después de comérsela.

—¡Qué faena! —dijo Nan mirando a Tommy, como dando a entender que él sería capaz de hacerlo.

—Les contó a los niños que quería darles una sorpresa y les enseñó lo que quedaba de los pobres pasteles. Los niños también se llevaron un disgusto y una desilusión, y todos dijeron que no sabían nada del asunto. «A lo mejor han sido las ratas», dijo Lewis, que era el que más voceaba diciendo que no había sido él. «No, porque las ratas habrían mordisqueado también toda la corteza de arriba, no la habrían levantado para comerse solo la fruta. Esto lo han hecho unas manos humanas», dijo la señorita Crane, más triste porque uno de ellos hubiera mentido que por haberse quedado sin pasteles. Después cenaron y se fueron a la cama, pero por la noche, la señorita Crane oyó que alguien se quejaba, fue a ver quién era y encontró a Lewis retorciéndose de dolor. Era evidente que le había sentado mal alguna cosa de comer y estaba tan mal que la señorita se alarmó e iba a mandar que llamaran al médico cuando Lewis gimió: «¡Son las grosellas! Me las comí yo y tengo que decirlo antes de morirme», porque la idea del médico le daba miedo. «Si es por eso, vas a tomarte un vomitivo y se te pasará enseguida», dijo la señorita Crane. Le administró una buena dosis y al día siguiente el chico estaba mucho mejor. «¡Ay, no se lo cuente a los chicos; se burlarían de mí!», le rogó el convaleciente. La señorita Crane tenía buen corazón y le prometió que no diría nada, pero Sally, la niña, lo contó todo y el pobre Lewis pasó una temporada muy mala. Sus compañeros lo llamaban Zampabollos y no se cansaban de preguntarle a cuánto estaban los pasteles.

—Bien merecido lo tuvo —dijo Emil.

—Se pilla antes a un mentiroso que a un cojo —sentenció Semi.

—No, no es verdad —musitó Jack.

Estaba cuidando de las manzanas con mucha dedicación para poder estar de espalda a todos y que no vieran lo colorado que se había puesto.

—Y ¿ya está? —preguntó Dan.

—No; esto es solo la primera parte; la segunda es más interesante. Poco tiempo después pasó por allí un buhonero y se detuvo para enseñar a los niños las cosas que vendía; algunos compraron peines de bolsillo, arpas de boca y otras fruslerías por el estilo. Entre las navajas, Lewis vio una pequeña con mango blanco que le gustó mucho, pero ya había gastado toda la propina y nadie podía prestarle dinero. Tomó la navajita y estuvo mirándola con deseo hasta que el hombre recogió los bártulos para irse; el chico la dejó de mala gana en su sitio y el hombre siguió su camino. Sin embargo, volvió al día siguiente diciendo que no encontraba esa misma navaja y creía que la había dejado allí, en casa de la señorita Crane. Era muy bonita, con el mango de nácar, y no podía permitirse perderla. Todo el mundo dijo no sabía nada de la navaja. «El último que la tuvo fue este caballerito, y me pareció que la quería por encima de todo. ¿Estás seguro de que me la devolviste?», preguntó a Lewis, que estaba desconsolado por la pérdida y prometió una y otra vez que se la había devuelto. Pero, por mucho que lo negara, no convencía a nadie, porque todos estaban seguros de que se la había guardado. El buhonero armó un buen escándalo, al final la señorita Crane se la pagó y el hombre se fue todo enfurruñado.

—¿Y la tenía Lewis? —preguntó Nat, muy inquieto.

—Ahora lo sabrás. El pobre chico tuvo que soportar otra mala temporada, porque sus compañeros no paraban de decirle: «Anda, Zampabollos, préstame la navaja de nácar», y cosas por el estilo, hasta que Lewis se entristeció tanto que rogó a la señorita que lo mandara a casa. Ella hacía todo lo posible por calmar los ánimos, pero de poco servía, porque los chicos seguían metiéndose con él y no podía estar vigilándolos todo el tiempo. Esta es una de las cosas más difíciles de enseñar a los niños; sabían que «no hay que hacer leña del árbol caído», como se suele decir, pero atormentaron a Lewis de mil maneras sutiles hasta que no pudo más.

—Sé lo que es eso —dijo Dan.

—Y yo —añadió Nat en voz baja.

Aunque Jack estaba de acuerdo, no dijo nada, porque sabía que los mayores lo despreciaban pero no se metían con él por ese motivo.

—¡Sigue, sigue, tía Jo! ¿Qué le pasó a Lewis? Porque yo creo que no tenía la navaja, pero quiero saberlo —suplicó Daisy, angustiada.

—Bueno, pues iban pasando las semanas y el asunto no se aclaraba. Los niños no dirigían la palabra a Lewis y el pobre niño estaba a punto de enfermar del disgusto. Se propuso no volver a mentir jamás y se esforzó tanto que la señorita Crane, compadecida, lo ayudó y llegó a creer que de verdad no se había quedado con la navaja. Dos meses después, el buhonero volvió a pasar por allí y lo primero que dijo fue: «A ver, señora, resulta que al final encontré la navaja. Se había colado por el forro de la maleta y el otro día, cuando estaba colocando mercancía nueva, se cayó al suelo. He venido a decírselo, porque usted me la pagó y a lo mejor la quiere, así que, aquí la tiene».

»—Los niños se habían agolpado alrededor del hombre y, al oír lo que decía, se avergonzaron muchísimo y pidieron perdón a Lewis con tanta sinceridad que él no pudo negárselo. La señora Crane le regaló la navaja y él la conservó muchos años, como recordatorio de la falta que tantos disgustos le había dado.

—¿Por qué será que las cosas que te comes a escondidas te sientan mal, pero las que te comes en la mesa no? —reflexionó Gloti en voz alta.

—Tal vez porque la conciencia afecta al estómago —contestó la señora Jo sonriendo.

—Se acuerda de los pepinos —dijo Ned.

Todos se echaron a reír, porque el último incidente de Gloti había sido muy gracioso.

Se comió dos pepinos grandes a escondidas, se puso muy malo y, angustiado, se lo contó a Ned y le rogó que hiciera algo. Ned, con buena intención, le recomendó un emplasto de mostaza y una plancha caliente en los pies; pero es que se lo dijo al revés: le puso el emplasto en los pies y la plancha caliente en el estómago, y el pobre Gloti terminó en el establo con los pies llenos de ampollas y la chaqueta chamuscada.

—¿Por qué no nos cuenta algo más, tan interesante como la historia de Lewis? —dijo Nat, cuando cesaron las risas.

Antes de que la señora Jo pudiera decir que no a estos insaciables Oliver Twist, entró Rob en el aula arrastrando la colcha de su cama y, desviándose directamente hacia su madre con una expresión dulcísima, dijo:

—He oído mucho ruido y creía que había pasado algo malo, así que he venido a ver qué *hafíais.*

—¿Creías que me había olvidado de ti, picaruelo? —le preguntó su madre fingiendo seriedad.

—No; pero me *parefió* que te gustaría verme aquí —respondió el pequeño.

—Me gustaría mucho más verte en la cama, así que, directo arriba otra vez, Robin.

—Todo el que entre aquí tiene que contarnos algo, pero tú no sabes, así que más vale que te vayas enseguida —dijo Emil.

—¡Sí que sé! Le cuento muchas cosas a Teddy, de osos, de lunas y de mosquitos que hablan cuando *fumban* —protestó Rob, dispuesto a quedarse costara lo que costase.

—Pues cuéntanos algo ahora mismo —dijo Dan, preparándose para alzarlo a hombros y llevárselo.

—Sí, de acuerdo; voy a pensar un poco —dijo, y se subió al regazo de su madre.

—Es cosa de familia —dijo ella, acogiendo al niño—, tenemos la costumbre de levantarnos de la cama a cualquier hora. Semi lo hacía; y yo me pasaba la noche levantándome y acostándome. A Meg le parecía que había fuego en la casa y me mandaba a mirar, y yo bajaba al salón y me quedaba y me lo pasaba bien, como pretendes hacer tú, niño malo.

—Ya lo he pensado —dijo Rob con espontaneidad, deseando ganarse el ingreso en ese apetecible círculo.

Todos lo miraron y se dispusieron a atender con ganas de divertirse mientras Rob, en el regazo de su madre y envuelto en la alegre colcha, les contaba una historia breve y trágica con un ímpetu que la hizo muy graciosa.

—Había una *vef* una señora que tenía un millón de hijos y uno pequeñito y bueno. Subió arriba y le dijo: «No salgas al patio», pero él salió, se cayó al *pofo* y se ahogó.

—¿Ya está? —preguntó Franz cuando Rob se paró a tomar aire, después del asombroso comienzo.

—No, falta un *trofito* —dijo el niño frunciendo las suaves cejas mientras buscaba inspiración.

—¿Qué hizo la señora cuando el niño se cayó al pozo? —preguntó la madre para ayudarlo.

—Pues lo sacó, lo envolvió en periódicos y lo puso a secar en un estante para hacer semillas.

Una explosión general de risa acogió la sorprendente conclusión; la señora Jo le acarició los rizos y dijo con solemnidad:

—Hijo mío, has heredado de tu madre el don de contar cuentos. ¡Vas de cabeza a la fama!

—Entonces puedo quedarme, ¿verdad? ¿No lo he hecho bien? —dijo Rob, orgulloso del éxito.

—Puedes quedarte hasta que te comas estas doce palomitas —dijo la madre, esperando que se las comiera todas de un bocado.

Pero Rob era un hombrecito avispado y aprovechó la prórroga comiéndoselas despacio, de una en una, disfrutando de cada minuto con toda el alma.

—¿No será mejor que nos cuentes otra historia entretanto? —dijo Semi, que no quería perder el tiempo.

—No se me ocurre nada más que una cosa muy corta de una leñera —dijo la señora Jo, al ver que a Rob todavía le quedaban siete palomitas por comer.

—¿Salen niños?

—Uno, sí.

—¿Es real? —preguntó Semi

—Hasta la última palabra.

—¡Bien! Pues, ¡adelante, por favor!

—James Snow y su madre vivían en una casita en New Hampshire. Eran pobres y James tenía que trabajar para ayudar a su madre, pero le gustaban mucho los libros y aborrecía trabajar, solo quería pasarse el día estudiando.

—¿Cómo es posible? —exclamó Dan, pues James le cayó mal desde el primer momento—. ¡Yo no soporto los libros y me gusta trabajar!

—En el mundo tiene que haber de todo; hace falta quien estudie y quien trabaje, y hay sitio para todos. Pero yo creo que los que trabajan tienen que estudiar un poco y los que estudian, tienen que saber trabajar si es necesario —respondió la señora Jo, mirando a Dan y a continuación a Semi con toda la intención.

—Yo trabajo —dijo Semi, y enseñó con orgullo los pequeños callos que le habían salido en las manos.

—Y yo estudio, desde luego —añadió Dan, señalando la pizarra con la cabeza, que estaba llena de números ordenados.

—Os voy a contar lo que hacía James. No pretendía ser egoísta, pero su madre estaba orgullosa de él y le dejaba hacer lo que quería mientras ella trabajaba sin descanso para que tuviera libros y tiempo para leerlos. Un otoño James quería ir al colegio y fue a hablar con el pastor, a ver si podía ayudarlo con el uniforme y los libros. Por lo que decía la gente, el chico era un vago, así que al pastor no le pareció bien hacerle un favor; creía que una persona que no ayuda a su madre y consiente que se mate a trabajar por ella tampoco funcionaría bien en el colegio. Sin embargo, se interesó más al descubrir el entusiasmo de James por los libros y, como el buen hombre era un poco raro, para ver si el chico era sincero le propuso lo siguiente: «James, te proporcionaré la ropa y los libros, pero con una condición». «Dígame usted», respondió él, animado de pronto. «Procura que la leñera de tu madre esté llena todo el invierno, y hazlo con tus propias manos. Si no lo consigues, se acabó el colegio.»

»A James le hizo mucha gracia esa condición tan curiosa, se echó a reír y la aceptó al momento creyendo que sería fácil. Empezó a ir al colegio y, al principio, pudo cumplir la condición sin mayores dificultades, porque era otoño y la leña menuda y la hojarasca abundaban. Salía por la mañana y por la noche y llenaba una cesta o hacía astillas para el hogar y, como su madre era muy ahorradora, la leñera siempre estaba llena. Pero en noviembre llegaron las heladas, los días eran oscuros y fríos y la leña se gastaba enseguida. La madre compró una carga con lo que ganaba, pero empezó a desaparecer rápidamente y ya no quedaba casi nada cuando James se acordó de que tenía que volver a llenarla. La señora Snow estaba débil y cojeaba, así que James tuvo que dejar los libros y ver cómo poner remedio a la situación.

»No le fue fácil, porque las cosas le iban muy bien en el colegio y las clases le interesaban tanto que solo dejaba de estudiar para comer y dormir. Pero sabía que el pastor cumpliría su palabra y, a regañadientes, tuvo que ponerse a ganar dinero en las horas libres para que la leñera no se quedara vacía. Hizo toda clase de cosas: recados, cuidar la vaca de un vecino, ayudar al viejo sacristán a limpiar el polvo y a calentar la iglesia los domingos, etc., y de esta forma ganó lo suficiente para comprar leña en pequeñas cantidades. Pero era un gran esfuerzo; los días se acortaban, hacía mucho frío y el tiempo volaba; sus queridos libros lo fascinaban tanto que le daba mucha pena dejarlos por unas obligaciones penosas que parecían no tener fin.

»El pastor lo observaba en silencio y, al ver las ganas que tenía, decidió ayudarlo sin decirle nada. Se lo encontraba a menudo llevando carros de leña que recogía en el bosque, donde la cortaban otros hombres y, mientras conducía al lento buey, leía o estudiaba por no perder ni un solo minuto. «Se merece que lo ayude, esta lección le viene bien y, cuando la aprenda, le enseñaré otra más fácil», se dijo el pastor. El día de Nochebuena, una espléndida carga de leña apareció depositada en la puerta de la casita, con una sierra nueva y un papelito que decía: «El Señor ayuda a quien se ayuda a sí mismo».

»El pobre James no esperaba ningún regalo, pero cuando se despertó aquella fría mañana de Navidad, encontró un par de guantes de mucho abrigo que le había tejido su madre, a pesar de tener los dedos doloridos y rígidos. El regalo le hizo mucha ilusión, pero lo emocionó más el beso y la dulzura de su mirada cuando le dijo que era un buen hijo. Y es que se le había abierto el corazón cuidando a su madre; mientras llenaba la leñera, también había colmado aquellos meses de diligencia en cumplir con sus obligaciones. Empezó a entenderlo —se dio cuenta de que había cosas mejores que los libros— y a partir de entonces procuró aprender las lecciones que Dios le mandaba, además de las que le mandaban en el colegio.

»Después, cuando descubrió el gran montón de leños de roble y pino en la puerta de casa y leyó el papelito, adivinó enseguida quién lo había mandado y comprendió el plan del pastor; fue a agradecérselo y se puso a trabajar con todas sus fuerzas. Otros niños se pasaron aquel día jugando mientras James serraba troncos, aunque yo creo que el más feliz de todos ellos era el de los guantes nuevos, que silbaba como un mirlo mientras llenaba la leñera de su madre.

—¡De primera! —exclamó Dan. Le gustaban las historias de sucesos sencillos mucho más que el mejor cuento fantástico—. Al final, ese chico me cae muy bien.

—¡Tía Jo, yo también puedo serrar la leña del colegio! —dijo Semi, con la sensación de que la historia le había dado otra idea para ganar dinero para su madre.

—Y ahora, algo sobre un niño malo. Me gustan más —dijo Nan.

—No, mejor sobre una niña mala y cascarrabias —dijo Tommy.

Nan le había estropeado la velada con su reacción tan brusca. La manzana le sabía ácida; las palomitas, sosas; las nueces, duras de pelar y, para rematar, ver a Nan en el mismo banco que Ned le hacía la vida pesada como un fardo de piedras.

Pero la señora Jo no contó nada más, porque, al mirar a Rob, vio que se había dormido con la última palomita apretada en la mano. Lo envolvió bien en la colcha, se lo llevó y lo arropó sabiendo que esa noche ya no volvería a levantarse.

—Bueno, pues a ver quién viene ahora —dijo Emil, y entreabrió la puerta tentadoramente.

Pasó por allí Mary Anne y la llamó, pero Silas la había advertido y lo único que hizo la muchacha fue reírse y apurar el paso sin hacer caso de la tentación. Un rato después, se abrió una puerta y se oyó una voz fuerte canturreando en el vestíbulo.

Ich weiss nicht was soll es bedeuten
Dass ich so traurig bin.[1]

—Es tío Fritz; riámonos todos a pleno pulmón, veréis como entra enseguida —dijo Emil.

Empezaron a reírse a carcajada limpia y al momento apareció tío Fritz.

—¿De qué os reís tanto, chicos? —dijo.

—¡Lo tenemos! ¡Lo tenemos! No puede salir de aquí hasta que nos cuente algo —gritaron los chicos, y cerraron la puerta de golpe.

—¡Ah, ya! ¡Ahí está la gracia del asunto! Bueno, la verdad es que no tengo ganas de irme, aquí se está muy bien. Ahora mismo pago el peaje —y así lo hizo, pues se sentó y empezó sin más—: Hace mucho tiempo, tu abuelo, Semi, fue a dar una conferencia a una gran ciudad con la esperanza de ganar dinero para un hogar para niños huérfanos que estaban construyendo unas buenas personas. La conferencia tuvo éxito, él se embolsó bastante dinero y se alegró mucho. Al ir hacia otra ciudad en una silla de postas, a la caída de la tarde llegó a un tramo solitario del camino y justo estaba pensando que era un lugar idóneo para un atraco, cuando vio salir de los bosques de enfrente a un hombre de mal aspecto, que caminaba lentamente, como esperando a que se acercara. Tu abuelo se puso nervioso porque llevaba encima todo el dinero que había ganado y lo primero que se le ocurrió fue dar media vuelta y alejarse de allí. Pero el caballo estaba cansado y además no le gustaba sospechar del hombre sin motivo, así que siguió adelante; al acercarse más y ver que el desconocido era un pobre enfermo cubierto de harapos, le remordió la conciencia, se detuvo y le dijo amablemente: «Amigo, parece usted muy cansado; permítame que lo lleve en el coche».

»El hombre, sorprendido, vaciló, pero después aceptó la invitación. No era muy hablador; sin embargo tu abuelo, a su estilo animoso y sabio, siguió comentando el año tan difícil que habían tenido, lo mucho que habían sufrido los pobres y lo difícil que era la vida a veces. Poco a poco, estimulado por la amigable charla, el hombre empezó a abrirse y a contarle su vida. Que había estado enfermo, que no encontraba trabajo, que tenía mujer e hijos y que estaba desesperado. El abuelo, lleno de compasión, olvidó sus temores, le preguntó cómo se

1 «Me embarga tanta tristeza / y no sé decir por qué», *Die Lore-Ley,* Heinrich Heine, traducción de Sabine Ribka y Francisco López Martín, Akal.

llamaba y le dijo que procuraría buscarle un empleo en la siguiente ciudad, porque tenía muchos amigos allí. Tu abuelo fue a sacar lápiz y papel para escribir su dirección, pero lo que sacó fue la abultada billetera, y el hombre enseguida la vio. Entonces, al acordarse de lo que llevaba en ella, el abuelo empezó a temblar, pero dijo en voz baja: «Sí, tengo aquí este dinero para unos pobres huérfanos. Si fuera mío, con mucho gusto me lo repartiría con usted. No soy rico, pero conozco bien los apuros que pasa la gente pobre; estos cinco dólares sí son míos, y quiero dárselos, para sus hijos».

»La mirada codiciosa del hombre se transformó en puro agradecimiento al aceptar los cinco dólares que le daban voluntariamente, y no tocó el dinero de los huérfanos. Siguieron el camino hasta que se acercaron a la ciudad, y entonces el hombre dijo que quería apearse. Se dieron un apretón de manos y, cuando tu abuelo iba a reanudar la marcha, el hombre, como obedeciendo a un impulso, dijo: «Cuando nos encontramos yo estaba desesperado y tenía intención de robarle todo lo que llevara, pero ha sido usted tan bondadoso que no he podido hacerlo. ¡Que Dios lo bendiga, señor, por haberme alejado de la tentación!».

—¿El abuelo volvió a verlo alguna vez? —preguntó Daisy con mucho interés.

—No, pero creo que el hombre encontró trabajo y no volvió a pensar en robar nunca más.

—¡Qué forma tan curiosa de tratarlo! Yo lo habría molido a palos —dijo Dan.

—La amabilidad siempre es mejor que la fuerza. Pruébalo, ya verás —respondió el señor Bhaer levantándose.

—¡Cuéntanos otra, por favor! —le rogó Daisy.

—Sí, sí. Tía Jo nos ha contado dos historias —añadió Semi.

—Razón de más para que no os cuente ninguna otra hoy; me las guardo para otro día. El exceso de cuentos es tan pernicioso como el exceso de caramelos. Ya he pagado el peaje, así que me voy.

Y el señor Bhaer salió zumbando, perseguido por todos los niños. Pero les llevaba ventaja y llegó sano y salvo a su estudio mientras los niños volvían al aula a la carrera.

Pero estaban tan alborotados que no pudieron recuperar la tranquilidad de antes y se pusieron a jugar a la gallina ciega; Tommy demostró que se había tomado a pecho la moraleja de la última historia, porque, cuando atrapó a Nan, le dijo al oído:

—Siento haberte llamado cascarrabias.

Y, como Nan no quería que nadie la ganara a bondadosa, cuando jugaron a polvorón y le tocó poner a ella, le dijo a Tommy: «Nunca pierdas lo que te doy» con una sonrisa tan cordial que no lo sorprendió encontrarse con el anillo de crin de caballo en la mano, en vez de la prenda. Él sonrió también y, cuando se iban a la cama, ofreció a la niña el mejor bocado de la última manzana; ella vio que se había puesto el anillo en el meñique otra vez y lo aceptó, y así firmaron la paz. Los dos se arrepintieron de haberse enfadado y no les dio vergüenza reconocer el error y pedir perdón; de esta forma, la amistad infantil no se perdió y la casa del sauce, un divertido castillo en el aire, duró mucho tiempo.

21

Acción de Gracias

Esta festividad anual siempre se celebraba en Plumfield al estilo tradicional, sin interferencias de ninguna clase. Unos cuantos días antes de la celebración, las niñas ayudaron a Asia y a la señora Jo en la despensa y en la cocina; hicieron empanadas y postres, eligieron fruta y limpiaron platos y fuentes: tenían mucho trabajo y se sentían importantísimas. Los niños revoloteaban por los alrededores del terreno prohibido olisqueando los suculentos aromas y observando a escondidas las misteriosas actividades, aunque de vez en cuando les permitían probar alguna exquisitez mientras la preparaban.

Parecía que este año iba a haber alguna cosa más de lo habitual, porque las niñas no paraban ni arriba ni abajo, ni los niños tampoco, entre el aula y el establo, y un ambiente general de actividad impregnaba la casa. Se organizó una gran búsqueda de cintas y adornos, se recortó y se pegó gran cantidad de papel dorado y Franz y la señora Jo reunieron un montón enorme de paja, algodón gris, franela y grandes cuentas negras. Ned fabricó máquinas extrañas en el taller, Semi y Tommy iban de un lado a otro murmurando para sí como memorizando algo. A veces se oía un jaleo tremendo en la habitación de Emil y sonoros estallidos de risa en la guardería, cuando mandaban allí a Rob y Teddy y no se los volvía a ver en horas. Pero lo que más despistó al señor Bhaer fue no saber qué había sucedido con la enorme calabaza de Rob. La habían llevado triunfalmente a la cocina, de donde poco después salió una docena de empanadas doradas. Pero con eso solo se habría empleado una cuarta parte de la inmensa hortaliza, así que ¿qué habían hecho con el resto? Desapareció, pero Rob no parecía afectado, sino que se reía por lo bajo cada vez que salía el tema y le decía a su padre: «Espera y verás», porque lo divertido del asunto era dar una sorpresa a papá Bhaer y, entretanto, no decirle una palabra de lo que iba a pasar.

Él se tuvo que conformar con cerrar los ojos, taparse los oídos y callar la boca, y procuró no ver lo que estaba a la vista de todos, no oír las palabras delatoras que resonaban en el aire y no entender ninguno de los misterios transparentes que sucedían alrededor. Como era alemán, le encantaban estas sencillas fiestas caseras y ponía todo de su parte para que se celebraran, porque daban tanta alegría a todos que los niños ni se acordaban de buscar otros entretenimientos.

Cuando por fin llegó el día, los niños salieron a dar un largo paseo para que se les despertara el apetito a la hora de comer, aunque... ¡no les hacía ninguna falta! Las niñas se quedaron en casa ayudando a poner la mesa y dando los últimos toques a varias cosas que las preocupaban mucho. El aula estaba cerrada con llave desde la víspera y el señor Bhaer tenía prohibido entrar so pena de una paliza que le propinaría Teddy, que vigilaba la puerta como un dragoncito, aunque se moría por contárselo todo a su padre y solo el heroico empeño del buen hombre en no oír nada evitó que el pequeño revelara el gran secreto.

—Todo está a punto, perfecto y espléndido —exclamó Nan, saliendo por fin con aire triunfal.

—La... bueno, ya sabes, queda de maravilla y Silas sabe muy bien lo que tiene que hacer —añadió Daisy, omitiendo con regocijo el misterioso éxito.

—Que me aspen si no es la mayor ricura que he visto en mi vida —dijo Silas, que estaba en el ajo—, sobre todo los gatitos —y se echó a reír como un niño grandote.

—¡Ya vienen! Oigo las voces que da Emil cantando *Marineros de agua dulce* —exclamó Nan—. ¡Vamos a vestirnos, rápido! —Y echaron a correr escaleras arriba.

Los niños entraron en tropel con un apetito que habría hecho temblar al enorme pavo, de haber seguido vivo. Subieron también a cambiarse de ropa y, en la siguiente media hora, todo fue lavarse, cepillarse y engalanarse de una forma que habría hecho las delicias de la mujer más aseada. Cuando sonó la campana, una tropa de niños con la cara limpia, el pelo brillante, cuello limpio y chaqueta de domingo entró desfilando en el comedor, donde la señora Jo, con su único vestido negro de seda y un pomito de sus crisantemos predilectos en la pechera, presidía la mesa y, cada vez que se levantaba, estaba «espléndida», a decir de los niños. Daisy y Nan estaban tan bonitas como un jardín de flores con su vestido nuevo de invierno, alegres lazos en la cintura y cintas en el pelo. A Teddy daba gusto verlo con su camisa carmesí de lana y sus botas nuevas de botones, que lo tenían fascinado y distraído.

El señor y la señora Bhaer se miraron de punta a punta de la larga mesa, con una fila de rostros alegres a cada lado, y dieron gracias para sí: «Nuestra obra ha prosperado, lo agradecemos y seguimos adelante», se dijeron de corazón a corazón, sin pronunciar una palabra.

En los primeros minutos, el barullo de cuchillos y tenedores no dio lugar a mucha conversación, y Mary Anne, con un asombroso lazo de color de rosa en el pelo «volaba alrededor de la mesa» con rapidez, pasando platos y sirviendo salsa. Casi todo el mundo había contribuido al banquete, así que la comida fue más interesante de lo habitual para los comensales, que se entretenían entre plato y plato haciendo comentarios sobre sus propios méritos.

—No me digáis que estas patatas no son las mejores que habéis visto en la vida —dijo Jack, cuando le sirvieron la cuarta.

—El relleno del pavo lleva hierbas de mi huerto —dijo Nan, comiéndose un bocado con gran satisfacción—, por eso está tan rico.

—Mis aves son las mejores, Asia no ha asado en su vida ninguna tan gorda como las mías —añadió Tommy.

—Pues nuestras zanahorias son una preciosidad, ¿a que sí?, y las chirivías estarán igual de exquisitas cuando las desenterremos —intervino Dick, y Dolly asintió sin soltar el hueso que estaba rebañando.

—Las empanadas son de mi calabaza —declaró Robby, riéndose y dejando de reírse para beber.

—Yo recolecté las manzanas de las que está hecha esta sidra —dijo Semi.

—Y yo, los arándanos de la salsa —dijo Nat.

—Yo puse las nueces —añadió Dan.

Y así, toda la mesa.

—¿Quién inventó Acción de Gracias? —preguntó Rob.

Como acababan de ascenderlo a la categoría de chaqueta y pantalones, sentía de pronto un novedoso interés de adulto por las instituciones del país.

—A ver quién puede responder a Rob —dijo el señor Bhaer, señalando con un gesto a un par de sus mejores alumnos de historia.

—Yo —dijo Semi—. Fueron los peregrinos.

—¿Para qué? —preguntó Rob, sin esperar a saber quiénes eran los peregrinos.

—No me acuerdo —dijo Semi en voz baja.

—Creo que fue porque no murieron de hambre y luego, cuando tuvieron una buena cosecha, dijeron: «Vamos a dar gracias a Dios», y llamaron a ese día «Acción de Gracias» —dijo Dan, pues le había gustado mucho esa historia por la valentía de los hombres que se sacrificaron tan noblemente por su fe.

—¡Muy bien! Creía que solo aprendías Ciencias Naturales —felicitó el señor Bhaer a su alumno dando unos golpecitos en la mesa.

Dan se alegró y la señora Jo le dijo a su hijo:

—¿Lo entiendes ahora, Robby?

—No; creía que los *preguinos* eran unas aves grandes que viven en las rocas, los he visto en el libro de Semi.

—Quiere decir «pingüinos». ¡Ay, qué ganso eres! —exclamó Semi, y se echó hacia atrás en la silla riéndose a mandíbula batiente.

—No te burles de él, acláraselo, si puedes —dijo la señora Bhaer.

Y consoló a Rob dándole más salsa de arándanos para compensar la sonrisa burlona general de la mesa.

—Sí, de acuerdo —respondió Semi.

Hizo una pausa para ordenar las ideas y a continuación resumió la historia de los Padres Peregrinos de una forma que habría provocado sonrisas a esos caballeros en su tumba, si lo hubieran podido oír.

—Pues verás, Rob: había una vez unos ingleses que no estaban de acuerdo con el rey o algo así, y se embarcaron y vinieron a este país. Aquí abundaban los indios, los osos y otras fieras salvajes, y ellos vivían en fuertes y pasaban muchas dificultades.

—¿Los osos? —preguntó Robby con interés.

—No, los peregrinos, porque los indios no los dejaban en paz. Les faltaba comida y fueron a la iglesia con armas y murieron muchos, y se bajaron de los barcos en una roca, que se llama la Roca de Plymouth; tía Jo la ha visto y la ha tocado. Los peregrinos mataron a todos los indios y se hicieron ricos; algunos tatarabuelos nuestros llegaron en esos barcos, había uno que se llamaba Myflower; luego hicieron el día de Acción de Gracias y ahora lo celebramos todos, y a mí me gusta. Un poco más de pavo, por favor.

—Creo que Semi va a ser historiador —dijo tío Fritz, mirando a tía Jo con ojos de risa mientras servía al descendiente de los peregrinos por tercera vez— porque cuenta las cosas con orden y claridad.

—Yo creía que el día de Acción de Gracias era para comer todo lo que se pudiera. Pero Franz dice que no, ni siquiera este día —dijo Gloti, como si le hubieran dado una mala noticia.

—Franz tiene razón, así que ¡ojo con los cubiertos! Modérate, porque si no, dentro de un rato no podrás ayudarnos con la sorpresa.

—Sí, sí; pero todo el mundo come mucho, y a mí me gusta más comer que ser moderado —dijo Gloti.

Él se atenía a la creencia popular de que el día de Acción de Gracias había que acercarse lo máximo posible a una apoplejía y salvarse con una simple indigestión o un dolor de cabeza.

—Bien, mis «peregrinos», id a divertiros sin hacer mucho ruido hasta la hora del té, porque esta noche habrá muchas emociones —dijo la señora Jo.

Se levantaron todos después de la larga sobremesa y remataron el banquete brindando con sidra por la salud de todos.

—Creo que me los voy a llevar a dar una vuelta, hace buen tiempo; y tú, entretanto, descansa, querida mía, porque si no, esta tarde estarás agotada —dijo el señor Bhaer.

En cuanto todos se pusieron el abrigo y el sombrero, montaron en el gran ómnibus y se fueron a dar un largo paseo mientras la señora Jo se quedaba a descansar y remataba algunos detalles con tranquilidad.

Después de un té ligero, más cepillado de pelo y lavado de manos, los niños esperaban con impaciencia la llegada de los invitados. Solo acudiría la familia, porque estas pequeñas veladas eran estrictamente para los de casa, y la tristeza o la melancolía no tenía lugar aquí. Y llegaron todos: el señor y la señora March con tía Meg, tan cariñosa y encantadora como siempre, a pesar del vestido negro y la toquilla de viuda que le enmarcaba el rostro sereno. Tío Teddy, tía Amy y la princesa, más etérea que nunca con un vestido azul celeste y un ramo enorme de flores de invernadero, que repartió entre los niños poniéndole una a cada uno en el ojal de la chaqueta; y a ellos les pareció que estaban más elegantes que nunca. Llegó también una cara desconocida y tío Teddy presentó al caballero a los Bhaer.

—Este es el señor Hyde; se ha interesado mucho por Dan y me he permitido traerlo aquí esta noche, para que vea los grandes progresos que ha hecho el chico.

Los Bhaer lo recibieron con cordialidad por el niño, y se alegraron de que se hubiera acordado de él. Pero a los pocos minutos se alegraron también de conocer al señor Hyde por méritos propios, porque era un hombre muy simpático, sencillo e interesante. Fue muy satisfactorio ver la cara de emoción que puso Dan al ver a su amigo, y más aún la de sorpresa y júbilo que puso el señor Hyde al ver lo mucho que habían cambiado el comportamiento y la actitud del niño. Y lo más satisfactorio de todo: verlos sentados en un rincón charlando animadamente, ajenos a la diferencia de edad, cultura y posición, del tema que más les interesaba a ambos, comparando impresiones y contándose cómo habían pasado el verano.

—Las actuaciones tienen que empezar enseguida, si no queremos que los actores se nos duerman de cansancio —dijo la señora Jo, después de los primeros saludos.

Se fueron todos al aula y se sentaron enfrente de un telón hecho con dos grandes colchas. Los niños habían desaparecido de la vista, pero unas risas entrecortadas y unos grititos nerviosos detrás del telón delataron su paradero. El espectáculo empezó con una vigorosa exhibición gimnástica dirigida por Franz. Los niños de seis años, con pantalones azules y camisa roja, enseñaron músculo realizando ejercicios con mancuernas, palos y pesas al son de la música de piano que tocaba la señora Jo entre bastidores. Dan hacía los ejercicios con tanta energía que ponía a sus compañeros en peligro de caer al suelo, como un juego de bolos, o al público, de recibir un golpe de saco en la cara; y es que la presencia del señor Hyde lo espoleaba, y también un deseo tremendo de honrar a sus maestros.

—¡Un muchacho magnífico y muy fuerte! Si por fin voy a Sudamérica dentro de un par de años, es probable que les pida que me lo presten, señor Bhaer —dijo el señor Hyde, que se interesó más aún por Dan después del informe que acababan de darle sobre el chico.

—Sí, claro, y se lo agradezco, aunque echaremos mucho de menos a nuestro joven Hércules. Pero sería excelente para él, y seguro que serviría fielmente a su admirado amigo.

Dan oyó el comentario y la respuesta y el corazón le dio un vuelco de alegría ante la idea de viajar a otro país con el señor Hyde; rebosaba gratitud por la excelente recomendación con la que sus amigos premiaban sus esfuerzos por estar a la altura de lo que se esperaba de él.

Después de la exhibición gimnástica, Semi y Tommy recitaron un antiguo diálogo escolar, *El dinero hace andar a la mula.* Semi lo hizo bien, pero Tommy estuvo estupendo haciendo de campesino viejo, porque imitaba a Silas de una forma que el público se tronchaba de risa, y hasta Silas se rio tan estentóreamente que Asia tuvo que darle una palmada en la espalda mientras disfrutaban del espectáculo desde el vestíbulo.

A continuación, Emil, que ya había recuperado el aliento, vestido de marinero, les ofreció una canción de lobos de mar con mucho «viento huracanado» y mucha «costa de sotavento», mientras el coro repetía «boga, boga, marinero» con una potencia que retumbaba por toda la sala. Después, Ned hizo una demostración de danza china saltando como una rana grandota con un sombrero en forma de pagoda. Como era el único festival público que se hacía en Plumfield, salieron también a la palestra unos cuantos ejercicios de cálculo mental, ortografía y lectura en voz alta. Jack causó asombro por la velocidad con la que hacía las operaciones en la pizarra. Tommy ganó el concurso de ortografía y Semi leyó una fábula francesa que encantó a tío Tommy, porque lo hizo muy bien.

—Y ¿los demás niños? —se preguntaron todos cuando cayó el telón y los más pequeños no habían aparecido.

—¡Ah, es una sorpresa! Es tan bonita que me dais pena porque no la habéis visto —dijo Semi.

Había ido a dar un beso a su madre y se había quedado a su lado para explicarle el misterio cuando apareciera.

Tía Jo se llevó a Ricitos de Oro ante el asombro de su padre, que fingió una incredulidad, un suspense y una impaciencia incontrolables por saber lo que iba a pasar muy superior a la del señor Bhaer.

Por fin, después de muchas carreras, martillazos y órdenes del director de escena, perfectamente audibles, se levantó el telón, empezó a sonar una música suave y apareció Bess en un taburete al lado de un hogar de papel de estraza. Era la Cenicienta más adorable que se hubiera visto jamás; no llevaba el bonito vestido azul sino solo unos harapos y unos zapatitos muy viejos; la carita angelical, el

pelo brillante, y una actitud de desolación total hacían llorar, y también sonreír, a las personas que miraban con cariño a la diminuta actriz. Se quedó muy quieta hasta que una voz susurró: «¡Ahora!».

Entonces la niña suspiró y dijo: «¡Ay! ¡Si *podiera* ir al baile!», con una naturalidad que su padre empezó a aplaudir con frenesí y su madre gritó: «¡Mi niña querida!». Estas expresiones sentimentales tan inoportunas consiguieron que Cenicienta se saliera del papel y, enfadada, les reprochara: «¡Ahora no tenéis que habar *comigo*!».

Al instante se hizo el silencio y se oyeron tres golpes en la pared. Cenicienta se asustó, pero antes de que pudiera decir: «¿Quién anda ahí?», el hogar de papel se abrió por detrás como una puerta y, con alguna dificultad, el hada madrina logró pasar con su gorro puntiagudo. Era Nan, con una capa roja y una varita mágica, que movió con decisión, diciendo:

—Irás al baile, querida niña.

—Ahora tienes que *quitadme* esto *pada* que se vea el vestido *monito* —dijo Cenicienta, tirándose de los harapos marrones.

—No, no. Lo que tienes que decir es: «¿Cómo voy a ir con estos harapos?» —respondió el hada con su voz de siempre.

—¡Ah, sí, claro!

Y la princesa lo dijo sin inmutarse por el olvido.

—Voy a convertir esos harapos en un traje espléndido, porque eres buena —dijo el hada con voz de escenario.

Poco a poco, le desabotonó el mandil marrón y... el hermoso vestido quedó a la vista de todos.

La princesita estaba realmente tan encantadora que podía atraer la mirada de muchos principitos, porque su madre la había vestido como a una dama de la corte y daba gusto verla con el traje de cola de seda sonrosada y, debajo, unas enaguas de satén, además de varios pequeños manojos de flores. El hada madrina le puso en la cabeza una corona de plumas rosas y blancas y le dio un par de zapatitos de plata; la niña se los puso y, al ponerse de pie, se levantó las faldas para que el público los viera.

—Son de *crital* —dijo con orgullo—. ¿*Vedad* que son *monitos*?

Estaba tan encantada con los zapatos que costó un poco que volviera a su papel y dijera:

—*Pedo* no *teno caroza*, hada *madina*.

—¡Mira!

Nan hizo una floritura tan enérgica con la varita que casi le tira la corona a la princesa.

Entonces apareció la obra maestra del espectáculo. Primero se vio caer una cuerda en el suelo, que empezó a tensarse mientras se oía la voz de Emil diciendo: «¡Al pairo, al pairo!», y a Silas, que respondía: «¡Mantenga el rumbo!». El público se rio al ver aparecer a cuatro grandes ratas grises de patas temblorosas y cola rara, pero con la cabeza muy lograda y dos cuentas negras por ojos que brillaban como si estuvieran vivas. Arrastraban, o procuraban que lo pareciera, una carroza magnífica hecha con la mitad de la calabaza gigantesca y montada sobre las ruedas del carro de Teddy, pintadas de amarillo, como el alegre carruaje. Encaramado al pescante iba un cocherito genial con peluca blanca de algodón, un sombrero ladeado, calzones rojos y librea de encaje; sacudía un látigo largo y tiraba de las riendas con tanta energía que los corceles grises levantaban las patas con gran elegancia. Era Teddy, que miraba a la compañía con tanto orgullo y tanta cordialidad que se ganó una ovación para él solo; y tío Laurie dijo: «Si encontrara un cochero tan sobrio como este, lo contrataba al momento». La carroza se detuvo, el hada subió a la princesa al asiento y la pequeña partió con todos los honores mandando besos al público, enseñando los zapatitos por debajo del vestido y arrastrando la cola de color rosa por el suelo, porque, a pesar de que la carroza era muy elegante, lamento decir que su alteza iba un tanto achuchada.

La siguiente escena fue la del baile, y aparecían Nan y Daisy tan engalanadas y enjoyadas como un pavo real. Nan hizo muy bien el papel de hermanastra orgullosa aplastando a muchas damas imaginarias al pasar por la sala de palacio. El príncipe, con una corona imponente y solo en un trono un poco inseguro, miraba a un lado y a otro mientras jugueteaba con la espada y admiraba los adornos de sus zapatos. Cuando llegó Cenicienta, se bajó de un salto y, con más cariño que elegancia, exclamó:

—¡Válgame el cielo! ¿Quién es ella?

E inmediatamente sacó a la dama a bailar en tanto las hermanastras ponían mala cara y levantaban la cabeza con desprecio en un rincón.

La imperial pareja bailó una jiga con mucha gracia; tenían una expresión tan seria, los trajes eran tan alegres y los pasos tan peculiares que parecían las delicadas figuras de los abanicos de Watteau. A la princesa le estorbaba mucho la cola del vestido, y el príncipe Rob tropezó varias veces con la espada. Pero superaron estos obstáculos con soltura y terminaron el baile con elegancia y brío.

—Deja caer un zapato —susurró la voz de la señora Jo cuando la dama iba a sentarse.

—¡Ay, se me *ovidó*! —Entonces, se quitó un zapatito y lo dejó con mucho cuidado en el centro del escenario, y le dijo a Rob—: *Ahoda* tienes que *venid detás* de mí.

Y echó a correr mientras el príncipe recogía el zapato y, obediente, la seguía.

Como todo el mundo sabe, la tercera escena es cuando el heraldo va a probar el zapatito a las damas. Entró Teddy con el mismo traje de cochero, tocando una caracola de latón melodiosamente, y las hermanastras intentaron ponerse el zapatito. Nan se empeñó en fingir que se cortaba el dedo gordo con un cuchillo y lo hizo tan bien que el heraldo se alarmó y le rogó que tuviera «mucho *cudiado*». Luego compareció Cenicienta, que llegó con el mandil mal puesto; se calzó el zapato y, con gran satisfacción, anunció:

—Soy la *pincesa*.

Daisy lloró y pidió perdón, pero Nan, más dada a la tragedia, mejoró el cuento derrumbándose en el suelo, y se quedó allí tan cómoda a disfrutar del resto de la obra, que no duró mucho más, porque el príncipe llegó enseguida, cayó de rodillas y besó la mano a Ricitos de Oro con gran ardor, mientras el heraldo soltaba un pitido que ensordeció al público. No hubo bajada de telón porque la princesa corrió del escenario hasta su padre gritando: «¡A que lo he hecho *mien*!», y el heraldo y el príncipe iniciaban un combate de esgrima con la caracola de latón y la espada de madera.

—¡Ha sido precioso! —dijeron todos y, cuando cesaron las alabanzas, salió Nat con el violín en la mano.

—¡Chist! ¡Silencio! —pidieron los niños, y, ante la actitud tímida y la mirada suplicante del violinista, todo el mundo se calló y se dispuso a escuchar.

Los Bhaer creían que iba a tocar alguna de las melodías que mejor sabía, pero, para su sorpresa, oyeron algo nuevo, muy bonito, y ejecutado con tanta dulzura que casi no podían creer que fuera Nat. Era una música sin palabras que llegaba al corazón y hablaba de todas las tiernas esperanzas y alegrías familiares, que calmaba y animaba a los que la oían por su sencillez. Tía Meg puso la mano a Semi en el hombro, la abuela se enjugó unas lágrimas y la señora Jo miró al señor Laurie y, con la voz quebrada, le susurró:

—Eso lo has compuesto tú.

—Quería que el niño te honrara y te lo agradeciera a su manera —respondió Laurie, inclinándose hacia ella.

Cuando Nat hizo la reverencia y estaba a punto de irse, muchas manos le pidieron otra, y tuvo que tocar de nuevo. Y lo hizo con tal cara de felicidad que daba gusto verlo, porque dio lo mejor de sí para ofrecerles alegres canciones conocidas que invitaban a bailar y rompían la quietud.

—¡Despejen la pista! —exclamó Emil.

En menos de un minuto se retiraron las sillas al fondo, los adultos se quedaron a salvo en las esquinas y los niños se adueñaron de la pista.

—¡A ver esos modales! —dijo Emil.

Los niños se acercaron a las damas mayores y menores y, con galantería, las invitaron a bailar. Los más pequeños casi llegan a las manos por sacar a la princesa, pero ella eligió a Dick, como la bondadosa damita que era, y le permitió que la llevara a la pista. A la señora Jo no se le consintió una negativa y tía Amy dio una alegría inenarrable a Dan al rechazar a Franz y elegirlo a él. Como era de esperar, Nan y Tommy y Nat y Daisy se emparejaron al momento; tío Teddy fue a buscar a Asia, que estaba deseando bailar y se sintió muy halagada por el honor que le acababan de hacer. Silas y Mary Anne bailaron por su cuenta en el vestíbulo y Plumfield fue una fiesta muy alegre media hora más.

Los jóvenes remataron el día con un gran paseo encabezado por la carroza de calabaza, con la princesa y el cochero sentados dentro y las ratas jugueteando como locas.

Mientras los niños se divertían, los mayores se fueron a la salita a observarlos desde allí y hablaron de los pequeños con el interés propio de padres y amigos.

—¿En qué piensas, aquí tan sola y con esa cara de felicidad, hermana Jo? —preguntó Laurie, sentándose en el sofá a su lado.

—En el trabajo que he hecho este verano, Teddy —respondió ella con una sonrisa, haciéndole sitio a su lado—. Me entretengo en imaginarme el futuro de mis niños.

—Seguro que van a ser todos poetas, pintores y políticos, soldados famosos o, al menos, príncipes del mercado.

—No, ya no aspiro a tanto como antes, me conformo con que sean honrados. Aunque confieso que espero que algunos hagan carrera y alcancen un poco de gloria. Semi no es un niño cualquiera y creo que al final conseguirá algo bueno y grande, en el mejor sentido de la palabra. Los otros se las arreglarán, espero, sobre todo mis dos últimos niños, porque según ha tocado Nat esta noche, creo que tiene madera de genio.

—Es pronto para saberlo; talento tiene, sin duda, y seguro que podrá ganarse la vida muy pronto haciendo lo que más le gusta. Sigue trabajando con él un año más y después te lo quitamos de las manos y lo lanzamos como es debido.

—Es una perspectiva excelente para el pobre niño, que llegó aquí hace seis meses sin amigos, abandonado en el mundo. El futuro de Dan lo veo con claridad. El señor Hyde lo reclamará pronto, y tendrá en él a un ayudante valiente y fiel. Es muy capaz de trabajar bien si recibe cariño y confianza; además dispone de energía para labrarse el futuro a su manera. Sí, estoy muy orgullosa del éxito que hemos tenido con estos dos niños, uno tan débil y el otro tan indómito; han mejorado mucho y prometen más.

—¿En qué consiste tu magia, Jo?

—Los he querido, nada más, y se lo he dado a entender. Lo demás lo ha hecho Fritz.

—¡Querida mía! —dijo Laurie, acariciándole la mejilla y mirándola con más ternura y admiración que cuando era niña—. Dices «los he querido, nada más», como si a veces te hubiera costado un esfuerzo tremendo.

—Teddy, ahora ya soy vieja, pero muy feliz, así que no me compadezcas —respondió, y se quedó mirando la habitación con una sincera expresión de satisfacción.

—Sí, parece que tus planes mejoran cada año —dijo él, y asintió con convencimiento refiriéndose a la alegre escena que se desarrollaba ante él.

—¿Cómo iban a fallar, si me ayudáis todos tantísimo? —replicó la señora Jo, mirando con agradecimiento al más generoso de los mecenas.

—Esta escuela tuya, con el éxito que tiene, es lo más gracioso que le ha pasado a esta familia. No tiene nada que ver con el futuro que habíamos planeado para ti y, sin embargo, ha sido lo mejor que te podía pasar. Fue un momento de inspiración, Jo —dijo Laurie, que, como de costumbre, no quería oír hablar de agradecimiento.

—¡Ah! Pero cuánto te reías al principio, y sigues burlándote de mí y de mis ideas. ¿Acaso no dijiste que mezclar a las niñas con los niños sería un fracaso? Bueno, pues ya ves lo bien que funciona.

Señaló al alegre grupo que bailaba, cantaba y charlaba en amor y compañía.

—Me rindo; cuando mi Ricitos de Oro sea un poco mayor, te la mando. No puedo decirte nada mejor.

—Y será un orgullo para mí que me confíes tu mayor tesoro. Pero, en serio, Teddy, la influencia de estas niñas ha sido excelente. Sé que te vas a reír de mí otra vez, pero me da igual, estoy acostumbrada. Te voy a contar que una de mis fantasías predilectas es considerar a mi familia como un mundo en miniatura, observar el progreso de mis hombrecitos y, últimamente, ver lo beneficiosa que es la influencia de mis mujercitas. Daisy es el ingrediente casero y todos aprecian el encanto de su forma de ser, discreta y femenina. Nan es la inquieta, enérgica y resuelta; la admiran por su valor y le dan la oportunidad de ejercer su voluntad porque saben que, además de fuerte, es compasiva y capaz de hacer mucho bien en su pequeño mundo. Tu Bess es la damita, con ese refinamiento natural que la caracteriza, y esa belleza y esa gracia. Los pule sin darse cuenta y ocupa su lugar como cualquier mujer encantadora; con su suave influencia los eleva por encima de lo grosero y lo áspero de la vida, para que sean unos caballeros en el mejor sentido de esta gran palabra antigua.

—No siempre son las damas las que saben hacerlo mejor, Jo. A veces son las mujeres fuertes y valientes las que estimulan al niño y lo convierten en un hombre —dijo Laurie, con una inclinación de cabeza y una carcajada significativa.

—No; creo que la grácil mujer que se casó con el niño al que te refieres lo ha ayudado mucho más que la indomable Nan de su infancia; o mejor aún, la mujer sabia y maternal que lo cuidaba, como cuida Daisy a Semi, es la que más le influyó para que se convirtiera en un hombre.

Tras estas palabras, Jo se volvió hacia su madre, que estaba sentada un poco aparte con Meg, tan dulce, digna y bella en su avanzada edad, que Laurie se quedó mirándola con respeto y amor filial mientras, muy serio, respondía:

—Las tres contribuyeron en gran medida, y entiendo que también estas niñitas pueden hacer mucho por tus pequeños.

—No más que ellos por ellas; el beneficio es recíproco, te lo aseguro. Nat, con su música, es lo mejor que podía desear para Daisy; Dan se entiende con Nan mejor que cualquiera de nosotros; y Semi enseña a tu Ricitos de Oro con tanta facilidad que Fritz los llama Roger Ascham y lady Jane Gray. ¡Ay, Señor! Si los hombres y las mujeres se entendieran y confiaran y se ayudaran los unos a los otros como mis niños, el mundo sería maravilloso.

La señora Jo se quedó con una expresión ausente, como si vislumbrara una sociedad diferente, encantadora, en la que la gente vivía feliz e inocente como sus niños en Plumfield.

El señor March, que era un buen hombre y nunca perdía la fe en la humanidad ni la esperanza de que por fin la concordia, la paz y la felicidad reinaran sobre la faz de la Tierra, se detuvo un momento para dedicar unas palabras de ánimo a la señora Jo:

—Haces todo lo que está en tu mano, querida mía. No dejes de creer, ni de esforzarte ni de demostrar que, con el triunfo de tu pequeño experimento, un mundo mejor es posible.

—No soy tan ambiciosa, padre. Solo me propongo dar a estos niños un hogar en el que aprendan unas pocas cosas sencillas que les haga la vida un poquito más fácil cuando salgan al mundo a luchar por sí mismos. La honradez, el valor, la diligencia, la fe en Dios, en sus congéneres y en sí mismos; es lo único que aspiro a inculcarles.

—Pues no creo que haya nada más ni mejor. Dales esas herramientas y déjalos ir a buscarse la vida como hombres y mujeres; y tanto si triunfan como si fracasan, creo que se acordarán de vuestros esfuerzos y os bendecirán, queridos hijos míos.

El profesor también se había acercado y, mientras hablaba, el señor March les dio la mano y se despidió bendiciéndolos con la mirada. Jo y su marido se pusieron a hablar un momento en voz baja con la sensación de que habían trabajado bien todo el verano, si el padre daba su visto bueno; entretanto, el señor Laurie salió a hablar con los niños y, de repente, toda la grey irrumpió en la salita, y, formando un corro alrededor de papá y mamá Bhaer, bailaron y cantaron alegremente:

El verano ya pasó
las labores están hechas;
con buen humor y alegría
recogimos las cosechas.

El banquete ha terminado,
la función ya está acabada,
solo falta celebrar
el rito de Acción de Gracias.

A los ojos del buen Dios,
la mejor cosecha es
que esta noche, muy contentos,
los niños en casa estén.

Y así venimos alegres
y os damos gracias a coro
a vosotros, padre y madre,
pues os lo debemos todo.

Con las últimas palabras, el corro se fue estrechando hasta que el buen profesor y su mujer cayeron prisioneros de muchos brazos y medio escondidos por un ramillete de caras risueñas, la prueba de que en todos los huertecitos había enraizado y fructificado una planta fuerte y vigorosa. Porque el amor es una flor que crece en cualquier terreno, obra sus dulces milagros sin arredrarse ante las heladas del otoño ni las nieves del invierno y florece, hermosa y fragante, en cualquier época del año como una bendición para los que dan y para los que reciben.

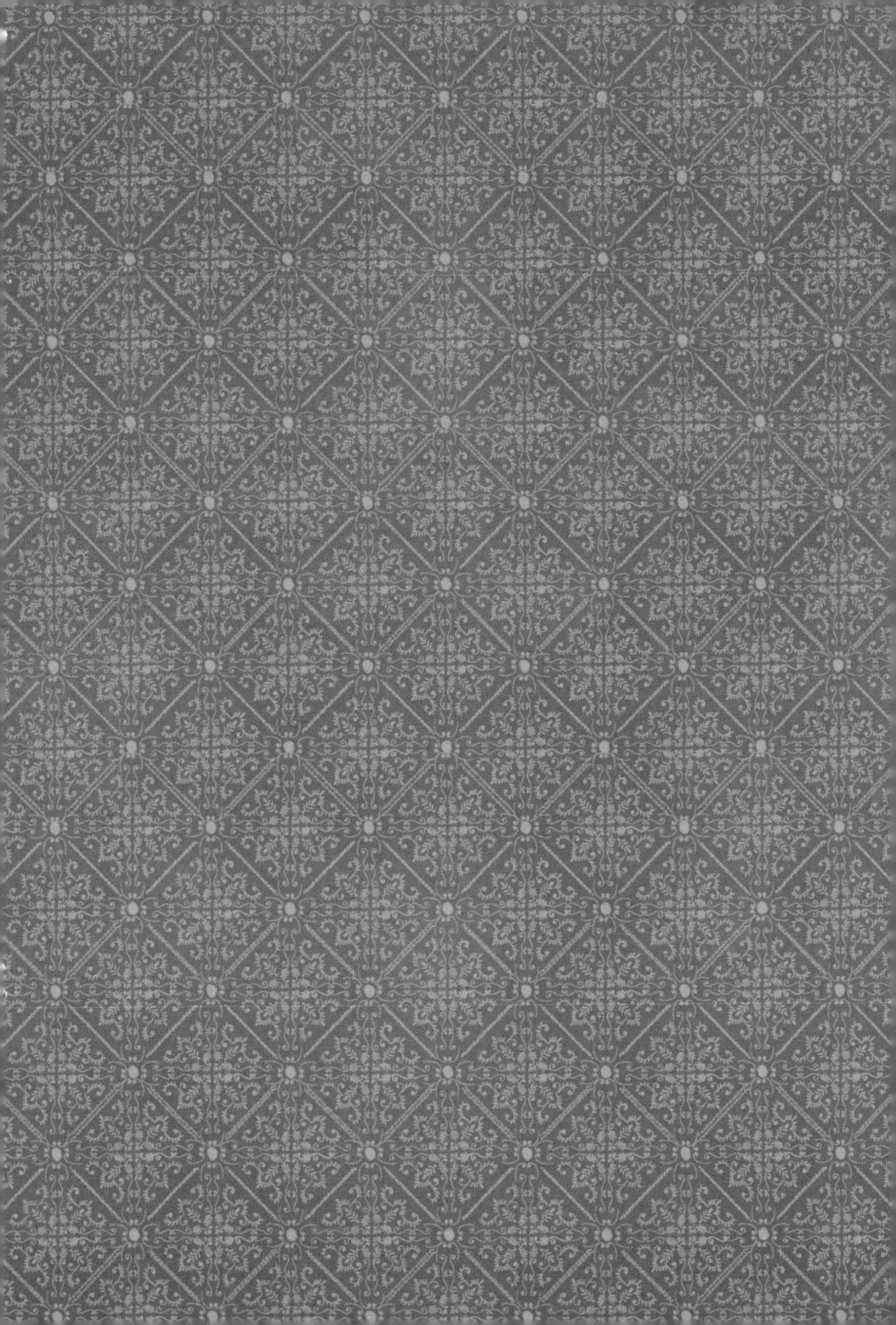